Les premières enquêtes de Louis Fronsac

Du même auteur

Aux éditions le Grand-Châtelet (via Amazon)
La Devineresse
Nostradamus et le dragon de Raphaël
Les premières enquêtes de Louis Fronsac
Le Mystère de la Chambre Bleue
La Conjuration des Importants
L'Énigme du Clos Mazarin
L'exécuteur de la haute justice
Le vol du Sancy
Guilhem d'Ussel dans la tourmente
Aux éditions Le Masque
Attentat à Aquae Sextiae
Le Complot des Sarmates
L'Archiprêtre et la Cité des Tours
L'Enlèvement de Louis XIV
Marius Granet et le trésor du Palais Comtal
Le Duc d'Otrante et les Compagnons du Soleil
Aux éditions Jean-Claude Lattès
La Conjecture de Fermat
Le Captif au masque de Fer
Les Ferrets de la reine
Les Rapines du duc de Guise
La Guerre des amoureuses
La ville qui n'aimait pas son roi
Juliette et les Cézanne
Aux éditions Flammarion
Le Secret de l'enclos du Temple
La Malédiction de la Galigaï
Dans les griffes de la Ligue
La Bête des Saints-Innocents
Rome, 1202
Rouen, 1203
Le grand arcane des rois de France
L'évasion de Richard Cœur de Lion

Béziers, 1209

Aux éditions J'Ai Lu

Marseille, 1198
Paris, 1199
Londres, 1200
Montségur, 1201
La Vie de Louis Fronsac
Récits cruels et sanglants

Aux Presses de la Cité

De Taille et d'Estoc
Férir ou périr
Les Collèges fantômes

Aux éditions Plon

Le grand incendie

Aux éditions 10/18

Une étude en écarlate
Le chien des Basqueville
La ville de la peur
Les exploits d'Edward Holmes
Le pont de Montereau
Le Dernier Secret de Richelieu
Menaces sur le roi

Les enquêtes de Louis Fronsac

Jean d'Aillon

Les premières enquêtes de Louis Fronsac

Les principaux personnages

Pierre Billet, sacristain à l'église Saint-Gervais
Émeline Blangy, bourgeoise d'Amiens
Nicolas Bonnet, ancien marchand voiturier sur eau, rentier
Anne Bonnet, fille de Nicolas Bonnet
Jean Bonnet, fils de Nicolas Bonnet
Jacques Bouvier, ancien soldat, gardien chez M. Fronsac
Guillaume Bouvier, ancien soldat, gardien chez M. Fronsac, frère de Jacques
Thibaud Chartier, hôtelier
Jeanne Fleury, épouse de Nicolas Bonnet
Louis Fronsac, notaire
Pierre Fronsac, son père
Claude Levasseur, notaire
Philippe de Lincy, brigadier aux gardes du corps du roi
Isaac de Laffemas, lieutenant civil de Paris
Guillaume La Forge, chirurgien juré au Châtelet
Anteaume Le Blont, huissier audiencier au Palais
Jehan Le Pontonnier, maître boucher
Pierre Lenormand, secrétaire au Grand-Châtelet
Colin Levesque, enfant de dix ans
Martin Lorrain, huissier au Châtelet
Jeannin Perrin, enfant de neuf ans
Jacques Pelletier, substitut du procureur du roi au Grand-Châtelet
Pierre Picault, exempt de robe courte
Olivier Pitard, sergent à verges
Mathilde Pitard, son épouse
Nicolas Rivière, enfant de douze ans
Jacques Tardieu, lieutenant criminel
Barthélemy Tavernier, commissaire du quartier de la Grève
Gaston de Tilly, commissaire examinateur
Tobie, chien

LE FUNESTE TESTAMENT

1

Mercredi 9 juin 1638

Assis devant Isaac de Laffemas, le nouveau lieutenant civil de Paris, M. de Tilly, n'en menait pas large. Les yeux à demi baissés sous ses lourdes paupières, le magistrat l'observait en silence, imperscrutable.

Avait-il suffisamment bien coiffé sa tignasse rousse ? Sa moustache en aigrette n'était-elle pas trop hérissée ? Son pourpoint noir était-il suffisamment brossé ? s'interrogeait Gaston, qui s'efforçait de garder un air grave et respectueux, évitant de laisser filtrer cette expression hargneuse et combative dont son ami Louis se moquait si souvent.

C'est que M. de Tilly ne passait jamais inaperçu. De taille médiocre, avec un corps trapu et vigoureux, son cou de taureau était surmonté d'une tête carrée envahie par une chevelure rougeâtre poussant comme de la mauvaise herbe. Quant à son nez écrasé, il faisait immanquablement penser au groin d'un sanglier dont il avait également le poil dru et le caractère batailleur et entêté.

La veille, Louis Fronsac était venu le trouver dans la chambre en soupente qu'il occupait, rue de la Poterie. On venait de porter un courrier à son père, Pierre Fronsac, l'un des plus importants notaires de Paris. La missive indiquait que messire le lieutenant civil Isaac de Laffemas recevrait M. de Tilly à son hôtel, à la pique du jour.

Louis et Gaston se connaissaient depuis l'âge de douze ans. Ils avaient été pensionnaires durant six ans au collège de Clermont, où ils avaient connu d'incroyables aventures[1]. Après la classe de rhétorique, en 1631, ils avaient soutenu leur thèse de philosophie le même jour, toujours à Clermont, puis suivi les enseignements en vue de la maîtrise ès arts.

C'est alors que Gaston, orphelin sans fortune, bien qu'appartenant à l'un des plus grands lignages du royaume, avait reçu une proposition de son oncle Hercule, ancien soldat ayant combattu sur nombre de champs de bataille. Si ce dernier eût préféré que son neveu fasse carrière dans l'Église, il n'ignorait pas que le garçon voulait suivre les traces de son père, lieutenant de prévôt, et refusait d'entrer dans les ordres. Or la France combattait en Hollande et les troupes manquaient d'hommes. Son ancien capitaine, M. de Maisonneuve lui avait écrit à ce sujet. Il commandait un régiment sous les ordres du prince d'Orange et offrait à son neveu une charge d'enseigne dans la compagnie du vicomte de Turenne. Certes, il s'agissait d'un grade de bas officier, mais Gaston avait accepté sans hésiter et abandonné ses études, persuadé d'acquérir la gloire et de s'enrichir à la pointe de son épée.

Cependant, les douze livres de gage par semaine étaient rarement payées. De plus, la campagne n'était guère vigoureuse, le cardinal de Richelieu préférant soutenir le roi de Suède en Allemagne. Pire, à la fin de l'année 1631, Turenne s'était compromis dans un ridicule complot avec son frère et la reine mère. Il avait été rappelé à Paris pour s'expliquer.

Gaston, bien que s'étant distingué dans la prise de Bergues, se retrouvait sans ressources et sans perspective. Par chance, au début de l'année 1632, il avait reçu une lettre de M. Fronsac, qui lui avait obtenu une charge municipale. M. de Maisonneuve lui avait facilement donné son congé, bien content de se débarrasser d'un homme qu'il ne pouvait payer, et M. de Tilly était rentré en France au printemps.

Meilleur ami de Louis, au collège de Clermont, le fameux établissement des jésuites de Paris, Gaston avait, très tôt, été

---

[1] Voir : *Les Ferrets de la reine*, du même auteur.

adopté par M. et Mme Fronsac qui le considéraient comme un autre fils. Sachant que le jeune homme souhaitait faire carrière dans la police et la justice, le notaire, qui avait été échevin et faisait régulièrement partie des bourgeois mandés, élus ou tirés au sort pour représenter les quartiers lors de l'élection du prévôt des marchands, s'était démené afin que son protégé obtienne un office de police à l'Hôtel de Ville.

À Paris, la sûreté publique était assurée par différentes institutions. La première – et la plus puissante – était la vicomté, avec, à sa tête, le prévôt – ou garde de la prévôté –, assisté du lieutenant civil et du lieutenant criminel de robe courte[2]. Ensuite venait le guet nocturne, commandé par le chevalier du guet, puis c'étaient les seigneuries et les prévôtés qui conservaient encore un pouvoir de justice et de police, comme le Temple ou l'abbaye Saint-Germain. Enfin venaient l'Hôtel de Ville et son Bureau.

Durant l'absence de son ami, Louis avait été inscrit comme avocat au Parlement et venait d'être reçu comme notaire au Châtelet. Ses succès avaient incité M. de Tilly à passer enfin la maîtrise ès arts et à soutenir une lecture inaugurale sur Aristote. Grâce à ses faits d'armes en Hollande, il avait également obtenu son inscription comme avocat au Parlement. Jugé plus que qualifié, Gaston avait facilement été agréé en tant que commissaire au quai de Grève. Évidemment, il avait aussi dû payer la charge trois cents écus, mais, avec les économies qu'il était parvenu à faire sur ses gages d'enseigne et un emprunt auprès de M. Fronsac, ce règlement avait été facilement acquitté.

Son travail consistait à veiller à l'approvisionnement par barques du quartier de la Grève et à surveiller les prix sur les marchés des quais, de la place Baudoyer et de Saint-Jean, en particulier celui du pain. Depuis 1630, la famine régnait dans le Parisis[3] et en Picardie. Une violente épidémie de peste – la maladie étant toujours endémique – avait encore aggravé la situation. Pour

---

[2] Le prévôt de Paris était chargé du gouvernement et des finances dans la vicomté et représentait le roi en matière de justice. Cette charge existait depuis 1032.

[3] L'Ile de France.

ces raisons, la moindre augmentation du prix du blé provoquait un embrasement populaire. M. de Tilly devait aussi vérifier le trafic fluvial et l'activité des officiers, jurés ou mesureurs, qui collectaient les taxes, tant sur les quais que sur les marchés, et qui avaient tendance à tricher dans les encaissements.

Il avait exercé ce travail durant quatre ans et les échevins le jugeaient comme un des meilleurs officiers de la ville. Mais Gaston visait une autre fonction : celle de commissaire au Châtelet. Non point une charge de commissaire de quartier, dit à poste fixe et hors de portée de sa bourse, car atteignant vingt à vingt-cinq mille livres, mais peut-être un de ces vingt et un offices surnuméraires que Louis XIII avait créés, trois ans auparavant, et dont seulement neuf étaient pourvus.

Gaston vivait chichement et avait économisé sou à sou, d'abord pour rembourser M. Fronsac, ensuite afin de pouvoir postuler à la charge convoitée. Et quelques jours avant la visite de Louis, il avait appris qu'un office de commissaire examinateur se trouvait à la vente pour huit mille livres. M. Fronsac avait donné des garanties à la veuve qui le cédait, puis écrit au lieutenant civil Isaac de Laffemas, lui présentant M. de Tilly. Son courrier était accompagné d'une lettre élogieuse de l'ancien prévôt des marchands, Michel Moreau[4], trépassé à la fin de l'année précédente et qui avait été le prédécesseur de Laffemas à la lieutenance prévôtale.

Voilà pourquoi Gaston avait été convoqué rue Saint-Julien-le-Pauvre, dans le bel hôtel que possédait le lieutenant civil.

Isaac de Laffemas n'était pas seul dans la salle basse de sa maison. Près de lui, assis sur un banc au dossier ciselé, se tenait le commissaire du quartier de la Grève que Gaston connaissait bien, car il le rencontrait souvent dans le cadre de son travail. Barthélemy Tavernier, la quarantaine, était fils de drapier. Il avait fait ses études au collège de Clermont, puis son père lui avait

---

[4] Michel Moreau, prévôt des marchands et lieutenant civil au Châtelet de Paris à compter de 1627, mort en 1637.

acheté une charge de commissaire après qu'il eut été gradué en droit. Par cet office, Tavernier avait accédé à l'état de noble homme. Il se faisait appeler sieur de Boissière, du nom d'une petite terre près de ce hameau, mais qui n'était pas fieffée[5]. L'achat d'un fief était hors de portée pour lui, car son père avait eu des revers de fortune et ne lui avait laissé, à sa mort, qu'un appartement dans une maison, rue Saint-Sauveur.

Le commissaire était un escogriffe à la tête osseuse, taillée à coups de serpe, encadrée d'une barbe et d'une chevelure d'un noir encore vif. Il avait l'œil terne et méfiant, des moustaches redressées en aigrette et se tenait toujours bien droit, dans une posture d'autorité, comme pour défier ses interlocuteurs. Pour l'heure, il s'efforçait de cacher une évidente irritation, mais sa bouche, qui se contractait convulsivement, par instants, et ses poings serrés le trahissaient.

À côté de lui, Laffemas, rondelet et souriant, avec une barbe en feuille d'artichaut qui s'agitait à la moindre parole, paraissait bonhomme. Ce qu'il n'était nullement. Maître des requêtes, surnommé « le bourreau de Richelieu », on ne comptait plus les gens, coupables ou innocents, qu'il avait envoyés à la potence ou fait rouer durant les années où il fut intendant de justice. Magistrat intègre, mais qui ignorait la compassion, Laffemas était surtout d'une rare fidélité à la couronne. Après trois intendances, en Champagne, en Limousin et en Picardie, Richelieu lui avait offert, en commission[6], la charge de lieutenant civil de Paris, en novembre 1637, avec obligation de nettoyer la ville des larrons et de mettre de l'ordre dans une police souvent corrompue et que les Parisiens redoutaient autant que les truands. On disait de Laffemas qu'il était capable de faire pendre quelqu'un en assurant que c'était pour son bien.

À peine en poste et applaudi par les Parisiens qui connaissaient son intégrité et sa sévérité, il avait organisé avec quatre cents archers une rafle de voleurs, filous, vagabonds, gens

[5] Une terre non noble.

[6] Les charges attribuées par lettre de commission, par opposition aux charges vénales, pouvaient être révoquées à tout moment.

sans aveu et femmes débauchées. Huit jours plus tard, ces gueux avaient été condamnés aux galères et les garces au nettoyage des rues boueuses de Paris. En mai, il avait fait rouer plusieurs criminels durant trois jours et obtenu du roi que ses jugements soient désormais sans appel. Dans le même temps, il recevait les officiers du Châtelet pour vérifier leur compétence en droit et s'assurer qu'ils n'étaient pas des brebis galeuses. Quant aux nouveaux postulants – commissaires, enquêteurs, exempts et sergents –, il les choisissait lui-même, veillant à leur honorabilité et à leurs capacités, rejetant sans état d'âme ceux qui ne lui convenaient pas.

—M. de Tilly, fit-il en se frottant la barbiche, après avoir fait asseoir Gaston sur une chaise inconfortable, vous souhaitez donc rejoindre le corps des commissaires examinateurs du Châtelet. Il s'agit de la charge de M. Vanier, trépassé voici quelques mois, que j'avais désigné au quartier de la Grève dont le commissaire en titre est M. Tavernier. Vous le savez, il y a désormais trente-deux commissaires de quartier, à raison de un à six par quartier, et seize examinateurs supplémentaires que j'affecte en fonction des besoins.

— Oui, monsieur le lieutenant civil.

Gaston avait noté que M. de Laffemas n'avait pas précédé le titre d'examinateur de « commissaire ». Il savait qu'une vieille querelle régnait depuis des dizaines d'années entre les commissaires affectés à un quartier de Paris[7], qui avaient également droit au titre de conseiller du roi, et les autres commissaires examinateurs que les anciens considéraient comme des inférieurs, bien que tous jouissent des mêmes droits et prérogatives.

— Vous êtes actuellement commissaire du quai de Grève et plusieurs échevins m'ont dit du bien de vous. J'ai aussi cette lettre, fort élogieuse, de M. Moreau.

Il la montra sur sa table.

---

[7] Paris était alors divisée en seize quartiers.

— Parlez-moi de vos études et de ce que vous avez fait avant.

— J'ai été pensionnaire, six ans durant, à Clermont, monsieur. J'ai soutenu une thèse de philosophie, puis j'ai combattu comme enseigne, pendant un an, dans la compagnie de M. de Turenne, en Hollande. Ensuite, mon capitaine étant revenu à Paris, je suis rentré à mon tour et j'ai obtenu la charge de commissaire au quai que j'occupe au Bureau de la ville.

— J'ai remarqué, dans les documents que vous m'avez fait parvenir, une chaude recommandation de M. de Maisonneuve. Vous êtes noble, n'est-ce pas ?

— Oui, monsieur. Noble, mais pauvre, s'efforça de plaisanter Gaston.

— Vos parents ?

— Mon père était lieutenant du prévôt des maréchaux de Normandie. Il est mort quand j'avais cinq ans[8].

Laffemas le gratifia d'un signe de tête bienveillant.

— Les commissaires examinateurs du Châtelet s'occupent du bon ordre et de la sûreté de la ville de Paris, des provisions nécessaires pour la subsistance, des prix et de la qualité des étals des bouchers et de l'exécution des statuts des marchands et des communautés d'artisans, dit-il d'un ton sévère.

Gaston opina poliment, tandis que le lieutenant civil, coudes sur les appuis-bras de son fauteuil, joignait l'extrémité de ses doigts comme pour insister sur ce qu'il allait dire.

— Ils ont pour devoir la visite des halles, foires, marchés, auberges, hôtelleries et lieux mal famés, la recherche de libelles défendus et l'exécution des ordonnances, arrêts et règlements. Ils doivent surtout employer tout leur temps, jour et nuit, tant à Paris que dehors, à l'exaltation de la justice, à faire prendre les larrons, meurtriers, ravisseurs de femmes et autres malfaiteurs et délinquants criminels. En contrepartie, leurs gages sont faibles, même s'ils ne payent aucune imposition ni aide[9].

---

[8] Le lecteur curieux en saura plus en lisant : *La Malédiction de la Galigaï*, du même auteur.

[9] Impôts indirects.

Nouveau hochement de tête de M. de Tilly.

— Certains quartiers comme la Harpe et le faubourg Saint-Germain comptent jusqu'à six commissaires. L'honorable M. Tavernier ne peut assurer seul toutes les tâches de commissaire de la Grève ; vous serez donc sous ses ordres et vous lui devrez obéissance en tout.

À ces derniers mots, l'allégresse submergea Gaston, mais il s'efforça de ne pas l'exprimer. Laffemas venait donc de l'agréer.

Il se tourna vers Tavernier qu'il gratifia d'un sourire chaleureux, mais ce dernier lui répondit d'une moue dédaigneuse. Le magistrat semblait ruminer quelques sombres pensées, ce qui troubla désagréablement M. de Tilly. Il n'ignorait pas que la plupart des commissaires voulaient surtout s'enrichir, tant leurs gages étaient faibles. Aussi négligeaient-ils leurs tâches habituelles, comme la sécurité des Parisiens, la police des subsistances, les fraudes du commerce ou la voirie, pour des activités plus lucratives, telles que l'apposition de scellés chez les débiteurs ou la liquidation de comptes litigieux. Le commissaire Tavernier était réputé pour agir ainsi et, comme commissaire au quai de Grève, Gaston avait déjà plusieurs fois suppléé à ses manquements. Mais travailler avec un officier cupide et peu scrupuleux lui convenait. Il laisserait volontiers à son chef toutes les affaires profitables et s'occuperait, enfin, de la police et de la poursuite des criminels, une besogne autrement plus exaltante à ses yeux.

— M'occuperai-je des crimes, monsieur ? s'enquit-il.

Le commissaire émit un ricanement malveillant :

— Si cela vous chante !

Tilly surprit le regard glacial de Laffemas vers son subordonné. Ces deux-là ne s'aimaient pas. Dans quel nid de guêpes venait-il d'entrer ?

2

— Louis, peux-tu venir ?

Louis Fronsac travaillait sur un contrat de mariage quand, depuis l'escalier qui séparait le bouge où il se tenait du cabinet de son père, retentit la voix de ce dernier. Il se leva et descendit les marches en viret.

En face de son père, assise sur une chaise tapissée, se tenait une jeune femme en robe de commodité turquoise avec un fichu blanc rabattu sur ses épaules. Sa coiffure en bouffon faisait ressortir un visage au grand front, avec un teint naturel non façonné au blanc d'Espagne comme s'apprêtaient beaucoup de dames de qualité. Son regard paraissait triste et inquiet, mais ce chagrin lui donnait un charme indéfinissable, mélange de candeur et de fermeté. Il éprouva tout de suite de la sympathie pour elle, peut-être aussi parce que ses yeux, son nez, sa bouche et sa gorge lui firent penser aux avantages de Thérèse, la gentille servante de *La Grande Nonnain qui Ferre l'Oie*, qui s'occupait de son logis et partageait parfois sa couche en lui disant si tendrement : « Louis, mets ta main dans mienne et bisons-nous. »

— Mon fils, fit le notaire en le présentant à la dame.

Il s'adressa ensuite à lui :

— Mme Anne Bonnet est notre voisine, Louis. Elle habite rue des Haudriettes et est venue me consulter sur la recommandation de l'un de ses voisins qui connaît notre étude. Son père est trépassé samedi, veille de la Pentecôte. Mais le mieux est qu'elle recommence ses explications, car ses difficultés sont plutôt du domaine de tes compétences. Assieds-toi donc.

Louis s'exécuta en saluant la jeune femme d'une belle révérence à laquelle elle répondit par un maigre sourire.

— Mon père vient d'être assassiné, M. Fronsac, dit-elle en réprimant un profond sanglot.

— Qui est le criminel ? l'interrogea Louis, incapable de dire autre chose, tant il ne s'attendait pas à cette déclaration.

— À coup sûr des bandits de grand chemin, mais on ne les a pas pris.

— Donc cela s'est passé hors de Paris ?

— Oui, monsieur. Deux fois par mois, mon père se rendait à la ferme qu'il possède près de Romainville. À la sortie du village, on a tiré sur son carrosse pour l'arrêter. Une balle lui a, hélas, percé le poumon et il est mort peu après, étouffé par son sang.

— Y avait-il déjà eu de telles agressions à cet endroit ?

— Je l'ignore, monsieur.

— Le lieutenant du prévôt des maréchaux a-t-il fait des recherches ?

— J'ai été prévenue dimanche par ma belle-mère. Le cocher était rentré dans la nuit, le cadavre de mon père étant resté à sa ferme. Son épouse partait et ne savait rien d'autre. Je l'ai revue lundi soir. Elle avait ramené le corps et n'avait pas appris grand-chose. Les gens du prévôt des maréchaux étaient effectivement venus, mais n'avaient rien découvert. Selon eux, il s'agissait de brigands qui auraient tiré afin d'arrêter la voiture, peut-être pour abattre le cheval, et qui auraient raté leur cible. Comme le cocher avait mis l'animal au galop à la détonation, ils n'ont pas poursuivi le carrosse, étant certainement à pied.

Louis fit la moue tant l'histoire lui parut singulière. Les maraudeurs qui rapinaient sur les chemins barraient les voies pour arrêter les voitures, mais ne leur tiraient pas dessus. La jeune fille ne parut pas remarquer ses doutes et poursuivit :

— Mardi matin, ma belle-mère m'a fait prévenir d'être présente à cinq heures chez maître Caron, rue de la Tixeranderie, à côté de la maison de mon père, pour l'ouverture du testament.

Fort rapide, tout cela, observa mentalement Louis.

Après un instant de silence, il déclara d'un ton égal :

— Je prends part à votre douleur, madame.

Pendant ce temps, il se demandait pourquoi son père l'avait fait appeler. Pensait-il que poursuivre des bandits de grand chemin soit dans ses compétences ? La jeune femme devina ses interrogations, car elle s'expliqua ainsi :

— Laissez-moi vous parler de mon père, monsieur. Il est né au Puy, en Auvergne, et vous allez comprendre que le lieu de sa naissance a de l'importance pour la suite. Il est venu jeune à Paris chercher fortune et, attiré par la rivière, il est devenu marinier, puis maître-marinier, car peu d'hommes étaient aussi adroits que lui pour manier une barque sur la Seine. Il a pu acheter une première gribane[10], puis une seconde. Il avait le sens des affaires et, à la quarantaine, il en possédait quatre, s'étant établi marchand voiturier sur eau. Il choisissait de bons compagnons, aussi s'est-il rapidement enrichi dans le transport du vin, du blé et du foin. Il est devenu bourgeois de Paris et quartenier[11], et envisageait même l'échevinage, quand le malheur s'est acharné sur notre famille. Ma mère est morte…

Elle s'interrompit un instant et s'essuya les yeux, révélant combien sa douleur restait violente à ce souvenir.

— … Plus tard, mon père a eu la jambe brisée par un tonneau mal arrimé qui lui a roulé dessus. Il souhaitait que mon frère prenne sa suite, mais Jean n'était pas attiré par le commerce. Aussi a-t-il vendu ses barques et son affaire, et il s'est retiré du négoce. Père disposait de dizaines de milliers de livres de rentes, de trois maisons et de deux fermes. Il n'avait plus besoin de travailler pour vivre aisément.

» Je m'occupais alors de sa maison, mais il souhaitait que je me marie. Aussi a-t-il recherché une gouvernante qui serait son intendante.

Elle cessa à nouveau de parler, restant les yeux dans le vague, comme plongée dans un passé disparu. M. Fronsac

---

[10] Bateau de charge à fond plat naviguant sur la Seine.
[11] Bourgeois capitaine d'un quartier.

échangea un regard de biais avec son fils, lui faisant comprendre qu'elle allait révéler le fond de l'affaire.

— Celle-ci se nommait Jeanne Fleury. Je dois reconnaître que je n'ai aucun reproche à lui faire. Elle s'est toujours comportée avec moi avec la plus grande correction et la plus aimable bonté. Mais mon père en est tombé amoureux, il faut dire qu'elle est très belle, et il l'a finalement épousée.

— Quand les noces ont-elles eu lieu ?

— Voici presque deux ans, monsieur.

À nouveau le silence qui se termina par un soupir.

— Ma belle-mère a très vite pris la maisonnée en main et j'ai compris que je n'y avais plus ma place. Mon père m'en a parlé et m'a laissé une maisonnette qu'il possédait rue des Haudriettes, où je vis désormais. J'avais un temps travaillé dans une échoppe de passementerie et j'en ai ouvert une. Dès lors, je ne voyais plus que rarement mon père. Jusqu'à ce terrible dimanche où j'ai appris son décès.

Elle retint à nouveau un sanglot.

— Je me suis donc rendue chez maître Caron, hier…

— Avec votre frère ? l'interrompit Louis qui trouvait singulier que la jeune femme en parle si peu.

— Non, monsieur. Mon frère Jean avait quitté la maison avant moi et je ne le vois plus guère.

— Pourquoi ?

— Il ne s'entendait plus avec mon père. Ils avaient souvent des disputes et se sont finalement fâchés.

Louis haussa un sourcil et son regard croisa celui de son père, qui avait songé à la même chose.

— Venons-en au testament, madame, intervint le notaire.

— Mon père l'avait rédigé suivant le droit du Midi, car, disait-il dans un préambule, il voulait que les préceptes régissant les successions en Auvergne soient appliqués à sa mort. Il avait désigné son épouse comme unique héritière des quelque deux cent mille livres de sa fortune, mon frère et moi ne recevant que cent écus, même s'il me laissait comme dot la maison que j'occupe.

Les successions et, plus généralement, les règles de droit civil étaient principalement régies par les coutumes et celles-ci différaient selon les villes du royaume. Mais, si on en dénombrait plus de trois cents, on distinguait surtout un clivage entre les pays de droit romain, aux règles écrites, et ceux où dominaient les traditions coutumières. Les contrées du Midi suivaient le droit écrit et pratiquaient, en termes de succession, le système de l'héritier universel. En simplifiant, on considérait qu'un père, détenteur de la *patria potestat*, possédait tous les pouvoirs sur sa famille. C'était lui qui désignait son héritier, lequel emportait la totalité de son patrimoine, ses frères et sœurs ne recevant qu'une part réduite et les filles éventuellement une dot. En revanche, dans le nord du royaume, et à Paris en particulier, on appliquait les vieilles lois franques et les successions étaient partagées également entre tous les enfants, garçons ou filles. Ces règles avaient été formalisées dans un acte royal en 1580 : la Coutume de Paris.

— Qu'en dis-tu, Louis ? Un bourgeois de Paris peut-il demander que l'on applique la coutume de son lieu de naissance lors de sa succession ?

— Cela me paraît difficilement défendable. Mais êtes-vous prête à plaider, madame ?

— Oui, car j'ai toujours été une bonne fille et je ne comprends pas pourquoi j'ai été spoliée par une femme dont mon père ignorait l'existence voici seulement trois ans.

— Ce sera un procès long et dispendieux. Qu'en pense votre frère ?

— Je ne l'ai pas vu depuis des mois. Je doute même qu'il ait appris la mort de notre père.

— Ignorez-vous où il vit ? s'étonna Louis.

— C'est cela. Il n'a gardé de relations qu'avec mon oncle, qui est clerc de l'Œuvre[12] à Saint-Gervais. Il préviendra Jean, si celui-ci se manifeste, et lui demandera de venir me voir.

— Votre oncle se nomme aussi Bonnet ?

[12] Sacristain responsable de la grande sacristie. Il était parfois prêtre.

— Non, il s'appelle Billet, Pierre Billet. C'est le frère cadet de feu ma mère. Sa maison est à l'enseigne de Saint-Jacques, rue des Barres.

— Votre belle-mère était-elle au courant de ce testament qui la favorise ? demanda M. Fronsac père.

— Elle ne m'a que peu parlé, chez le notaire, mais j'ai eu l'impression que oui.

— Je vais faire des recherches sur votre affaire, madame, promit Louis, et éventuellement vous trouver un bon avocat.

— Merci, monsieur, dit-elle d'une voix égale.

Elle se leva.

L'étude occupait le premier étage de la maison, rue des Quatre-Fils. Outre une salle de réception, il y avait, à ce niveau, un long vestibule sans lumière où travaillaient quatre employés d'écriture sous la direction de Jean Bailleul, le premier clerc. Le cabinet, qui jouxtait cette sorte de galerie, constituait le bureau personnel de M. Fronsac.

Louis raccompagna la jeune femme, lui assurant qu'il irait la voir dès qu'il aurait rassemblé des informations. Il lui demanda aussi quand auraient lieu les obsèques et elle lui répondit que la messe serait célébrée le lendemain après-midi à Saint-Gervais, suivie d'une mise en terre aux Saints-Innocents. Comme elle rentrait à pied chez elle, il demanda à Jacques Bouvier, l'un des gardiens de l'étude, de la raccompagner.

Tandis que le domestique bouclait une épée à sa taille, Louis posa une ultime question.

— Vous ne m'avez pas dit de quoi était morte votre mère ?

— Elle s'est noyée, monsieur. Elle accompagnait mon père dans une de ses barques et elle est tombée par-dessus bord. J'avais dix ans.

— Vous avez dû beaucoup souffrir, madame, dit-il avec compassion.

— Beaucoup, monsieur.

Il fut un peu surpris par son ton froid, mais Jacques était prêt à partir. Aussi Louis ne poursuivit-il pas la discussion et remonta chez son père.

Ce dernier s'était levé et, par la fenêtre, regardait dans la cour. Il se retourna quand son fils entra.

— J'espère que tu ne lui as pas donné trop d'espérances, Louis, dit-il d'un ton où perçait le reproche. Je t'avais appelé pour que tu confirmes mon avis : je ne vois pas de raisons majeures pour lesquelles un homme venant du Puy ne pourrait pas faire un testament selon la coutume de son pays.

— Même s'il est bourgeois de Paris et quartenier ?

— Je reconnais qu'il aurait mieux valu qu'il ne le fût pas.

— Bourgeois de Paris est un état que l'on demande et qui implique que l'on en accepte les obligations. Le respect de la Coutume de Paris de 1580 en est la principale. Je crois avoir lu quelque chose à ce sujet sur un arrêt de la Grand-Chambre. J'en parlerai à Gaston qui connaît mieux le droit que moi. Mais, ce n'est pas cela qui m'a autorisé à lui laisser quelque espoir, c'est la façon dont son père est mort. J'ai le sentiment qu'il s'agit d'un crime soigneusement préparé.

— J'avoue que l'idée m'a traversé l'esprit. Mais qui ?

— Posons la question du *Cui bono*.

— La belle-mère ?

Louis inclina la tête en signe d'adhésion.

— Mais comment aurait-elle procédé ? poursuivit le notaire. Les épouses se débarrassent de leur mari en les empoisonnant, c'est bien plus simple qu'un coup de mousquet fort incertain. De surcroît, elle aurait dû engager quelqu'un… Je pencherais plutôt pour le fils, qui était fâché avec son père.

— Il n'aurait rien gagné.

— Le ressentiment est un puissant motif, mon fils.

3

Après avoir salué avec déférence le lieutenant civil, les deux commissaires sortirent en silence. Gaston s'interrogea sur ce qu'il devait faire. Laffemas ne lui avait rien dit sur son travail et sur la façon dont il devrait l'exercer. Or, il n'avait aucune expérience.

Dans la cour de l'hôtel attendait un petit carrosse noir à deux places. Le cocher s'approcha dès qu'il vit l'honorable M. Tavernier.

— Vous savez où j'habite ? demanda ce dernier d'un ton rogue.

— Oui, monsieur. Rue Saint-Sauveur[13].

Il s'agissait d'un appartement situé dans une cour. Gaston était passé plusieurs fois devant le porche.

— Vous viendrez tous les soirs avant vêpres me faire votre rapport journalier. Où logez-vous ?

— Rue de la Poterie, monsieur. La maison au Pot d'Étain.

— Je vous ferai appeler chaque fois que j'aurai besoin de vous.

Le cocher avait ouvert la porte et baissé l'escabeau. Tavernier monta, laissant Tilly déconcerté. Que devait-il faire ?

— Monsieur, dois-je aller au Grand-Châtelet maintenant ?

— Je vous enverrai un greffier qui vous dira ce que vous aurez à faire. Vous travaillerez surtout chez vous, où vous recevrez les agents que vous enverrez sur le terrain. Ils vous feront leur

---

[13] Qu'on appelait aussi rue des Deux-Portes. Elle allait de la rue de la Tixeranderie à la rue de la Verrerie.

rapport et vous n'aurez qu'à me rédiger les mémoires nécessaires pour les poursuites et les audiences judiciaires.

— C'est que… je vis dans une chambre toute petite. Il n'y a guère de place que pour mon lit, avoua Gaston avec gêne.

— Changez de logis ! asséna le commissaire en s'asseyant sur la banquette tapissée de velours rouge.

— N'y a-t-il pas de possibilité pour que je reçoive au Grand-Châtelet ?

— Là-bas ? s'étonna l'autre en écarquillant les yeux. Mais, mis à part les cabinets des lieutenants civil et criminel, il n'y a que les prisons et les salles d'audience !

— Je peux me contenter de partager la pièce d'un greffier ou d'un commis.

— Vous ne seriez pas chauffé, il n'y a pas de cheminée.

— Peu m'importe, monsieur.

Tavernier balança un moment la tête, avant de dire :

— Après tout, c'est votre affaire. Montez avec moi. Je m'y rends et je vous enverrai auprès des secrétaires. Quelques-uns disposent de bouges dans les tourelles ou sous les combles. Vous verrez avec eux s'ils peuvent vous trouver un coin où nicher.

Il mit tant de mépris et de malveillance dans cette déclaration, assimilant Gaston à un homme de rien, que celui-ci dut user de toute sa volonté pour ne pas le prendre par le col et lui administrer quelques soufflets. Tavernier oubliait, ou ignorait, que l'un de ses ancêtres avait été un des premiers croisés à poser pied sur les murailles de Saint-Jean-d'Acre. Mais, malgré son tempérament fougueux, le nouveau commissaire savait qu'il devait se maîtriser s'il ne voulait pas que sa carrière se termine rapidement. Combien de fois, à l'armée, il avait dû supporter ce genre de remarques méprisantes envers la cornette qu'il était. Mais, au moins, les persiflages venaient de gentilshommes. Et les différends pouvaient toujours se régler à l'épée.

Le trajet se fit dans un silence désagréable. Par la fenêtre avant, Gaston s'attacha un moment à observer le cheval, une massive jument à la robe fauve et aux longs poils. Elle avançait placidement en écrasant la boue pestilentielle des rues qui aspergeait les passants avec de grands “flocs”, provoquant jurons et insultes. Un violent orage avait éclaté, la veille, formant des masses de boue et emplissant les puits punais d’une vase écœurante. De plus, les boueurs, qui ramassaient immondices et crottin dans de grands tombereaux à vider ensuite dans la Seine, n’étaient pas passés et le cocher, comme son maître, semblait peu se soucier des piétons. Gaston songea qu’il demeurait néanmoins redevable à Tavernier de l’avoir pris dans son carrosse. Pour ne pas arriver crotté à l’hôtel de Laffemas, il avait demandé à un muletier de le conduire sur son animal, ce qui lui avait coûté six sous. Il avait aussi enfilé de hautes guêtres de cuir boutonnées jusqu’aux cuisses, pour se protéger, mais, à pied, il aurait définitivement gâté ses hauts-de-chausses.

D’un œil discret, il observa la vêture du commissaire, qui portait une écharpe de satin rouge en bandoulière sur son pourpoint noir, une chemise au large col rabattu et des bottes aux revers évasés, comme cela se faisait à la Cour. Tavernier arborait une épée de parade. Savait-il seulement s’en servir ?

Après le Petit Châtelet et le Petit Pont, le vacarme devint assourdissant à l’approche du nouveau marché où les commerçants hurlaient en vantant leur marchandise afin d’attirer les badauds. Plus loin, c’étaient les crieurs des tavernes qui sonnaient du cor pour annoncer les vins mis en perce.

La curiosité piquant Gaston, il s’adressa à son voisin.

— La victoire de Rheinfelden a mis la France en position de force dans la guerre en Allemagne.

Au début du mois de mars, les troupes de Bernard de Saxe-Weimar, allié de la France, avaient battu les Bavarois de Jean de Werth à Rheinfelden.

— En effet, répliqua Tavernier sèchement.

— Quand j’étais en Hollande, M. de Turenne craignait fort que les Espagnols ne tentent d’entrer en Picardie si nous perdions le Rhin.

— C’est vrai que vous étiez là-bas ! laissa tomber le commissaire.

Gaston ignora le ton méprisant.

— Nous aurions eu alors beaucoup de difficultés d'approvisionnement à Paris.

— Possible.

— Sans compter que nous aurions même dû combattre, en cas d'avance des troupes ennemies, poursuivit Tilly dans un petit rire.

— Possible aussi. Mais cela ne m'inquiète nullement, je suis capitaine dans la milice urbaine.

— Et moi, simple officier, enchaîna Gaston. Mais nous ne nous entraînons guère.

— Pas moi. Capitaine de mousquetaires, je réunis mes troupes tous les mois pour les faire tirer et manier la pique dans le faubourg Saint-Antoine.

Gaston n'insista pas. Le commissaire savait certainement utiliser les armes, même s'il ne s'était sans doute jamais battu.

Étant passée devant l'enceinte du Palais, la voiture franchit lentement le pont de bois provisoire qui remplaçait le Pont au Change détruit en 1621 par la propagation de l'incendie du Pont Marchand, tout proche. Les travaux de reconstruction, sur des plans d'Androuet du Cerceau, devaient commencer l'année suivante, disait-on, les orfèvres ayant enfin réuni les fonds nécessaires.

— J'insiste particulièrement pour que vous veilliez à la voirie et à la propreté des chaussées, déclara soudain Tavernier. J'y serai très attentif. Il est impossible de marcher dans certaines ruelles tant elles sont sales. Regardez la rue Saint-Leufroy !

Ils arrivaient à cette voie conduisant au Grand-Châtelet et qui était perpétuellement souillée par les déjections et les déchets de la Grande Boucherie.

— Oui, monsieur.

— N'oubliez pas que vous devrez aussi contrôler les poids et mesures et, plus généralement, surveiller les fraudes. Enfin, j'exige une absence totale de puterelles dans mon quartier, ou alors qu'elles se rendent invisibles.

— Certainement, monsieur, approuva Gaston en se demandant comment il ferait, tant les drôlesses étaient nombreuses près des quais.

— Et je réclame de mes gens une fidélité absolue, poursuivit Tavernier.

— Je n'y manquerai pas, monsieur, répondit Tilly, alors même que ces paroles lui brûlaient la bouche.

Après la chapelle Saint-Leufroy, ils pénétrèrent enfin sous la voûte du Grand-Châtelet.

La forteresse avait été érigée par Charles le Chauve pour protéger la Cité, avant de devenir le siège de la prévôté de Paris. C'était là qu'étaient enfermés les prisonniers arrêtés en flagrant délit, en attendant leur instruction et leur jugement. Compte tenu de sa vétusté et de la proximité de la rivière, la vieille citadelle était sale et humide. Sous le porche, le carrosse tourna à gauche et pénétra dans la cour intérieure où se tenaient quelques archers en casaque bleue avec bandoulières semées d'étoiles argentées et de fleurs de lys dorées. Ces gardes surveillaient les passages vers les prisons, les salles d'audience de justice criminelle et la basse geôle qui servait de dépôt aux cadavres trouvés dans les rues ou dans la Seine.

Tilly et Tavernier sortirent du carrosse et grimpèrent le grand escalier jusqu'au vestibule où se tenaient les huissiers, les exempts et les sergents de garde.

Avisant l'un d'eux, en justaucorps galonné d'argent, le commissaire Tavernier lui ordonna :

— Conduisez M. de Tilly auprès de M. Lenormand.

Puis, se tournant vers Gaston, il précisa :

— Lenormand est un de mes greffiers. Il vous trouvera quelque bouge pour vous installer.

Sur ces paroles volontairement blessantes, il fila vers une salle d'audience, sans saluer personne.

Plein de ressentiment, Gaston suivit le sergent à l'étage supérieur. Ils parcoururent une galerie de forme irrégulière dans laquelle le nouveau commissaire n'était jamais venu. Sur des banquettes de bois attendaient des exempts et des archers. Les portes se succédaient.

— Où sommes-nous, ici ? demanda-t-il à son guide.

— Voilà le cabinet de messire Laffemas, répondit le sergent en désignant un huis. Et là, c'est l'office de messire le lieutenant criminel. Les autres salles sont occupées par les commis et ces deux dernières par des exempts ou des commissaires pour des interrogatoires.

— Dans quelle pièce se trouve M. Lenormand ?

— Il a son cabinet dans la tour d'angle dont vous voyez l'entrée plus loin.

Quand ils furent arrivés à une porte ogivale marquant l'ouverture d'un escalier tournant, le sergent lui déclara que Lenormand se trouvait au deuxième niveau. Il n'avait visiblement pas envie de monter et Gaston lui donna congé.

Il grimpa immédiatement quatre à quatre les marches en limaçon bâties dans la muraille, passa un palier, poursuivit et arriva à une porte à laquelle il gratta.

— Entrez !

Il pénétra dans une pièce ronde à peine éclairée par une minuscule fenêtre au fond d'un embrasement. Juste au-dessous, un homme dans la cinquantaine écrivait, assis à une table.

— M. Lenormand ?

— C'est moi, répondit le greffier avec un sourire placide.

— Gaston de Tilly. Je suis le commissaire examinateur affecté auprès de M. Tavernier.

— Remplacez-vous ce pauvre M. Vanier ?

— C'est cela. M. Tavernier m'a dit que vous pourriez me trouver un cabinet de travail, ici.

— Ici ?

Un air d'incompréhension s'afficha sur le visage du greffier.

— Oui, mon logis est trop petit pour recevoir archers, exempts ou magistrats.

L'autre opina lentement.

— Je comprends, mais il n'y a rien de confortable au Châtelet, monsieur.

— Peu m'importe, j'ai connu pire, répliqua sombrement Gaston.

Le greffier se gratta l'oreille droite, avant de dire :

— La pièce du dessous est vide depuis des années. J'aurais pu l'occuper, mais je préfère rester en hauteur, à cause du bruit ! Voulez-vous la voir ?

— Entendu.

L'homme se leva et passa devant. Ils descendirent au palier inférieur.

— Je vous préviens, monsieur, l'endroit n'a rien d'agréable, s'excusa d'avance son guide.

Il poussa la porte, qui n'était pas fermée, et Gaston pénétra dans une salle ronde encore plus lugubre que celle du dessus, bien qu'elle parût plus grande. La petite fenêtre aux verres dépolis couverts de toiles d'araignée ne laissait filtrer qu'une infime luminosité. Aucun meuble, sinon un fauteuil à accoudoir à la garniture mitée. L'endroit avait tout d'un tombeau.

— Magnifique ! s'exclama M. de Tilly. Pouvez-vous me trouver une table, une chaise, papiers, encre et plumes ?

— Certainement, monsieur le commissaire, fit Lenormand, sidéré par l'enthousiasme du jeune homme. Je vais en parler au greffier en chef.

— Je reviendrai cet après-midi. Savez-vous qui est le commis ou le receveur des parties casuelles, ici ? Je tiens à régler les formalités d'enregistrement de ma charge au plus vite.

— Je vais vous conduire, monsieur le commissaire.

Au commencement de chaque année, les officiers ayant acheté un office devaient payer aux parties casuelles l'annuel – ou paulette –, afin que leurs héritiers puissent conserver cette charge qui sinon devenaient vacantes au profit du roi. Ces officiers devaient aussi verser un droit d'enregistrement lors de leur affectation. En pratique, ils disposaient d'un mois pour être inscrits sur les registres du contrôle des finances, mais Gaston craignait trop que Laffemas ne change d'avis pour laisser traîner cette formalité !

Un receveur des parties casuelles avait son bouge dans une des deux tours de la façade. Gaston s'y rendit et lui donna toutes les informations requises et l'homme promit de s'occuper des formalités avec l'un des secrétaires du lieutenant civil. Après quoi, ayant remercié Lenormand, Gaston quitta le tribunal prison, le cœur débordant d'allégresse en songeant à sa nouvelle vie.

4

Sa première visite devait être pour Louis et son père, à qui il devait tant. Mais comme son trajet vers la rue des Quatre-Fils passait par la rue de la Poterie, où il habitait, Gaston hésita à s'y arrêter afin d'informer sa logeuse de sa bonne fortune.

Louise Guyard, veuve d'un maître boulanger, était sans enfant et sans famille, à part une sœur habitant Clichy. Un commerce de chandelles et la location de deux chambrettes dans la maison que lui avait laissée son mari lui permettaient de vivre décemment. Ses locataires avaient toujours été des clercs ou des ecclésiastiques et, avec l'arrivée de Gaston de Tilly, c'était la première fois qu'elle louait à un jeune officier.

Dès la visite de sa chambre, il était tombé amoureux d'elle. Certes, Louise avait dix ans de plus que lui, mais Gaston se pâmait facilement devant les dames. Pour être juste, il faut dire que la boulangère était charmante, vive et particulièrement séduisante.

Elle était devenue sa maîtresse sans que personne ne le sache. Le veuvage lui ayant apporté l'indépendance, Louise tenait à rester libre. Cela convenait évidemment à Gaston, qui n'envisageait pas une union. Cependant, il l'aimait sincèrement et voulut lui faire part de son bonheur.

Mais dame Guyard était sortie, car c'était jour de marché. Aussi poursuivit-il joyeusement jusqu'à l'étude notariale.

Comme toujours, madame Fronsac l'accueillit comme s'il avait été son fils et insista pour qu'il reste à dîner. En attendant la repue, Gaston passa un moment dans le cabinet de M. Fronsac, en compagnie de Louis, et leur raconta son entretien avec Laffemas, ne cachant pas qu'il craignait de ne guère s'entendre avec le commissaire Tavernier.

Le notaire lui conseilla la patience. Après tout, n'avait-il pas supporté de bien pires avanies sous la férule des jésuites au collège de Clermont ? De surcroît, M. Fronsac avait appris que le supérieur du jeune homme recherchait une charge de conseiller au Châtelet. Il avait fait savoir qu'il disposerait rapidement des quarante mille livres nécessaires et qu'il céderait alors son office de commissaire. La nouvelle rassura Gaston.

— Voulez-vous que je cherche un acquéreur pour votre charge du quai de Grève ? lui demanda ensuite M. Fronsac.

— Je vous en serai infiniment reconnaissant, monsieur. Je me rends tout à l'heure à l'Hôtel de Ville, afin de prévenir le Petit Bureau, le greffe et le receveur.

La ville était dirigée par le prévôt des marchands et quatre échevins, qu'on appelait le Petit Bureau. Autour de lui, pour l'assister dans le fonctionnement journalier, se trouvait le corps de ville constitué des quarteniers et de quelques officiers : le procureur, le greffier et le receveur de la ville.

— Je continuerai à exercer ma charge de commissaire au quai, tant que je ne l'aurai pas cédée, expliqua Gaston. J'ai un commis en vue qui m'aidera. Je ne veux pas la résigner trop tôt, car mon office reviendrait alors aux parties casuelles, sans indemnité. Cependant, cette situation ne pourra durer, car les lettres patentes de 1588 précisent qu'aucun examinateur ne peut tenir un autre office. Il faut donc que je cède celui de la ville rapidement.

Depuis 1633, l'échevinage avait instauré une "paulette de ville", calquée sur le "droit annuel" accordé aux officiers du roi en 1604. Paris disposait ainsi de son propre receveur des parties casuelles[14] qui encaissait les droits d'enregistrement des charges.

— J'ai un service à te demander, Gaston, dit alors Louis, qui était resté silencieux, très occupé à renouer un des rubans noirs de

[14] En 1679-1681, Colbert supprima la vénalité municipale et transforma les offices de la ville en offices royaux.

ses poignets. Ou plutôt deux. Il s'agit d'une affaire que traite l'étude.

Depuis quelques années, Louis avait pris l'habitude de porter des galans, ces rubans qui servaient à serrer les poignets de chemises. Il utilisait des ganses de soie qu'il nouait en élégantes boucles.

— Même cent, avec tout ce que je vous dois ! s'exclama Gaston, qui restait dans l'exaltation d'être enfin devenu commissaire de police et de marcher sur les traces de son père, lieutenant de prévôt des maréchaux.

— Vous ne me devez rien, Gaston, observa M. Fronsac avec un sourire. N'êtes-vous pas un de mes fils ?

Il se tourna vers Louis :

— Je suppose que tu fais allusion à la visite de Mme Bonnet.

— C'est cela, père. Voilà de quoi il s'agit, Gaston…

M. de Tilly écouta attentivement et son expression changea au fil du récit, fronçant plusieurs fois le front et frottant ses mains l'une contre l'autre.

— J'irai voir maître de Mas, le notaire avec qui mon père cosigne ses actes importants, c'est lui qui en sait le plus sur les Coutumes, termina Louis. Mais j'aimerais connaître ton opinion, car tu t'étais intéressé aux Coutumes de Normandie, quand tu es devenu avocat. Crois-tu qu'un bourgeois de Paris peut faire un testament valide selon des règles qui ne seraient pas celles de Paris ? Il me semble qu'il s'agit d'un aspect plaidable.

— Plaidable ? Certainement. Mais il s'agit d'une affaire sans importance ! La façon dont M. Bonnet est mort présente un tout autre intérêt, car cela ressemble à un crime et non à une agression de larrons. Il faut enquêter dessus et interroger le cocher. Si je ne venais pas de prendre cette charge, je me rendrais à Romainville sur-le-champ pour questionner les habitants. Quelqu'un a forcément croisé la route du meurtrier et pourra le décrire.

— Aller là-bas ? Je n'y avais pas songé, fit Louis. Mais pourquoi pas ? Guillaume pourrait m'accompagner et serait de bon conseil.

Ancien piquier au régiment de Picardie, Guillaume Bouvier était l'un des gardiens de l'étude, avec son frère Jacques. Tous deux avaient été engagés pour protéger l'étude après l'attaque d'une bande de marauds. C'étaient eux qui avaient fait de Louis un fin tireur au pistolet.

Gaston grimaça :

— Dans ce cas, que Guillaume ne te quitte pas. Et ne fais savoir à personne que tu t'intéresses au meurtre.

— Pourquoi donc ?

— Je te l'ai dit, ce n'est plus une affaire de notaire. Il y a un criminel, dans cette histoire, quelqu'un de redoutable et d'audacieux. S'il apprend que tu es sur sa piste, il pourrait bien t'écarter, comme le père d'Anne.

Décidément, Louis n'avait pas non plus pensé à ça. Il s'accoisa un instant, après avoir échangé un regard oblique avec son père qui plissait maintenant le front dans une expression inquiète.

— J'en viens à mon second service, poursuivit quand même le jeune notaire. Anne a peu parlé de son frère et je m'interroge. D'après elle, il s'est fâché avec son père et a quitté la maison. J'aimerais savoir s'il n'a pas eu des démêlés avec la justice.

— J'interrogerai mon greffier et, éventuellement, M. Tavernier et les autres commissaires.

Après un bref silence, il ajouta, froidement :

— Envisages-tu qu'il puisse être l'assassin ?

— Pourquoi pas ? Une dispute familiale, le désir de se venger… Il connaissait la ferme de Romainville, il s'y est certainement rendu souvent, donc les lieux n'ont pas de secret pour lui.

— C'est juste ! approuva Gaston. Mais reste à savoir s'il est adroit tireur au mousquet. Atteindre quelqu'un dans un véhicule n'est pas facile. Cependant, il n'est pas le seul suspect ; l'épouse Bonnet est tout de même l'héritière.

— Mais quel intérêt pour elle de souhaiter la mort de son mari ? De plus, il aurait fallu qu'elle engage un homme de main.

— Ou un amant, répliqua cyniquement Gaston.

Louis s'intéressa à nouveau à une ganse de ruban qui lui parut tordue.

— Possible, mais, dans le témoignage d'Anne, je n'ai pas senti la moindre allusion à ce sujet.

M. Fronsac confirma le fait d'un signe de tête.

— Et Anne, elle-même, l'écartes-tu ? interrogea M. de Tilly.

— Mais c'est elle qui est venue nous voir !

— Et alors ? Elle a pu faire tuer son père, persuadée qu'elle serait l'héritière, et découvrir ensuite que son crime n'avait servi à rien.

— Cette jeune femme ne m'a pas donné l'impression d'être une criminelle, bien au contraire, objecta M. Fronsac d'un ton dans lequel filtrait un brin de réprobation.

— Les criminels donnent rarement cette impression, persifla Gaston. Nous en avons côtoyé quelques-uns, Louis et moi, à Clermont. Quant aux femmes criminelles, je peux vous en citer des quantités. Par exemple, Louise Jacquinot, âgée de dix-sept ans, qui a été pendue par Jehan Guillaume[15] pour avoir tué son père afin de paillarder librement avec le vicaire de l'église Saint-Antoine du Buisson, ou encore la femme d'un marchand de vin qui avait tué son mari avec l'aide de son amant et qui fut pendue à la place Maubert. Il y a eu aussi…

— Arrête, Gaston ! fit Louis en levant une main. Tu nous as convaincus !

Il savait que son ami était un puits de science sur les affaires criminelles de Paris et qu'il pouvait en parler pendant des heures. Mais, en vérité, il refusait d'imaginer la possibilité que la jolie Anne puisse être parricide.

— Je vais me renseigner sur Mme Bonnet et sa belle-mère et toi, informe-nous sur Jean, déclara-t-il.

Le repas fut servi dans la grande salle, sur la longue table en noyer recouverte d'une épaisse nappe blanche immaculée.

---

[15] Bourreau de paris. Sur ce personnage, voir : *L'exécuteur de la haute justice*, du même auteur.

Mme Fronsac avait fait sortir la vaisselle en faïence et demandé à Jeannette Boutier, l'épouse de Jacques, de cuisiner ce qu'elle avait de meilleur. On servit donc du bouillon aux cailles et aux alouettes, puis des perdrix grises et des lapereaux rôtis. Gaston dévora tout ce qu'on lui servit comme s'il n'avait rien mangé depuis huit jours. Entre deux bouchées, il expliqua à la maisonnée admirative qu'il aurait désormais une pièce où recevoir, au Grand-Châtelet, à quelque pas des salles où siégeaient le lieutenant civil et le lieutenant criminel !

Après ce plantureux repas, il revint au Grand-Châtelet, après s'être arrêté à l'Hôtel de Ville où il rencontra le greffier et le receveur. Il s'entendit aussi avec un archer de la ville qui travaillait quelquefois avec lui, afin qu'il fasse les tournées de surveillance et de contrôle à sa place, durant les prochains jours.

Revenu dans la tour, il découvrit son cabinet entièrement meublé avec une table, une chaise, un coffre et une escabelle. On avait aussi nettoyé les vitres et balayé le sol.

Avant d'aller remercier Lenormand, il s'assit et tailla quelques-unes des plumes d'oie déposées sur sa table. Jamais il n'avait éprouvé autant de béatitude. Son ventre était plein, il était commissaire et il disposait d'un cabinet de travail dans le tribunal de la prévôté de Paris.

Alors, il songea à l'affaire que lui avait présentée Louis et médita sur ce qu'il pourrait faire pour aider son ami.

5

La prévôté et vicomté de Paris était composée de plusieurs chambres, principalement la chambre civile, le présidial – chambre d'appel –, le tribunal de police, la chambre criminelle et celle du prévôt de l'île de France. On plaidait les mercredis et samedis à la chambre civile, depuis midi jusqu'à deux heures les mardis et les vendredis, à la chambre criminelle, et tous les jours, excepté le lundi, au présidial, de neuf heures à midi.

Ce jeudi matin, Gaston guettait la sortie des juges du présidial. M. Tavernier s'y trouvait et les délibérations étaient en cours. S'il ne parvenait pas à approcher son supérieur, il ne pourrait le faire que plus tard, en se rendant chez lui. Mais, à ce moment-là, il serait seul en sa présence et, si le commissaire ne pouvait ou ne voulait lui répondre, il ferait chou blanc. Or, au présidial se trouvaient également M. Laffemas et le lieutenant criminel Jacques Tardieu, ainsi que plusieurs commissaires. Gaston n'oserait les questionner directement sur Jean Bonnet, d'autant moins qu'il n'avait aucune raison de le faire. Mais, si cet entourage s'intéressait à sa conversation avec M. Tavernier, peut-être quelqu'un interviendrait-il et il glanerait alors des informations intéressantes.

Cependant, M. de Tilly n'en menait pas large et il retournait sans cesse dans sa tête les explications qu'il allait devoir fournir. S'il ne regrettait pas d'avoir accepté de se renseigner sur Jean Bonnet, il s'inquiétait des réactions de ses supérieurs pour sa curiosité.

Un huissier ouvrit les portes et les douze gardes en hoquetons et hallebardes se mirent en place, puis les vingt-deux conseillers au Châtelet, tous en robe noire et toque, commencèrent à sortir selon la préséance. La plupart bavardaient avec des collègues en constituant de petits groupes.

Gaston de Tilly s'avança vers M. Tavernier qui discutait avec le commissaire du quartier de Saint-Germain-l'Auxerrois.

— Monsieur, murmura-t-il, pourrais-je vous parler un instant ?

— De quoi donc ? s'enquit Tavernier d'une voix si rogue que ses voisins se retournèrent.

— Je suis installé dans la tour où se trouve M. Lenormand. J'ai choisi la salle au-dessous de la sienne.

— Bien.

Le commissaire tourna la tête et l'ignora, jugeant que son attitude dédaigneuse suffirait pour éloigner l'importun. C'était mal connaître Gaston qui n'abandonnait jamais. Il respira un grand coup et poursuivit :

— J'ai entendu parler d'un homme qui pourrait être mêlé à une singulière affaire, un nommé Jean Bonnet. Savez-vous s'il a eu des démêlés avec la justice, monsieur ?

La réaction de Tavernier fut inattendue. Il se retourna et Gaston constata que toute couleur avait disparu de son visage, tandis qu'un trémulement agitait sa lèvre supérieure.

— Que… que dites-vous ?

— Il s'agit d'un nommé Jean Bonnet, monsieur.

— Je… ne le connais pas, balbutia le commissaire, qui fit mine de s'éloigner.

— Jean Bonnet ? lança une voix stridulante.

C'était Jacques Tardieu, le lieutenant criminel nommé voici deux ans. Gaston, comme tous les gens de justice, le connaissait à cause de sa réputation de pingre. Si Tardieu était bon magistrat, loyal et sévère, il était également d'une rare avarice, doublée d'une incroyable cupidité. Ses habits ravaudés, usés jusqu'à la trame, venaient d'un fripier, ses chaussures prenaient l'eau, ses bas étaient rapiécés et il portait, été comme hiver, le même manteau élimé, avec un chapeau avachi. Il ne possédait ni mule ni voiture pour se rendre de sa maison du quai des Orfèvres jusqu'au

Châtelet, comme en témoignaient les taches de boue sur sa robe. Quant à sa rapacité, elle se traduisait par une étonnante souplesse à détourner les yeux lorsqu'on lui présentait une bourse rondelette, quelques poulardes ou un tonnelet de vin afin de faire avancer une affaire.

— Vous ne vous en souvenez pas, M. Tavernier ? Pourtant, ce n'est pas si vieux : c'était le jour de la Saint-Simon[16], l'année dernière ! Vous m'aviez demandé de lui éviter le pilori.

Tavernier fit demi-tour et demeura indécis, tandis que Laffemas s'approchait, intrigué. Le lieutenant civil portait la robe écarlate de cérémonie.

— Maintenant que vous me le dites, je me remémore le garçon, fit le commissaire en se frappant la tempe de sa main gauche. Le nom m'était complètement sorti de l'esprit ! Un saltimbanque, je crois…

Laffemas considéra Tardieu et Tavernier avec un regard scrutateur, puis ses yeux s'arrêtèrent sur Gaston.

— Pourquoi vous intéressez-vous à ce Jean Bonnet, M. de Tilly ? interrogea-t-il.

— En vérité, ce n'est pas moi qui m'y intéresse, monsieur. Il s'agit d'un de mes amis, qui est notaire et qui s'interroge au sujet d'une succession. Ce Jean Bonnet est un des héritiers, mais il demeure introuvable. Or, il aurait eu maille à partir avec la justice du roi. J'ai promis à mon ami d'en savoir plus.

Laffemas hocha la tête à plusieurs reprises. Marié par deux fois avec une fille de notaire, il estimait fort cette profession très respectée.

— Quel est le nom de votre ami ? s'enquit-il.

— Louis Fronsac, monsieur. Son père est Pierre Fronsac, rue des Quatre-Fils…

— Je connais l'étude, fit le lieutenant civil en levant une main.

Les justifications de Gaston lui parurent suffisantes et il se tourna vers le commissaire Tavernier :

---

[16] Le 28 octobre

— Pourquoi vouliez-vous éviter le pilori à ce garçon ?

— Son père, un honorable bourgeois, me l'avait demandé. Comprenant combien une telle condamnation infamante l'affectait, j'ai accepté d'intercéder auprès de M. Tardieu.

— La police n'a pas à être complaisante envers les familles, observa sèchement Laffemas. Qu'avait-il fait ?

— Une affaire banale, monsieur, intervint fielleusement Tardieu. Le jeune homme voulait faire du théâtre et s'est fâché avec son père quand il a demandé la part de la dot de sa mère pour rejoindre une troupe. Seulement, les comédiens n'ont pas eu le succès escompté. Criblée de dettes, la troupe a reçu un huissier et Jean Bonnet s'en est pris à lui, le battant et le jetant dans un tas d'excréments. Il y a eu poursuite, arrestation, un peu de prison et, à l'audience, il a été condamné à trois jours d'exposition au pilori des Halles. La veille de l'exécution de la sentence, M. Tavernier m'a demandé d'être indulgent et de convertir la peine en amende. Le père s'était engagé à indemniser l'huissier maltraité. Bien que réticent, j'ai accepté par bonté d'âme.

Évidemment, Tardieu ne précisa pas qu'il avait reçu cent écus pour sa clémence.

— Je désapprouve ! déclara Laffemas sèchement. Et si cet homme a de nouveau affaire à la justice, je veux le savoir et qu'il soit pendu pour l'exemple.

— Quel genre d'héritage lui reviendrait-il ? demanda Tardieu qui, lui, s'intéressait surtout aux gains qu'il pourrait soutirer. Je ne suis pas certain que tout ait été payé après le procès.

— Il s'agit d'une affaire compliquée, monsieur, répondit Gaston. M. Bonnet père est mort samedi dernier et sa fille a appris par le notaire que son père donnait tous ses biens à sa nouvelle épouse, ne laissant quasiment rien à ses enfants. Une décision contraire aux règles de succession de la coutume de Paris, aussi mon ami rassemble-t-il des informations afin de faire casser le testament, à la demande de la fille. Pour ma part, je lui ai promis de me renseigner sur le garçon pour que celui-ci puisse être informé de l'action judiciaire.

— Il avait ses habitudes dans le cabaret du *Mouton-Noir*, rue de la Tannerie, dit Tardieu. Si cette information peut vous aider... Je crois savoir qu'il était resté en bons termes avec son oncle, le sacristain de Saint-Gervais. Tenez-moi au courant de la suite. Je vais vérifier s'il a bien payé tout ce qu'il devait et, s'il reçoit une part de l'héritage, je la ferai saisir.

— N'oubliez cependant pas votre travail, M. de Tilly, et ne passez pas trop de temps à la recherche d'un truand qui finira à la hart, conclut Laffemas.

Les deux lieutenants s'éloignèrent, tandis que Gaston restait seul avec Tavernier.

— Je veux également connaître toutes vos recherches à ce sujet, M. de Tilly ! maugréa le commissaire d'un ton qu'il voulait assuré, mais qui ne l'était pas.

Sans plus d'explications, il s'éloigna à grands pas, laissant Gaston déconcerté. Il songeait à sa réaction quand il avait parlé de Jean Bonnet. Tavernier savait de qui il s'agissait, c'était évident. Avait-il pris peur que Laffemas lui reproche d'avoir fait preuve d'indulgence ? Possible. Néanmoins, le commissaire était réputé pour sa sévérité. Pour quelle raison était-il intervenu auprès du lieutenant criminel en faveur du condamné ? Quelle relation existait entre maître Bonnet et lui ?

Il avait hésité à révéler que M. Bonnet avait été assassiné, mais ne l'avait pas fait, par crainte de trop intéresser M. Laffemas. Il se demandait maintenant s'il avait bien agi. Il trouvait étonnant que Tavernier ne lui ait pas demandé de quoi était mort Nicolas Bonnet.

Il décida d'aller faire un tour au cabaret du *Mouton-Noir*. Avec un peu de chance, quelqu'un lui parlerait de Jean.

Il quitta le Grand-Châtelet et se rendit rue de la Tannerie. Il connaissait bien le *Mouton-Noir*, qu'il avait souvent contrôlé dans le cadre de sa charge de commissaire du quai. Comme d'habitude, la salle était emplie de gagne-deniers et de crocheteurs qui travaillaient à charger et décharger des barques. Ces hommes de peine venaient se désaltérer et soigner fatigue et douleurs avec de la piquette. Plusieurs le saluèrent avec déférence, tandis qu'il s'approchait du cabaretier. Celui-ci l'informait des petites magouilles du port en échange d'une certaine indulgence sur le respect des règlements.

L'homme comprit que le commissaire voulait lui parler et s'écarta, à l'abri d'oreilles indiscrètes.

— Dieu vous garde, maître Lecerf. Les affaires vont bien ? s'enquit Tilly à voix haute.

— Elles iraient mieux si les aides[17] sur le vin n'avaient pas encore augmenté !

— Je venais vous annoncer que j'étais désormais commissaire examinateur au Châtelet et que je travaillerai avec messire Tavernier.

— Félicitations, monsieur le commissaire.

— Vous connaissez un nommé Jean Bonnet, un comédien…

Gaston murmura ces dernières paroles et le cabaretier opina du chef.

— J'ai besoin de lui parler. On m'a rapporté qu'il venait souvent ici…

— Pas vu depuis deux semaines, monsieur.

Grimace d'insatisfaction du commissaire.

— C'est quel genre de bonhomme ?

Le taulier jeta un bref regard dans la salle, afin de voir si on s'intéressait à eux et, apparemment rassuré, il poursuivit :

— Un brave garçon, mais qui a le sang chaud. Ça lui causera des torts. Ça lui en a déjà causé.

— Je sais. Si vous le voyez, ne lui parlez pas de moi et prévenez-moi au Grand-Châtelet. Je saurai m'en souvenir, que vous m'avertissiez ou non.

Lecerf comprit l'allusion.

— Comptez sur moi, monsieur le commissaire.

Gaston fila ensuite chez Louis, qui habitait rue des Blancs-Manteaux, mais la maison était close. Il poursuivit donc jusqu'à la

---

[17] Taxes.

rue des Quatre-Fils et trouva effectivement son ami dans son bouge, avec Jean Bailleul, le premier clerc.

— Gaston ! Je devine que tu as du nouveau ! s'exclama Louis en se levant.

— Oui, en ce qui concerne Jean.

— Je viens de demander à M. Bailleul de me trouver une copie du contrat de mariage de maître Bonnet. Il va faire le tour des notaires du quartier, en commençant par maître Caron.

— Qu'espères-tu découvrir ? s'étonna Gaston.

— C'est fou ce que l'on met dans un contrat de mariage. Et j'en apprendrai ainsi beaucoup sur la nouvelle veuve.

Bailleul s'était réfugié dans un coin, personne n'étant plus discret que lui. Aussi Louis lui fit-il signe qu'il pouvait partir. Le clerc s'éclipsa.

Gaston raconta alors ce qui s'était passé quand il avait questionné M. Tavernier et les échanges qu'il avait eus avec les lieutenants du prévôt.

— Mon commissaire n'a pas tout dit, c'était évident. Il y a quelque chose entre lui et feu maître Bonnet. J'ai eu aussi l'impression que Laffemas cachait son jeu. Il aurait pu pousser Tavernier dans ses retranchements et il s'est retenu. Je me demande pourquoi.

Louis resta mutique un moment, avant de dire avec une mine désolée :

— Je n'aurais jamais imaginé que cet héritage t'entraînerait si loin. Comment le testament d'un bourgeois peut-il avoir des conséquences sur les relations entre les magistrats du Châtelet ? Je serai au service funèbre, cet après-midi. Peut-être y apprendrai-je quelques faits qui pourront m'éclairer.

— Et moi, je fais rechercher Jean et j'ai bon espoir de le retrouver.

Gaston ne resta pas dîner. Désormais, le temps allait lui manquer, avec sa double charge, et il voulait faire état de son assiduité à Laffemas.

6

Jeudi après-midi

L'église Saint-Gervais se remplissait de fidèles. Coiffé d'un chapeau de castor, en pourpoint feuille-morte, avec des hauts-de-chausses gris, des bas noirs et des rubans de même couleur aux poignets, Louis était arrivé en avance, afin d'observer les gens qui allaient venir. Sur le parvis, il salua deux échevins, le procureur et le greffier de la ville, dès qu'ils apparurent. Puis ce furent les juges consuls des six corps, en robe noire à collet et manches à parements de velours, avec capes à leurs armoiries. Il aperçut également le quartenier du quartier de la Grève, son colonel et plusieurs dizainiers[18]. La présence de ces notables confirmait combien maître Bonnet était apprécié et honoré. Louis songea d'ailleurs que cette réputation sans faille pourrait devenir un argument dans la procédure d'annulation du testament : un bourgeois aussi honorable ne pouvait que respecter la Coutume de Paris.

Une heure auparavant, il se trouvait à l'étude de maître de Mas, à l'angle de la rue Saint-Merry et de la rue Saint-Martin. Jean de Mas avait épousé Marie Chapelain, fille du notaire Sébastien Chapelain, et avait repris cette étude en 1630. Louis lui avait présenté l'affaire et le notaire avait médité un instant, joignant l'extrémité de ses mains comme il faisait toujours avant de s'exprimer.

---

[18] Un dizainier est un bourgeois responsable d'une dizaine de maisons dans un quartier.

— La qualité de bourgeois de Paris donne des privilèges quasiment égaux à ceux de la noblesse, par exemple celui de posséder des armoiries, avait-il déclaré. Et, comme tu le sais, les conditions d'accès à ce corps honorable sont régies par l'article 173 de la Coutume de Paris. De plus, il est nécessaire de soumettre une demande de lettres de bourgeoisie auprès du prévôt des marchands. Il s'agit donc d'un acte éminemment volontaire. Dans ces conditions, il me paraît impossible de refuser que s'applique la Coutume, lors de sa succession. Certes, quelques bourgeois n'appliquent pas ces règles et pratiquent des partages inégalitaires, mais ils le font presque toujours dans des actes sous seing privé. À mon humble avis, un testament déposé chez un notaire de Paris, par un bourgeois de la ville, doit suivre notre loi commune. Si cette dame plaide, elle gagnera à coup sûr, car les juges sont tous bourgeois.

Le notaire avait donc confirmé sa propre opinion et celle de Gaston. Mais, évidemment, un procès serait long, sauf si un accord était trouvé avec la veuve. Comme maître de Mas se montrait bien disposé envers lui, Louis lui avait demandé un autre service : pouvait-il obtenir une copie du testament chez maître Caron ? Il ne voulait pas le faire lui-même, préférant que Jeanne Fleury ignore qu'il s'intéressait à cette affaire. Le notaire avait accepté.

Arriva alors Anne Bonnet, accompagnée d'une servante et d'un jeune homme de grande taille ; un gentilhomme, car il portait l'épée et une casaque bleue fleurdelisée. Louis eut vaguement l'impression que la surprise manifestée par la jeune femme en l'apercevant était teintée de contrariété. Elle ne parut pas pressée de lui parler et salua plusieurs personnes avant de s'approcher.

Fronsac se sentit mal à l'aise. La présence du gentilhomme auprès d'Anne le contrariait, sans qu'il comprenne pourquoi. Jalousie ? s'interrogea-t-il. Impossible ! La jeune femme n'était rien pour lui et il avait une charmante maîtresse, lui aussi. Il prit alors conscience que les épouvantables allégations de Gaston sur les femmes criminelles lui revenaient. Mais Anne ne pouvait être une méchante personne, bien au contraire, car tout chez elle exprimait la douceur. Aussi s'efforça-t-il de chasser ces pensées absurdes.

— Merci d'être venu, monsieur, dit-elle avec un triste sourire.

— C'est bien normal, madame. Je constate que votre père était fort estimé. J'ai aperçu les plus éminents membres du corps de ville.

— Il restait pourtant un homme simple. S'il était riche, il n'a jamais cherché à passer pour noble ou homme de qualité ni à faire oublier son origine roturière, dit-elle doucement. Il pratiquait beaucoup la charité et je regrette de l'avoir si peu vu, ces deux dernières années.

— J'ai consulté plusieurs hommes de loi qui m'ont confirmé que votre père ne pouvait faire état des coutumes du Puy dans son testament.

— Voilà une bonne nouvelle, dit-elle en baissant les yeux.

— Votre frère va-t-il venir ?

— Je l'ignore, monsieur, mais je ne le pense pas. Puis-je vous présenter M. de Lincy, qui a proposé de m'accompagner, craignant que j'aie du mal à supporter mon malheur.

Louis s'inclina devant le jeune homme, qui fit de même en ôtant son chapeau.

— Mon voisin, M. de Lincy est brigadier dans la compagnie des gardes du corps du roi, ajouta-t-elle sans plus d'explications sur ses relations avec son compagnon.

Apparemment, Anne ne souhaitait pas qu'il parle plus longtemps de son frère Jean et il se plia à son désir en gratifiant le gentilhomme d'un sourire déférent. Il savait que les gardes du corps, qui devaient mesurer plus de cinq pieds cinq pouces, assuraient la sécurité du Louvre, avec les gardes de la porte, les cent-suisses ordinaires et les gardes de la prévôté de l'Hôtel. Il fallait sortir d'un bon lignage pour entrer dans ces corps, bien qu'il s'agît toujours de cadets sans fortune.

— Votre oncle et votre belle-mère sont-ils présents ?

— Mon oncle assurera le service divin. Nous pourrons le rencontrer, si vous le désirez. Quant à ma belle-mère, elle se trouve là-bas. Je vais aller la saluer, vous n'aurez qu'à m'accompagner et je vous présenterai comme un ami.

D'un signe de tête, elle désigna une femme entourée de domestiques. Brune et d'une belle taille, cette personne n'était guère plus âgée qu'Anne. Vêtue d'une robe de velours noir, avec trois rangs de gaze sur la poitrine, elle affichait un visage fatigué qui exprimait une immense peine. Elle tamponnait sans cesse ses yeux avec un mouchoir brodé. Nul doute que le chagrin la dévorait. Cependant, un je-ne-sais-quoi dans son attitude contrite gêna Louis.

— Il me paraît inutile qu'elle me connaisse, surtout si je vous conseille au sujet du testament.

Elle l'approuva d'un signe.

— Envisagez-vous d'aller sur le lieu où votre père est mort ?

— La ferme de Romainville ne sera pas à moi. Qu'irais-je faire là-bas ?

— J'aimerais m'y rendre.

— Pourquoi ? s'enquit-elle avec surprise.

— Ne souhaitez-vous pas qu'on saisisse les fredains qui ont assassiné votre père ?

— Bien sûr ! Mais vous n'êtes pas prévôt !

— Un de mes amis proches est commissaire de police et m'a plusieurs fois expliqué comment il s'y prenait lors des enquêtes qu'il conduisait, répondit-il en s'efforçant de mettre de l'assurance dans ses paroles. Peut-être découvrirai-je quelque chose en interrogeant des paysans sur place. Certains peuvent se souvenir des brigands et de leurs montures. Des renseignements précieux pour les identifier.

Elle se montra indécise, comme embarrassée, puis elle interrogea son voisin du regard.

— Tout ce que pourrait découvrir M. Fronsac sera utile à la vérité, affirma-t-il. D'ailleurs, ne vous avais-je pas proposé de vous y conduire ?

— C'est vrai, monsieur. Eh bien, soit, M. Fronsac, je m'y rendrai avec vous.

— Serait-ce possible demain ?

— Si vite ?

— Les souvenirs des témoins s'effacent rapidement. Demandez à votre belle-mère de vous laisser le cocher qui a conduit votre père. Il guidera mon carrosse.

À nouveau, elle se montra irrésolue, mais, finalement, elle se dirigea vers sa belle-mère.

Louis la suivit du regard et prit conscience de ce qui le troublait chez la veuve : sa coiffure bouclée au fer, ses trop nombreux rubans, les broderies de son col, son visage couvert de céruse avec des mouches noires, ses bijoux étincelants et ses gants de chevreau. Une élégance singulièrement déplacée pour les obsèques d'un époux. Mais peut-être simplement explicable par un tempérament de coquette.

— Je vous aurais volontiers accompagné, demain, mais je suis de service au palais, dit M. de Lincy.

— C'est fort regrettable, monsieur, fit Louis d'un ton compatissant, tout en n'en pensant pas un mot.

Il préférait, et de loin, rester seul avec la jeune femme.

— Croyez-vous vraiment que vous découvrirez quelque chose, là-bas ? Ces truands n'ont pas dû se montrer ! Et le lieutenant du prévôt a déjà certainement posé toutes les questions possibles.

— Bien sûr, mais si ce n'étaient pas des truands ? Des témoins ont pu décrire un inconnu que les gens du prévôt n'auront pas identifié et que Mme Bonnet pourrait reconnaître.

Le brigadier écarquilla les yeux.

— Que voulez-vous dire ?

— Auquel cas, il s'agirait d'un crime.

— Contre M. Bonnet ? s'enquit M. de Lincy en secouant plusieurs fois la tête pour marquer son incrédulité. Impossible ! Tout le monde l'appréciait. Il n'avait aucun ennemi.

Fronsac ne répondit rien, trop concentré à renouer un ruban noir à son poignet gauche.

7

La jeune femme revint rapidement et demanda à M. de Lincy de lui prendre le bras pour pénétrer dans l'église. Comme il s'exécutait, elle glissa à Louis :

— C'est d'accord, M. Fronsac. Le cocher sera chez moi demain, à la pique du jour.

Il hocha du chef, satisfait, et laissa entrer les fidèles, pénétrant parmi les derniers. S'étant placé dans une chapelle latérale, il observa l'assistance. Jean Bonnet s'y trouvait-il ? Il s'attarda sur les jeunes gens, mais il y en avait peu et aucun ne ressemblait à Anne ou ne paraissait s'intéresser à elle.

La messe fut dite par Charles François Talon, le curé de Saint-Gervais. Il s'agissait d'un grand honneur pour le défunt et sa famille, car le père Talon était aumônier du roi et son frère, Omer, avocat général au Parlement de Paris. Louis devint plus attentif quand le sacristain monta en chaire pour rappeler l'honorable vie de son défunt beau-frère.

Pierre Billet était un homme vigoureux, à la poitrine saillante et au souffle imposant, qui lui permettait de parler d'une voix puissante. Il portait moustache en aigrette et barbe poivre et sel en éventail. Des attributs peu fréquents chez les religieux, sauf pour les anciens militaires. En était-il un ?

Louis eut soudain l'impression d'être observé. Il baissa les yeux, faisant semblant de prier, tout en regardant discrètement l'assistance. La veuve Bonnet le dévisageait et son regard haineux le glaça. Pourquoi l'observait-elle ainsi ? Le connaissait-elle ? Anne Bonnet avait-elle parlé de lui en dépit de ses recommandations ? Possible. Mais comment la veuve pouvait-elle savoir qu'il allait tenter de lui enlever son héritage ?

La cérémonie terminée, il resta sur place. La veuve de M. Bonnet le fusilla d'un dernier regard, avant de sortir avec ses domestiques. Puis il vit Anne abandonner M. Lincy et se diriger vers son oncle, qui se recueillait et priait près du corps enfermé dans une boîte plombée. Deux moines attendaient pour le transporter aux Saints-Innocents. Il était plus que temps, car, avec la chaleur et malgré l'enveloppe de plomb, la décomposition avait certainement commencé.

Il s'approcha à son tour.

— Oncle Pierre, dit-elle, laisse-moi te présenter M. Fronsac qui est notaire et va s'occuper de mes intérêts.

De près et en dépit de l'aumusse et du surplis, Pierre Billet donnait plus l'impression de sortir d'une montre[19] militaire que d'appartenir à l'Église. Une cicatrice barrait son front et il lui manquait plusieurs dents.

— À cause de la succession ?

— Entre autres, dit évasivement Louis.

— Le notaire de mon beau-frère était maître Caron, objecta le sacristain.

— Le testament a été lu mardi, mon oncle. Tout ira à ma belle-mère. Je n'ai quasiment rien et Jean encore moins, expliqua Anne.

Le clerc de l'Œuvre médita cette information avec une mimique désapprobatrice.

— Mme Bonnet m'a dit qu'elle ignorait ce qu'était devenu son frère, mais que vous le voyiez parfois, intervint Louis.

Le père Billet paraissait être un homme froid et prudent. Il ne répondit pas tout de suite, comme s'il cherchait la meilleure explication.

[19] Les montres étaient les revues de régiment à l'occasion desquelles on comptait les soldats et on vérifiait leur état.

— Jean ? Rarement depuis que la troupe de théâtre à laquelle il appartenait a fermé ses portes à cause de ses dettes. Il ne vient que pour me demander un peu d'argent.

— Que vous lui donnez ?

— Dans les limites de mes faibles moyens. Les appointements d'un sacristain ne sont guère élevés, même si je suis prêtre et clerc de l'Œuvre. Je reçois seulement quinze sols par messe. Mais pourquoi vous intéressez-vous à lui, puisqu'il n'aura rien dans l'héritage ?

— Mme Bonnet attaquera peut-être le testament en justice. Je la conseille et je voudrais me faire une idée de Jean. Vous parlait-t-il de son père quand il venait vous voir ?

À nouveau une hésitation avant la réponse.

— Oui… Il regrettait ce qui s'était passé entre eux et se montrait prêt à faire acte de contrition. Mais mon beau-frère en voulait beaucoup à son fils. Anne vous a-t-elle dit que Jean avait été poursuivi par la justice ?

Fronsac se tourna vers elle avec un visage faussement surpris, puisque la jeune femme ignorait qu'il savait. Elle parut embarrassée.

— Pour avoir battu un huissier, Jean a été condamné au pilori. M. Bonnet a cependant pu faire commuer la peine en versant cent écus au lieutenant criminel.

— Je devine combien une telle avanie a affligé votre père, compatit Louis.

Après un silence nécessaire pour affirmer sa sympathie, il demanda à l'oncle :

— Votre beau-frère avait-il des ennemis ?

Cette fois-ci, le sacristain n'hésita pas et secoua la tête.

— Non, aucun, je l'ai dit dans mon homélie. Mais il avait des défauts…

— Lesquels ?

Le clerc de l'Œuvre se passa la langue sur les lèvres et lança un regard oblique à sa nièce.

— Mon beau-frère était rancunier. Quand il était persuadé d'être dans son droit, il refusait le pardon, ce que je lui reprochais souvent.

— Pourtant, il a payé pour que son fils ne soit pas exposé.

Le clerc de l'Œuvre grimaça en secouant la tête.

— Pas pour son fils…, dit-il. Seulement à cause de l'infamie qui l'aurait touché.

Après un nouveau silence, il ajouta :

— Je dois vous dire que Nicolas était malade…

— Malade, mon Père ? intervint Anne, surprise.

— Depuis quand ne l'as-tu plus vu ?

— Je suis venue chez lui le jour des Rois.

— À ce moment-là, il allait encore bien. Je me suis vraiment rendu compte de sa maladie à Pâques. Il avait maigri et ses cheveux tombaient. Voici dix jours, je lui ai parlé et il a reconnu que son médecin le saignait régulièrement, qu'il souffrait de brûlures au petit ventre, qu'il avait des nausées, des sueurs froides et des vomissements. Inquiet, je lui ai redit de faire la paix avec son fils, qu'il ne fallait pas qu'il parte sans avoir pardonné, mais il s'est enfermé dans son intransigeance. J'en étais affligé et je le suis plus encore.

Louis voyait clairement quel genre d'homme était Bonnet. Estimé de tous, mais persuadé de son bon droit, exigeant et obstiné. Quant au trésorier, il ne pourrait lui en apprendre plus. Il lui vint alors une idée absurde qu'il écarta de prime abord. Et pourtant, il ne put s'empêcher de réprimer sa curiosité.

— Veuillez excuser mon impertinence, mon Père, mais je suis d'un naturel indiscret qui me perdra (il sourit). Vous n'avez pas l'aspect d'un prêtre. Avez-vous été soldat ?

— Corbleu, vous m'avez percé à jour ! plaisanta le religieux. J'ai en effet été sergent piquier aux mousquetaires ! Mon père était marinier et, s'il a pu m'offrir des études qui m'ont conduit à la prêtrise, il n'aurait pu m'acheter une cure. Afin qu'il dote ma sœur, j'ai acheté un office de sergent pour huit cents livres et rejoint le régiment de M. de Montalet. J'y suis resté dix ans, jusqu'à une vilaine blessure. Vous avez remarqué que je boite ?

Louis opina.

— Les mousquetaires sont à cheval, mais les troupes sont à pied. Je ne pouvais rester dans mon régiment et M. de Tréville, qui assistait M. de Montalet, a parlé de moi à M. Omer Talon, lequel m'a recommandé à son frère, le curé de Saint-Gervais. Les marguilliers recherchaient un sacristain honnête, solide et clerc. J'étais les trois à la fois et j'ai prononcé mes vœux.

— M. Fronsac m'a demandé de l'accompagner demain à Romainville, intervint Anne.

— Pourquoi ? s'enquit l'oncle en haussant les sourcils, brusquement sur ses gardes.

— Puisque vous avez été soldat, dites-moi si vous auriez arrêté la voiture de M. Bonnet en lui tirant dessus ? demanda Louis.

Le sacristain balança la tête, avant de questionner d'un ton froid :

— À quoi pensez-vous, monsieur ?

— Je ne crois pas aux brigands.

— Ce qui signifie ?

Louis fut frappé par le changement d'expression de son interlocuteur. Son visage était devenu de marbre.

— Qu'on a tiré sur M. Bonnet pour le tuer, volontairement.

— Une grave accusation, M. Fronsac. Et qui aurait fait cela ?

— Quelqu'un qui en voulait à votre beau-frère.

Silence.

— J'espère que vous n'imaginez pas que ce puisse être Jean ? articula le clerc de l'Œuvre, lentement, en serrant les poings.

— J'espère en apprendre plus demain.

— Jean aimait son père ! Je le sais et je l'affirme. De surcroît, s'il s'agit d'un tir pour tuer, le meurtrier était bon tireur. Je ne crois pas que Jean le soit.

Il gratifia Louis d'un sourire glacial et ajouta avec un regard brûlant :

— Moi, je suis bon tireur, mais je ne l'ai pas fait, si c'est à cela que vous avez songé en venant me parler.

Il salua Anne et se retira dans la sacristie, sans cacher sa colère.

— Votre oncle est susceptible, dit Louis, fort contrarié, car il n'avait pas voulu blesser le prêtre.

— C'est un homme à l'esprit fin. Il s'interrogeait sur vos questions et il a déduit que vous le suspectiez.

— À tort.

Ils sortirent de l'église. M. de Lincy attendait avec la domestique.

— Encore une question, madame. Avez-vous parlé de moi à votre belle-mère quand vous êtes allée la voir ?

Anne se montra embarrassée.

— Elle m'a demandé si je connaissais un M. Fronsac. La question m'a surprise et je lui ai répondu que oui, en vous désignant. Elle m'a alors posé quelques questions sur vous, toutes insignifiantes, mais, comme elle me demandait si je me rendrais seule à Romainville, j'ai reconnu que vous m'accompagneriez. Je n'aurais pas dû ?

— Non, cela n'a aucune importance. Il n'y a rien à cacher, dit Louis, tout en pensant le contraire.

Elle vit pourtant qu'il était contrarié et s'excusa :

— Ma belle-mère a toujours eu beaucoup d'autorité sur moi, M. Fronsac, et je ne sais pas lui mentir.

8

Vendredi 11 juin 1638

Louis arriva à l'aurore rue des Haudriettes. La ville s'éveillait et les marchands installaient leurs étals à grand renfort de bavardages entre voisins. La chaleur se faisait déjà sentir. Guillaume Bouvier conduisait le petit carrosse des Fronsac : une voiture à deux places tirée par un unique cheval qui s'arrêta devant la maison à l'enseigne de Sainte-Anne. Anne Bonnet avait dit à M. Fronsac que l'enseigne avait été une des raisons de l'achat du logis par son père.

Un homme attendait devant la porte, un domestique, d'après sa livrée élimée, ses chausses usagées et son chapeau ramolli.

Louis descendit et s'adressa à lui.

— Êtes-vous le cocher de M. Bonnet ?

— Oui, monsieur, répondit l'autre avec un brin de surprise.

— Avez-vous prévenu Mme Bonnet que vous étiez là ?

— Oui, monsieur. J'ai sonné et sa femme de chambre m'a demandé d'attendre.

Louis avait remarqué combien la maison était petite. Le pignon ne possédait qu'un étage avec des soupentes et sa largeur sur la rue ne dépassait pas deux toises. Sans doute Anne n'avait-elle qu'une chambre complétée par des bouges pour ses domestiques. Et en bas, c'était son commerce. Nulle place pour recevoir, même s'il devait y avoir un jardin derrière.

— Je me nomme Louis Fronsac, je suis notaire rue des Quatre-Fils. Nous irons à Romainville dans mon carrosse. Il n'est pas grand et vous monterez devant avec Guillaume qui m'accompagne. Vous le guiderez.

— Oui, monsieur, dit le cocher, toujours interloqué.

Sa maîtresse lui avait demandé de conduire Mme Anne sur le lieu où était mort son père, afin de se recueillir, et il avait cru comprendre qu'elle louerait un véhicule pour ce faire, une voiture qu'il conduirait. On ne lui avait pas parlé de notaire. Mais Jacques le Picard – il se nommait ainsi – n'était pas d'un tempérament curieux. Il avait toujours obéi à son maître et, maintenant, il suivait les volontés de sa veuve sans jamais les discuter.

Anne apparut alors, en chemisette d'estamet à haut collet et casaquin écarlate. À la vue du cheval et de la taille de la voiture, elle haussa un sourcil de contrariété et pesta intérieurement. Ils n'iraient pas vite, songea-t-elle, et seraient rudement à l'étroit. Les deux lieues jusqu'à Romainville s'avéreraient pénibles. De surcroît, qui était ce barbu à la tête de brigand sur le siège du cocher ?

Louis devina sa question :

— Guillaume Bouvier est l'un des gardiens de notre étude. C'est son frère qui vous a raccompagnée. Ils se ressemblent beaucoup, mais Jacques porte une moustache et Guillaume une barbe. Le seul moyen de les différencier !

Il pouffa à sa plaisanterie qui pourtant laissa froide la jeune femme. Il lui ouvrit alors galamment la porte et l'aida à monter. La banquette était couverte de velours noir. Elle s'assit en faisant attention à ne pas froisser sa robe et Louis se mit à côté d'elle.

Ils avaient suffisamment de place pour leurs jambes, car le siège pliant, devant eux, était relevé. Le cocher s'étant installé à côté de Guillaume, la voiture se mit en route.

— J'ai demandé à mon serviteur de venir avec nous, car on ne peut exclure que celui ou ceux qui s'en sont pris à votre père soient toujours dans les parages.

— Croyez-vous qu'il y ait péril ? s'inquiéta-t-elle.

— Rassurez-vous, avec lui, nous ne risquons rien. Au demeurant, je suis moi-même armé.

Il se pencha et, de dessous le siège, tira un long pistolet à rouet.

— Guillaume et son frère sont d'anciens soldats. Ce sont eux qui m'ont appris à tirer.

Il enclencha le rouet avec la clef, leva le chien et vérifia qu'il y avait du pulvérin[20] dans le bassinet.

— Quelles relations votre père entretenait-il avec les gens de Romainville ?

— Pensez-vous qu'il aurait eu des ennemis, là-bas ?

Ayant rabattu le chien et rangé l'arme, Louis écarta les mains.

— Je serais surpris que le criminel fasse partie d'une bande de larrons. Les voleurs ne tuent leur victime qu'après les avoir dépouillés et il y a de meilleurs moyens pour arrêter un cheval que de le mousqueter. Or, s'il ne s'agit pas de brigands, on a affaire à quelqu'un qui connaissait les habitudes de votre père. Et, comme il semblait n'avoir que des amis à Paris, il s'agit d'un ennemi de Romainville.

— Je ne saurais vous dire. Je ne suis plus allée là-bas depuis deux ans.

— Connaissez-vous ses voisins ?

— Le plus proche est messire Nicolas de Quelen, le seigneur de Romainville, qui a construit un château près de chez nous. Ils ont eu des querelles sur des droits de passage, mais rien ne pouvant conduire à de telles extrémités.

— Nous en apprendrons plus sur place. Je l'espère, tout au moins.

Le silence s'installa, tandis que le carrosse passait devant l'enceinte du Temple[21]. Puis il franchit la porte, roula sur le vieux pont-levis et fila vers Pantin. Anne ne pipait mot, essayant de garder son équilibre lorsque les cahots étaient trop forts.

— M. de Lincy est un aimable gentilhomme, dit alors Louis.

Elle sursauta à ces paroles.

— Oui, c'est une personne bienveillante et je lui suis très reconnaissante de m'accorder son amitié.

---

[20] Poudre fine.

[21] Sur l'enclos du Temple, voir : *Le secret de l'enclos du Temple*, du même auteur.

— Habite-t-il dans votre rue ?

— Au coin de la rue du Temple, mais il dispose d'une chambre au Louvre.

Voyant qu'elle ne recherchait pas la conversation, Louis n'insista pas. Il se concentra pour essayer d'assembler les informations qu'il possédait. Toutefois, il n'avait presque rien, sinon des expressions fugitives saisies ici ou là. Comme celle, haineuse, de Jeanne Fleury, la colère du sacristain Pierre Billet ou l'indifférence singulière d'Anne Bonnet. Le seul fait tangible était que Jeanne Fleury connaissait son nom. Qui lui avait parlé de lui ?

La route filait droit entre des champs de blé encore verts. Il songea qu'il devait être plaisant de posséder une ferme et des terres hors de Paris. Une chimère pour lui qui n'avait rien, sinon les gages que lui donnait son père pour son travail à l'étude. Mais il n'avait pas à se plaindre, il disposait d'un logement plutôt spacieux, rue des Blancs-Manteaux. Et peut-être un jour ferait-il fortune.

Les vignes succédèrent aux terres à blé. Sa voisine s'était endormie et, par moments, son épaule tombait sur la sienne, ce qu'il appréciait. Anne ne semblait guère aimer son père, mais ce dernier paraissait avoir beaucoup de torts envers elle. L'homme avait finalement quitté ce monde sans avoir dit adieu à ses enfants qui l'oublieraient. Au moins, sa femme l'aimait-elle. Puis Louis songea à la maladie du patriarche. De quel mal pouvait-il avoir été atteint ?

La voiture ne possédait pas de vitres, seulement des rideaux de cuir qu'il avait tirés depuis leur départ de Paris. Son regard s'égara sur les fermes qu'il apercevait au loin. Ils avaient traversé Pantin et le véhicule vira sur un chemin à main droite. Louis eut le temps d'apercevoir une colline boisée, sur son flanc, avec un clocher au sommet.

Il se demanda aussi pourquoi il s'impliquait tant dans cette affaire. Il avait donné ses conseils à Anne Bonnet et lui trouverait un avocat ; le reste ne le regardait pas. Avait-il besoin de chercher à découvrir les meurtriers de son père ? D'ailleurs, avait-il la moindre chance d'y parvenir ? Il prit conscience que la seule explication à son attitude tenait à son envie de connaître la vérité. Il n'avait pas une âme de justicier, juste une passion pour les situations mystérieuses et inexpliquées.

On frappa à la cloison avant et la jeune femme releva brusquement la tête, confuse de s'être endormie contre son compagnon.

— Nous arrivons à Romainville, monsieur ! cria la voix de Guillaume.

Le chemin serpentait en montant légèrement et le cheval, fatigué et certainement assoiffé à cause de la chaleur, allait d'un pas plus lent. Ils passèrent un enclos boueux, une poignée de maisons en torchis et colombages et la voiture s'arrêta devant une fontaine avec un abreuvoir. Le village somnolait.

Guillaume et le cocher mirent pied à terre et firent approcher l'animal afin qu'il se désaltère. Éreinté par les cahots provoqués par le chemin empierré, Louis descendit également et alla ouvrir à sa compagne.

— Si vous voulez faire quelques pas, proposa-t-il.

Elle lui prit la main et sortit. Devant une maison, deux petites filles aux pieds nus jouaient avec des morceaux de bois habillés de bouts d'étoffe. Leur mère apparut. En tablier de toile bise, robe en droguet sombre et fichu la tête, elle s'approcha, intriguée par la venue de ces inconnus. Puis elle reconnut le cocher et Anne.

— Dame Bonnet ! s'exclama-t-elle en faisant une courte révérence.

— Bonjour, Thérèse. Je viens me recueillir là où mon père a été tué.

— Un grand malheur, dit la femme avec tristesse.

— Avez-vous appris quelque chose depuis, madame ? interrogea Louis.

La villageoise le considéra en se demandant visiblement qui il était. Un policier ? Un magistrat ?

— Non, monsieur. Les brigands ont fui après avoir raté leur coup, répondit-elle poliment.

— Avez-vous vu passer des cavaliers, ce jour-là ?

— Je ne m'en souviens pas, monsieur.

Le cheval s'était abreuvé et les cochers avaient bu également. Louis alla se désaltérer, mais Anne ne bougea pas. Guillaume interrogea son maître du regard.

— Repartons, madame, proposa Fronsac.

Elle accepta avec un maigre sourire, salua Thérèse et remonta dans le véhicule. Elle s'abîma alors dans le silence, certainement éprouvée d'approcher du lieu où son père avait été tué. Louis respecta sa détresse.

9

Le véhicule suivit un sentier en pente douce qui s'engagea dans les bois. Les ramures des frênes et des châtaigniers qui s'étendaient au-dessus masquaient le ciel par places et provoquaient une certaine obscurité, mais aussi une agréable fraîcheur après la chaleur du grand chemin. Quelques rochers moussus révélaient la présence d'humidité. Le calme régnait et les trilles des oiseaux ponctuaient le lent martèlement des sabots.

— Ce passage est contesté par M. de Quelen, car il conduit au château qu'il vient de faire construire, mais il va également à la ferme de mon père qui, elle, existe depuis plus d'un siècle, expliqua soudain Anne d'une voix morne.

Louis la regarda. Elle paraissait de plus en plus accablée et il devina qu'elle regrettait d'être venue. Un voyage sans doute inutile, songea-t-il, un peu dépité.

Soudain, le chemin déboucha dans une clairière bordée d'aubépines et la voiture s'arrêta.

— C'est ici que ça s'est passé, monsieur ! annonça la voix du cocher avec un brin d'inquiétude.

Louis sortit du véhicule et aperçut le hameau en contrebas, tandis qu'à droite du chemin, les taillis s'épaississaient en précédant une forêt d'ormes et de chênes.

Le cocher et Guillaume descendirent à leur tour. L'ancien soldat tenait à la main le long pistolet à rouet qu'il avait emporté et dont il venait de remonter le mécanisme. Anne demeura à l'intérieur.

— On a tiré de là, monsieur, déclara le cocher en désignant un immense chêne dont on apercevait les grandes ramures, à une centaine de toises.

Louis se dirigea vers l'arbre, se doutant un peu qu'il ne découvrirait rien. Guillaume le suivait. Toutefois, arrivés devant un épais enchevêtrement de branches et d'épineux, ils ne purent aller plus loin.

— Si tu avais voulu tirer sur le passager, où te serais-tu mis, Guillaume ? s'enquit Louis.

L'ancien soldat examina un moment les alentours, puis désigna une trouée dans les taillis.

— Là-bas.

— Essayons d'y aller par le chemin.

Ils revinrent sur leurs pas et, comme ils se trouvaient à trois toises de la voiture, Guillaume bouscula son jeune maître et le fit tomber, s'affalant sur lui.

Le coup de mousquet retentit alors qu'ils touchaient le sol.

Guillaume se releva aussitôt et, tenant crosse et canon du pistolet avec ses deux mains, il visa l'endroit qu'il avait désigné juste avant. On entendit un hennissement et il fit feu.

Le coup claqua, la fumée les entoura et Louis se releva.

— On nous a… tiré dessus..., dit-il d'une voix tremblante.

— Oui-da, monsieur, ou plus exactement, on vous a tiré dessus. Par miracle, le vent portait de là-bas, expliqua-t-il en désignant la direction vers laquelle il avait fait feu. J'ai senti l'odeur de la mèche d'un mousquet et j'ai compris. Je vous ai poussé à l'instant où le coup partait.

— Je te dois la vie, Guillaume !

Anne sortit de la voiture. Livide. Son visage affichait un mélange de terreur et de détresse. Le cocher la soutint, tandis que Bouvier allait flatter l'encolure du cheval pour le calmer.

Pourquoi n'était-elle pas descendue avant ? s'interrogea Louis. Savait-elle qu'on allait tenter de m'assassiner ? Immédiatement, il pensa à son frère Jean et à son oncle, l'ancien mousquetaire qui se disait bon tireur. Mais pourquoi auraient-ils tenté de le tuer ? Pour cacher son trouble, il lui déclara :

— Le meurtrier nous attendait. Nous avons maintenant la certitude que ce ne sont pas des brigands qui ont meurtri votre père. C'est lui ! Retournez dans le carrosse et tenez-vous prête à revenir au village. Guillaume, allons voir là-bas ! Peut-être l'as-tu touché.

Lui-même se rendit au véhicule, ouvrit la porte et sortit son propre pistolet ainsi qu'une épée qu'il tendit à Guillaume.

— Laissez-moi le temps de recharger, monsieur.

— Inutile, j'ai le mien ! Et je suis persuadé qu'il n'y aura plus personne.

L'endroit d'où on avait fait feu se situait dans le bois, mais dans la direction de Romainville. Ils prirent donc le chemin en sens inverse et recherchèrent un passage qu'ils trouvèrent facilement à quelque deux cents toises. Les branches y étaient brisées et le sol piétiné. Guillaume s'engagea dans la trouée tandis que Louis demeurait sur le chemin pavé de gros cailloux plats et irréguliers, avec des interstices boueux. Sur ces endroits, on distinguait parfaitement les traces des sabots, car le sol était encore humide de la pluie du début de semaine. Il les suivit et s'aperçut que l'un des fers avait perdu un clou. Un sabot du côté droit.

Il revint sur ses pas chercher Guillaume qui, justement, venait de réapparaître.

— J'ai rien trouvé, monsieur, même pas de trace de sang. Je l'ai raté.

— À cette distance, cela aurait été un miracle de le toucher. Mais viens plutôt voir.

L'ancien soldat s'approchant, il lui montra la marque de sabot.

— Cela peut m'aider à le retrouver, mais n'en parle à personne. D'après toi, c'est une patte avant ou arrière ?

— Arrière, monsieur. Regardez, les marques des sabots avant ont été écrasées par les autres.

Louis contempla un moment la trace du fer, afin d'être certain de s'en souvenir.

— J'ai quand même ramassé ça dans des ronces, dit Guillaume.

Il tendit une poignée de longs poils fauves.

— Ça doit appartenir au cheval.

Louis les examina et les mit dans son gousset.

— Rentrons à la voiture. On s'arrêtera au village où on a dû voir passer notre homme.

Sur le chemin, Anne attendait à l'intérieur du carrosse et le cocher se tenait debout devant la portière, visage défait d'inquiétude.

Louis remonta dans le véhicule et Guillaume reprit les rênes.

— Il a filé. On va au village où on a dû l'apercevoir.

— Qui cela peut-il être ? demanda la jeune femme d'une voix blanche.

— Quelqu'un qui savait que nous venions. Il m'attendait.

— Pourquoi vous ?

— Je dois le gêner par mes questions, mais il sera facile à retrouver.

— Comment ? murmura-t-elle.

— Combien de personnes savaient que je vous accompagnais ?

Elle ne répondit pas.

— Votre oncle, votre belle-mère et M. de Lincy, énuméra-t-il.

— Pas mon oncle, ni M. de Lincy ! fit-elle, horrifiée, en portant sa main gauche à sa bouche.

Il resta silencieux, n'ajoutant pas à la liste : « Vous ».

Guillaume arrêta la voiture devant la fontaine. Les enfants étaient toujours là. La nommée Thérèse discutait avec une femme âgée, en jupon de gros drap, et un homme en saye avec un large haut-de-chausses de toile, des guêtres et des sabots. Tous trois s'approchèrent de la voiture.

Louis descendit le premier.

— Un cavalier vient de passer ! affirma-t-il.

— Oui, monsieur, confirma le paysan. Ventrebleu, on aurait dit qu'il avait le diable à ses trousses !

— Sûr, il galopait comme un forcené et a failli renverser ma tante ! confirma Thérèse.

— Comment était-il ?

Ils s'entre-regardèrent en plissant le front.

— Il est passé en un éclair, monsieur, dit le paysan.

— Son visage ? Barbe ? Moustache ? Jeune ? Vieux ?

Nouveaux regards indécis.

— Peut-être une barbe, dit Thérèse. Son âge ? Je dirais entre trente et cinquante, mais il portait un grand chapeau rabattu.

— Ses habits ?

— Une sorte de cape sombre le couvrait entièrement, monsieur, assura le paysan, mais il avait des bottes à revers très hautes, des bottes de mousquetaire.

— Vous l'aviez déjà vu ?

— Moi, non, affirma Thérèse.

Les autres firent une grimace négative.

Le plus jeune des enfants, une fillette de cinq ou six ans qui s'était approchée, dit alors :

— Il est passé ici, il y a quelques jours. Il a fait boire son cheval à la fontaine quand je venais prendre de l'eau. J'ai reconnu les longs poils de la jument que j'avais caressée. Ils étaient aussi doux que ceux de la monture de l'intendant du seigneur.

— Alors tu l'as vu de près ?

— Il avait une moustache, monsieur, avec les pointes comme celle de M. de Quelen.

— Ainsi ? demanda Fronsac en mimant deux extrémités relevées ?

— Oui, monsieur.

— Blond ?

— Non, monsieur, comme maman.

Thérèse avait des cheveux châtains avec quelques fils blancs.

— Son âge ?

— Je ne sais pas, monsieur, fit l'enfant. Peut-être comme mon père.

— Quel âge a son père ? demanda Louis.

— C'est mon mari, il connaît pas exactement son âge, monsieur, mais il croit avoir trente-cinq ans.

Louis n'était guère avancé. Heureusement restait le fer au clou manquant.

Ils repartirent. Midi était passé depuis longtemps. Bien qu'ils aient bu à la fontaine, ils étaient assoiffés et la faim se faisait sentir. Louis décida d'une halte à l'auberge du Coq d'Or, à l'entrée de Poissy.

Le dîner fut morose. Anne s'était murée dans le silence et les tentatives de Louis pour la sortir de son mutisme restèrent vaines. Guillaume échangeait de sombres regards avec le fils de son maître. L'incident lui avait douloureusement rappelé ce qui s'était passé devant l'étude, quinze ans plus tôt[22]. Pourquoi le jeune Fronsac se mettait-il dans de telles situations ? Qu'aurait-il dit à son maître s'il lui avait ramené son fils blessé ou mort ? Il était terrorisé à cette pensée.

Ils arrivèrent à Paris vers cinq heures. Louis n'avait pas parlé du fer à cheval à Anne et elle ne s'était pas montrée curieuse sur ce qu'il envisageait de faire. Avoir vécu la même agression que son père semblait lui avoir embrumé l'esprit. Il la laissa chez elle, lui promettant de la tenir informée, mais elle ne demanda rien. Le cocher des Bonnet demeura avec elle et raconterait certainement l'incident à la veuve. Si cette dernière était à l'origine de la tentative de meurtre, elle se tiendrait coite quelque temps, afin de ne pas être soupçonnée. Et, sinon, peu importait qu'elle sût ce qui s'était passé. Dans tous les cas, elle rencontrerait certainement Anne pour la questionner.

Alors que la jeune femme attendait que le portier vienne ouvrir, elle se retourna quand le carrosse s'ébranla. Louis, qui la regardait, lut soudain dans ses yeux un éclair de haine et de peur. Il en resta bouleversé.

Guillaume conduisit Louis chez Gaston, à qui il voulait raconter son aventure et demander conseil, mais celui-ci n'était pas

---

[22] Voir : *Les ferrets de la reine.*

là. Il avait même prévenu son hôtesse qu'il rentrerait tard, car il devait visiter des académies de jeux, puis quelques cabarets, afin de vérifier que leurs propriétaires ne trichaient pas sur la qualité des vins en les coupant avec de l'eau. Louis demanda donc à Guillaume de le ramener chez lui.

Vêpres sonnaient au clocher de l'église des Blancs-Manteaux quand il pénétra dans l'impasse où se situait son logis, au deuxième étage d'une maison occupée, en bas, par un savetier et, au-dessus, par un contrôleur des entrées du vin.

L'appartement de Louis était plutôt vaste, car il disposait d'une chambre, d'une salle et d'un bouge pour Nicolas, son domestique et neveu de Guillaume. Celui-ci avait fait venir un repas pour son maître depuis l'auberge de la Grande Nonnain : des charcutailles et du pain de Gonesse. Et il y avait toujours quelques flacons de vin et des fruits, dans la maisonnée.

— Pendant votre absence, M. Bailleul est venu, monsieur. Il vous a laissé un document. Je l'ai posé dans votre chambre.

Louis s'y rendit. C'était une pièce exiguë, aux murs simplement blanchis et meublée d'un lit à custodes, d'une petite table supportant quelques boîtes à peignes et rubans, d'un coffre et d'escabeaux. Deux feuillets attachés ensemble par un cordon se trouvaient sur la table. Il les prit et s'assit sur le lit, près de la fenêtre ouverte sur la rue pour avoir de la lumière.

C'était un contrat de mariage. Il le lut et comprit alors les grandes lignes de la sinistre affaire.

Sauf l'attitude d'Anne Bonnet.

10

Samedi matin

Après s'être lavé et avoir demandé à Nicolas de le raser, Louis avait avalé un copieux repas de viandes rôties froides et de confiture avec des tranches de pain de Gonesse qui venait d'être cuit. En mastiquant, il ne cessait de penser aux événements de la veille, à ce qu'il avait appris en lisant le contrat de mariage, et surtout aux faits qui refusaient d'entrer dans l'explication rationnelle de la mort de maître Bonnet à laquelle il songeait.

Laissant ensuite Nicolas, qui devait aller à l'étude aider son père et son oncle, il se rendit à la maison *Au Pot d'Étain*, mais Gaston était déjà parti pour le Grand-Châtelet. Louis savait que les magistrats commençaient leur journée de travail entre quatre et cinq heures du matin. Cependant, il demeurait exceptionnel qu'ils travaillent si tôt le samedi et il avait espéré que son ami l'attende, puisqu'il avait certainement pris connaissance de son passage de la veille. Mais ce contretemps n'avait pas que des inconvénients puisqu'il brûlait d'envie de découvrir l'endroit où Gaston travaillait.

Il descendit la rue de la Poterie et prit la rue Saint-Jacques la Boucherie. Le samedi, les voies n'étaient guère encombrées par les chariots ou les animaux de trait, et aucun troupeau n'était conduit chez les bouchers pour y être abattu. Aussi n'y avait-il pas trop de crottin. Louis faisait quand même attention où il mettait ses pieds et s'écartait prudemment quand il apercevait des mules ou des ânes. Il évita même un seau d'eau gâtée qu'un malotru jeta d'une fenêtre. Ces précautions lui permirent d'arriver devant le Grand-Châtelet quasiment sans s'être sali.

La Grande Boucherie se dressait à gauche du porche qui passait sous la citadelle. C'était un bâtiment carré avec des étals sur les quatre côtés dans lesquels on débitait toutes sortes de viandes. En face, cabarets et rôtisseries étaient nombreux et, pour l'heure, il n'y avait pas encore de crieurs annonçant les tonneaux mis en perce. En revanche, bouchers, marchands d'oies et rôtisseurs vociféraient déjà à qui mieux mieux en vantant la qualité de leurs viandes. Quelques-uns payaient même des gamins pour battre du tambour afin de couvrir les annonces de leurs concurrents.

Louis aperçut Jehan Le Pontonnier dans sa boutique. Ce boucher, ancien camarade du collège de Clermont lui fit un signe amical, mais Fronsac ne s'arrêta pas. Au contraire, saoulé par le vacarme, il pressa le pas, traversa la place devant le Châtelet et pénétra dans l'obscur passage voûté traversant le bâtiment. Il ignora les vendeurs proposant quelques légumes sur des tréteaux branlants, donna une piécette à un mendiant et pénétra dans la cour intérieure du tribunal d'où il grimpa le grand escalier jusqu'au bureau des huissiers.

Peu de monde dans le vestibule, mais il aperçut un archer qu'il connaissait et auquel il demanda où se trouvait le commissaire Gaston de Tilly.

— Dans la grosse tour, M. Fronsac. Savez-vous comment y aller ?

— Non, mais indiquez-moi le chemin.

Le Grand-Châtelet était un véritable labyrinthe et, habituellement, Louis n'y venait que pour remettre des actes et parfois assister à des audiences civiles.

— Je vais vous conduire, monsieur, ce sera plus simple. De surcroît, si M. de Laffemas arrive et vous voit circuler dans les étages, il est capable de vous mettre à l'amende.

Satisfait, Fronsac suivit son guide. Il fit bien attention au chemin emprunté, afin d'être certain de le refaire seul. Arrivé à l'entrée de l'escalier en viret dans la grosse tour, l'archer l'abandonna, lui déclarant seulement que le cabinet de M. de Tilly se situait au premier niveau.

Fronsac grimpa, gratta à la porte et entra.

— Louis ! rugit Gaston, se levant si brusquement qu'il fit tomber sa chaise.

— Ainsi, voilà ton antre ! s'exclama Fronsac.

— Comme le trouves-tu ?

Les amis se serrèrent dans une forte et sincère brassée.

— Dépouillée de tout luxe ostentatoire, observa le jeune notaire, pince-sans-rire.

Du regard, il balaya la pièce ronde et ajouta, en remarquant l'absence de cheminée :

— En hiver, tu auras sacrément froid !

— On verra ! répliqua Gaston avec insouciance. As-tu du nouveau dans l'affaire de Mme Bonnet ?

— Oui. Hier, un malfaisant a tenté de m'envoyer au royaume des taupes, mais je sais de qui il s'agit.

— Quoi ? rugit Gaston.

Louis alla fermer la porte et s'assit sur l'escabelle.

— Mieux vaut qu'on ne nous entende pas.

Il commença son récit par l'église Saint-Gervais et la rencontre avec le sacristain, poursuivit par le voyage à Romainville en s'attardant sur la rapidité de Guillaume quand il avait senti l'odeur de la mèche et, enfin, termina par ce qu'il avait découvert.

— Un sabot avec un clou en moins ! Pas facile à retrouver. Il doit bien y avoir cent mille chevaux à Paris.

— Dans ma recherche, je ne me serais intéressé qu'à ceux des suspects, mais ce sera inutile, puisque je sais qui a fait le coup.

— Qui est-ce ? fit Gaston, éberlué.

Louis sortit alors de sa poche les deux feuillets que Bailleul lui avait portés.

— Voilà le contrat de mariage de maître Nicolas Bonnet avec sa seconde épouse. Regarde les noms des témoins.

Intrigué, Gaston prit les papiers avec précaution et se plongea dans leur lecture. Le texte énumérait les biens du mari, très nombreux, puis ceux de Jeanne Fleury, qui ne possédait que deux robes et un collier d'argent ; chacun gardait ses biens propres.

Le traité prévoyait aussi un douaire de cinq cents écus et la propriété de la maison commune pour elle, en cas de veuvage. Une faible somme par rapport à la fortune du marié. L'usage de la Coutume de Paris était que le douaire représente la moitié des biens de l'époux. On en était loin.

Tilly arriva ensuite aux témoins et, alors, il se figea. Trois noms apparaissaient : le sacristain, Pierre Billet, le fils, Jean Bonnet, et Barthélemy Tavernier, commissaire du quartier de la Grève.

Il leva les yeux vers Louis sans dire un mot.

— Les deux premiers témoins sont ceux du marié, poursuivit Louis. À coup sûr, Tavernier est le témoin de la veuve, ce qui veut dire qu'il la connaissait avant le mariage. Maintenant, imagine qu'ils aient été… disons… très proches… Elle vient d'obtenir un testament en sa faveur, bien plus intéressant que son douaire, alors elle demande à son ami de la débarrasser de son vieux mari. Comme commissaire, il doit bien posséder un mousquet…

— Il en a un ! Il est colonel de la milice du quartier et m'a dit entraîner régulièrement ses troupes.

— Tu vois ! Maintenant, souviens-toi de la réaction de Tavernier au sujet de Jean Bonnet. Son attitude s'explique facilement s'il venait de meurtrir le père. Peut-être a-t-il cru que tu disposais d'informations sur le crime, que tu allais l'accuser…

— Possible. Et le fait qu'il ait été témoin du mariage explique mieux pourquoi il a évité le pilori au fils. Lui et Nicolas Bonnet se connaissaient.

— Exactement. Tu m'as dit également que tu avais parlé de moi à Laffemas, Tardieu et Tavernier. Tu leur as révélé que je m'intéressais à la succession dans le dessein de faire casser le testament. Ton commissaire a dû répéter cela à Jeanne Fleury. Le lendemain, à l'église, Anne Bonnet est allée la solliciter pour qu'elle lui laisse son cocher afin de se rendre sur le lieu du drame. Jeanne a accepté, mais lui a demandé si elle connaissait un M. Fronsac. Prise de court, Anne a répondu par l'affirmative et m'a désigné, déclarant même que je l'accompagnerais le lendemain pour son voyage à Romainville. La veuve disposait dès lors de tous les éléments. Elle a prévenu Tavernier, qui a jugé que la seule chose à faire était de se débarrasser de moi. Pas d'homme, pas de problème ! Vendredi matin, il est parti très tôt et s'est installé entre Romainville et la ferme pour nous attendre, à l'endroit d'où il avait déjà tué Nicolas Bonnet. Seulement, il m'a raté. Je suis certain que, si tu vérifies le fer arrière droit de son cheval, tu constateras qu'il y manque un clou.

Tilly resta silencieux, mais une sorte de sourire flottait sur ses lèvres, ce qui troubla Fronsac.

— Ton raisonnement est sans faille, Louis, et je suis très impressionné, dit-il enfin. Néanmoins, Tavernier était au Grand-Châtelet hier, toute la journée, en audience. Il n'a pu te tirer dessus.

11

Cette fois, ce fut Louis qui resta abasourdi. Pourtant, tout lui était paru si évident ! Quelle leçon d'humilité !

— Donc, j'ai fait fausse route, grimaça-t-il. Heureusement, il reste le cheval et son fer.

— Ouais. Il n'en demeure pas moins que Tavernier et Bonnet se connaissent et que mon commissaire lorgne une charge de conseiller coûtant quarante mille livres. Avec quel argent compte-t-il payer ?

Louis resta silencieux un instant, consacrant toute son attention à renouer un de ses rubans de poignet.

— L'attitude d'Anne n'est pas claire, dit-il quand il eut terminé. Je n'avais guère réfléchi à son comportement jusqu'ici, tant j'étais persuadé que M. Tavernier était coupable, mais j'ai l'impression de l'embarrasser autant que je gêne sa belle-mère.

— Explique-moi.

— Elle est venue à l'étude prendre conseil auprès de mon père. Elle ne m'a jamais demandé de l'aider et j'ai eu la vague impression qu'elle était contrariée quand elle m'a aperçu à l'église Saint-Gervais. J'étais peut-être la dernière personne qu'elle souhaitait voir ! Quand je lui ai proposé de me rendre avec elle sur les lieux du crime, elle n'a pas osé refuser, mais elle n'a montré aucune appétence pour ce voyage. Vendredi, elle est restée quasiment muette durant tout le trajet. Ce déplacement lui déplaisait et l'attentat contre moi l'a encore plus contrariée. J'ai pensé qu'elle était sous l'effet de l'émotion, mais je me demande maintenant si elle n'était pas fâchée que j'en aie réchappé.

— Aurait-elle pu désirer ta mort ? Avoir payé un homme de main pour qu'il te tire dessus ?

— Possible. Mais dans cette conjecture, comme le tir a eu lieu depuis l'endroit où l'on a tué son père, cela signifie qu'elle connaissait bien les lieux et qu'elle a donc également préparé sa mort.

En disant ces mots, Louis ressentit une immense détresse. Il avait sincèrement voulu aider Anne et même devenir un de ses amis. Il avait d'ailleurs éprouvé une pointe de jalousie en découvrant l'existence de M. de Lincy. Pouvait-il s'être entièrement trompé sur elle ?

— N'avais-tu pas l'impression qu'elle aimait son père ?

— À l'étude, elle pleurait en parlant de lui. Mais, par la suite, je l'ai trouvée bien froide à son égard.

Il leva les yeux vers Gaston.

— Peut-être aimait-elle plus les biens de son géniteur que sa personne ! persifla-t-il, comme si se moquer pouvait atténuer la tristesse qu'il éprouvait.

— Et Tavernier, dans tout ça ?

— Je viens de penser que j'ai autre chose…

Il sortit la mèche de poils de son gousset.

— Guillaume les a trouvés dans les ronces, près de l'endroit d'où on m'a tiré dessus.

Tilly les regarda longuement avant de dire :

— Ça ressemble bien à la couleur du cheval de Tavernier, qui a aussi les poils longs.

— Mais l'intendant du seigneur de Romainville possède également un cheval avec ce genre de robe. Ces poils peuvent provenir de la monture du meurtrier, mais aussi de celle de cet homme.

— Quel embrouillamini ! soupira Gaston.

On gratta à la porte. C'était un archer.

— Monsieur le commissaire, on a découvert un cadavre sur la grève, ce matin. On l'a porté dans la basse geôle et personne ne le connaît. Le chirurgien juré, qui est sur place, m'a demandé de prévenir tous ceux qui sont dans le Châtelet pour tenter de l'identifier.

Gaston soupira :

— Encore un miséreux qui se sera noyé ! On en découvre cinq par semaine, en ce moment, sur les berges. Attends-moi, je ne serai pas long.

— Je peux venir ? J'ai souvent entendu parler de la basse geôle, je suis curieux de découvrir cette salle.

— Accompagne-moi, si ça te chante, mais ce n'est pas un endroit très ragoûtant. J'y suis allé plusieurs fois pour faire porter des cadavres découverts sur les quais. L'endroit pue la mort.

Gaston enfila son pourpoint posé sur le coffre, boucla son baudrier avec son épée, se coiffa de son chapeau de feutre et ils descendirent, l'archer poursuivant ses visites dans le Châtelet.

Dans la grande cour, l'entrée de la basse geôle se faisait par une porte située à gauche de l'escalier principal.

— On passe d'abord par le greffe, expliqua Gaston en montrant la minuscule salle dans laquelle ils venaient d'entrer.

Il s'agissait d'une pièce aux murs nus et humides, avec de la mousse de salpêtre le long du sol. Un huissier discutait avec deux archers. Tous trois saluèrent le commissaire qui annonça venir morguer le cadavre.

— C'est moi qui l'ai fait porter ici, monsieur, dit un des archers. Un crocheteur m'avait prévenu. Le corps se trouvait dans l'eau, mais retenu par des pieux.

— Noyé ?

— Je ne crois pas, monsieur. Le chirurgien vous le dira mieux que moi.

Gaston descendit les quelques marches qui conduisaient à la seconde salle. Une odeur fétide et écœurante submergea Louis, lui donnant la nausée.

L'endroit avait longtemps servi de dépôt aux prisonniers dont on ignorait l'identité. Par des fenestrons, les archers et les exempts venaient les morguer – c'est-à-dire les regarder – pour tenter de les reconnaître. Depuis le début du siècle, on y déposait provisoirement les cadavres trouvés dans Paris et ils pouvaient y être conservés quelques jours, car la pièce restait toujours fraîche.

Il y avait quatre tables en bois et trois hommes autour de l'une d'elles, les autres étant vides. Ils s'approchèrent et Louis chancela, tant il ne s'attendait pas à voir ce corps.

Il s'agissait de la dépouille blanchâtre et boursouflée d'Anne Bonnet. Elle portait la même robe que la veille, quand ils s'étaient rendus à Romainville. On ne voyait aucune trace de blessure, mais sa tête était curieusement penchée sur un côté.

Louis prit le bras de Gaston, qui regardait le corps, et l'attira à l'écart.

— C'est Anne Bonnet, dit-il d'une voix émue.

— Quoi ?

— Aucun doute !

Gaston revint à la table et s'adressa à un homme en robe noire qui bavardait avec un exempt. Le médecin juré.

— Maître La Forge, de quoi est morte madame ?

— Un violent coup derrière la tête, asséné sans doute avec un bâton qui a brisé les vertèbres et provoqué un saignement.

— A-t-elle été… ?

— Violentée ? Non. Peut-être un rôdeur voulait-il le faire, ou seulement la voler, mais il a cogné trop fort.

— Mais pourquoi l'avoir portée jusqu'à la rivière ? Il n'avait qu'à la laisser là où il l'avait frappée.

— Comment savoir, avec les truands ? répondit le chirurgien en haussant les épaules.

C'était un homme de grande taille, aux mains larges et musculeuses, à la bouche énorme avec de grosses lèvres le faisant ressembler à un molosse. Il rappelait plus un boucher qu'un homme de l'art.

— Vous êtes certain qu'elle ne s'est pas noyée ?

— Évidemment ! répliqua le médecin sur un ton compassé.

Son voisin, un exempt, intervint :

— Ce n'était pas une femme de rien, monsieur le commissaire, certainement une honnête dame, pas fortunée, mais pas pauvre non plus. L'étoffe de sa chemise est de qualité, tout comme celle de son casaquin. Pourtant, on n'a rien trouvé sur le corps, aucun bijou, aucune lettre. Seulement ces clavettes. Le meurtrier l'a donc peut-être volée.

Il désigna deux clefs attachées par une chaînette, déposées sur une desserte. Tilly alla les prendre. La plus petite semblait être celle d'un coffret.

— Mon ami l'a reconnue, dit-il. Je vais me rendre chez elle, se justifia-t-il.

— Comment s'appelle-t-elle ? demanda le troisième homme.

C'était le greffier.

— Anne Bonnet, elle habite rue des Haudriettes et tenait boutique de passementerie.

— Quand est-elle morte, selon vous ? demanda alors Louis, qui était resté figé sans quitter la dépouille des yeux, comme si ce corps sans vie pouvait lui révéler ce qui s'était passé.

— Pas de rigidité, je dirai donc hier soir, forcément après la nuit tombée, puisque personne n'a rien remarqué. Vous dites qu'elle habitait rue des Haudriettes ?

— Oui.

— Ce n'est pas à côté de l'endroit où on a trouvé le corps. Peut-être un rendez-vous galant qui aurait mal tourné…

— On va l'apprendre, dit sombrement Tilly. On va trouver le criminel et je le ferai pendre. Viens, fit-il à Louis, allons interroger ses domestiques.

Ils remontèrent les marches et se heurtèrent au commissaire Tavernier.

— M. de Tilly, déjà ici ?

— Oui, monsieur. Mon ami, Louis Fronsac, dont je vous ai parlé et qui cherchait à en savoir plus sur Jean Bonnet, vient d'identifier le corps découvert ce matin, dit Gaston en présentant Louis. Il s'agit d'Anne Bonnet, la sœur de Jean.

Louis ne quitta pas des yeux Tavernier qui chancela et dont le visage se décomposa aux paroles de Gaston.

— La connaissez-vous, monsieur ? demanda-t-il.

— N… non, pas du tout.

— Sa mort a certainement un rapport avec la succession dont s'occupe M. Fronsac. Mme Bonnet lui avait demandé de l'aider et hier on a tenté de le tuer, fit sévèrement Tilly.

Tavernier parut se liquéfier encore plus.

— Que… s'est-il passé ? balbutia-t-il.

— On m'a tiré dessus. Avec un mousquet, comme pour M. Bonnet.

Le magistrat demeurait pétrifié, bouche ouverte, incapable de parler.

— Saviez-vous que ce pauvre homme avait été assassiné, monsieur le commissaire ?

L'autre secoua la tête et Gaston glissa un regard à son ami. Mentait-il ?

— Mme Bonnet porte la robe qu'elle avait sur elle, hier. On l'a certainement frappée à mort à la nuit tombante, affirma Louis.

— Nous nous rendons chez elle pour interroger ses domestiques et perquisitionner. Elle a été attirée sur les quais. Il ne devrait pas être très difficile de découvrir par qui.

Le commissaire parut alors reprendre ses sens et c'est d'une voix plus assurée qu'il demanda, en secouant la tête :

— Mais à quel titre iriez-vous perquisitionner chez elle, M. de Tilly ? Et pourquoi vous chargez-vous de cette affaire ? La rue des Haudriettes dépend du quartier Saint-Martin, c'est au commissaire Hémon Leclair de procéder. Je vais d'ailleurs le prévenir et c'est lui qui décidera d'une visite domiciliaire ! Vous prenez-vous pour le lieutenant civil, à conduire les enquêtes en dehors des règles ? Ignorez-vous que les commissaires de quartier et les examinateurs s'assemblent le lundi matin pour conférer ? Ce n'est qu'à cette occasion que vous pourrez donner votre avis et faire part de ce que vous savez. Et c'est ensemble que nous délibérerons sur les décisions à prendre !

Le silence se fit. Tavernier, persuadé que sa sévère réprimande avait porté, redressa le torse et considéra M. de Tilly avec défi.

— Comment savez-vous que Mme Bonnet habitait rue des Haudriettes, monsieur ? demanda alors froidement Gaston.

— Mais… Vous venez de le dire, répondit Tavernier, perdant soudain toute superbe.

— Je ne vous l'ai jamais dit, ni mon ami Louis ! En vérité, monsieur, vous le saviez, car vous êtes très proche de la famille Bonnet ! Cette famille qui vient de connaître deux crimes !

— Vous êtes fol ! Qu'est-ce que cette calomnie ? Je ne connaissais pas ces Bonnet ! glapit Tavernier. J'ai juste rencontré une fois le père, quand il m'a demandé d'intervenir pour son fils ! Souvenez-vous de ce que j'ai dit à messire Laffemas !

— Vous étiez pourtant le témoin de mariage de maître Bonnet, M. Tavernier, affirma impitoyablement Louis. Avez-vous oublié ces noces qui ont eu lieu voici seulement deux ans ?

À nouveau, le commissaire perdit toute contenance et eut même un regard paniqué vers la porte. Voulait-il fuir ? se demanda Louis. Pourtant, Gaston ne chercha pas à acculer le magistrat, il serait toujours temps de l'interroger plus tard, jugea-t-il.

— Viens, Louis.

Il ajouta à l'attention de M. Tavernier :

— Je vous tiendrai au courant de mon enquête, monsieur, comme vous le souhaitez. Dès ma perquisition faite, je passerai vous en faire part.

12

Bien qu'éprouvés par les réactions du commissaire Tavernier, ils ne dirent mot tant qu'ils furent dans le Grand-Châtelet, mais, une fois dans la rue, devant la Grande Boucherie, Gaston éclata :

— Maintenant, plus de doute, mon supérieur est compromis dans ces crimes.

— Oui, mais tout ce qu'on peut lui reprocher, pour le moment, c'est de vouloir cacher ses relations avec la famille Bonnet. Nous n'avons pas le moindre fait justificatif.

— Son cheval et sa voiture se trouvaient dans la cour, j'aurais dû regarder le fer. Il a fort bien pu prêter l'animal à quelque sbire.

Au bout d'un moment, il ajouta d'une voix inquiète :

— La guerre est déclarée entre nous et, s'il veut ma peau, il l'aura, sauf si je découvre le meurtrier de Mme Bonnet.

— Et si c'était lui ?

Gaston secoua la tête.

— Qu'il dissimule des faits, j'en suis convaincu, mais ce n'est pas un assassin. Et puis, quel intérêt aurait-il eu ?

— Nous ignorons tant de choses.

En vérité, un mobile s'imposait pour Louis : si Tavernier était l'amant de la veuve et envisageait de l'épouser afin de bénéficier de l'héritage, Anne le gênait en contestant le testament, donc le meilleur moyen pour l'écarter était de la tuer. Toutefois, dans une telle conjecture, le commissaire aurait également assassiné M. Bonnet et c'est lui qui aurait tenté de le faire passer à trépas, la veille, à Romainville. Or Tavernier étant au Châtelet ce jour-là, il était forcément hors de cause dans ces derniers crimes. À moins d'avoir engagé un sbire, comme le suggérait Gaston.

Finalement, Louis chassa ces supputations de son esprit. Cela ne servait à rien d'élaborer des hypothèses tant qu'on manquait de faits solides.

— Que peut vraiment faire Tavernier contre toi ? interrogea-t-il.

— M'accuser de calomnie auprès de Laffemas, ou même auprès des conseillers du Châtelet. Ce genre de choses est déjà arrivé. Et, si je n'ai rien pour me défendre, je serai condamné.

— Mais, s'il t'accuse, il devra lui-même s'expliquer et révéler des faits qu'il préfère cacher.

Miné par l'inquiétude, Gaston ne répondit point.

Ils arrivèrent rue des Haudriettes, pas trop crottés, et Louis frappa à l'huis. La domestique qui vint ouvrir était celle qui avait accompagné Anne à l'église. Elle avait le visage défait et parut déçue en découvrant les deux visiteurs.

— Vous me reconnaissez ? demanda Fronsac. J'étais hier et avant-hier avec Mme Bonnet.

— Oui, monsieur, mais je suis terriblement inquiète, ma maîtresse est sortie hier soir et n'est pas rentrée. Je croyais que c'était elle.

— Pouvons-nous entrer ? demanda Gaston. J'apporte de mauvaises nouvelles.

La femme ne put retenir ses larmes en le regardant, dans un mélange de crainte et de désespoir.

— M. de Tilly est commissaire au Châtelet, annonça Louis.

— Entrez, messieurs, bredouilla-t-elle.

La porte communiquait avec l'ouvroir du commerce de passementerie et permettait l'accès à un escalier droit. La domestique passa devant eux et les conduisit dans une chambre, à l'évidence celle de sa maîtresse. Les murs portaient un crucifix, un tableau représentant *l'Annonciation* et un miroir en glace de Venise.

Il y avait une autre femme, plus âgée, et un homme, à coup sûr le portier. Eux aussi affichaient leur désarroi. Gaston se présenta avant de déclarer sans ménagement :

— Mme Bonnet a été tuée hier soir. On a découvert son corps, ce matin, et M. Fronsac, qui se trouvait avec moi au Grand-Châtelet, l'a identifiée. Nous sommes venus aussitôt pour vous prévenir et perquisitionner.

— Savez-vous qui l'a…, demanda le portier d'une voix blanche.

— Pas encore, mais je ferai tout pour le découvrir. Et pour cela, vous devez m'aider. Que s'est-il passé hier soir ? Pourquoi votre maîtresse est-elle sortie seule ? Pourquoi ne pas l'avoir accompagnée ?

Il s'adressait au portier, mais ce fut la vieille domestique qui répondit :

— C'était un gamin des rues, monsieur. Il a tambouriné contre la porte, alors que nous allions nous coucher. Il voulait remettre une lettre importante à notre maîtresse. Vincent l'a prise (elle désigna l'homme), me l'a donnée et je l'ai portée dans la chambre. Gervaise était en train de déshabiller madame, qui a brisé le cachet du pli et l'a lu. Elle est alors restée pétrifiée, comme frappée par un sort. J'ai eu peur, monsieur. J'ai compris que c'était une mauvaise nouvelle. Madame nous a ordonné de la laisser seule et, au bout d'un moment, a appelé Vincent pour lui demander une lanterne. Elle sortait, a-t-elle dit.

— Je l'ai prévenue que c'était fort dangereux, que tous les gueux de la Cour des Miracles rôdaient la nuit et que je voulais l'accompagner avec un bâton, mais elle a refusé, se justifia le portier. Elle demanderait à notre voisin, M. de Lincy, de l'escorter, m'a-t-elle assuré.

— Quelle heure était-il ?

— La nuit tombait, monsieur, je lui ai allumé une lanterne et elle est partie. On ne l'a plus revue.

Ainsi Lincy l'avait-il escortée. Intéressant, se dit Tilly. Il allait avoir une franche discussion avec ce garde du corps.

— Où se trouve ce billet ? demanda Louis.

— Je ne sais, messire. Madame a dû le conserver.

On avait seulement trouvé des clefs sur le cadavre. Certes, le billet avait pu tomber quand on avait frappé Anne, mais peut-être était-il encore dans la chambre, songea Gaston. Il fit quelques pas en examinant le mobilier : un lit à courtines en serge tissé de fleurettes, une desserte supportant des brosses, des crèmes et des onguents, un dressoir portant une aiguière en étain et un chandelier en cuivre, une chaise à retrait, deux chaises caquetoires couvertes de tapisserie à fleurs et un bahut.

Nul billet apparent. Il s'approcha d'une porte.

— C'est la garde-robe, monsieur. J'y ai mon grabat, intervint Gervaise.

Tilly ouvrit et découvrit un lit à sangles et une armoire contenant une robe en serge d'Espagne de couleur verte et une autre en taffetas noir à la napolitaine, avec des boutons dorés, un manteau et quelques vêtements de corps dont des chemises en toile de lin.

Louis, lui, avait ouvert la huche qui contenait du linge, des draps, des nappes et des serviettes de toile damassée.

— Votre maîtresse possédait des bijoux. Elle portait un bracelet, vendredi. Où les rangeait-elle ? demanda-t-il.

— Son coffret se trouve dans l'armoire, répondit Gervaise.

Entendant ces mots, Tilly déplaça une pile de linge et découvrit une boîte en métal, fermée. Il tira de son pourpoint les deux clefs prises dans la basse geôle. La plus petite ouvrit le coffret.

Il ne s'intéressa pas au contenu, mais seulement au billet posé dessus. Il le lut et le porta à Louis.

Nous savons tous deux qui a tué votre père. Rencontrez-moi ce soir devant la croix de repentance de la place de Grève, sinon M. Laffemas connaîtra la vérité.

Le message était tracé à l'encre noire, l'écriture était large et ferme, très penchée à droite. Gaston et Louis échangèrent un regard satisfait. Nul doute que l'auteur du billet était l'assassin.

Restait à l'identifier. Louis s'approcha de la fenêtre, qui était ouverte, et leva le feuillet devant la lumière. Le papier, au grain grossier, provenait du moulin du Cadran[23] dont il portait la marque.

En même temps, il songeait à l'incroyable révélation du message : Anne savait donc qui avait tué son père !

— Puis-je garder ce billet ? demanda-t-il à Gaston.

Tilly hésita. Il était défendu aux commissaires d'emporter le moindre bien des maisons dans lesquelles ils perquisitionnaient, ceci jusqu'à ce qu'un inventaire en soit fait.

Devinant son indécision, Louis ajouta :

— Je suis notaire assermenté au Châtelet. Je peux écrire un acte précisant que tu emportes ce papier. Les serviteurs seront témoins.

— Entendu ! décida Gaston en retournant au coffret et en le refermant. Que l'on ne touche à rien. Il y aura une autre perquisition dans les jours à venir.

— Y a-t-il de quoi écrire, ici ? demanda Louis.

— Dans la boutique, en bas, monsieur.

Ils descendirent. Dans l'ouvroir se trouvait une table étroite avec des feuillets, des plumes et deux encriers en verre. Louis s'assit et prit un papier sur lequel il inscrivit quelques explications au sujet du billet que le commissaire emportait, puis il lut son texte aux domestiques à qui il demanda de signer. Gaston parapha à son tour et garda le pli. Avant de partir, Louis leur promit d'informer l'oncle de leur maîtresse. Le sacristain pourrait ainsi aller avec eux au Grand-Châtelet, et s'occuper ensuite des obsèques.

Vincent, le portier, les accompagna jusqu'au logis de M. de Lincy, qui habitait deux portes plus loin, le deuxième étage d'une maison récente, en pierre. C'était un hôtel de rapport avec plusieurs locataires. On y pénétrait par une cour disposant d'une écurie. Le concierge leur indiqua que le brigadier aux gardes était de quartier à la Cour depuis vendredi soir et ne rentrerait que

[23] Un moulin à papier sur la Seine.

dimanche. Il pouvait les conduire à son valet qui leur en dirait plus, mais Gaston déclina la proposition.

— Donc, elle est allée seule au rendez-vous, observa Louis, quand le portier fut reparti.

— Quelle impression t'a fait ce M. de Lincy, quand tu l'as vu à l'église ?

— Il paraissait être un voisin obligeant, comme elle me l'a dit. Anne était belle et sans doute la courtisait-il.

Il songea à la jalousie qu'il avait éprouvée.

— Peut-être était-elle sa maîtresse. En tout cas, elle avait suffisamment confiance en lui pour lui demander de l'accompagner à la place de Grève à une heure où se couchent les bons chrétiens.

— Il faudra tout de même que j'interroge ce monsieur, décida Gaston.

— Allons maintenant chez l'oncle d'Anne, comme je l'ai promis aux serviteurs, proposa Louis. Nous aurons ainsi l'occasion de le questionner sur M. Tavernier. Puisqu'ils étaient tous deux témoins au mariage, il doit bien connaître les relations entre le commissaire et la veuve. De plus, il aura peut-être des nouvelles de Jean.

— Entendu. Que veux-tu faire avec le message qu'a reçu Anne ?

— Je te le laisse. Essaie de retrouver l'écriture de Tavernier et le papier qu'il utilise. Si tu y parviens et s'ils correspondent au billet, ton enquête sera terminée ! Sinon, peut-être découvriras-tu un autre suspect, bien que j'en doute.

Il ajouta, après une courte réflexion :

— Mais le plus important est que ce papier nous apprend qu'Anne connaissait l'assassin de son père.

— Ou plutôt que l'expéditeur était persuadé qu'elle le connaissait, nuança Gaston.

— C'est vrai. Mais il y a aussi : *sinon M. Laffemas connaîtra la vérité.* Ne vois-tu pas là une menace sous-entendue ?

— Il s'agissait peut-être simplement de vouloir l'intimider.

— Non, c'était une menace réelle, car, si Anne ignorait qui avait tué son père, elle serait restée tranquillement chez elle. Elle n'avait qu'à attendre que Laffemas apprenne le nom de l'assassin. Or, elle est allée à ce rendez-vous. Elle craignait donc son maître-chanteur.

— Ou elle voulait simplement savoir qui avait tué son père, fit Gaston en balançant la tête pour marquer son dissentiment. Après avoir reçu un tel billet, j'aurais agi comme elle.

— Possible, reconnut Louis.

13

La chaleur devenait étouffante et ils s'arrêtèrent rue Quincampoix, à l'*Épée-de-Bois*, où ils se désaltérèrent d'un pot de clairet de Montmartre en grignotant un pâté de grives. Ils filèrent ensuite à la rue des Barres jusqu'à l'enseigne de Saint-Jacques qui pendait sur la façade d'une étroite maisonnette d'à peine sept ou huit pieds de largeur, entièrement érigée sur des piliers de bois. On accédait à la porte par une sorte d'échelle aux profondes marches.

— Si Pierre Billet est absent, on se rendra à la sacristie de Saint-Gervais, décida Louis.

Il s'inquiétait de la façon dont il serait reçu. Le clerc de l'Œuvre s'était montré irrité contre lui, la dernière fois qu'il l'avait vu, et il pourrait bien lui refuser l'entrée de sa maison.

Mais ce ne fut pas le cas. Le religieux vint ouvrir, quand Louis eut tiré le cordon, et il gratifia son visiteur d'un sourire ironique. Une expression qui prouvait d'ailleurs son ignorance de ce qui était arrivé à sa nièce.

— M. Fronsac ! Venez-vous pour vous excuser ?

— J'aimerais que ce soit le cas, monsieur, mais je suis, hélas, porteur de mauvaises nouvelles. Mon compagnon se nomme Gaston de Tilly, il est commissaire au Châtelet.

— J'ai déjà aperçu M. de Tilly par ici. N'étiez-vous pas officier au quai de Grève, monsieur ?

— J'ai pris un nouvel office.

— Entrez. Ma maison n'est pas grande, mais il y a trois chaises.

Ils pénétrèrent dans une salle tout en longueur et bien encombrée. Au fond, un potager en pierre et en fer servait à chauffer et à cuisiner. Le plateau de la table était déposé derrière une huche. Les tréteaux rangés à côté. Un bahut et un cabinet, avec plusieurs tiroirs et un nécessaire d'écriture posé sur la tablette, en étaient les seuls meubles de qualité, si l'on excepte les trois chaises paillées.

Sur l'un des murs étaient suspendus un mousquet à mèche et un crucifix. En face, un portrait du roi, de médiocre qualité, regardait les visiteurs. Une échelle conduisait à la chambre et au grenier.

Pierre Billet leur proposa de s'asseoir et se rendit à la huche. Il en sortit un flacon de vin et prit trois gobelets. Louis constata qu'effectivement il boitait.

— Je préfère entendre les mauvaises nouvelles un verre de vin à la main, dit le religieux en revenant.

Posant les gobelets sur le cabinet, il les emplit et les distribua. Puis il s'assit, vida son verre d'un coup et planta son regard dans celui de Louis.

— Anne est morte, annonça Fronsac en avalant une gorgée de clairet.

L'oncle resta impassible, mais, à la légère trémulation de sa lèvre, l'émotion l'emportait visiblement sur sa fausse indifférence.

— Comment ? demanda-t-il après avoir inspiré profondément.

Sa voix s'était réduite à un murmure.

— Hier soir. Quelqu'un l'a attirée sur la berge, répondit Gaston qui sortit le billet que Louis lui avait donné. Il l'a tuée d'un coup de bâton sur la nuque. On a apporté son corps ce matin au Châtelet.

— Qui a fait ça ? demanda l'ancien sergent, après avoir lu le billet.

— Ce pourrait être celui qui a tué votre beau-frère. Il a aussi essayé de me tuer, hier.

— Vous ?

— J'étais avec Anne, nous sommes allés à la ferme de Romainville. Je voulais voir l'endroit d'où l'on avait tiré sur Nicolas Bonnet et, à peine étais-je arrivé, que j'essuyai à mon tour un coup de mousquet.

Du doigt, Louis désigna l'arme sur le mur.

— Comme celui-là. Mais le tireur m'a raté, car mon domestique m'a poussé en sentant l'odeur de la mèche.

— Anne était-elle visée… ?

— Non, elle était restée dans la voiture.

— Pourquoi vous ? Et pourquoi elle, maintenant ?

Louis écarta les mains en signe d'impuissance.

— Si nous le savions, M. de Tilly aurait déjà saisi le coupable.

À nouveau, le silence s'installa. Louis renoua un de ses rubans de poignet et le sacristain relut le billet. Quand il leva les yeux, Gaston l'interrogea :

— Connaissez-vous cette écriture ?

— Je ne crois pas…

Un silence, jusqu'à ce que l'oncle demande :

— Que veut dire ce billet ? Anne savait-elle qui était l'assassin de son père ?

— Nous l'ignorons, répondit Tilly. Peut-être s'agit-il d'une fausse affirmation visant à la convaincre de venir… Mais peut-être pas.

— Anne et son frère ne peuvent être mêlés à cet horrible crime ! décida le religieux. Que puis-je faire pour vous aider à trouver ce meurtrier ?

— J'ai eu en main le contrat de mariage de M. Bonnet, dit Louis.

— J'étais témoin.

— En effet et, en cela, vos explications seront précieuses. Jean était également témoin. Ses relations avec son père étaient donc encore bonnes, à ce moment ?

— Oui et non, mais, quels que fussent leurs affrontements, Jean aimait sincèrement son père et, quand celui-ci lui a demandé d'être témoin, il a accepté sans hésiter.

Il joignit l'extrémité de ses doigts, après avoir posé son verre :

— Ne cherchez pas du côté de mon neveu, vous perdrez votre temps ! Je vous l'affirme, il ne peut être un meurtrier, surtout de son père et de sa sœur.

Louis demeura impavide.

— Le troisième témoin est M. Tavernier, un commissaire au Châtelet, que je connais, dit Gaston d'un ton faussement désinvolte.

— En effet, l'honorable M. Tavernier est le beau-frère de Jeanne Fleury.

— C'est-à-dire ? demanda Louis en coulant un regard de surprise vers Gaston.

— M. Tavernier est veuf, l'ignorez-vous ? Jeanne Fleury est la jeune sœur de son épouse décédée. C'est M. Tavernier qui l'a recommandée à mon beau-frère, quand il a cherché une gouvernante pour sa maison, voici trois ans. Et Nicolas l'a finalement épousée ! C'est aussi M. Tavernier qui est intervenu quand Jean a eu des ennuis avec la justice.

— Un homme de bien, fit chaleureusement Gaston de Tilly, en marquant son compliment d'un signe de tête.

— Un brave homme, confirma le sacristain.

Louis se leva et Gaston l'imita.

— Le corps de votre nièce se trouve au Grand-Châtelet…

— Je m'occuperai de tout.

— J'espère avoir du nouveau pour vous quand je viendrai au service funèbre.

Dehors, ils remontèrent la place de Grève jusqu'à la rue de la Tannerie en discutant.

— L'étau se resserre autour de Tavernier, constata Gaston. Et tout serait tellement plus simple, s'il n'avait pas été au Châtelet vendredi ! Il se serait entendu avec sa belle-sœur, dont il est peut-être l'amant, pour la débarrasser de son vieux mari après que celui-ci avait fait un nouveau testament en sa faveur. Ensuite, ayant appris qu'Anne te demandait de l'aider à contester l'héritage, il aurait tenté de te faire disparaître et, cet attentat ayant échoué, il s'en serait pris à elle.

— Seulement, il se trouvait au Châtelet.

— Plus j'y pense, plus il me paraît évident que Tavernier a utilisé un homme de main…

— Et dépendre ensuite de lui ? Sacrément risqué !

— Son comportement est pourtant celui d'un coupable ! insista Gaston.

— Peut-être a-t-il, justement, peur d'être suspecté. Un homme qui apprend que le mari de sa maîtresse a été assassiné n'essaierait-il pas de faire croire qu'il ne la connaissait pas et qu'il n'avait aucune relation avec le mari et sa famille ?

M. de Tilly ne répondit pas, mais l'observation de Louis avait porté.

— Admettons maintenant qu'Anne ait connu l'assassin de son père, poursuivit Louis. Par exemple, que ce soit Jean, son frère. Qui l'a alors attirée au bord de la Seine pour la tuer ? Et si c'était Jean lui-même ? Quand tu as demandé au père Billet s'il connaissait l'écriture, il a seulement répondu : « Je ne crois pas. »

— Ce pourrait bien être quand même Tavernier, qui en sait peut-être plus sur Jean qu'il ne l'a dit, soupira Gaston.

— Veux-tu que nous allions lui parler maintenant ? demanda Louis.

— Je préfère écrire un mémoire que je lui ferai passer, ainsi qu'à Laffemas. Je vais rentrer au Châtelet pour le préparer.

— Je retourne donc à l'étude. J'ai moi aussi du travail en retard. Nous nous verrons demain et reparlerons de tout cela.

Gaston venait toujours le dimanche rue des Quatre-Fils, pour dîner.

Peut-être auraient-ils dû rester un moment à surveiller la maison du sacristain, car, peu après leur départ, l'ancien sergent sortit.

14

Le dimanche matin, Gaston arriva à onze heures. Il faisait beau et Louis se trouvait dans la cour où il regardait les frères Bouvier qui s'entraînaient à l'escrime. M. de Tilly s'assit sur le banc de pierre, à côté de son ami.

Toute la famille s'était rendue à la messe et, au retour, Mme Fronsac était restée avec la cuisinière pour la préparation du repas, tandis que M. Fronsac gardait Denis, le jeune frère de Louis, afin de lui donner une leçon de notariat. À quinze ans, Denis était au collège de Clermont, mais, dans quelques années, il travaillerait, lui aussi, dans l'étude.

— J'ai du nouveau, annonça Gaston d'un ton satisfait.

Louis haussa un sourcil intéressé et réprima en même temps un sourire devant l'habillement de son ami. Contraint par les règlements du Châtelet à être revêtu de noir toute la semaine, Gaston s'apprêtait à la dernière mode le dimanche, ou plutôt, à ce qu'il jugeait être à la mode. Ce jour-là, il arborait un pourpoint boutonné jaune vif, d'amples chausses turquoise, serrées aux mollets par des rubans, et un large baudrier de soie écarlate retenait son épée : une lame offerte par son oncle Hercule. Son chapeau de feutre à haute calotte portait deux plumes de paon rouge et vert qui mettaient en valeur sa chevelure et sa moustache rousses.

— As-tu parlé à Tavernier ?

— Morbleu, non ! Mais j'avais demandé à mon greffier, M. Lenormand, de retrouver les minutes de l'audience au cours de laquelle on a jugé Jean Bonnet. Intéressant : plusieurs conseillers avaient proposé une condamnation pécuniaire, mais Tavernier a exigé un châtiment infamant.

— Condamnation qu'il a ensuite demandé à Tardieu de réduire à une amende…

— Oui.

Désireux de se faire applaudir par Gaston, les frères Bouvier ne se ménageaient pas et leur bruyant ferraillage s'accompagnait d'interjections et de bravades comme : « Pare donc celle-là ! » ou « Sang Dieu, tu deviens mou, mon frère ! ». Tilly souleva donc son chapeau pour les congratuler, tandis que Louis réfléchissait à ce que venait de lui révéler son ami. Une fois de plus, les faits à l'encontre du commissaire s'accumulaient.

— Il a fait condamner Jean, afin de devenir le sauveur de l'honorabilité de cette famille, conclut-il.

— Exactement.

— Maître de Mas m'a aussi fait passer le testament qui date du 15 décembre.

— Trois semaines après la condamnation, observa Gaston.

— Jeanne Fleury et Tavernier ont manipulé ce pauvre M. Bonnet. Au fait, as-tu pu voir le cheval du commissaire ?

— Non, mais lundi j'aurai une explication avec lui. J'hésite encore à parler auparavant à M. Laffemas.

Louis eut alors la fugitive impression que tout était évident, mais l'idée qui lui traversa l'esprit disparut aussi vite qu'elle avait jailli. Il ne resta qu'un nom : Jeanne Fleury. Mais comment aurait-elle pu tuer son époux ? Quelque chose lui échappait, quelque fait qu'il avait entendu, mais auquel il n'avait pas prêté attention. Impossible de se souvenir.

Comme il se torturait le cerveau, son père apparut.

— Gaston ! Je vous attendais ! Louis m'a parlé de la fin tragique de cette pauvre jeune femme. Que sait-on de plus sur cette incroyable histoire ?

Louis avait effectivement annoncé la mort d'Anne à son père, lui précisant qu'elle avait sans doute été tuée par quelque truand sur la berge de la Seine. Des explications qui avaient laissé sceptique M. Fronsac pour qui les morts violentes du père et de la fille, à quelques jours d'intervalle, ne pouvaient être que criminelles et liées. Il souhaitait donc d'autres explications de M. de Tilly.

Louis avait aussi caché à son père qu'on avait tenté de le meurtrir et il avait fait la leçon à Guillaume pour qu'il ne dise rien, pas même à son frère Jacques. Le soldat avait ronchonné, déclarant qu'une nouvelle fois, il écornait la confiance de M. Fronsac. Mais Louis lui avait expliqué que c'était pour le bien de son père, qui tomberait immanquablement malade s'il apprenait à quoi son fils s'était exposé. Il avait rappelé à Guillaume combien il avait déjà apprécié sa discrétion, ce jour où il n'avait rien dit sur les truands qui avaient tenté de l'enlever[24] alors qu'il avait douze ans. Le rappel du secret qui liait le serviteur au fils de son maître avait emporté la décision de l'ancien piquier.

— Pour l'instant, je n'ai rien découvert, monsieur. Mais ce sera au commissaire de Saint-Martin de faire l'enquête, dit Gaston.

— Tout est lié à ce funeste testament, j'en suis convaincu ! affirma M. Fronsac. Mais, je vous en prie, n'en parlez pas à table, cela inquiéterait trop mon épouse et mon fils.

— Soyez tranquille, monsieur, promit Gaston.

Louis retint un sourire.

Après un service de poissons, des oreilles de cochon aux fèves, deux chapons gras et une abondance de fruits et de nougats, Gaston avait fini le repas plus que rassasié. L'étude était prospère et M. Fronsac tenait à ce que le dimanche tous ceux qui vivaient dans sa maison soient repus et satisfaits.

Mme Mallet, l'épouse de l'intendant, avait rejoint Mme Fronsac dans la chambre où elles faisaient de la couture. Les épouses des frères Bouvier étaient allées laver assiettes et couverts. Ne restaient dans la salle du premier étage que nos jeunes amis, M. Fronsac et M. Bailleul, tous quatre encore assis autour de la table, à grignoter des dragées. Gaston leur raconta quelques anecdotes entendues au Châtelet et que le notaire commenta en ajoutant des remarques moralisatrices.

[24] Voir : *Les ferrets de la reine*, du même auteur.

Le sujet s'épuisant, Louis s'adressa à son ami, après avoir soigneusement renoué les ganses des rubans noirs de ses poignets.

— Gaston, M. de Lincy est peut-être revenu. Si nous allions lui poser quelques questions ? Il doit avoir appris la mort de sa voisine.

— Entendu, mais je doute qu'il nous apprenne quoi que ce soit. N'oublie pas qu'il se trouvait à la Cour, ces deux derniers jours.

— Qui est M. de Lincy ? demanda M. Fronsac.

— Un ami d'Anne Bonnet, brigadier aux gardes du corps du roi et que j'ai rencontré lors des obsèques. Il pourrait renseigner Gaston sur l'entourage de cette pauvre jeune femme.

M. Fronsac ne posa pas d'autres questions. Il ne doutait pas que Gaston allait découvrir la vérité et sa façon de procéder pourrait être utile à son fils, si un jour il avait à traiter une affaire difficile.

Les deux amis descendirent, mais Louis se rendit d'abord dans la petite pièce qui jouxtait la cuisine. Les frères Bouvier, Antoine Mallet, le concierge, et Claude Richepin, l'intendant de l'étude, avaient l'habitude d'y faire quelques parties de cartes, le dimanche.

— Guillaume, Jacques, pouvez-vous venir avec nous ?

Perplexe, Gaston regarda Louis. Pourquoi emmener les deux frères ?

Ceux-ci ne posèrent aucune question, trop contents que leur jeune maître fasse appel à eux. Ils passaient leur temps à balayer la cour et ils auraient accepté n'importe quoi pour changer leur ordinaire.

— Dois-je emporter une arme, monsieur ? demanda discrètement Guillaume, qui espérait une réponse positive.

— Non, j'ai besoin de vous pour autre chose.

C'est en filant vers la rue des Haudriettes qu'il leur raconta ce qu'il avait en tête et quel allait être leur rôle.

Le portail de la maison qu'occupait M. de Lincy était ouvert. Les deux amis y pénétrèrent, laissant les frères Bouvier plus loin.

Personne dans la cour. Ils s'approchèrent de l'écurie, dans laquelle ils aperçurent un palefrenier qui bavardait avec le concierge. Le premier portait des chausses de futaine, amples et larges, et une chemise de toile, tandis que le second arborait un pourpoint de serge noir et des hauts-de-chausses en coton.

Les deux amis aperçurent aussi un cheval bai à longs poils, devant une mangeoire.

— Nous nous sommes parlé, hier, dit Gaston au concierge. Je suis commissaire examinateur au Châtelet.

— Je m'en souviens, monsieur.

Les deux domestiques s'inclinèrent avec respect.

— Vous connaissez mon compagnon, M. Fronsac, dont l'étude se trouve plus loin, rue des Quatre-Fils.

Les deux hommes hochèrent la tête.

— Avez-vous appris la mort d'une de vos voisines ? poursuivit M. de Tilly.

— Oui, monsieur le commissaire. Mme Bonnet. Je l'ai su ce matin. Un grand malheur ! Une si bonne dame !

— J'ai besoin de renseignements, poursuivit Gaston, et vous pouvez m'aider. Vous devez connaître tous les habitants de la rue, non ?

— Certainement, monsieur le commissaire, reconnut le concierge après avoir échangé un regard intrigué avec le palefrenier.

— Venez avec moi, j'aimerais que vous m'en disiez plus sur vos voisins.

— Quelqu'un est suspecté, messire ? demanda le palefrenier en suivant Gaston qui revenait dans la cour.

— Pas du tout. Il s'agit seulement pour moi de mieux connaître le voisinage de Mme Bonnet. Au fait, M. de Lincy est-il rentré ?

— Oui, monsieur le commissaire.

Une fois dans la rue, les deux domestiques dans ses pas, Gaston s'éloigna du porche avant de les interroger.

— Qui habite ici ? demanda-t-il en désignant une maison aux colombages multicolores.

— Maître Poncet, monsieur, qui est conseiller à l'Hôtel de Ville.

M. de Tilly se contenta de hocher la tête, s'éloigna plus encore, avant de montrer une maison à courette sur laquelle s'appuyait une ancienne tourelle.

— Et ici ?

— Il y a plusieurs familles, monsieur le commissaire.

— Donnez-moi donc leurs noms…

La voie étant libre, tandis que Jacques Bouvier faisait le guet devant le porche de l'hôtel, Guillaume pénétra dans la cour et fila droit à l'écurie. Ayant repéré la jument baie, il alla lui flatter la croupe, puis, accroupi contre son flanc gauche, il contraignit la bête à lever son sabot. L'animal protesta en hennissant et en se raidissant, mais ce que vit l'ancien piquier lui suffit.

Il ressortit et rejoignit Louis qui se trouvait à quelques pas de Gaston, questionnant toujours les deux serviteurs.

— C'est lui, monsieur, dit Guillaume à voix basse.

Immédiatement, Louis interpella Gaston :

— M. de Tilly, je crois que nous en savons assez.

Les deux serviteurs se tournèrent vers lui, interloqués. Ils ne comprenaient guère ce que demandait le commissaire et voilà maintenant ce notaire qui disait en savoir suffisamment ! Pire, ce monsieur de Tilly confirma :

— En effet, vous m'avez appris beaucoup, mes amis !

Les laissant en plan, il rejoignit Fronsac et Guillaume ; et tous trois s'éloignèrent vers Jacques Bouvier, qui attendait devant l'hôtel.

Dès qu'ils furent hors de portée de voix, Louis demanda :

— Es-tu certain, Guillaume ?

— Oui, monsieur. Le cheval bai à longs poils. Il manque un clou au fer, au même endroit.

— Bravo, Guillaume ! dit Gaston avec satisfaction.

— Je n'ai rien fait, monsieur, protesta modestement l'ancien soldat, rouge de satisfaction, malgré tout.

Tilly s'adressa à son ami :

— Décidément, tu as toujours raison. Comment as-tu pensé à ce Lincy, Louis ?

— Cela me trottait dans la tête depuis hier. Anne n'aimait pas son père. J'en ignore les raisons, mais, pouvait-elle le haïr jusqu'à vouloir sa mort ? J'avais de prime abord rejeté cette idée, tant une telle animosité me paraissait difficile à accepter, bien que tu nous aies rappelé, à mon père et à moi, qu'une fille pouvait être meurtrière de ses parents.

Gaston opina.

— Vendredi, son comportement fut singulier envers moi. Elle s'est montrée contrariée par ce voyage à Romainville et n'a guère marqué d'affliction après le tir de mousquet dont j'étais la cible. Quand je l'ai quittée, au retour, j'ai cru voir de la haine dans son regard. Je n'ai eu de cesse d'y penser. Et si elle craignait que je découvre la vérité ? Pouvait-elle avoir fait tuer son père et demander au même assassin d'agir contre moi ? Si oui, son ami garde du corps faisait un bon suspect. Il devait posséder un cheval et savoir se servir d'un mousquet.

— Donc, Tavernier est hors de cause, déclara Gaston, visiblement déçu.

Louis répondit seulement :

— Vas-tu faire arrêter Lincy ce soir ?

— Évidemment ! Mais je vais chercher des archers et des exempts au Châtelet. Il ne se laissera peut-être pas faire.

— Puis-je venir avec toi ?

— Bien sûr !

— Jacques, Guillaume, rentrez à l'étude et pas un mot sur ce que vous avez vu et entendu !

— Oui, monsieur, dit Guillaume, déçu de ne pas pouvoir participer à l'arrestation.

15

Ce samedi après-midi, à part les sergents de garde et quelques archers du guet, il n'y avait guère de monde au Grand-Châtelet. Mais, dans le vestibule, M. de Tilly aperçut Pierre Picault, un exempt de robe courte apprécié pour ses succès contre les truands, même s'il agissait souvent de façon peu orthodoxe.

Picault ne ressemblait en rien à l'image que l'on se faisait des exempts, habituellement en pourpoint noir et haut-de-chausses de même couleur. Lui arborait un buffletin matelassé, rapiécé et lacé, avec des culottes flottantes serrées aux genoux par un canon en épaisse toile. Des vêtements commodes pour utiliser la force, ce dont il ne se privait pas, car c'était un gaillard à l'aspect de lutteur de foire, avec de longs cheveux noirs tressés en cadenettes, une barbe en pointe et d'hirsutes moustaches. Chaussé de lazzarines à revers, il portait à la taille une longue épée de duel à la garde en coquille.

Picault ne tenait jamais en place et, pour l'heure, il faisait de grands pas avec des gestes vifs en compagnie d'un sergent à verges. Il s'arrêta quand il vit Gaston s'approcher et ses yeux gris se plantèrent dans ceux du commissaire.

— M. Picault, j'ai une arrestation à faire. J'ai besoin d'un exempt et d'archers.

— Je suis votre homme, commissaire. Je m'ennuie ici. De qui s'agit-il ?

— C'est en rapport avec la morte de ce matin, Anne.

— Vous avez déjà trouvé son assassin ? Je ne serai pas fâché de le corriger ! Quelle honte d'avoir tué une si belle femme !

— Je ne suis pas certain que ce soit lui, mais il a un meurtre et une tentative à son actif. Ah, j'oubliais, il est brigadier aux gardes. Il se défendra, peut-être.

— Tant mieux ! s'exclama l'exempt avec désinvolture.

Il posa la main sur la garde de son épée en déclarant :

— J'ai ça pour lui !

— Trouvez quelques archers et attendez-moi dans la cour.

Suivi de Louis, Gaston grimpa jusqu'à son cabinet pour prendre la baguette d'ivoire, insigne de sa charge, que Laffemas lui avait fait porter vendredi. L'ayant montrée à son ami, il redescendit avec lui quatre à quatre. Dehors, Picault les attendait avec le sergent et quatre archers en hoquetons.

En chemin, Gaston donna quelques explications à l'exempt et au sergent, précisant que l'homme qu'ils allaient saisir au corps avait tiré sur son ami – il désigna Louis et le présenta – et qu'il était suspecté d'avoir tué le père de la morte. Les deux hommes voulaient en savoir plus, mais M. de Tilly préféra rester évasif.

Rue des Haudriettes, le concierge accourut dès qu'ils pénétrèrent dans la cour, stupéfait de revoir le commissaire et le notaire, cette fois-ci accompagnés d'archers.

— Une autre sortie de la maison ? demanda Gaston sans préambule.

— Oui, monsieur le commissaire. Par le jardin de derrière, répondit le portier, complètement interloqué.

— Allez prévenir M. de Lincy que M. Fronsac l'attend dans la cour, ordonna Tilly. Ne parlez pas de moi ni des archers. Et montrez à mon sergent où se trouve ce passage à l'arrière.

Il s'adressa ensuite à ce dernier :

— Prenez deux archers avec vous. Arrêtez quiconque tente de sortir.

— Pourquoi ne pas aller chez lui ? interrogea Picault.

— Il dispose certainement d'armes à feu. Si on intervient chez lui, nous prenons le risque qu'il nous tire dessus et je ne veux ni blessés ni morts. En descendant dans la cour, au pire gardera-t-il son épée.

Le concierge partit avec le sergent et ses hommes, et Gaston fit placer Picault et les deux autres archers dans l'écurie. Ainsi, le brigadier aux gardes ne verrait que Louis et lui.

Après quelques instants, M. de Lincy apparut, vêtu d'un pourpoint de velours noir à larges basques et haut-de-chausses de même étoffe. Son col était rabattu et les manches, longues et bouffantes, laissant sortir la chemise par des découpes, étaient serrées aux poignets par des rubans rouges. Il portait effectivement son épée.

— M. Fronsac ? s'enquit-il d'un regard singulier, à la fois dur et triste.

Puis il vit Tilly, qui se tenait à l'écart, et fronça les sourcils de perplexité, s'interrogeant sur la présence de ce rouquin à l'air farouche et armé d'une rapière.

— Venez-vous au sujet de Mme Bonnet ? demanda-t-il.

— Je venais vous parler d'elle, répondit Louis.

Le silence s'installa jusqu'à ce que le garde déclare d'une voix brisée.

— On l'a tuée.

— Est-ce vous ? interrogea Fronsac.

Lincy écarquilla les yeux.

— Moi ? L'imaginez-vous ?

— Vous avez bien tenté de me faire passer à trépas, voici deux jours, monsieur.

Lincy se figea.

— Inutile de nier, on vous a vu et il y a des témoins. Alors, pourquoi n'auriez-vous pas aussi tué Anne ?

Le commissaire sortit la baguette d'une poche de son pourpoint, s'approcha et toucha la poitrine de M. de Lincy tout en prononçant ces paroles :

— Je suis commissaire de police, M. de Lincy. Au nom du roi, je vous arrête. Veuillez me remettre votre épée.

Les yeux du brigadier devinrent hagards et, brusquement, il donna un coup de poing dans la mâchoire de Gaston et se précipita vers l'écurie, certainement pour sauter en selle et filer. Mais là, il se heurta à M. Picault qui lui barra la route.

Lincy tira alors son épée et, avant que l'exempt n'ait pu sortir la sienne, il lui perça l'épaule.

— Assassin ! hurla Gaston qui avait également dégainé la sienne.

Le garde du corps se retourna et les rapières se croisèrent aussitôt. Lincy attaqua avec rage, cherchant à tuer, mais Gaston était un excellent bretteur, son oncle Hercule lui ayant appris fort jeune la *scienza* d'armes. De surcroît, il avait connu de nombreux duels à l'armée et, à Paris, il fréquentait assidûment la salle d'armes de la rue du Jour, dans l'hôtel de Royaumont, où se retrouvaient les meilleurs escrimeurs de la cour. À chaque assaut, M. de Tilly écartait facilement la lame de son adversaire, cherchant à le fatiguer avant de l'estoquer au bras ou à la cuisse, afin de le prendre vivant.

Ses coups étant systématiquement parés, Lincy comprit que le commissaire était trop fort pour lui. De plus, il vit du coin de l'œil que deux archers l'entouraient, les autres étant accroupis auprès de sa victime. Il fallait en finir. Alors, comme M. de Tilly poussait une attaque pour le faire reculer, il se découvrit et se jeta sur la pointe de l'épée du commissaire, qui lui perça la poitrine.

Tilly retira sa lame sanglante et son adversaire s'effondra. Furieux contre lui-même, le commissaire lâcha sa rapière dont le fer résonna sinistrement sur les pavés de la cour. Le sang sortit par saccades de la bouche du blessé qui s'étouffait.

— Un chirurgien ! cria Fronsac. Allez chercher un chirurgien !

En vérité, le concierge et les palefreniers étaient déjà partis afin d'en ramener un pour l'exempt qui, Dieu soit loué, n'était pas trop gravement touché, car, soutenu par son sergent, il venait de s'asseoir. Gaston ignora donc Lincy pour s'occuper de M. Picault. Aussi Louis s'accroupit-il au pied du mourant, qui le regarda avec des yeux déjà vitreux.

— J'aurais mieux… fait de ne pas vous rater, souffla-t-il.

— Avez-vous tué Anne ? répéta Louis.

Le blessé se raidit et tenta de se redresser, comme si on l'avait giflé.

— Elle ? Vous êtes fou, mon maître… Je n'ai jamais autant aimé une femme… Je voulais l'épouser…

Il retomba sur le dos et ferma les yeux.

— Retrouvez son assassin… Promettez-le-moi, murmura-t-il.

— Je vous le jure. Mais vous, pourquoi avez-vous tué son père ?

Lincy ne répondit pas tout de suite et Louis crut un instant qu'il était passé.

— Son père…, fit-il en crachant une bave rougeâtre. Il méritait mille fois ce qui lui est arrivé…

— Pourquoi ?

— Savez-vous… comment est morte sa femme ?

— Elle s'est noyée, m'a dit Anne.

— Noyée…

Lincy eut un effrayant rictus.

— Il la battait… Un jour, il a frappé trop fort… Il l'a jetée par-dessus le bord de sa barque… Anne avait dix ans et elle a tout vu… Durant quinze ans, elle a attendu, vivant avec lui tout en le haïssant et cherchant une occasion de le châtier. À douze ans, elle avait même poussé un tonneau sur lui, dans un escalier, mais elle ne lui avait que brisé la jambe.

De nouveaux halètements sanglants. Le pourpoint noir était trempé. En entendant le mourant parler, Tilly et l'exempt, qui se tenait le bras, s'étaient approchés pour écouter.

— On s'est connu… Elle m'a parlé de sa mère… Son père était riche et elle hériterait, m'avait-elle dit… Elle m'achèterait une charge de capitaine... Mais, avant, je devais punir l'assassin de sa mère… Et je l'ai fait.

Son visage était devenu de marbre.

— Seulement, vous êtes arrivé… Elle a eu peur de vous… Que vous découvriez la vérité…

Brusquement, il se tut et son regard devint fixe.

Louis leva les yeux vers Gaston et l'exempt. Il découvrit un inconnu près d'eux. L'homme se pencha vers M. de Lincy et mit sa main devant la bouche du brigadier.

— Il est mort, affirma-t-il, déçu. Vous m'avez fait venir pour rien !

— Non, répliqua Gaston. Vous avez mon exempt à soigner. Heureusement, le cuir de son pourpoint a fait glisser la lame qui n'a percé que le muscle.

16

Deux heures plus tard, Gaston de Tilly, le sergent et M. Picault se présentaient devant l'hôtel de M. de Laffemas. Un domestique les conduisit au premier étage, dans la chambre du lieutenant civil. En prenant l'escalier, Gaston entendit des voix féminines dans la salle où il avait été accueilli au début de la semaine. Sans doute l'épouse de M. de Laffemas, ses enfants ou des amis. Mais pourquoi n'était-il pas avec eux ?

C'est en pénétrant dans la chambre qu'il comprit. Assis sur un fauteuil tapissé de cuir, M. de Laffemas avait en face de lui le lieutenant criminel et le procureur du roi au Châtelet.

— Tilly, que venez-vous m'annoncer encore comme catastrophe ? s'exclama le lieutenant civil d'un ton mi-figue mi-raisin. Et que fait Picault avec vous ? Vous êtes blessé, Picault ?

L'exempt portait son bras gauche dans l'écharpe que Gaston lui avait passée.

— Oui, monsieur, un coup d'épée. M. de Tilly va vous expliquer.

— Tâchez d'être concis, Tilly, parce que j'ai aussi des questions à vous poser !

— Je viens de tuer un homme, monsieur, un gentilhomme aux gardes du corps du roi. C'est lui qui a blessé M. Picault.

Il vit le procureur du roi écarquiller les yeux, tandis que Tardieu le gratifiait d'un regard étonné.

— Comment est-ce arrivé ?

— Je venais l'arrêter, il s'est défendu. C'est en rapport avec la dame que l'on a retrouvée hier matin, sur le quai de Grève.

— Anne Bonnet ? C'est vous qui l'avez identifiée, ai-je lu dans le mémoire que l'on m'a remis.

Gaston ne fut pas surpris que Laffemas connaisse le nom de la morte. Il savait que le lieutenant civil exigeait d'être informé immédiatement de tout crime commis dans Paris.

— Oui, monsieur. Il s'agit de la même histoire pour laquelle je m'étais renseigné sur Jean Bonnet, mercredi. Vous savez, cette personne que le commissaire Tavernier disait ne pas connaître.

— Tavernier, tiens, tiens !

Gaston fut brusquement en alerte. Pourquoi cette réflexion ? Il décida de parler le moins possible de Louis. S'il devait aller à la Bastille, autant qu'il s'y rende seul.

— Tout a commencé par la visite d'Anne Bonnet à l'étude Fronsac, monsieur. C'était mercredi. Son père venait d'être assassiné et, par testament, il laissait tous ses biens à sa nouvelle épouse. Elle voulait savoir si elle pouvait le contester.

— Assassiné ? Je n'en ai pas entendu parler ! s'exclama Laffemas.

— Cela s'est produit à Romainville, monsieur. L'enquête a été conduite par un lieutenant du prévôt des maréchaux. Mon ami Louis Fronsac m'a demandé de me renseigner sur Jean Bonnet, son frère, car, en cas d'annulation du testament, Jean et Anne auraient été les héritiers. Après avoir interrogé M. Tavernier, j'ai bien sûr été surpris par ses explications. Puis le corps d'Anne a été découvert. M. Tavernier était là et je lui ai dit que j'allais chez Mme Bonnet afin d'apprendre les raisons pour lesquelles elle s'était rendue sur la Grève. Il s'y est opposé et nous avons eu une vive altercation. Selon lui, c'était au commissaire de Saint-Martin de faire l'enquête.

— Il avait raison, intervint le procureur.

— Cependant, j'avais appris plusieurs choses sur M. Tavernier, monsieur. Il disait très peu connaître ce Jean et la famille Bonnet, mais il mentait : il a été témoin au mariage de M. Bonnet, tout comme Jean. De plus, l'épouse – la belle-mère d'Anne et de Jean – était la propre belle-sœur de M. Tavernier !

Laffemas plissa le front. Il ignorait tout de ces liens familiaux qui unissaient Tavernier et la famille de la défunte noyée ; et cela le contrariait, surtout avec ce qui était arrivé à son commissaire.

— Bref, j'ai accusé M. Tavernier de me mentir et je suis quand même allé au domicile de Mme Bonnet. J'ai appris qu'elle avait reçu un billet, la veille. Le voici, monsieur.

Il sortit le papier de son pourpoint et le donna au lieutenant civil qui le lut.

— Les domestiques m'ont dit qu'Anne était partie aussitôt après l'avoir reçu, mais qu'elle était allée demander à son voisin de l'accompagner. Celui-ci, M. de Lincy, était, semble-t-il, son amant, mais il n'était pas présent à ce moment-là. Singulièrement, la robe du cheval de ce voisin correspondait à celle de la monture d'un homme passé à Romainville au moment où M. Bonnet avait été tué. Surtout, quelqu'un avait remarqué, là-bas, qu'il manquait un clou au fer d'un sabot de ce cheval. Or, j'ai découvert la même absence sur celui de M. de Lincy.

— Adroit ! reconnut Tardieu.

Gaston s'inclina au compliment. On le voit, il n'avait pas détaillé le rôle de Louis et était resté vague sur les conditions de son enquête. Il serait toujours temps d'être plus précis, si Laffemas le lui demandait, jugea-t-il. Quant à l'exempt et au sergent, ils ignoraient tout du rôle de Fronsac, sachant juste que c'était un notaire qui s'occupait de la succession du père d'Anne.

— Cela faisait plusieurs faits accusatoires, poursuivit-il. J'ai donc décidé d'arrêter M. de Lincy à fin d'interrogatoire. Je suis allé chercher M. Picault au Châtelet et, avec sergent et archers, nous nous sommes rendus chez lui. Quand je lui ai dit que je l'arrêtais, il a tenté de fuir et a blessé M. Picault. Nous nous sommes battus et il s'est jeté sur mon épée.

— C'est la vérité, monsieur le lieutenant civil, intervint l'archer. M. de Tilly le ménageait et cet homme s'est volontairement empalé sur sa lame.

— Il s'est alors confessé, monsieur. Il a reconnu avoir tué M. Bonnet à Romainville, à la demande de sa maîtresse…

— Anne ? Celle qui a été tuée ? s'enquit Laffemas, tout à fait subjugué par cette stupéfiante histoire.

— Oui, monsieur. Anne Bonnet voulait châtier son père, qui avait battu et noyé sa mère.

Les trois magistrats s'entre-regardèrent, sidérés.

— Incroyable…, balbutia le lieutenant criminel.

— Quelle famille ! s'exclama le procureur.

— Avez-vous entendu cela, M. Picault ? demanda sévèrement Laffemas.

— Oui, monsieur.

— Mais M. de Lincy nous a aussi assuré ne pas avoir tué Anne, monsieur. Il y a donc un autre assassin.

— Qui, selon vous ?

— Je ne veux accuser personne à tort, monsieur.

— Je devine à qui vous pensez, fit Laffemas en grimaçant, ce qui fit remuer cocassement sa barbiche. Et cela me déplaît. De plus, je ne comprends pas les raisons d'un tel crime.

Gaston hésita à aller plus loin, mais préféra se retenir. Accuser à tort un commissaire de police le ferait non seulement chasser de sa charge, mais le conduirait à coup sûr en prison.

Un lourd silence s'installa. Les trois magistrats se regardaient, se faisant diverses mimiques difficiles à interpréter.

— Savez-vous pourquoi M. Tardieu et M. le procureur du roi sont ici ? demanda enfin Laffemas.

— Non, monsieur.

— Aujourd'hui, à la sortie de la messe, à l'église Saint-Sauveur, l'honorable M. Tavernier a été poignardé à mort. Son meurtrier n'a pas été pris. C'est la première fois qu'un commissaire de police est ainsi assassiné en période de paix civile.

— Ce crime ne doit pas rester impuni, martela le procureur.

17

— Monsieur, demanda Gaston après une hésitation, je sollicite l'autorisation de perquisitionner chez le commissaire Tavernier.

— Quoi ? s'exclama le procureur. Mais vous êtes fou, mon ami !

— Dans quel but ? s'enquit plus froidement Laffemas.

— M. Tavernier est lié à la famille Bonnet et aux crimes qui ont eu lieu ces derniers jours. Il faut mettre son rôle au clair.

— Absurde ! protesta le procureur.

— Vous vous rendez compte de ce que vous demandez ? ricana Laffemas. M. Tavernier, commissaire à poste fixe, se fait assassiner dans une église par un maraud et je ferais perquisitionner chez lui ? L'accusant de je ne sais quoi ? Mais je me retrouverais avec une fronde de tous les autres commissaires, mon ami ! Ils obtiendraient ma peau, à coup sûr !

Gaston baissa les yeux, regrettant une fois de plus de s'être emporté. C'est alors qu'une idée lui vint.

— Vous serez chargé de l'enquête sur la mort de M. Tavernier, décida Laffemas, mais n'oubliez pas ceci : votre commissaire est une victime, non un suspect ! Quant à l'affaire Bonnet, elle est close. Je veux que vous m'écriviez un mémoire pour demain, que je transmettrai à monseigneur Richelieu. Ce sera tout.

Bien qu'il eût reçu congé, Gaston ne put s'empêcher de s'obstiner. C'était son tempérament.

— Monsieur, je m'interroge sur le billet que vous avez en main. Avez-vous ici un document écrit par M. Tavernier ? Il doit être possible de vérifier la forme des lettres et le papier. Le billet est à la marque du moulin du Cadran. Si M. Tavernier utilisait le même papier, ce serait une forte présomption…

— Assez ! cria le procureur.

— Vous avez examiné la marque du papier ? interrogea Tardieu. C'est habile…

Laffemas regarda à nouveau le billet, visiblement hésitant. Finalement, il se leva et alla jusqu'à une grande armoire qu'il ouvrit. À l'intérieur étaient suspendus des sacs et sur des étagères s'empilaient des registres et des mémoires attachés par des rubans. Il farfouilla un moment, tandis que Gaston échangeait des regards expectatifs avec l'exempt.

Le lieutenant civil choisit finalement un paquet de feuillets, en détacha un et s'approcha de la fenêtre ouverte. Le crépuscule s'étendait, mais la lumière restait très suffisante. Il parcourut le papier avec le billet tenu à côté, puis il examina le filigrane et émit une singulière mimique.

Il revint à son fauteuil et donna les deux feuilles au procureur qui les regarda rapidement et les passa à Tardieu avec une grimace de contrariété.

— M. de Tilly, les papiers sont les mêmes et l'écriture paraît identique. Vous marquez donc un point. Qu'en pensez-vous ? ajouta-t-il à l'attention des deux autres officiers.

— Un hasard ! décida le procureur.

— Ce peut être un hasard, confirma Tardieu. Quant aux écritures, il faudrait demander leur avis à d'autres personnes.

— C'est ce que je ferai, décida Laffemas. M. de Tilly, j'attends votre mémoire.

Gaston comprit qu'il n'obtiendrait rien de plus. Mais il avait obtenu la confirmation que le billet venait sans doute de Tavernier. C'était certainement lui l'assassin de la jeune femme. Il désirait épouser Jeanne Fleury pour s'approprier l'héritage et Anne, qui voulait faire annuler le testament, le gênait. Par une singulière concomitance, il n'avait pas attenté à la vie de M. Bonnet que sa propre fille avait fait tuer !

Cependant restait un mystère : qui avait tué Tavernier ? Et si sa mort n'avait aucun rapport avec l'affaire Bonnet ?

Le soir même, Gaston se rendit chez Louis.

18

Le lundi matin, conseillers, procureurs, avocats, commissaires, greffiers, huissiers et notaires s'assemblèrent dans la plus grande des salles d'audience du Châtelet, où, extrêmement serrés, ils écoutèrent un hommage solennel à Barthélemy Tavernier, commissaire de police du quartier de la Grève, odieusement assassiné par un malfaisant, selon le procureur du roi.

Gaston, qui était présent, observa, comme tout le monde, que le lieutenant civil n'était pas là, mais il apprit ensuite que M. de Laffemas avait été convoqué par le cardinal de Richelieu, au sujet de ce crime incroyable. À la relevée, après avoir pris des nouvelles de M. Picault, il se trouvait dans son cabinet de la tour, quand un archer frappa à sa porte. Le lieutenant du prévôt l'attendait dans son cabinet.

Il s'y rendit. M. de Laffemas était seul et leva un œil noir à son entrée.

— Monseigneur le cardinal est très en colère, grogna-t-il.

— Contre moi, monsieur ?

— Je ne lui ai même pas parlé de vous ! Non, contre celui qui a osé s'en prendre à un commissaire de police. Il sera roué, c'est une certitude ! Avez-vous avancé dans votre enquête ?

Gaston resta stupéfait. Qu'espérait son supérieur en si peu de temps ?

— Non, je n'ai pas avancé, monsieur. À dire vrai, je n'ai aucune piste. Mon opinion est qu'il pourrait s'agir d'une personne que M. Tavernier aurait poursuivie ou fait châtier et qui aurait voulu se venger.

C'était une éventualité dont ils avaient discuté la veille, Louis et lui.

— Possible. Donc aucun rapport avec l'affaire Bonnet ?

— Pour tenter de découvrir ce misérable, il faudrait que je puisse accéder à tous les mémoires écrits par M. Tavernier depuis quelques années.

— Je peux vous faire passer ceux que je possède. Pour la période avant ma nomination, il faudrait les demander au fils de Michel Moreau, ou les rechercher dans les archives. Mais ce sera un travail titanesque et cela ne vous avancera guère pour retrouver l'assassin.

— Je sais, monsieur, mais je n'ai pas d'autre idée. J'irai aussi à l'église interroger le sacristain. Peut-être m'indiquera-t-il des témoins.

— En effet.

Le silence s'installa un moment, tandis que Laffemas tapotait sur sa table. Puis, comme s'il avait pris une décision, il saisit un papier posé à portée de main.

— Ce billet, découvert chez Anne Bonnet, je l'ai montré ce matin à M. Charpentier, le secrétaire de monseigneur, tandis que j'attendais mon audience. M. Charpentier est le secrétaire *de la main* du ministre. C'est lui qui recopie le courrier de Richelieu. Il est capable de refaire et d'identifier n'importe quelle écriture. Il m'a confirmé que Tavernier l'avait écrit. Il y a bien un mystère autour du commissaire et cela me déplaît.

— Il est dommage que je ne puisse perquisitionner chez lui, monsieur. J'aurais peut-être découvert quelque chose...

— Ne revenez pas là-dessus ! gronda le lieutenant civil.

Gaston se tint coi, se demandant où voulait en venir Laffemas, qui soupira à plusieurs reprises avant de poursuivre.

— Mais puisque vous insistez pour fouiller chez votre commissaire, je vais vous remettre une lettre pour ses domestiques, leur demandant de vous laisser retrouver les mémoires et les courriers qu'il a pu écrire. Cependant, en aucun cas, il ne s'agira d'une perquisition, bien au contraire. Votre seule finalité doit être de retrouver l'assassin. Vous emmènerez un notaire du Châtelet, afin qu'il note ce que vous découvrirez. Et, bien entendu, vous n'emporterez rien !

— Bien, monsieur, fit Gaston, le cœur battant d'excitation et fier de la confiance que lui accordait le lieutenant civil.

— Mais, faites un faux pas, donnez l'impression d'accuser M. Tavernier et vous serez sanctionné. Pensez-y !

La menace calma brusquement l'ardeur de Tilly.

— Je comprends, monsieur.

— Voici la lettre que mon secrétaire a préparée, dit alors Laffemas avec un sourire ambigu, en poussant un papier scellé d'un sceau de cire rouge devant son interlocuteur.

Ainsi, il avait déjà tout manigancé, devina Gaston avec un brin d'effroi. Dès le début de l'entrevue, Laffemas savait où il le conduirait. Richelieu exigeait un résultat rapide, sinon il se retrouverait à la Bastille.

Une heure plus tard, il était chez Louis, à qui il raconta tout. En chemin, il n'avait cessé de penser à son entrevue avec le lieutenant civil. Celui-ci se lavait désormais les mains au sujet de cette affaire. Ce serait à lui, Gaston, d'être adroit. S'il se sentait fier de la confiance qu'on lui avait accordée, la crainte d'un échec ne l'avait pas quitté.

— Tu es notaire, Louis, donc tu peux m'accompagner à cette visite domiciliaire. Laffemas m'a laissé carte blanche pour choisir qui viendrait avec moi. J'ai l'impression qu'il veut en savoir le moins possible, de manière à ne prendre aucune responsabilité en cas d'échec.

— Entendu. Espérons que cette visite sera fructueuse.

Ils partirent aussitôt pour la rue Saint-Sauveur. Depuis la rue des Blancs-Manteaux, ils n'avaient qu'à descendre la rue Saint-Avoye jusqu'à la rue de la Verrerie, qu'ils suivirent sur deux pâtés de maisons. La cour était fermée par une porte cochère aux vantaux cintrés et une chaîne, avec une cloche, permettait de prévenir un portier. Celui-ci arriva en maugréant. Il n'était pas tard, mais, à cette heure, les habitants ne recevaient plus de visite. Gaston et Louis pénétrèrent dans la cour autour de laquelle les constructions de deux à quatre étages semblaient toutes de guingois. C'étaient des bâtiments à pans de bois dont les façades avaient été recouvertes de plâtre simulant la pierre, à la fois afin de donner une noble apparence et pour réduire les risques d'incendie. Le domicile de Tavernier se situait à droite, au premier étage, leur dit le concierge, en leur précisant que le commissaire avait été assassiné. Gaston lui annonça qui il était et l'autre le fit entrer dans un sombre couloir avec un escalier étroit à rampe de bois.

Ils montèrent, frappèrent à la seule porte du palier et un domestique au visage rond, aux yeux jaunes et aux cheveux gras pendant dans le cou vint ouvrir.

Tilly annonça son état et tendit la lettre cachetée. Le domestique les fit pénétrer dans une antichambre et partit chercher l'intendant, un Picard roux, comme Gaston, avec un nez de fouine. Nouvelles explications avec ce dernier, qui lut la lettre après en avoir défait les rubans.

Pendant ce temps, Louis examinait les lieux. La salle n'avait pas de fenêtre, mais des portes à chaque extrémité. L'intendant était arrivé du côté opposé à la cour où devaient se trouver des chambres. L'ameublement comprenait une banquette paillée, servant aussi de lit à un domestique, et un bahut ordinaire sur lequel se trouvait une lanterne en corne.

— Cherchez-vous quelque chose de particulier, monsieur le commissaire ? s'enquit le domestique.

— Tous les documents qui me permettraient de découvrir l'assassin, répondit Gaston d'une voix compassée. M. Fronsac, notaire, m'assistera dans la lecture des mémoires que je trouverai.

— M. Tavernier conservait tout dans sa chambre, mais son corps y repose, en ce moment, veillé par des proches.

Gaston n'avait pas pensé que le cadavre pouvait encore être là. Tant pis, se dit-il. Au demeurant, songea-t-il avec cynisme, Tavernier ne pourra pas s'opposer à la fouille de sa maison !

— Nous serons particulièrement discrets, affirma-t-il.

L'autre les gratifia d'un signe de tête approbateur et leur demanda de les suivre. Ils passèrent la porte par laquelle le domestique était venu et pénétrèrent dans une salle lambrissée, joliment meublée, mais particulièrement sombre, car elle n'avait qu'une fenêtre, qui donnait sur un jardin. L'intendant désigna deux portes.

— Par là, c'est la chambre de M. le commissaire et l'autre est celle de son cabinet.

— Commençons par le cabinet, décida Gaston, et prévenez les visiteurs de notre présence.

D'autorité, il pénétra dans la pièce où se trouvaient un coffre, une armoire, un bahut avec quelques livres, une écritoire et un fauteuil à bras recouvert de cuir gaufré. Là aussi, une seule fenêtre, très étroite.

Louis ouvrit le coffre, Gaston, l'armoire. Dans le premier : quelques armes, dont un mousquet à mèche, une cuirasse et un casque cabossé. Rien d'intéressant. Pourtant, au fond, Fronsac aperçut un solide gourdin. Il le sortit et l'examina devant la fenêtre.

— Gaston, viens voir !

Tilly abandonna sa fouille et s'approcha.

— Regarde là : du sang coagulé et des cheveux. Certainement ceux d'Anne.

— Mets ça de côté.

Louis s'attarda ensuite sur l'écritoire. La rame de papier posée dessous était à la marque du moulin du Cadran, mais ce n'était pas une surprise. Il fouilla ensuite dans l'armoire, où il découvrit pourpoints, chemises, chausses et robes.

Gaston, lui, avait sorti deux registres dans lesquels Tavernier avait annoté quelques affaires datées de 1637. Sur une étagère du meuble se trouvaient aussi quelques philtres et flacons, qu'il renifla, ainsi que des boîtes à pilules.

— Je me demande quelle maladie il avait pour garder tant de remèdes ! ricana-t-il. J'aimerais connaître son médecin. Mais passons plutôt à la chambre.

— Montre-moi ces remèdes, demanda Louis.

Il s'approcha de l'étagère du bahut et, à son tour, ouvrit les fioles pour les sentir. Quant aux pilules, il en prit une de chaque et les mit dans un cornet de papier qu'il glissa dans un gousset. Il vit alors une petite boîte en ivoire ciselé, dans un recoin. Il l'ouvrit, elle contenait une poudre blanchâtre.

— Mort aux rats ! affirma Gaston. On en utilisait, à l'armée.

— À vérifier, fit Louis.

Il fabriqua un autre cornet et y mit un peu de poudre, en évitant de la toucher. Puis il referma soigneusement l'emballage.

Un homme âgé et corpulent se tenait devant le corps déposé sur le lit à baldaquin aux rideaux de damas ouverts. La pièce sentait l'âcre et douceâtre odeur de la mort.

— Je suis Thomas Verfeuil. M. Tavernier était marguillier avec moi à Saint-Sauveur, déclara l'inconnu.

— Un bien brave homme, affirma Gaston en se signant d'un air faussement contrit.

Louis s'émerveillait toujours de la façon dont son ami avait assimilé les leçons des jésuites du collège de Clermont.

— Nous n'allons rien déranger. Je recherche les mémoires dans lesquels le commissaire notait les affaires qu'il traitait. Il est possible que le nom du criminel y apparaisse.

— Vous pensez qu'il s'agit d'un maraud qu'il aurait fait condamner ?

— J'en suis certain ! affirma Gaston.

Outre le lit et une alcôve avec un lit de sangles, la chambre, elle aussi lambrissée, mais seulement jusqu'à mi-hauteur, comprenait un poêle en faïence, un fauteuil à bras, quelques sièges tapissés, une chaise percée et un coffre ciselé que Gaston fouilla. Louis s'intéressa au cabinet peint et, en ouvrant les casiers, il découvrit une dizaine d'épais registres qu'il montra à son ami. Celui-ci les feuilleta. Il s'agissait des copies de mémoires présentés en audience. Il mit de côté ceux concernant les deux dernières années, qui rejoindraient les autres qu'il avait déjà décidé d'emporter.

Ils poursuivirent la fouille, sans rien découvrir de plus intéressant. Aussi prirent-ils congé.

Gaston rentra chez lui avec les registres et Louis lui promit de montrer la poudre et les cachets à l'apothicaire qui avait boutique dans sa rue.

19

Le mercredi matin, Louis arriva dans le cabinet de M. de Tilly à la pique du jour. La pièce se trouvait dans l'obscurité, sauf le dessus de la table, éclairée par une lanterne. Les cheveux en bataille, Gaston parcourait un registre avec un air fâché.

— J'ai les yeux qui me brûlent après avoir lu hier soir jusqu'à minuit à la lueur d'une bougie, grommela-t-il.

— Et alors ?

— Rien. Les condamnés ont été pendus ou sont partis aux galères. Quelques piloris et flagellations, mais surtout des femmes, qui ont été ensuite bannies ou enfermées dans des couvents.

— L'apothicaire était ouvert, annonça Louis d'une voix sans timbre qui mit son ami en alerte.

— Intéressant ?

Fronsac tira de son pourpoint un flacon de verre, bouché, qu'il déposa sur la table.

— Il a mis la poudre à l'intérieur et m'a dit de ne pas l'ouvrir. *Arsenic sublimat.* Tu avales le contenu de ce flacon et tu décéderas dans l'instant.

Gaston prit le récipient et le fit tourner entre ses doigts, songeur.

— Maintenant, fais-en tomber quelques poussières dans un verre de vin, et cela chaque jour, et ta victime ressentira des nausées, des sueurs froides et de douloureuses crampes et brûlures. Elle perdra ses cheveux, aura des vomissements, maigrira et finira par mourir au bout de quelques mois.

Louis se tut quelques secondes avant d'ajouter :

— M. Bonnet était malade depuis Pâques. Avec exactement ces symptômes.

Comme Gaston ne disait toujours rien, il déclara d'un ton désabusé :

— On s'est trompé depuis le début. On cherchait un criminel alors qu'ils étaient deux à vouloir faire disparaître M. Bonnet : sa fille et sa femme, chacune aidée par un amant. Ils auraient mieux fait de s'entendre, persifla-t-il.

— Mais qui a tué le commissaire ?

— Un troisième individu, peut-être sans rapport avec ces deux affaires. Peut-être un ancien condamné comme tu y as songé. Après tout, s'il y a eu deux coïncidences criminelles, pourquoi pas trois ?

— Jean Bonnet reste cependant mon premier suspect.

— C'est juste. Il aurait pu vouloir venger son père et sa sœur. Mais comment aurait-il su si vite, pour Anne, et quelle preuve avait-il contre Tavernier ?

— Son oncle a pu le prévenir. Pour le reste, il faudra le lui demander. Si je le retrouve.

Gaston se leva et prit le flacon.

— Je vais voir si M. de Laffemas est arrivé.

— Veux-tu que je t'accompagne ?

— Je préfère que tu n'apparaisses pas. Je ne veux pas qu'il s'imagine que je m'intéresse à cette histoire pour aider un ami. Les commissaires doivent consacrer tout leur temps à la sûreté et à l'ordre public, je ne l'oublie pas.

Il se permit un sourire satisfait.

Laffemas reçut Gaston qui lui raconta sa visite de la veille et la découverte de l'arsenic dont il montra le flacon de poudre blanche.

Le lieutenant civil fronça les sourcils et afficha son inquiétude. Redouté, car invisible, le poison restait une arme contre laquelle la justice se montrait le plus souvent impuissante. Aussi, quand un empoisonneur était pris, il subissait les pires tourments.

— M. Bonnet était malade depuis Pâques, monsieur. J'ai le témoignage de son beau-frère. Il présentait tous les symptômes d'un empoisonnement à l'arsenic, ce que son médecin confirmera. L'attitude de M. Tavernier se comprend mieux, maintenant : il avait donné de l'arsenic à Jeanne Fleury, afin qu'elle fasse disparaître son mari. Il l'aurait ensuite épousée et serait devenu propriétaire de la fortune de M. Bonnet. Ceci explique pourquoi il briguait déjà une charge de conseiller de quarante mille livres, alors qu'il ne possédait pas cette somme.

— Un héritage, m'avait-il affirmé, le coupa Laffemas.

— En effet ! Aussi, quand il a appris qu'Anne Bonnet voulait faire annuler le testament de son père, il l'a attirée sur la berge et l'a tuée. J'ai trouvé le bâton ensanglanté chez lui et…

Gaston vit le visage du lieutenant civil se fermer au fil de ses explications. Soudain, Laffemas éclata :

— Mais de quoi vous mêlez-vous, M. de Tilly ? cria-t-il. Vous ai-je demandé de vous intéresser à d'hypothétiques turpitudes du commissaire Tavernier ? Je vous ai chargé de découvrir son assassin et rien d'autre ! Décidément, vous en faites trop à votre fantaisie. Je dois revoir Monseigneur Richelieu, jeudi, et il veut un coupable. Que vais-je lui dire ? Que le commissaire qui enquête s'intéresse plus à la victime qu'à son assassin ?

Gaston baissa la tête, comme pour laisser passer l'orage, mais, quand le lieutenant civil eut terminé, il se défendit :

— Monsieur, si le commissaire Tavernier n'apparaît plus comme une victime, mais comme un criminel qui a attenté à la vie d'un très honorable bourgeois de Paris, il ne sera plus le magistrat qu'on encensait, tombé sous les coups d'un criminel, mais seulement un vil assassin. Dès lors, on peut tout imaginer sur son comportement passé et sur les ennemis qu'il s'était faits. De surcroît, il ne me paraît pas impossible que Jeanne Fleury soit celle qui l'a tué. Elle savait à quelle église il se rendait. Quoi de plus facile, pour elle, que de se glisser près de lui et de lui enfoncer une dague dans le dos ?

Cette dernière suggestion attira l'intérêt de Laffemas.

— Pourquoi aurait-elle fait ça ?

— Il lui a peut-être dit qu'il avait tué Anne. Elle a eu peur qu'il soit pris et qu'il parle… d'elle. Après tout, il était le seul à pouvoir la dénoncer !

Le lieutenant civil parut calmé. Il se mura dans le silence en se caressant la barbiche. Gaston vit combien il réfléchissait. Ses remarques avaient porté et, même s'il refusait qu'on mette en cause Tavernier, au fond de lui-même, Laffemas savait le commissaire coupable d'un crime et il désapprouvait qu'on honore sa mémoire.

— Que proposez-vous ?

— Laissez-moi conduire une perquisition chez Mme Bonnet, avec un substitut du procureur du roi. On trouvera certainement des faits accusatoires et on la fera parler. Qu'elle reconnaisse avoir empoisonné son mari et qu'elle mette en cause Tavernier, alors on oubliera vite que le commissaire s'est fait assassiner. Les gens se passionnent plus pour les empoisonneuses !

— C'est vrai.

Laffemas balança un moment la tête avant de se décider :

— Je vais vous faire une lettre pour M. Pelletier. Rassemblez des archers et un exempt.

Gaston, M. Pelletier – substitut du procureur –, quatre archers et un sergent partirent peu après pour la rue de la Tixeranderie dans un des carrosses noirs du Châtelet. Même avec un archer sur le siège du cocher et un autre debout sur l'essieu arrière, ils étaient très serrés à l'intérieur. En chemin, Gaston expliqua les grandes lignes de l'affaire. On devait rechercher, chez la veuve, de l'arsenic, des courriers compromettants et tenter d'obtenir des aveux quant à l'empoisonnement de son mari. Il était encore tôt dans la matinée et la femme serait certainement chez elle.

M. de Tilly ignorait quelle était la maison des Bonnet, mais Louis lui avait dit qu'elle se trouvait près de celle de maître Caron. Le carrosse s'arrêta place Baudoyer. Un archer se rendit à l'étude et, ayant demandé où se trouvait le logis de Dame Bonnet, il y conduisit ensuite policiers et magistrats.

La maison de la veuve se situait près de la rue Chartron[25], un immeuble au portail entre deux pilastres supportant un fronton. Le concierge leur ouvrit, Gaston demanda si Mme Bonnet était là et, ayant eu une réponse favorable, il annonça martialement qu'il s'agissait d'une perquisition. Deux archers restèrent à la porte afin d'empêcher toute sortie et le domestique dut conduire la troupe au premier étage, où habitait la veuve.

Ils pénétrèrent dans sa chambre alors qu'elle était encore en chemise et se faisait coiffer. Gaston était curieux de la connaître. C'était une femme d'une belle taille avec un peu d'embonpoint. Un visage aux traits marqués, avec une peau légèrement grêlée, mais une bouche sensuelle et des yeux d'un vert profond. Sa chemise laissait deviner une imposante gorge.

Elle ne cacha pas sa terreur en découvrant les archers en casaque fleurdelisée.

— Que… que voulez-vous ? glapit-elle tandis que sa dame de chambre s'écartait, apeurée, elle aussi.

— Sur ordre du lieutenant de police, nous venons perquisitionner, madame.

— Pourquoi ? s'enquit-elle d'une voix qui n'était plus qu'un murmure.

— Le domicile de M. Tavernier a été fouillé et j'ai les preuves qu'il vous donnait de l'arsenic pour empoisonner votre mari.

Elle resta pétrifiée, puis éclata en sanglots sans chercher à nier. Mais, dans ses pleurs, elle ne cessait de lancer des regards apeurés à un buffet à deux corps et quatre vantaux.

Gaston le remarqua, s'approcha du meuble et ouvrit les portes du haut. Sur une étagère se trouvaient des pièces d'orfèvrerie en étain et en argent. Sur l'autre, deux cassettes. Fermées toutes deux.

Il se retourna vers elle.

— Les clefs, madame !

---

[25] Devenue la rue des Mauvais-Garçons.

Incapable de maîtriser ses tremblements, Jeanne murmura des supplications incompréhensibles. M. Pelletier s'approcha d'elle et, voyant un trousseau attaché à sa taille avec un cordon, il le défit d'autorité et l'apporta à M. de Tilly. Ce dernier ouvrit la première cassette qui contenait des pièces de monnaie dans des petits sacs. Il s'en prit ensuite à la seconde, dans laquelle ne se trouvait qu'une bonbonnière en argent émaillé. Il l'ouvrit : vide ! Mais on voyait parfaitement qu'elle avait contenu de la poudre blanche.

— J'ai trouvé l'arsenic, dit-il au procureur.

Elle se mit à hurler.

Gaston laissa deux archers, le sergent et M. Pelletier poursuivre la fouille et interroger les domestiques, tandis qu'il partait avec la veuve soutenue par ses gardiens.

Au Châtelet, elle fut placée dans une cellule du deuxième étage du donjon, avant d'être interrogée par M. Laffemas en personne, en présence de deux conseillers. Un greffier nota l'interrogatoire, durant lequel Jeanne Fleury reconnut tout, jurant seulement que c'était son amant qui l'avait contrainte à agir, qu'il avait une emprise sur elle dont elle ne pouvait se libérer.

Un peu plus tard dans la journée, un apothicaire physicien vint confirmer que la bonbonnière avait contenu de l'arsenic.

La nouvelle se répandit vite, dans Paris. Le soir même, M. de Laffemas fut convoqué par Monseigneur Richelieu, qui le reçut en présence du roi. Il leur raconta toute l'affaire en la présentant à son avantage, ne disant mot de M. de Tilly. Le cardinal se félicita d'avoir choisi ce maître des requêtes pour rétablir l'ordre et la loi dans Paris. On ne parla plus de retrouver l'assassin de M. Tavernier, tant il était évident que c'était sa maîtresse qui l'avait tué.

Elle fut jugée une semaine plus tard. Le crime d'empoisonnement étant considéré comme un acte de sorcellerie, elle aurait dû être vouée au bûcher. Cependant, ayant réfuté l'accusation d'assassinat de M. Tavernier et ayant assuré qu'il l'avait contrainte, elle fut condamnée à être pendue et étranglée, après avoir fait amende honorable devant Notre-Dame, avoir demandé pardon à Dieu et avoir été fustigée en chemise à tous les carrefours de son quartier.

Ce fut Jehan Guillaume qui officia et qui la suspendit au Marché aux Pourceaux[26], le genre d'exécution qu'il détestait, tant il s'agissait de petite besogne.

Pour Gaston, l'affaire était terminée et il avait gagné l'estime de ses pairs, des exempts et des archers, et surtout de M. de Laffemas. Mais Louis restait insatisfait.

---

[26] La place du Marché-aux-Pourceaux se situait dans l'impasse des Bourdonnais.

20

Le mardi 6 juillet, l'orage grondait sur Paris en cette fin d'après-midi. Quand un visiteur se présenta à l'étude Fronsac. Guillaume Bouvier, qui le reçut dans la cour, le conduisit dans le bouge de Louis.

— Père Billet ! s'exclama ce dernier en reconnaissant le sacristain.

— Cela fait quelques jours que je voulais vous rencontrer, M. Fronsac. Seulement, j'hésitais.

— Asseyez-vous, mon Père, proposa Louis en lui montrant une chaise tapissée à accoudoirs.

Le clerc obtempéra et resta un instant silencieux, tandis que Louis l'observait.

— Comme tout le monde, j'ai suivi la condamnation de celle dont j'avais été témoin pour son contrat de mariage. Je me suis même rendu à la pendaison, tant je voulais comprendre. Est-on certain qu'elle empoisonnait mon beau-frère ?

— Certain. Il y avait les faits et elle a avoué sans contrainte. D'ailleurs, vous avez été interrogé par le procureur sur la maladie de M. Bonnet.

Le sacristain le confirma d'un signe de tête.

— Et l'on est tout aussi certain que M. Tavernier a tué ma nièce ?

— On a retrouvé l'arme utilisée chez lui.

Le Père Billet resta silencieux, comme incapable de justifier sa venue.

— C'est Jean qui a tué le commissaire Tavernier, c'est cela ? questionna Louis sur un ton affirmatif.

— Oui. Le samedi où vous m'avez annoncé la mort d'Anne, je suis allé le prévenir.

— Donc, vous saviez où il était ?

— Je le savais.

Comme Louis grimaçait son mécontentement. Le religieux précisa :

— Je vous avais dit que je le voyais rarement, je n'ai pas menti. Mais, laissez-moi poursuivre…

Louis hocha du chef en joignant l'extrémité de ses doigts.

— Jean n'aimait pas M. Tavernier et, dès qu'il a appris la mort de son père, il a été persuadé que le commissaire était son assassin. Quand je lui ai révélé la mort brutale de sa sœur, il a été pris d'une rage froide que je n'ai pu réprimer. Je l'ai quitté en craignant un nouveau malheur. J'étais persuadé qu'il allait s'en prendre au commissaire, qu'il serait pris et qu'il finirait sur la roue. C'est dans l'après-midi du dimanche que des fidèles m'ont parlé du crime à Saint-Sauveur. J'ai su aussitôt que c'était lui, mais, Dieu soit loué, on ne l'avait ni vu ni saisi.

— Vous auriez dû prévenir le commissaire du quartier.

— C'est mon neveu ! L'auriez-vous fait, à ma place ?

Louis ne répondit pas.

— Puis, comme moi, il a appris avec horreur que sa belle-mère tuait son père à petit feu avec la complicité de M. Tavernier. Lui aussi a assisté au supplice et, tous les deux, nous nous posions des questions.

— Dites plutôt "une" question : qui a tué son père ?

Le clerc de l'Œuvre approuva.

— Et vous êtes venu m'interroger, afin de savoir si j'avais découvert le meurtrier ?

— Oui, M. Fronsac. Puisque les deux amants empoisonnaient M. Bonnet, ils n'étaient pour rien dans le coup de mousquet de Romainville.

— L'assassin s'est confessé devant moi.

— Anne le connaissait-elle ?

— Oui.

Le Père Billet plissa les sourcils et baissa la tête, comme pour dissimuler sa honte.

— Qui était-ce ? murmura-t-il.

— Il est mort. M. de Tilly l'a tué.

— Jean et moi voulons connaître la vérité.

— Elle vous fera du mal et vous savez pourquoi.

— Ne pas savoir sera encore plus douloureux.

— Entendu. Je l'apprendrai à Jean, s'il vient me voir. Soyez avec lui.

À nouveau un silence. Le religieux se demanda comment ce diable de notaire pouvait avoir découvert la vérité. À moins que son affirmation ne fût un piège.

— S'il vient, vous le ferez arrêter.

Louis avait préparé sa réponse.

— Jean est l'unique héritier de la fortune des Bonnet. Pourtant, il ne pourra jamais en profiter. Qu'il vienne et je lui dirai qui a assassiné son père, mais, en contrepartie, il signera ici un acte par lequel il abandonnera tous les biens lui revenant aux Filles de la Charité. Il pourra ensuite repartir libre.

Le dimanche précédent, le prêche de l'église avait porté sur la congrégation que venait de fonder Vincent de Paul, l'ancien aumônier de la reine, afin de soulager les malades et les pauvres. L'Œuvre manquait cruellement d'argent et les quêtes en sa faveur restaient insuffisantes.

Le sacristain inclina la tête en signe d'accord.

— Je l'attends dimanche à la relevée, conclut Fronsac.

Après le départ du sacristain, Louis se rendit au Châtelet et raconta la visite à Gaston, ainsi que la promesse qu'il avait faite.

— Bien sûr, il faut que tu sois là ! insista-t-il en terminant.

— Impossible ! répliqua Gaston en secouant la tête. Je ne veux même pas me souvenir de ce que tu viens de dire ! Jean Bonnet a assassiné un commissaire de police et, s'il tombe entre mes mains, il sera roué.

— J'entends ce que tu me dis, mais, s'il n'avait pas tué Tavernier, où serais-tu ? Conviens comme moi qu'il a fait acte de justice et seulement devancé le bourreau. De plus, je ne propose pas de l'absoudre. Au contraire, car j'exigerai de lui qu'il quitte Paris et tu sais que le bannissement est un châtiment terrible. Surtout, les deux cent mille livres de son père iront à une œuvre de charité et non dans les caisses du surintendant des Finances.

Comme Gaston se murait dans le silence, Louis ajouta :

— Avec les explications qu'il nous fournira, l'affaire sera définitivement close. C'est notre unique chance de tout savoir.

— Vas-tu lui dire que c'est sa sœur qui a fait assassiner son père ?

— J'ai déjà prévenu son oncle qu'il serait mieux pour eux d'ignorer la vérité, mais je suis persuadé qu'il s'en doute.

— Entendu, je viendrai, mais je ne dirai mot et n'interviendrai pas.

Louis avait prévenu Guillaume et Jacques que Gaston et lui attendaient deux visiteurs. Qu'ils devaient être conduits dans le cabinet de travail de M. Fronsac où le notaire se trouverait avec eux.

Durant les jours précédents, Louis et son père avaient rencontré maître Caron et lui avaient expliqué avoir retrouvé Jean, le dernier héritier de la fortune Bonnet. Après toutes ces atrocités, Jean avait jugé cet argent maudit et voulait le laisser à la congrégation des Filles de la Charité, avait assuré Louis.

Maître Caron avait approuvé et ils avaient préparé les actes ensemble.

À trois heures, Louis attendait à la fenêtre du cabinet de son père. Il vit le sacristain arriver avec un jeune homme peu soigné, en pourpoint délavé et hauts-de-chausses sales. Les frères Bouvier les accueillirent et les firent monter au premier, puis pénétrer dans le cabinet notarial.

Louis les présenta à son père et à Gaston, avant de les inviter à s'asseoir sur les chaises tapissées.

Jean Bonnet devait avoir la vingtaine. De taille moyenne, sa barbe était dégarnie et sa chevelure hirsute et pouilleuse. Il paraissait robuste, avec des mains larges et noueuses, mais, ce qui surprenait chez cet homme vigoureux, c'était sa bouche entrouverte, qui lui donnait une expression de timidité, ainsi que son regard doux et sans défiance.

— M. Bonnet, commença Louis, le notaire de votre père a préparé un acte par lequel, unique héritier de ses biens, vous les donnez à la congrégation des Filles de la Charité.

— Oui, monsieur. Je signerai tout ce que vous voulez, car je ne veux pas d'argent. J'ai seulement besoin d'apprendre qui a tué mon père.

— La révélation de la vérité vous causera du mal.

— J'ai déjà connu l'enfer et je ne pourrai vivre sans savoir.

— Je vous le dirai donc. Mais, auparavant, dites-nous comment vous en êtes venu à poignarder M. Tavernier dans une église.

— Il méritait ce châtiment, monsieur, et, si j'avais pu le frapper en dehors de ce lieu consacré, je l'aurais fait. J'espère que le Seigneur me pardonnera.

Il fit silence un instant, avant de poursuivre :

— Nous étions une famille heureuse. Enfin, je le croyais. Mon père voulait que je devienne marinier, mais seul le théâtre m'attirait. Aussi, quand j'eus dix-huit ans, je lui demandai de me donner la part de la dot de ma mère, qu'elle m'avait cédée dans son testament. Il refusa et ce fut notre premier accroc. Puis il décida d'épouser sa gouvernante. Une femme de bien, assurait-il. Ma sœur et moi devions l'aimer comme notre mère, exigea-t-il. Je respectai son choix et j'acceptai même d'être témoin à son mariage. C'est ainsi que je fis connaissance du commissaire Tavernier. Mon père paraissait le plus heureux des hommes. Moi, j'étais plus réservé : il y avait quarante années de différence entre ma belle-mère et lui.

Il cessa un moment de parler, songeant à cette époque où il était heureux.

— Il faut que je vous explique comment est notre maison, reprit-il. Mon père vit au premier étage et ma belle-mère au second. Ma sœur et moi étions au troisième et les domestiques logent au-dessus. Un escalier dessert les chambres et les appartements. Mais il existe aussi un petit escalier en viret pour les domestiques, afin qu'ils évitent le passage principal. Je l'utilisais souvent, car ma chambre avait une porte de communication de ce côté-là. Or, un jour où je rentrais – mon père était alors à Romainville –, j'ai entendu des voix devant la porte de l'appartement de ma belle-mère et cru reconnaître celle du commissaire Tavernier. Surpris, j'avoue avoir été indiscret et j'ai écouté à l'huis.

» Hélas, il n'y avait aucun doute. Si on dit que l'amour est souvent un fruit du mariage, ce n'était pas le cas pour elle et l'ingrate réservait ses caresses à un autre. La truande avait un commerce secret avec le commissaire ! Je restai plusieurs jours désemparé par cette découverte, ne sachant que faire. Impossible d'en parler avec ma sœur, car elle avait depuis toujours très peu de relations avec mon père qu'elle n'aimait guère, contrairement à moi. Finalement, une fois où je me trouvais seul avec lui, j'abordai le sujet avec beaucoup de prudence, trouvant que M. Tavernier venait bien souvent chez nous. « C'est un homme de bien, me dit-il, et je l'estime fort. » Le trouvant ainsi aveuglé, je lui dis qu'il ne me paraissait pas convenable qu'une jeune femme comme la sienne reçoive des visites en son absence.

» Il éclata alors de colère, me traita de menteur et de traître qui osait lui tenir de semblables discours. Que je lui échauffais la bile, que je diffamais l'honneur d'une femme de bien. Il menaça de me frapper et m'ordonna de quitter à jamais sa maison.

À nouveau, le garçon se tut.

— Accablé, je partis donc. Sans doute aurais-je dû me taire et assister au cocufiage de mon géniteur. Sans ressource, je rejoignis des amis comédiens. Hélas, les recettes ne furent pas au rendez-vous ! Et lorsque les biens de notre troupe furent saisis par un huissier, je les défendis avec un peu trop de chaleur. Je fus arrêté et condamné à trois jours de pilori.

» Le commissaire Tavernier en parla à mon père, qui paya cent écus au lieutenant criminel. Je le sus, car mon père vint me voir dans ma cellule pour me dire qu'il voulait éviter l'infamie à ma famille et que j'étais redevable de ma liberté à son épouse, qui m'aimait fort, et à la bonté du commissaire Tavernier. Que cela devait me servir de leçon pour qu'à l'avenir je ne les diffame plus.

» La bonté du commissaire Tavernier ! Je n'en croyais pas un mot, car je savais qu'il faisait partie des magistrats qui m'avaient condamné ! Je me demandais même s'il n'avait pas poussé à ma condamnation afin de me faire ensuite éviter le pilori et devenir ainsi encore plus proche de mon père et de ma belle-mère.

Gaston et Louis échangèrent un regard.

— Pourtant, je restai muet. Je devinai que, si j'accusais à nouveau Tavernier, mon père était capable de me faire envoyer aux galères.

» Ensuite, j'ai vivoté comme gagne-deniers, logeant sur une paillasse pouilleuse du *Mouton-Noir*. Je n'avais des nouvelles de ma famille que par mon oncle. Un jour, il vint m'annoncer la mort de mon père et, peu après, celle de ma sœur, tous deux assassinés. Je devinai que le criminel ne pouvait être que l'amant de ma belle-mère, qui était justement venu au *Mouton-Noir* poser des questions sur moi. Le couple avait jeté son dévolu sur mon père. Ils m'avaient facilement écarté à cause de mon tempérament de braise et avaient même utilisé mes ennuis judiciaires pour renforcer leur emprise. Mon père et ma sœur éliminés, ils pouvaient convoler, avec notre fortune.

» Je devinai aussi que je les gênerais tant que je serais vivant. L'évidence s'est imposée : ou je laissais la mort des miens impunie et il me ferait pendre sous un quelconque prétexte dès qu'il m'aurait pris, ou je vengeais les miens. Je savais que M. Tavernier se rendait à la messe à Saint-Sauveur, le dimanche. Je m'y rendis avec une fine dague effilée et je restai au fond durant l'office. Quand je le vis sortir, pressé de toutes parts, je m'approchai de lui et lui enfonçai mon fer dans les reins, m'éloignant avant qu'il n'ait eu le temps de crier. Voilà, messieurs, vous connaissez la vérité. Je sais que je serai un jour roué pour cela, mais je n'ai fait qu'œuvre de justice.

— Seulement, vous vous êtes trompé, intervint sévèrement Tilly, ou à moitié trompé. Car, si M. Tavernier a tué votre sœur, ce n'est pas lui qui a meurtri votre père.

— Je l'ai appris. Maintenant, dites-moi qui l'a fait, je vous en prie.

— Un gentilhomme brigadier des gardes du corps nommé Lincy. L'amant de votre sœur.

— Mais pourquoi a-t-il tué mon père ? demanda le garçon, désemparé.

Comme Louis et Gaston, embarrassés, ne répondaient pas, il écarquilla les yeux et ses mains s'agrippèrent aux accoudoirs.

— Pas ma sœur ! Non, pas ma sœur !

Le sacristain baissa les yeux.

— Hélas, oui ! confirma Fronsac.

— Mais, pourquoi ? Pourquoi ?

— N'avez-vous jamais été intrigué par l'attitude d'Anne envers son père ?

— Elle ne l'aimait pas, je le sais, mais mon père ne cherchait pas à se faire aimer de ses enfants.

— Il y avait autre chose, dit tristement M. de Tilly. Sa haine était justifiée… Votre père avait battu votre mère à mort et votre sœur avait vu ce crime.

Jean Bonnet resta pétrifié un moment, avant de fondre en sanglots, tandis que le Père Billet était pris d'un tremblement convulsif. Ainsi son beau-frère avait tué sa sœur adorée et il ne s'en était jamais douté !

Jean essuya alors son visage avec sa manche et déclara d'une voix qu'il voulut ferme :

— Je suppose que vous allez maintenant m'arrêter, monsieur le commissaire.

— M. Fronsac m'a demandé de vous laisser libre. Et j'ai accepté. Mais vous devrez quitter Paris à jamais.

— Merci, monsieur. Je m'y engage.

— Les actes à signer sont prêts, intervint M. Fronsac. Père Billet, vous parapherez comme témoin, ainsi que mon fils. Je tiens à vous préciser qu'a été retirée de la somme totale une rente pour les domestiques.

Jean Bonnet se leva et s'approcha de la table de M. Fronsac qui lui tendit une plume. Sans même regarder, il porta son nom sur le document. Puis il se tourna vers Louis et le commissaire.

— Je ne sais que vous dire, fit-il.

— Où irez-vous ? demanda Tilly.

— En Provence. Les gens de ma troupe s'y trouvent.

— Ce n'est pas tout, dit alors Louis. Vous avez cédé la fortune de votre père à la congrégation, mais maître Caron m'a demandé ce qu'il devait faire de la maison de votre sœur et de ses biens propres qui représentaient deux mille livres environ. Il y a aussi les cent écus que vous laissait votre père. Je lui ai demandé de me les remettre. Ils sont ici, en écus au soleil. Ce sera votre viatique pour la Provence.

Le visage de Jean se décomposa et il secoua la tête.

— Je ne peux accepter… Après ce qu'a fait ma sœur.

— Ta sœur, comme toi, a cru pouvoir se faire justice. Vous vous êtes trompés tous deux, intervint le Père Billet. Ne commets pas une nouvelle erreur avec une fierté mal placée. M. Fronsac m'avait prévenu. Prends cette somme et recommence ta vie, mon neveu.

LES ENFANTS DE LA SAMARITAINE

On frappa à sa porte. Était-ce celui qu'elle attendait ? Intriguée, elle se leva du lit et alla ouvrir le judas grillagé.

Il tenait haut une lanterne. C'était lui ! Rassurée, elle tira les deux verrous.

— Avez-vous l'acte ?

— Je... Oui...

L'homme déposa la lanterne, fouilla dans sa poche, tira son couteau, attrapa la femme par sa robe et la frappa au ventre, au cou, partout, au hasard, plusieurs fois. Elle tenta de crier, mais n'y parvint pas, le couteau ayant déjà atteint sa gorge.

Le chien, qui dormait sur le lit, se précipita alors sur l'assassin, mais ce dernier le frappa si fort qu'il l'assomma.

1

Mercredi 27 avril 1639

Depuis l'affaire du *Funeste testament*, comme l'avait surnommée son ami Louis Fronsac – une enquête qui aurait plutôt dû s'appeler « La chute du commissaire corrompu » – Gaston de Tilly, commissaire examinateur du quartier de la Grève, s'ennuyait, car ses journées se déroulaient dans une morne et répétitive langueur.

Assistant du commissaire à poste fixe, Philippe de Boyé, qui avait remplacé le commissaire Tavernier, Gaston visitait chaque jour les marchés, auberges et hôtelleries entre les quais de Grève, la Grande Boucherie, la rue de la Verrerie et Saint-Gervais. Sur place, il veillait aux approvisionnements, à la qualité et au juste prix des marchandises, et au respect des règles statutaires des corporations. À ces inspections s'ajoutaient le contrôle des lieux mal famés, la recherche de libelles défendus et l'exécution des ordonnances, arrêts et règlements de la prévôté.

Cette besogne routinière ne présentait guère d'intérêt pour M. de Tilly, qui se passionnait plus pour les enquêtes criminelles. Or, il n'en avait point eu à traiter depuis le « Funeste testament ». Pourtant, violences et meurtres ne manquaient pas dans le quartier de la Grève. Mais il s'agissait surtout de rixes entre crocheteurs, portefaix ou gagne-deniers, ces hommes de peine qu'on nommait « les garçons de la rivière » parce qu'ils travaillaient sur les quais. À ces désordres s'ajoutaient bien sûr les altercations entre piliers de cabarets pour tricherie aux cartes ou aux dés – bien que ces jeux soient interdits –, les disputes d'ivrognes et les bagarres pour la possession de puterelles.

Quand il se rendait sur les lieux pour enquêter ou rétablir l'ordre, Gaston ne voyait nul mystère et les coupables étaient vite découverts, saisis, pendus et étranglés, à moins que les juges ne les expédient aux galères après les avoir fait flétrir au fer rouge.

Pire, les larrons eux-mêmes se faisaient rares. Le lieutenant civil, Isaac de Laffemas, à qui Richelieu avait demandé de rétablir l'ordre dans la capitale, avait pris toutes sortes de sévères ordonnances contre les soldats débandés, les voleurs, les filous, les vagabonds, les receleurs, les brelandiers, les gens sans aveu et les filles et femmes débauchées. Le moindre prétexte était bon pour que ces gens douteux soient arrêtés par les exempts, les sergents à verges du Châtelet ou les archers du chevalier du Guet et qu'ils soient ensuite jugés de façon expéditive. À ces poursuites incessantes s'ajoutaient de vastes rafles dans les quartiers malfamés, qui pouvaient rassembler jusqu'à quatre cents archers.

Pour ceux qui s'étaient fait prendre, les condamnations étaient lourdes : flagellation, fer rouge, pilori et galères étant les plus douces, car Laffemas préférait que l'on pende les malfaisants. Quant aux garces, une fois fustigées, elles étaient astreintes à traîner les tombereaux à bras utilisés pour le nettoyage des rues.

Certes, ces châtiments expéditifs n'avaient rien à voir avec la justice et des magistrats scrupuleux s'en offusquaient. Mais le résultat était là : les marauds se faisaient rares ou se montraient moins.

Demeuraient cependant toujours quelques crimes crapuleux ou impulsifs commis par des gens de bien. Voici quelques mois, M. de Tilly avait confondu un jacobin ayant tué sa maîtresse afin de lui voler ses bijoux et, quelques semaines plus tôt, il avait soupçonné un gentilhomme d'avoir battu à mort une fille d'auberge. Hélas, dans les deux cas, son supérieur – au Châtelet on disait son « ancien » –, Philippe de Boyé, commissaire à poste fixe du quartier de la Grève, lui avait retiré ces enquêtes, prétextant vouloir investiguer lui-même. En vérité, après avoir appris que le jacobin avait un frère évêque et le gentilhomme, un père proche du roi, l'ancien avait préféré abandonner les poursuites.

Ces décisions avaient rendu Gaston tellement furieux qu'il avait même envisagé de revendre sa charge. Il ne l'avait pas fait, uniquement sous la pression de M. Fronsac père, qui lui avait expliqué qu'on ne pouvait pas toujours l'emporter sur la pleutrerie, l'injustice et la corruption.

Ayant accepté de demeurer à son poste, M. de Tilly avait décidé de se consacrer à l'éradication de la corruption qui rongeait le fonctionnement de la prévôté de Paris. Dans cette entreprise, son supérieur ne pourrait plus lui mettre de bâtons dans les roues, puisque Isaac de Laffemas avait juré de faire disparaître ces basses friponneries.

Depuis quelques mois, il était justement confronté à cette turpitude, car plusieurs vols mystérieux ne pouvaient s'expliquer que par l'implication d'un ministre de justice[27] véreux. Le mode opératoire était toujours le même : après la mise sous scellés d'une maison, pour succession, banqueroute ou autre raison, un voleur s'y introduisait en disposant d'une copie des clefs. Or seuls des gens du Châtelet avaient accès aux documents et aux clefs des bâtiments sous scel, avec la possibilité de faire une empreinte des clavelles. Cependant, cela signifiait des centaines de suspects et il était impossible d'enquêter sur chacun d'eux sans se mettre à dos tout le monde.

Assis devant sa table de travail, Gaston y songeait, tout en relisant et annotant un mémoire destiné à son commissaire, qui détaillait les visites faites au cours de la semaine écoulée et les procès-verbaux dressés à des boutiquiers ne respectant pas les règlements royaux.

Il posa sa plume et lissa sa moustache en aigrette, tout en se demandant s'il devait ajouter quelques mots au sujet de sa visite à Saint-Jean-en-Grève, après un appel du curé à la suite du pillage de tronc. Il s'agissait du quatrième rapinage d'aumônes depuis le début de l'année et, cette fois-ci, le sacristain avait vu s'enfuir un gamin.

---

[27] On appelait ainsi les gens de justice disposant d'une charge judiciaire : archers, sergents, huissiers, conseillers, commissaires ou greffiers.

Ces enfants des rues étaient une véritable plaie, à Paris. En raison de la misère régnant dans les campagnes, ils étaient de plus en plus nombreux à venir dans la capitale pour mendier et voler, quand ils le pouvaient. Afin de survivre, les plus audacieux s'introduisaient dans les maisons dès qu'ils découvraient une lucarne ouverte. Là, ils rapinaient de l'orfèvrerie, les pièces de monnaie qu'ils dénichaient et les petits objets de valeur. Impossible ensuite de les retrouver et, quand le guet les saisissait en flagrant délit, les coupables ne pouvaient recevoir que quelques coups de fouet, compte tenu de leur jeune âge. Aussi recommençaient-ils jusqu'au jour où, devenus adultes, ils finissaient branchés sur le lieu de leur dernier larronage.

Le cas le plus audacieux sur lequel Gaston avait enquêté portait sur le vol d'un marchand de grains près de Saint-Eustache. Ce dernier étant à l'église avec toute sa mesnie, un gamin avait frappé à sa porte et expliqué à la seule servante présente dans la maison que son maître la faisait chercher. Pendant qu'il lui parlait, un complice s'était glissé dans le dos de la domestique et, au retour du bourgeois, les plus petites pièces de son argenterie avaient disparu.

Que faisaient ces enfants du produit de leur vol ? À coup sûr, ils connaissaient un receleur, mais les enquêtes n'avaient rien donné, car les objets volés – flambeaux, gobelets, salières, taste-vin – étaient difficilement identifiables.

Un de ces petits bandits avait pourtant été pris, quelques mois auparavant, durant la nuit, au domicile d'un conseiller au Châtelet. La maison n'était alors occupée que par un valet et celui-ci, ayant entendu des bruits, s'était levé et avait découvert trois gamins qui détalaient comme des souris. Il en avait attrapé un, qui fut jugé dès le lendemain à l'audience criminelle. M. de Tilly se trouvait parmi les magistrats. L'enfant de douze ans avait assuré ne pas connaître ses complices et avait été condamné à recevoir six coups de verges, une punition qui avait fort marri le jeune commissaire qui, à peine plus vieux que ce vaurien, s'était bien souvent introduit dans des endroits interdits, même si ce n'était pas pour voler. Gaston, qui n'avait pu interroger le galopin, l'instruction étant confiée à un conseiller du Châtelet, regrettait surtout ne pas avoir appris de quelle manière lui et ses complices étaient entrés dans la maison. En effet, le jeune larron avait assuré que la porte était ouverte, ce qu'avait nié le propriétaire. Donc l'intrus disposait d'une clef. Et quand bien même il aurait dit la vérité, comment savait-il que le magistrat serait absent et qu'il n'y aurait qu'un valet à l'intérieur ?

Le commissaire était persuadé de se trouver une nouvelle fois devant une entreprise conduite par quelqu'un de bien informé. Les enfants voleurs n'étaient certainement que des instruments pour un ministre de justice corrompu. Pourquoi pas le même qui copiait les clefs des maisons sous scellés ?

Finalement, après avoir longuement réfléchi, M. de Tilly décida de ne pas aborder dans son mémoire le vol des aumônes de Saint-Jean-en-Grève, puisqu'il ne pourrait identifier le voleur.

On gratta à la porte. C'était Picault, un exempt de robe courte qui le secondait depuis quelques mois et qu'il appréciait pour son caractère bien trempé.

La plupart des exempts étaient des sergents qui commandaient une compagnie d'archers de la prévôté ou du chevalier du Guet. Beaucoup venaient de l'armée et cumulaient leur charge avec celle d'huissier à cheval ou de sergent[28].

Pierre Picault, ancien brigadier au régiment de Villeroy, avait gardé de son passé militaire une figure labourée de balafres et une audace peu commune chez les gens du Châtelet. Ses longs cheveux noirs tressés en cadenettes, sa barbe en feuille d'artichaut et ses moustaches mal taillées le faisaient d'ailleurs plus ressembler à un soudard qu'à un policier. Comme souvent, il était vêtu d'un buffletin matelassé, avec des culottes flottantes en toile épaisse, serrées au genou par un canon, et chaussé de lazzarines à revers. À sa taille pendait une longue épée de taille à la garde en coquille.

— Monsieur le commissaire, s'enquit-il avec une grande courtoisie, j'espère ne pas vous déranger...

---

[28] Les exempts deviendront inspecteurs de police au siècle suivant.

— Ma foi, non. Je viens de terminer mon mémoire.

— Un valet de maître Chartier, le patron de l'hôtellerie à l'image de Sainte-Catherine, vient d'arriver pour déclarer que l'on a découvert une cliente assassinée dans sa chambre.

Gaston se dressa d'un bond.

— Où se trouve ce valet ?

— Dans la galerie, monsieur. Voulez-vous que je l'appelle ?

— Inutile, j'y vais ! Nous filerons ensuite à l'auberge sans tarder.

Il attrapa son feutre empanaché et son manteau, déposés sur une chaise, puis le fourreau de son épée, gisant sur un coffre, et le glissa dans son baudrier.

La galerie se situait en bas des marches de l'escalier en viret de la tour d'angle où Gaston de Tilly avait son cabinet. Debout, bien qu'il y eût des banquettes pour les solliciteurs et les personnes convoquées, car Laffemas, le lieutenant criminel et le procureur du roi recevaient dans les pièces communiquant avec ce passage, le valet attendait, chapeau respectueusement à la main. Gaston le connaissait vaguement, puisqu'il visitait régulièrement les hôtelleries de la rue de la Mortellerie, où se trouvait donc celle à l'image de Sainte-Catherine.

— Tu t'appelles Perrot, non ? s'enquit-il.

— Oui, monsieur le commissaire.

— Raconte ! Qui est cette femme ?

— Elle logeait à l'auberge depuis une semaine, monsieur. Une gentille dame. Je crois qu'elle venait d'Amiens. C'est horrible...

— Que lui est-il arrivé ?

— Voici une heure, on a entendu son chien hurler.

— Elle avait un chien ?

— Oui, monsieur. Mais jamais il n'aboyait, c'est un gentil chien. Maître Chartier est monté avec moi. Il a ouvert la porte avec sa clef... La dame était par terre, couverte de sang, poignardée. Son chien hurlait près d'elle.

— Allons-y ! Tu raconteras la suite en route !

Dans la salle basse du Châtelet, Gaston demanda à Picault de trouver l'un de ses meilleurs sergents à verge pour les accompagner. Lui-même sortit pour gagner la grande cour où attendaient plusieurs petits carrosses noirs à deux places, utilisés par les commissaires dans leurs déplacements, des véhicules sales et inconfortables, mais qui évitaient d'être crotté par la boue des rues.

Avisant l'un des cochers, il lui annonça qu'il devrait le conduire à l'auberge Sainte-Catherine, rue de la Mortellerie, puis il se rendit à la basse geôle, dont l'entrée était située à gauche de l'escalier principal du Châtelet. C'est là qu'on conservait les cadavres que les chirurgiens ou les médecins jurés du Châtelet venaient examiner.

Ces maîtres, tout comme les sages-femmes jurées, prêtaient serment en entrant dans leur charge, où ils avaient été nommés par le parlement ou la grande prévôté. Depuis saint Louis, les places de chirurgien au Châtelet – il y en avait deux – ne pouvaient être remplies que par des diplômés du collège de Saint-Côme. Ils devaient en outre avoir une solide expérience des décès par étouffement, empoisonnement, émorcelage ou autres formes de mort par violence, et être capables d'écrire en latin rapports et constatations.

Gaston savait qu'avec un peu de chance il trouverait, dans la basse geôle, l'un des chirurgiens en train d'examiner un cadavre. Il lui demanderait alors de l'accompagner à l'auberge, où l'homme de l'art lui fournirait des éclaircissements sur l'heure du crime et les causes de la mort, des informations qu'il jugeait indispensables pour retrouver les meurtriers.

Il pénétra dans le greffe, petite pièce aux murs nus, humides et moussus de salpêtre, et découvrit avec satisfaction maître Guillaume La Forge, chirurgien juré de robe longue, qu'il appréciait fort et dont le seul défaut d'orgueil était de se faire passer pour médecin. C'était un individu de grande taille, à la bouche énorme, avec de grosses lèvres souvent ironiques. En soutane noire, il bavardait avec un greffier et un huissier à verge, arborant une belle barbe carrée à la Ligue et revêtu de l'habit d'ordonnance bleu marqué des fleurs de lys de sa charge sur l'épaule.

— Maître La Forge, j'ai besoin de vous, annonça Gaston, de but en blanc.

— Je n'ai personne à ouvrir en ce moment, donc je suis disponible, répondit le chirurgien en assortissant son propos d'un rire tonitruant. Avez-vous un cadavre à me montrer ?

— Celui d'une femme qu'on vient de découvrir à l'auberge Sainte-Catherine, rue de la Mortellerie. J'ai une voiture, partons tout de suite.

Puis, une idée lui venant, il s'adressa à l'huissier qui s'était écarté d'eux, se désintéressant de leur discussion.

— Monsieur Lorrain, vous allez nous accompagner. J'ignore encore de quoi est morte cette dame, mais vous ferez ainsi, dans les règles, un inventaire de ses possessions. Vous savez que monsieur de Boyé y tient, car les rapines des gens d'auberge sont courantes.

— Votre huissier habituel est Blanchard, monsieur le commissaire, objecta le nommé Lorrain, assortissant sa remarque d'une moue contrariée.

— Je n'ai pas le temps de le chercher et vous êtes là. Comme vous n'aurez pas de place dans mon carrosse, demandez une monture à l'écurie et retrouvez-nous à l'hôtellerie.

— Mais je peux être appelé à tout moment par le commissaire avec qui je travaille, monsieur, insista Lorrain, à l'évidence désireux de ne pas quitter le Grand-Châtelet. De plus, je n'ai pas pris ma verge, ce matin, car je devais seulement rencontrer mon commissaire.

La verge de l'huissier, comme celle des sergents ou des commissaires, personnifiait l'autorité. Celle des premiers était un bâton d'azur semé de fleurs de lys d'or, tandis que celle des seconds se présentait comme une baguette ronde, en ébène, parfois en métal, longue d'un pied à un pied et demi, garnie de cuivre ou d'ivoire. Le justiciable touché à la poitrine avec ce bâton tenu par un officier de justice lui devait immédiatement obéissance et soumission.

En vérité, Gaston devinait les raisons des réticences de son interlocuteur. Les huissiers, comme d'ailleurs les commissaires, se rémunéraient en partie en apposant des scellés ou en faisant des inventaires chez les débiteurs, opérations qu'ils facturaient aux créanciers et pour lesquelles ils portaient un anneau d'argent au pouce gauche, lequel servait à sceller les relations de leurs exploits.

Aussi, chaque fois qu'ils le pouvaient, ces ministres de justice évitaient de pratiquer de simples opérations de police qui ne leur rapportaient rien. Une cupidité qui gangrenait les opérations judiciaires. D'ailleurs, si Lorrain avait oublié sa verge, son anneau de scel ornait bien son doigt, preuve qu'il était disponible pour mettre des scellés.

Cependant, les objections de l'huissier ne pouvaient avoir aucun effet sur M. de Tilly qui, comme les sangliers dont il partageait le caractère, la trogne et le poil dru et roux, avait pour habitude de foncer droit devant en passant outre aux objections. De plus, il n'aimait guère Lorrain, homme rapace, plein de cautèle, beau parleur, mais maniant toujours l'esquive en cas de danger.

— Monsieur Lorrain, le règlement de police des huissiers les oblige à accompagner les commissaires dans les fonctions de police, fit-il d'un ton sec vaguement menaçant. Ceux qui refusent leur devoir sont mis à l'amende, peuvent être interdits dans leur charge et risquent la prison. L'ignoreriez-vous ?

— N... Non, monsieur, répondit Lorrain en baissant les yeux.

— Je vous attends donc à l'auberge Sainte-Catherine, trancha Gaston. N'oubliez pas votre écritoire. Maître La Forge, allons-y !

Ils sortirent. S'il s'était retourné, le jeune commissaire aurait été pris de colère en remarquant le regard haineux que lui lançait l'huissier.

2

Dans la cour, l'exempt Pierre Picault l'attendait en compagnie du valet de l'auberge et d'un sergent à verge en casaque bleue semée de fleurs de lys et barrée du baudrier étoilé.

Ce dernier, Olivier Pitard – c'était son nom – avait payé sa charge quelque huit cents livres, tout en restant boutiquier, comme nombre d'autres sergents qui exerçaient ainsi deux métiers. Quand il était en service au Châtelet, sa femme tenait leur échoppe, près des fossés de la rue Montmartre, où le couple vendait colifichets, fausses perles, peignes et brosses, ustensiles de cuisine et élixirs variés.

Gros bide, tignasse hirsute et sourire désinvolte, Pitard était un homme plus fin qu'il n'y paraissait et Gaston appréciait à la fois son caractère débonnaire et son esprit subtil et observateur, même si le sergent se montrait un peu trop roublard à son gré.

— Nous serons serrés à l'intérieur, monsieur, remarqua Picault en désignant la voiture.

— Nous sommes montés plus nombreux dans ces carrosses. Mettez-vous avec le cocher et monsieur Pitard restera debout sur l'essieu arrière. Perrot, venez avec nous !

Il fit signe au chirurgien de passer en premier.

À trois sur la banquette intérieure, ils ne pouvaient guère bouger, d'autant que le chirurgien était corpulent. Mais être serré n'empêche pas de bavarder.

— Comment s'appelait cette dame, Perrot ? demanda Gaston, tandis que la voiture se mettait en branle.

— Émeline Blangy, monsieur le commissaire.

— Avant tout, dites-moi de quoi elle est morte, s'enquit le chirurgien.

— C'est juste, je ne vous en ai pas parlé, reconnut Gaston. Des coups de couteau, c'est cela ?

— Oui, monsieur, très nombreux, répondit le valet. Elle avait partout des plaies sanglantes.

— Le sang coulait-il encore ?

— Non, Maître. Il était sec. Elle avait certainement été tuée depuis quelques heures.

— Pourquoi séjournait-elle à l'auberge ?

— Elle venait pour l'appel d'un procès qu'elle avait gagné à Amiens, contre son frère, je crois. Enfin, quelqu'un de sa famille. Une affaire d'héritage qui devait être plaidée au Palais, cette semaine. J'ai entendu dire, à la cuisine, que son père était drapier.

— Était-elle seule ?

— Oui, monsieur le commissaire. Elle était arrivée avec le coche d'Amiens, qui laisse ses passagers rue de la Tixeranderie et le cocher lui avait conseillé de venir chez nous. Elle s'est fait conduire en chaise, avec son chien et ses bagages. Tous les matins, elle se rendait au Palais.

— Quel âge avait-elle ?

— La trentaine.

— Fréquentait-elle des hommes ? demanda encore Gaston.

— Je n'en ai pas vu. Elle se faisait porter son souper dans sa chambre.

Le carrosse était sorti du passage sous le Châtelet et avait tourné à droite dans la rue de la Triperie, pour prendre la rue du Pied-de-Bœuf, puis la rue de la Tuerie, toutes des voies infectes, peuplées de rats et de chiens errants, et jonchées de débris de tuerie sanguinolents, de carcasses d'animaux et de boyaux puants.

Le véhicule s'engagea difficilement dans la rue de la Vieille-Lanterne, une voie étroite et encombrée, car, comme partout dans Paris et malgré les règlements de police et l'arrêt du Conseil du 15 janvier 1638, les étalages, escoffages et auvents des échoppes réduisaient la largeur du passage, sans compter les perches sur lesquelles étaient pendus friperie, vieux chapeaux et oripeaux destinés à la vente.

À côté du conducteur, l'exempt vociférait pour qu'on dégage la voie, promettant toutes sortes de sanctions aux marchands qui n'obtempéraient pas assez vite et ordonnant aux piétons, aux conducteurs d'ânes et de mulets, aux pousseurs de brouettes et autres colporteurs de s'écarter au plus vite.

— Quelqu'un a-t-il vu l'assassin ? demanda Gaston après un moment de mutisme, durant lequel il regardait à l'extérieur.

— Je suis parti dès qu'on a trouvé le corps. Mais, pour ma part, je n'ai jamais vu madame Blangy avec un inconnu.

Le carrosse traversait maintenant la place de Grève, moins encombrée que d'habitude par les mariniers et les garçons de la rivière.

— Hier soir, a-t-elle soupé dans sa chambre ?

— Oui, monsieur le commissaire.

— Donc quelqu'un est venu après... On a dû remarquer un visiteur.

— La salle basse dégorgeait de monde. Il y a beaucoup d'allées et venues avec les étages et la galerie où se trouvent les chambres. C'est pour ça qu'on demande aux clients de toujours pousser le verrou de leur porte.

— Elle a pourtant ouvert... Quelqu'un qu'elle connaissait, sans doute, intervint le médecin.

Gaston n'ajouta rien et le silence s'installa tandis que le carrosse pénétrait dans rue de la Mortellerie.

À partir d'ici, les auberges se succédaient, certaines fréquentées par les mariniers, d'autres par des plaideurs qui pouvaient facilement se rendre au Palais, soit en barque, soit en franchissant la rivière par le pont Notre-Dame.

Ils passèrent devant l'enseigne des Canettes, puis du Chaperon et enfin celle de la Pie.

— On fait des travaux à l'hôtellerie du *Cerf et du Mont*, observa le chirurgien en désignant un échafaudage en bois.

— L'auberge a dû fermer quand son patron a été condamné à trois cents livres d'amende pour blasphème par le Parlement, lui glissa Gaston qui connaissait l'histoire de l'établissement, les commissaires devant contrôler l'observation des lois ecclésiastiques et livrer au procureur du Châtelet les responsables d'impiétés. Il a dû vendre l'établissement qui ouvrira, mis à neuf, sous le nom de *la Tête-Noire*.

Le médecin éclata de rire.

Le Cerf et le Mont n'était qu'un cabaret avec quelques chambres plus souvent utilisées par des garces que par des voyageurs, ce qui déjà avait mis l'établissement sous la surveillance de la police ; car, si ces tavernes pouvaient loger des étrangers de passage, elles n'avaient pas le droit d'héberger des habitants de Paris. Cependant, la condamnation du cabaretier était venue du nom de sa gargote : les habitués aimaient à dire qu'ils ne péchaient pas quand ils le fréquentaient, soit pour se saouler, soit pour forniquer, puisqu'ils allaient au "sermon". Médiocre jeu de mots autour du *Cerf* et du *Mont* !

La voiture tourna alors pour franchir une vaste porte cochère cintrée au-dessus de laquelle se balançait une enseigne fort abîmée représentant sainte Catherine couronnée tenant une plume et un livre.

Le véhicule s'arrêta dans la cour. Gaston descendit, ainsi que ses compagnons. Il leva les yeux vers la galerie de bois en encorbellement, couverte d'ardoises, qui donnait accès à quelques-unes des chambres de l'hôtellerie. On y accédait directement par un escalier extérieur ou depuis la salle.

— Madame Blangy occupait-elle une de ces pièces ?

— Oui, monsieur le commissaire. La première.

— Donc l'assassin n'a pas eu à passer par la salle basse...

— C'est juste, monsieur le commissaire. C'était la seule chambre libre quand elle est arrivée et elle devait en changer aujourd'hui pour une plus agréable à l'intérieur. La pauvre dame n'en aura pas eu l'occasion.

Ils entrèrent dans la salle basse de l'établissement afin de demander au cabaretier de venir leur ouvrir le logis de la morte.

L'endroit était garni de plusieurs longues tables en chêne et de bancs, ainsi que d'un haut buffet chargé de vaisselle. Peu de monde, sinon un groupe de jeunes matamores qui jouaient bruyamment au lansquenet[29]. Moustaches en croc, pour ceux qui avaient déjà du poil, feutre empanaché de couleurs criardes, pourpoint de taffetas busqué avec double rang de dentelles au col, rapière espagnole au flanc, ils se tournèrent vers les nouveaux venus, d'abord avec curiosité, puis, pour certains, avec raillerie quand ils découvrirent un rouquin ridicule avec la moustache en bataille, le chirurgien en robe noire et l'exempt aux cheveux tressés en cadenettes.

L'un d'eux cria :

— Des carabins à plumer !

Gaston s'approcha de celui-là avec un air mauvais.

— Qui es-tu, le pourfendeur de naseaux ?

— C'est à moi que vous parlez ? gronda l'homme en se levant, main agressivement posée sur la poignée de sa rapière.

— À toi, mauvais singe ! répliqua Tilly.

— Cul de Dieu ! aboya le bravache qui n'avait pas remarqué la lueur autoritaire et menaçante dans les yeux de son interlocuteur.

Il s'apprêtait à tirer sa flamberge et ne l'avait fait qu'à moitié, quand Gaston le souffleta avec une telle violence qu'il le fit chuter. Immédiatement, ses compères se dressèrent.

— Je fais rouer qui dégaine ! menaça M. de Tilly.

L'aubergiste arriva soudain, se frottant les mains de désespoir.

— Excusez-les, monsieur le commissaire, ils ne vous connaissent pas, dit-il.

Au mot de “commissaire”, les faquins baissèrent craintivement les yeux et le giflé se releva, penaud.

— Monsieur Pitard, vous prendrez les noms de ces cuistres. Qu'ils vous disent ce qu'ils ont fait depuis hier. Messieurs les godelureaux, pour votre gouverne, sachez qu'un crime a eu lieu ici. J'espère, pour votre salut, que vous n'êtes pas les assassins,

---

[29] Jeu de cartes pour lequel on pouvait être nombreux à jouer. Il faisait intervenir des joueurs permanents, les coupeurs et des gens de passage, les carabins. Un banquier mélangeait et distribuait les cartes.

sinon, maître Guillaume aura plaisir à s'occuper de vous. En attendant que je prenne une décision, vous avez interdiction de sortir. De plus, conformément à la déclaration royale du 30 mai 1611, je vous taxe de cent livres d'amende pour avoir joué aux cartes. Et estimez-vous heureux que je ne vous fasse pas flageller.

Il se tut, car il vit le sergent se raidir brusquement et plisser le front, regard figé sur la porte. Il devina que quelqu'un venait d'entrer et se retourna.

C'était l'huissier.

3

Tilly et ses compagnons gagnèrent la galerie extérieure par un grand escalier à balustres qui desservait également les chambres d'étage. Gaston observa que chaque porte disposait d'un judas grillagé. La femme assassinée avait donc eu la possibilité de vérifier qui venait la voir, sauf s'il faisait nuit. Mais alors, aurait-elle fait entrer un inconnu ?

Maître Chartier ouvrit la porte et les effluves âcres de la mort les saisirent. Ils entrèrent.

C'était une grande chambre, garnie d'un large lit aux blanches courtines, d'un buffet, d'un coffre et d'une petite table avec deux escabelles.

Cependant, ce ne fut pas l'ameublement qui attira l'attention des gens du Châtelet, mais le corps sanglant étendu sur le carrelage, au pied du lit. Il s'agissait d'une femme, en robe de brocart cramoisi avec un décolleté carré et des manches bouillonnées en lanières. De nombreuses plaies au ventre et à la poitrine, par où la chair apparaissait, révélaient la sauvagerie du crime. Elle avait un beau visage, bien que ses yeux soient hagards, songea tristement Gaston, avec un teint naturel non façonné au blanc d'Espagne, hélas tacheté de gouttes de sang.

Chacun s'immobilisa pour se recueillir. Le sergent et l'exempt se signèrent, puis maître La Forge, ayant déposé son écritoire sur le lit, s'approcha du cadavre et s'accroupit. Il souleva difficilement la tête.

— La trentaine, commenta-t-il. L'un des coups de lame a tranché la carotide. L'assassin a frappé au hasard, avec une singulière férocité.

— Quand est-elle morte ? s'enquit Tilly.

Le chirurgien tenta de bouger un bras.

— La rigidité est complète. Je dirais hier soir ou dans la nuit.

— Elle n'aurait pas ouvert sa porte, durant la nuit, observa Gaston.

— Sans doute.

— A-t-elle été abusée ?

— Je vais vérifier.

Il releva la robe brodée de soie noire, puis la friponne, une jupe de taffetas brodée, la secrète, et, enfin, le jupon orné de dentelles.

— Je ne crois pas. Calisson, jarretières du haut-de-chausses et bas sont à leur place.

Soudain retentit un sourd grognement. Tout le monde se retourna. Devant la porte se tenait un chien, gueule ouverte, qui produisait une sorte d'inquiétant feulement en montrant les crocs. Il s'agissait d'un jeune braque à la robe grise souillée de sang et marquée de meurtrissures et d'hématomes sur tout le corps.

L'animal allait-il se précipiter sur les intrus ? Il y semblait prêt, mais, heureusement, cela n'arriva pas, car l'aubergiste le retint par son collier.

— Du calme, Tobie, ce sont des amis !

La voix parut tempérer le braque qui poursuivit son grondement un ton plus bas.

— C'est le chien de la dame, monsieur le commissaire. Je l'avais laissé dans la cuisine et il a dû vous entendre monter. Il m'a échappé, j'en suis désolé et je vais le ramener, s'excusa maître Chartier.

Il s'efforça de faire sortir l'animal, qui se mit à geindre en tirant sur sa laisse.

— Cette bête a été rouée de coups, observa Gaston qui s'était avancé.

— Oui, monsieur le commissaire. Il a été laissé pour mort, certainement par l'assassin. Pourtant, ce sont ses aboiements qui ont attiré l'attention des servantes, ce matin.

L'exempt s'approcha à son tour, restant cependant à distance du chien qui lui montra les dents.

— Ce serait le meurtrier qui l'aurait mis dans cet état ? demanda-t-il d'un ton dubitatif.

— Qui d'autre l'aurait ainsi battu à mort ? répliqua l'aubergiste. Sûrement pas sa maîtresse qui l'aimait beaucoup.

— Mais pourquoi l'assassin ne l'a-t-il pas tué avec son couteau ? demanda Picault.

Comme personne n'avait la réponse, l'aubergiste s'en alla avec l'animal et Gaston retourna jusqu'au corps. Quelque chose n'allait pas, observa-t-il, sans parvenir à mettre le doigt dessus.

Il fut distrait par son exempt qui avait ouvert le coffre de voyage de la victime, la clef étant sur la serrure, et le fouillait. Le sergent à verge, lui, examinait ce qui se trouvait sur la table : une bassine, une cruche, du linge et une pile d'actes et de mémoires attachés par des rubans et des ficelles.

Quant à l'huissier, il avait reculé dans un coin quand le chien était arrivé et il demeurait là sans bouger, toujours aussi mécontent d'avoir été contraint de venir et se jugeant inutile.

— Elle n'a pas été violée ! assura le médecin qui venait de terminer une inspection plus intime. Voulez-vous que je la fasse porter à la morgue où je l'ouvrirai ?

— Qu'apprendra-t-on de plus ?

— Rien, mais certains commissaires le demandent.

— Je préfère qu'elle demeure ainsi. Sergent Pitard, allez voir l'hôtelier. Qu'il fasse venir des servantes afin qu'elles préparent le corps pour les obsèques et qu'il envoie quelqu'un au sacristain de Saint-Gervais pour que des religieux viennent le chercher. Maître, pouvez-vous me préparer un mémoire avec le détail des blessures et l'état du corps ?

— Évidemment ! répondit le chirurgien en prenant son écritoire.

— Vous devriez regarder ces papiers, monsieur, suggéra le sergent en montrant la pile de documents.

— Je vais le faire. As-tu déniché un testament ?

— Rien de tel, monsieur le commissaire. Peut-être va-t-on le découvrir. Sinon, il faudra s'adresser à son notaire.

— M. Lorrain, commencez à faire l'inventaire de ce qui se trouve ici, ordonna Gaston à l'huissier. Monsieur Picault va vous énumérer les objets sortis du coffre. Je donnerai cet inventaire à mon ami Louis Fronsac qui écrira au notaire de la dame. Voyons un peu ce qu'il y a dans ces papiers, poursuivit-il en s'approchant de la table.

Le sergent s'en alla et Gaston prit un premier paquet. Il s'agissait d'actes du bailliage d'Amiens qu'il parcourut. Assez vite, il appréhenda l'affaire qui avait conduit la morte à Paris.

Émeline Blangy avait pour père un nommé Raoul Blangy, drapier, remarié avec une Marguerite Béry, laquelle avait un fils, Jean, d'une première noce. Au décès du drapier, la plupart de ses biens étaient allés à Marguerite, laquelle était à son tour décédée. Le fils, Jean, avait logiquement demandé l'héritage de sa mère, mais Émeline avait fait état d'une lettre de son père exigeant qu'à la mort de sa veuve, ses biens reviennent à sa fille.

Les magistrats du bailliage d'Amiens avaient donné raison à Mlle Blangy, car la lettre était authentique. Le fils avait alors fait appel de la décision devant la Grand-Chambre du Parlement de Paris qui statuait sur les jugements des bailliages, sénéchaussées et présidiaux.

Gaston s'intéressa un moment aux biens du drapier ou, plus exactement, à ceux de la veuve, tel qu'ils ressortaient d'un inventaire notarial. Il s'agissait de deux maisons, l'une à Amiens avec six chambres, deux antichambres, cuisine, cave, grenier, salle basse et boutique au rez-de-chaussée, et une seconde dans un village, avec étang, four et moulin. L'ensemble était estimé à deux cent dix mille livres. À cela s'ajoutaient une vaisselle en argent pesant soixante marcs, une vaisselle en étain composée de douze grands plats, dix-huit plats moyens, six petits plats, soixante assiettes, un bassin, une cuillère et plusieurs salières en vermeil. Enfin, il y avait un coffret contenant deux mille écus d'or et trois mille pistoles.

Mazette, la fille était richissime ! songea Gaston.

— Monsieur le commissaire, pouvez-vous venir un instant ? demanda maître La Forge.

Tilly abandonna sa lecture et s'en vint près du corps. Le chirurgien était agenouillé devant.

— Regardez ici, proposa l'homme de l'art qui avait découpé la chemisette et tranché le haut de la robe de la victime.

Des doigts, il écartait une plaie en haut de la gorge.

Gaston s'accroupit et vit le fer qui dépassait.

— Il s'agit du dernier coup. Il a été porté avec une telle violence que la lame a heurté une vertèbre et s'est coincée. En s'efforçant de la reprendre, l'assassin l'a brisée, expliqua maître La Forge.

— Pouvez-vous la retirer ?

— Bien sûr, j'ai une pince dans mon matériel.

Le chirurgien sortit l'outil de sa sacoche, serra la lame et tira avec force. Le fer sortit et maître La Forge le tendit à Gaston.

La lame était courte, environ cinq pouces. L'extrémité cassée présentait un trou, fendu.

— Un couteau à clous à la capucine, constata Tilly qui connaissait ce genre d'outil.

C'était un instrument fort commun dont le fer pivotait autour d'un clou, ce qui permettait de le replier dans le manche en bois. Un second clou servait de taquet d'arrêt à la lame lors de son ouverture. À l'origine, ce couteau était utilisé par les moines capucins pour tailler les parchemins lors de leur travail de copiste. Presque tout le monde en possédait. Il servait à trancher sa viande à table, à toutes sortes de travaux et bien sûr toujours à couper du papier.

Cependant, ce n'était pas une arme de truands, lesquels préféraient dagues ou coutelas de chasse. L'assassin avait certainement utilisé ce qu'il avait sur lui et, en frappant comme un forcené, il avait brisé le clou.

Gaston examina un moment le fer, mais n'y vit aucune gravure qui aurait pu lui donner des indications. Aussi le glissa-t-il dans le gousset de son pourpoint.

Il revint à la table pour terminer l'examen des documents.

Les autres papiers étaient les mémoires d'un avocat et d'un procureur[30] de la chambre des Requêtes qui assuraient tous les deux avoir eu l'assurance du conseiller rapporteur chargé d'examiner les pièces présentées que la demande de la partie adverse serait rejetée et la sentence des juges d'Amiens confirmée. En outre, le défendeur serait condamné à l'amende et aux frais.

Gaston connaissait bien les procédures d'appel devant la Grand-Chambre. Dans les cas simples, le conseiller chargé de l'instruction rencontrait avocats et procureurs et se faisait une opinion. S'il ne demandait pas d'enquêtes complémentaires, le jugement était rapide après les plaidoiries des avocats. Mais, bien souvent, l'intérêt d'une des parties était de faire durer le procès aussi longtemps que possible, dans l'espérance que l'adversaire abandonne, ruiné ou mort. Pour ce faire, elle multipliait les incidents de procédure et les voies de recours, allant jusqu'à récuser les juges ou à les déclarer incompétents. Un autre moyen pour retarder le jugement d'une affaire était de ne pas se présenter devant la Cour ni d'y être représenté.

Mais, dans ce procès, les deux parties avaient hâte d'entrer en possession de l'héritage et n'avaient pas cherché à repousser le procès, ce qui n'avait pas fait les affaires des hommes de loi. Suivaient d'ailleurs des mémoires d'états à payer pour l'avocat et le procureur, avec une énumération fastidieuse : pour le conseil, pour le mémoire, pour l'assignation, pour la copie, pour le quart en sus... Il y en avait quand même pour plus de huit cents livres !

A priori, l'enquête serait simple, songea Gaston. Émeline Blangy allait gagner son procès et Jean Béry le savait. Sans doute se trouvait-il à Paris. Il l'avait donc suivie et assassinée. Plus d'héritière, plus de problème. Et comme cet homme n'était pas un criminel endurci, il avait bêtement utilisé son couteau personnel.

Cependant, tout homme sensé se serait douté qu'il allait être le premier suspect. Pour cette raison, quoi de plus logique que de faire appel à quelque spadassin ? Chose assez facile, à Paris.

[30] Dans la justice de l'ancien régime, les avocats étaient chargés de la défense du plaignant et les procureurs des actes de justice dans les dédales de la procédure

Toutefois, un tueur à gages n'utilise pas un couteau à clou. Cela n'allait pas. D'ailleurs, Émeline Blangy aurait-elle ouvert sa porte à un inconnu alors qu'elle disposait d'un judas ?

Finalement, l'affaire n'allait pas être aussi simple que cela.

Le regard de M. de Tilly s'égara vers Picault qui empilait les vêtements de la morte sur le coffre, tandis que l'huissier décrivait chaque pièce d'habit sur une feuille de son écritoire.

Gaston prit alors conscience de ce qui n'allait pas dans ce crime. Il reposa les papiers et revint vers le cadavre.

Assis sur le lit, son coffret écritoire sur les genoux, le chirurgien décrivait les plaies, trempant régulièrement sa plume d'oie dans l'encrier du tiroir inférieur du pupitre portable.

— Elle ne porte aucun bijou ! affirma le jeune commissaire.

— Fort juste, monsieur ! Je n'ai vu ni collier ni bracelet. Mais peut-être n'en avait-elle pas ou les aura-t-elle déposés quelque part.

— Pierre, demanda Tilly à son exempt, avez-vous vu des bijoux ?

— Non, monsieur. Ni aumônière ou escarcelle. Il y a bien ce petit sac brodé, mais il est vide.

Il montra une boursette.

Donc Émeline Blangy avait été volée. Et si le crime n'avait aucun rapport avec le procès ? songea alors Gaston.

4

— Terminez l'inventaire et portez-le-moi. Je serai dans la salle basse, avec l'aubergiste.

— J'ai presque fini de noter la description des plaies, assura le chirurgien.

— Dans ce cas, je vais vous ramener au Grand-Châtelet. Nous évoquerons l'affaire en route. Pourrez-vous me faire porter un mémoire complet avant demain ?

— Vous l'aurez ce soir, monsieur le commissaire.

— Décidément, c'est un plaisir de travailler avec vous ! Picault, restez ici jusqu'à la levée du corps. Vous ferez ensuite fermer la pièce. Monsieur Lorrain, vous remettrez tous les biens de madame Blangy dans son coffre que vous verrouillerez et vous remettrez la clef à M. Picault.

Gaston revint à la table, rassembla les pièces du procès, les glissa dans un sac vide et quitta la chambre après un dernier regard attristé à la morte. Dans la salle basse, il aperçut le sergent Pitard, assis à une table, qui prenait les dépositions des joueurs de cartes.

— Lesquels d'entre vous ont des couteaux ? demanda Tilly.

— Moi, monsieur le commissaire, répondit le plus jeune d'un ton inquiet.

— Et vous ? lança Gaston, aux autres.

— Je n'en ai pas, monsieur, répondit un autre godelureau.

— Ni moi. J'ai seulement cette dague.

Il la montra à sa taille.

— Comme moi, déclara un quatrième.

— Nous verrons, fit Gaston, pour les inquiéter.

Laissant le sergent à sa tâche, il passa dans la cuisine où se trouvait l'hôtelier avec des servantes et le chien.

Pavée de grès, avec une grande cheminée à crémaillère à laquelle pendait une marmite de soupe, la pièce était étouffante. Voyant entrer le commissaire, maître Chartier abandonna son bavardage et s'avança vers lui, regard interrogatif.

C'était un homme d'une incroyable laideur. Une face au nez large avec une bouche édentée, une peau squameuse, plissée, et, surtout, une oreille manquante. L'absence de cet appendice était partiellement cachée par de rares cheveux gris. Cet essorillage, avait-il juré au commissaire, qui le connaissait depuis longtemps, provenait d'une bagarre dans sa jeunesse. Malgré tout, Gaston avait vérifié dans les registres de l'exécuteur du Châtelet, sans pour autant découvrir une condamnation.

— Je m'en vais, annonça-t-il. Mon exempt va rester et conserver la clef de la chambre. Le sergent Pitard vous a-t-il demandé d'envoyer quelqu'un à Saint-Gervais, pour la levée du corps ?

— Oui, une servante est partie prévenir le sacristain.

Un silence, puis ces mots émus :

— Allez-vous prendre l'assassin, monsieur le commissaire ?

— Je l'espère. Vous est-il revenu un souvenir qui pourrait m'être utile ?

— Non, monsieur le commissaire. Nous parlions à l'instant de madame Blangy, avec Annette et Lise, mais nous ne la voyions que peu. Elle se faisait servir dans sa chambre, partait et revenait sans passer par la salle et, surtout, elle était très discrète.

— Comment se rendait-elle au Palais ?

— En chaise, toujours la même. Les porteurs l'attendaient dans la cour.

— À quelle heure ?

— Ils ne devraient pas tarder.

— Je vais voir ce qui en est. Si les porteurs ne sont pas là, envoyez-les-moi au Châtelet quand ils arriveront. Par ailleurs, nous n'avons pas trouvé de bijoux sur elle. En portait-elle ?

— Peu, sinon un collier de perles et une bague en or à l'auriculaire. À mon avis, les deux de grande valeur.

— Elle avait aussi une broche ciselée, monsieur le commissaire, intervint une servante.

— Vous décrirez ces bijoux au sergent avant qu'il ne parte, leur demanda Gaston.

Il revint dans la salle, fit part de ses décisions au sergent et passa dans la cour. Pas de chaise à porteurs.

Il se rendit à son carrosse, y déposa le sac de documents et demanda au cocher de se tenir prêt à partir. Il vit alors descendre le chirurgien depuis la galerie. La Forge le rejoignit et tous deux s'apprêtaient à monter dans le véhicule quand la chaise arriva.

C'était une pauvre caisse de bois soutenue par deux courtes perches. Les porteurs allèrent jusqu'à l'escalier et la déposèrent par terre. Gaston demanda au chirurgien de l'attendre et se dirigea vers la chaise.

Il connaissait l'un des porteurs. Un ancien crocheteur du port de Grève, plusieurs fois arrêté et flagellé pour des disputes et même une fois accusé d'un vol qu'il avait nié.

— Martin, tu as changé de métier, lui dit-il.

L'autre le considéra d'un œil torve.

— On voulait plus de moi au port, monsieur le commissaire, murmura-t-il.

— Peu m'importe. Vous attendez madame Blangy, tous les deux ?

— Oui, monsieur.

— Inutile, on l'a assassinée, cette nuit.

Les porteurs se regardèrent, interloqués. S'ils simulaient la surprise, ils étaient bons comédiens, songea Gaston.

— Qui... l'a tuée, monsieur ? demanda le collègue de Martin. Un garçon plus jeune, replet, mais vigoureux, qui regardait rarement ses interlocuteurs.

— L'enquête le dira. Parlez-moi d'elle. Vous la conduisiez au Palais chaque jour, mais ensuite ?

— On la laissait au *Petit-Diable*[31], monsieur. Elle y retrouvait ses conseils. Elle y dînait et, parfois, elle se rendait au Palais avec un avocat. D'autres fois, on la conduisait directement au Palais. On attendait là-bas, dans la cour de Mai.

— Ensuite, vous la rameniez...

Il laissa la phrase en suspens.

— C'est cela, monsieur le commissaire. Elle était très généreuse avec nous. Nous avions du travail toute la journée, grâce à elle.

— S'est-il passé quelque chose, hier ?

Les porteurs se regardèrent, puis Martin secoua la tête.

— J'ai rien remarqué.

— Est-elle restée au Palais ?

— Oui, presque toute la journée.

— Montrez-moi vos couteaux.

Interloqués, les deux porteurs se regardèrent, puis le crocheteur sortit de son haut-de-chausses un coutelas dans une gaine. L'autre tira de son pourpoint un couteau pliant à longue lame.

M. de Tilly hocha la tête pour se donner une contenance.

— Où puis-je vous trouver si j'ai d'autres questions ? s'enquit-il.

— On loue notre chaise à l'hôtellerie du Heaume, rue Pirouette, monsieur. Moi, j'habite impasse du Coq-Héron.

Gaston revint au carrosse. Guillaume La Forge était installé sur la banquette.

Le commissaire donna ordre au cocher de rentrer au Châtelet.

— Qui étaient les porteurs de cette chaise ? l'interrogea le chirurgien.

Préoccupé par les raisons possibles du crime, Tilly le lui expliqua rapidement, sans toutefois entrer dans les détails.

— Pensez-vous à un crime crapuleux ?

---

[31] Cabaret, près du Palais, fréquenté par les hommes de loi.

— Il y a eu vol, cela ne fait aucun doute, puisque sa bourse et ses bijoux ont disparu. Mais le vol n'a peut-être été qu'une opportunité, pour un assassin venu pour une autre raison.

— Et donc, vous pensez à ces porteurs ?

— Possible. Seulement, si ce sont eux, ils se feront prendre rapidement. Je vais prévenir les receleurs de bijoux et on me préviendra si on leur propose un collier de perles. Maintenant, ce peut être également l'un des joueurs qu'on a vus dans la salle ou quelqu'un de l'auberge, voire l'aubergiste lui-même.

— Maître Chartier ? s'enquit le chirurgien en haussant les sourcils.

— Ne dit-on pas : « L'occasion fait le larron » ?

Devinant que le commissaire n'avait guère envie de faire part d'éventuels soupçons, le chirurgien n'insista pas. Cependant, après la place de Grève, il intervint à nouveau.

— Avez-vous remarqué que le sergent Pitard et l'huissier Lorrain ne semblent guère s'apprécier ?

Gaston haussa les épaules.

— J'ai l'habitude ! Sergents et huissiers au Châtelet se détestent cordialement, comme vous le savez, car leurs attributions sont par trop identiques, même si seuls les sergents peuvent mettre à exécution les jugements passés sous le sceau de la Prévôté de Paris. Dans les faits, les deux compagnies passent leur temps à se traîner en justice, afin de faire réduire les droits de l'autre partie. C'est d'ailleurs pareil entre commissaires et sergents. Il faut dire que nos fonctions peuvent être particulièrement lucratives, ce qui provoque l'envie des sergents qui n'obtiennent que quelques sols pour les exploits qu'ils délivrent, contre plusieurs livres pour les procès-verbaux que nous réalisons, sans compter nos droits sur l'apposition et la levée des scellés.

— Je sais que les sergents sont souvent condamnés pour avoir apposé des scellés.

Tilly approuva d'un signe de tête.

— Inversement, les commissaires ont interdiction d'exécuter des saisies ou d'effectuer des emprisonnements. Pour ma part, je me refuse à entrer dans ces jeux malsains. Je reverse toujours une part de mes émoluments au sergent ou à l'huissier qui m'accompagne lors de saisies ou de pose de scellés. Mais, en contrepartie, lorsqu'il s'agit de poursuites criminelles, mes agents doivent faire exactement ce que je leur demande ; et peu me chaut leur état d'âme.

— Certes, certes. Néanmoins, il y a autre chose que des jalousies d'argent pour ces deux-là.

— Quoi donc ?

— M. Pitard est persuadé que M. Lorrain a une liaison avec sa femme.

Il émit un rire grinçant, faisant sourire Gaston.

— Est-ce le cas ?

— Je l'ignore ! J'ai cependant rencontré Hélène Pitard, une maîtresse femme qui mène son mari par le bout du nez.

— Avec deux cents sergents au Châtelet et autant d'huissiers, dont la plupart sont mariés et se connaissent, je suppose que les coucheries sont nombreuses.

— Peut-être pas tant que ça. Vous le savez, l'adultère prouvé est rudement sanctionné, pour la femme. Flagellation publique et réclusion dans un monastère sont la règle.

À nouveau, le silence. Le carrosse passa le porche du Grand-Châtelet. Il pénétra dans la cour quand Guillaume La Forge déclara :

— Il y a quand même eu un témoin du meurtre. Dommage qu'il ne puisse parler.

Gaston plissa le front. Aurait-il négligé quelqu'un ?

— Qui ? demanda-t-il.

— Tobie.

5

Vendredi 29 avril 1639

Louis Fronsac n'était plus très loin du siège de la prévôté de Paris où il apportait des actes préparés à l'étude de son père. Notaire au Châtelet depuis quatre ans, il s'y rendait trois fois par semaine, afin de collationner des pièces justificatives de procès civils, soit pour les authentifier avant les audiences, soit pour valider les conclusions des conseillers et y porter son sceau. Cependant, le plus souvent, il s'agissait de faire des copies et d'enregistrer des actes privés, des contrats ou des ventes de biens.

Jusqu'au début du quatorzième siècle, les clercs du prévôt royal de Paris officiaient dans l'enceinte de la prévôté, c'est-à-dire au Grand-Châtelet lui-même. Puis, devenus officiers royaux sous le nom de clercs notaires jurés établis par le roi au Châtelet, ils avaient obtenu le droit d'installer librement leur office dans les quartiers de la ville, car la place manquait dans la vieille forteresse. En quelques siècles, le notariat s'était alors complètement transformé. Les actes judiciaires ou civils en rapport avec la justice de la prévôté de Paris, comme les testaments, les donations, les inventaires ou les contrats de mariage, s'étaient réduits au détriment d'actes privés, comme les traités de librairie traitant du droit des auteurs, les promesses de mariage, de fiançailles, les engagements, tels ceux de donner des leçons, de se comporter en bon voisin ou de dédommagement, et même les recherches d'héritiers. Le notariat était ainsi devenu une activité florissante et l'étude Fronsac, sise rue des Quatre-Fils, était une des plus anciennes et des plus honorables parmi les cent quarante-quatre officines de Paris.

Louis était venu à pied. Le temps était sec depuis plusieurs jours et, si l'on prenait la précaution de marcher sur le revers, en évitant les étals et la rigole au milieu des chaussées, on ne se salissait pas pour autant qu'on ne reçoive pas le contenu d'un seau d'eau usée jeté depuis une fenêtre.

Bien sûr, il aurait pu emprunter le petit carrosse à deux places de son père, celui que conduisait habituellement Guillaume Bouvier, un des gardiens de l'étude, ou le neveu de ce dernier, Nicolas. Mais il avait envie de marcher et, surtout, il voulait faire une commande de papier et d'encre chez un boutiquier.

Le papier s'achetait chez les merciers, les relieurs et les papetiers. Ces trois métiers avaient longtemps été en conflit pour avoir le monopole de la vente de ce matériau, jusqu'à un arrêt du Parlement, qui avait maintenu le corps de la mercerie dans ses droits pour ce négoce, bien qu'il lui soit défendu de relier des registres autrement qu'à dos carré.

Désormais, ces querelles s'étaient apaisées et ce commerce aurait pu devenir lucratif si, trois ans plus tôt, toujours en quête de nouvelles ressources financières, le cardinal de Richelieu n'avait décidé de lourdement taxer le papier. Pour éviter d'augmenter leurs prix et de perdre des clients, les fabricants avaient rogné sur la qualité. Désormais, les feuilles étaient généralement grenues, semées d'impuretés et, parfois même, pelucheuses.

Louis, qui préférait écrire sur des surfaces lisses, se désolait de ne plus trouver de papiers lustrés. Or, quelques jours plus tôt, un libraire lui avait annoncé qu'un mercier ayant échoppe près de Saint-Merry se procurait de belles feuilles en Italie. Il était donc allé le voir et, celles-ci lui convenant, il avait commandé une douzaine de rames qui seraient livrées à l'étude.

Satisfait de ses achats, il se dirigeait maintenant vers la Grande Boucherie, où il profiterait de son passage pour saluer son ancien condisciple à Clermont, Jehan Le Pontonnier.

La Grande Boucherie était un bâtiment rectangulaire à un étage, surmonté d'une toiture en deux parties. La façade la moins large présentait deux étals de bouchers séparés par un passage. Sur les côtés les plus longs de la construction, rue Saint-Jacques et rue la Triperie, il s'en succédait six. Longtemps, cette halle avait été le seul endroit de la capitale où l'on pouvait acheter de la viande, mais ce privilège était terminé. Il y avait désormais quarante-huit boucheries dans l'ensemble des quartiers, lesquelles comprenaient plus de trois cents étals. Pour autant, la Grande Boucherie de la Porte de Paris, comme on l'appelait, conservait sa prééminence, car l'étage abritait le siège de la confrérie bouchère. C'est dans ce lieu que se réunissaient syndic, juges, jurés élus, maîtres bouchers et sergents écorcheurs et que se tenaient les procédures judiciaires.

Le corps de métier disposait en effet de son sceau et de sa propre juridiction qui pouvait imposer des amendes en cas d'infractions commises par les maîtres, voire fermer leur étal. C'est également dans cette grande salle qu'était décidée la nomination de nouveaux maîtres, bien que la profession soit, depuis Henri II, gérée en offices héréditaires.

Jehan Le Pontonnier avait été le compagnon de chambrée de Louis et de Gaston, chez les Jésuites, au collège de Clermont[32]. Il était, avec eux, membre de la Compagnie des six, cette association que les enfants avaient créée avec Paul de Gondi, abbé de Buzay, et deux autres camarades.

Après la classe de rhétorique et leur thèse de philosophie, Gaston, Louis et Paul de Gondi avaient soutenu leur thèse de philosophie, mais Jehan avait déjà arrêté ses études. « Savoir le latin ne sert à rien pour abattre un bœuf », répétait-il à l'envi. Aussi, à l'âge de quinze ans, avait-il définitivement rejoint son père sur un étal.

Tandis que M. de Tilly s'engageait comme enseigne dans une compagnie du vicomte de Turenne, qui combattait en Hollande, Louis était passé maître ès Art, puis avait été inscrit comme avocat au Parlement et avait ensuite été reçu notaire au Châtelet.

Paul de Gondi, lui, avait choisi les études de théologie à la Sorbonne. Cependant, en janvier, lors de l'examen final, il s'était opposé à un protégé de Mazarin qu'il avait humilié par son talent

[32] Voir : *Les ferrets de la reine* et *Les collèges fantômes*, du même auteur.

et son sens de la repartie. Inquiète des conséquences, la famille Gondi, déjà détestée du ministre, avait envoyé l'abbé de Buzay en Italie en compagnie des frères Tallemant, rejetons de la riche banque protestante de même nom. À cette occasion, Gondi avait d'ailleurs abandonné son titre d'abbé de Buzay pour celui d'abbé de Retz.

Revenu de Hollande, Gaston avait obtenu une charge municipale de commissaire au quai de Grève et, ensuite, de commissaire examinateur au Châtelet. Quant à Jehan Le Pontonnier, il était passé maître boucher à dix-neuf ans. Sa famille était apparentée aux célèbres Thibert qui, avec les Saint-Yon, avaient longtemps dirigé la confrérie bouchère qui n'acceptait que les fils de maîtres. Au demeurant, il aurait été difficile à de simples apprentis d'entrer dans ce négoce, car les présents à faire, à l'occasion de la maîtrise, étaient considérables. L'aspirant payait au roi une maille d'or, devait un septier de vin et quatre gâteaux au prévôt de Paris, au maître des bouchers et à sa femme, au prévôt du For-l'Évêque, au voyer[33], au cellérier et au concierge du Palais. Durant la première année, il fournissait encore au prévôt de Paris soixante et une livres de viande et, à chacun des autres personnages, trente livres et demie.

Disposant du meilleur emplacement boucher, à l'angle de la rue Saint-Jacques et du bas de la rue Saint-Denis, Jehan était désormais un bourgeois important, autrement plus riche que Louis et Gaston. Pourtant, son caractère n'avait pas changé. Avec ses amis, il était toujours le gamin hâbleur, mais craintif, qui roulait les yeux en claquant des dents pour les faire rire, qui parlait de tuer les bœufs à coups de poing, mais qui était incapable de se défendre quand on le battait, car il avait un caractère trop doux. En résumé, un compagnon apprécié de toute la bande pour sa perpétuelle bonne humeur et sa franchise déroutante.

Louis s'arrêta devant son étal alors que Jehan lui tournait le dos, découpant avec adresse une pièce de viande.

— Messire le Pontonnier ! souffla Fronsac.

---

[33] Magistrat municipal chargé de l'entretien des rues.

Il s'agissait d'une vieille plaisanterie entre eux. Au collège des jésuites, Jehan s'était mis en tête de faire anoblir son père afin de ne plus être redevable d'impôts, ce qui avait provoqué la risée de ses amis.

Le maître boucher se retourna. À treize ans, il était déjà bien plus grand et robuste que la plupart des élèves de sa classe. À vingt-cinq, il était devenu un colosse, tout en gardant le même visage enfantin avec un perpétuel sourire qui dévoilait quelques dents cassées.

— Louis ! rugit-il, provoquant les regards interloqués des clients des autres étals vers ce jeune homme mince, à la fine moustache tombante, aux cheveux châtains qui flottaient sous un chapeau noir à haute calotte et vêtu d'un pourpoint boutonné en camelot noir de Hollande, avec un manteau à cordon de même couleur.

— Je passais te saluer et prendre de tes nouvelles, mon ami, dit Fronsac, chaleureusement.

— Tu tombes à pic ! Peux-tu me consacrer un peu de temps ?

— Évidemment ! Je porte seulement des documents au Châtelet et donc je suis libre comme l'air... Mais qu'as-tu à la main ? T'es-tu blessé avec une lardoire ?

La main droite du boucher était bandée d'un linge.

— C'est justement de cela que je veux te parler, répondit Jehan d'un ton hargneux qui n'était pas le sien. Si nous allions vider un pot de cidre au *Bœuf-Couronné* ? J'ai besoin de tes conseils.

Cabaret situé juste devant l'étal, à côté de l'hôtel du Chevalier du Guet, le *Bœuf-Couronné* était le rendez-vous des bouchers.

— Entendu, accepta Louis, intrigué.

Jehan retira son tablier de cuir, saisit un pourpoint en buffletin couleur feuille-morte à une patène, l'enfila, se coiffa d'un feutre à large bord, jeta une cape sur ses épaules et passa la porte de l'ouvroir.

Comme à chacune de leurs retrouvailles, il tenta d'accoler Louis dans ses bras puissants, mais ce dernier parvint à éviter la brassée, car Jehan ignorait sa force. Plus d'une fois, le colosse avait failli l'étouffer.

En bavardant de choses et d'autres, ils traversèrent la rue et pénétrèrent dans l'auberge. Une table était inoccupée. Le maître boucher salua le cabaretier, demanda du cidre et ils s'installèrent.

— C'est une morsure ! expliqua alors Jehan en levant sa main bandée.

— Un bœuf qui ne s'est pas laissé faire ? ironisa Louis.

— Non, un enfant, répondit le boucher sans sourire. Mais laisse-moi te raconter depuis le début. As-tu entendu parler des vols commis par des gamins, en ce moment, dans Paris ?

— Vaguement, les frères Bouvier en ont dit quelques mots à table, à l'étude. Mais il y a toujours eu de jeunes voleurs et la misère n'arrange rien.

— C'est vrai. Seulement, ceux-là sont d'une rare audace. Ils sont très jeunes et s'introduisent dans les maisons par le moindre trou, pour rapiner ce qui a de la valeur. J'ai eu affaire à l'un d'eux, à mes dépens.

— Aurais-tu été volé ?

— Pas moi directement. Mais commençons par le début, comme disait toujours notre maître de latin. Mon père veut que je me présente à sa place comme maître juré aux élections du vendredi, après la Saint-Jacques et la Saint-Christophe...

— Félicitations ! le complimenta Louis tout en observant que Jehan n'était pas vraiment réjoui.

— J'en étais très fier, car je pourrais être un des plus jeunes maîtres bouchers de notre métier, mais mon élection n'est pas acquise et tu vas comprendre pourquoi. Laffemas a demandé que les jurés préparent de nouveaux statuts pour la confrérie bouchère qui confirmeraient le règlement de la Grande Boucherie décidé par Henri III. Or, comme je suis un des rares maîtres à connaître le latin, on m'a chargé de les écrire.

— Toi qui nous disais à Clermont : « A quoi me servira le latin pour tuer des bœufs et couper le cou des volailles ? Ces animaux ne comprendront rien si je leur déclame du Virgile ! »

Jehan gratifia son ami d'un sourire sans joie. S'il avait toujours fait état de son mépris pour le latin, et encore plus du grec, en vérité, Le Pontonnier s'était toujours montré très fier de ses études et répétait partout qu'à Clermont, il avait comme répétiteur personnel l'abbé de Retz, qui deviendrait un jour évêque de Paris et certainement cardinal[34].

— Voici deux jours, les maîtres jurés et les candidats se sont réunis avec le syndic pour préparer ces statuts. La réunion a duré très tard et, les débats terminés, on m'a confié la préparation d'une première version du règlement de la confrérie, en latin évidemment. J'aurais pu aller le faire chez moi, mais tu sais que mon épouse a donné naissance à une autre fille.

Le ton laissait percer un mélange de tristesse et d'inquiétude. Louis savait que Jehan s'inquiétait de ne pas avoir d'héritier.

— Comme la petiote hurle toute la nuit, j'ai préféré rester ici pour travailler. Je t'ai déjà fait visiter l'étage. Il y a une grande salle où on procède aux élections et qui sert de tribunal, une chapelle privée et une petite salle pour les réunions. On y accède par l'escalier de la galerie centrale qui traverse les étals ou par un second extérieur. Tous ces passages étaient bien clos et rembarrés, et moi seul en avais les clefs. Aussi ai-je été surpris quand, vers minuit, j'ai entendu un bruit métallique, comme celui d'une pièce d'orfèvrerie qui serait tombée. J'ai pensé à un rat, puisqu'il en pullule à cause des carcasses de viande, et j'ai décidé d'aller voir dans la chapelle où l'orfèvrerie est exposée. J'ai allumé ma lanterne et je suis passé dans la salle. Rien d'anormal. Mais j'ai remarqué la porte de la chapelle ouverte. Alors que je m'approchais, un petit individu a bondi. Je suis parvenu à l'attraper, c'était un enfant ! Il s'est débattu comme un diable, mais je le tenais fermement, quand, soudain, il m'a mordu avec une telle sauvagerie que je l'ai lâché. Je l'ai vu alors détaler vers une des

---

[34] On le sait, Paul de Gondi devint cardinal de Retz.

fenêtres. Il ne pouvait pas s'enfuir, à cause des barreaux verticaux et, pourtant, il est parvenu à se glisser entre deux, puis il a sauté sur un auvent et filé.

— Il ne devait pas être gras, en effet, pour passer à travers ces barreaux.

— Jamais je n'aurais cru cela possible ! Mais, bref, je suis allé me soigner avec un linge, puis j'ai fait un tour dans la chapelle. Un calice en argent était par terre, c'est ce bruit qui m'avait attiré. J'ai vérifié que tout était en place et découvert que le petit voleur avait pris la médaille en or de saint Jacques.

Ce saint n'était pas le protecteur des bouchers. Ce dernier était saint Barthélemy qui, lui au moins, avait été écorché durant son martyre. Mais la profession bouchère, installée très tôt à cette Porte de Paris, devant le Châtelet, avait pris l'habitude de prier dans la proche chapelle Saint-Jacques qui faisait partie du prieuré de Saint-Martin-des-Champs. Les bouchers étaient ses plus riches fidèles et, grâce à leurs offrandes, leurs marguilliers avaient fait construire une magnifique église avec clocher à l'emplacement de la chapelle : “Saint-Jacques-de-la-Boucherie”. Dans l'édifice, la chapelle Saint-Louis était consacrée à leur corporation.

Quant à cette médaille en or, Louis la connaissait. Forgée quatre cents ans plus tôt et appartenant, à l'origine, à la chapelle du prieuré, la corporation l'honorait comme une sainte relique.

— J'ai vérifié partout, au cas où elle aurait glissé quelque part, mais le vol était évident. Je suis resté sur place toute la nuit, tant je craignais que ce larron ne revienne et, le lendemain, je suis allé tout raconter au syndic. Certes, il m'a rassuré, car, si je n'avais pas été là, le gamin aurait volé bien plus, mais il m'a dit aussi que mon élection allait être mise en cause. Pouvait-on choisir un juré qui avait laissé voler la médaille de notre corporation ?

— En as-tu parlé à Gaston ?

— Bien sûr, dès le lendemain ! Il a chargé un exempt d'enquêter, mais en ne me donnant guère d'espoir.

— Il ne s'est pas occupé lui-même de ton voleur ?

— Non, car il a une autre affaire plus importante à régler. Alors, quand je t'ai aperçu, tout à l'heure, j'ai pensé à toi. Je n'ai pas oublié combien tu te montrais habile, à Clermont, pour résoudre les affaires mystérieuses.

— Tu me flattes et ton vol est tout sauf mystérieux. C'est juste une friponnerie, comme on en voit tous les jours à Paris.

Il se tut un instant avant d'ajouter :

— Reconnaîtrais-tu ton gamin ?

— Certainement. Je garde son maigre visage dans la tête. Il peut avoir sept ans, moins peut-être.

— À son âge, que fera-t-il de cette médaille ? Il travaille certainement pour quelque truand. Il faudrait identifier son maître.

— J'y ai pensé. Je me suis renseigné sur les jeunes voleurs et on m'a dit qu'une bande d'enfants perdus se rassemble souvent la nuit sur le Pont Neuf, devant la Samaritaine. Mais dès qu'ils entendent le guet, ils s'égaillent comme des moineaux. Au demeurant, même si l'un d'eux était pris avec des objets volés, il recevrait seulement le fouet et serait libéré après sa punition, déjà prêt à recommencer.

— Mais il pourrait nommer son chef et ses compagnons pour éviter les verges. On identifierait alors ton coquin et on récupérerait la médaille.

— Peut-être, fit Jehan avec une moue de scepticisme.

— As-tu vérifié si ton jeune larron ne se trouvait pas certains soirs sur le Pont Neuf ? s'enquit-il.

— Évidemment ! répliqua le boucher en haussant les épaules. Je m'y suis rendu avec un sergent que l'exempt de M. de Tilly m'avait envoyé, un nommé Pitard. Mais nous n'avons aperçu aucun enfant.

Louis médita un moment en sirotant son cidre. La nuit, les larrons pullulaient sur le Pont Neuf qui était leur terrain de chasse. Avant qu'il ne soit pensionnaire au collège de Clermont, c'est à cet endroit que sévissait la bande des Rougets et des Grisons, des tire-laine qui s'habillaient comme des gentilshommes, de serge rouge et de velours gris, afin qu'on ne se méfie pas d'eux. Plus tard, les truands s'étaient mis à trucider ceux qui refusaient de leur remettre leur bourse, puis s'étaient sauvagement attaqués aux maisons bourgeoises où ils assassinaient tous les habitants, femmes et enfants compris.

Louis avait connu le dernier survivant de la bande, Robert, frère cadet du chef, François La Chesnay, qui avait été roué avec ses complices. Robert n'avait pas été pris en flagrant délit avec son aîné et ses amis, car il avait suffisamment tôt quitté la bande. Cependant, tout de même arrêté, il avait subi la question préalable. N'ayant rien avoué, malgré la douleur, la justice avait été contrainte de le libérer[35].

C'est par son jeune frère, Jacques, pensionnaire boursier à Clermont et membre de la Compagnie des six, que Louis avait rencontré Robert. Le voleur, qui lui avait sauvé plusieurs fois la vie, était un être pétri de contradictions : audacieux détrousseur connu sous le sobriquet du Liron, capable de tuer sans hésiter celui qui entravait son chemin, sa conscience lui imposait pourtant de racheter les crimes de son aîné et il se comportait avec une singulière morale qui le rendait attachant. De surcroît, ce truand déconcertant voulait que son jeune frère devienne un homme honorable. Et il y était parvenu, puisque Jacques était désormais un père jésuite fort respecté.

— Je vais parler de tout cela à Gaston et insister pour qu'il mette plus de monde sur ton vol, promit Louis, qui regrettait de ne pouvoir faire plus.

Tous deux finirent tristement leur cidre et sortirent.

---

[35] Sous l'ancien régime, en l'absence de faits probants, seul l'aveu permettait de condamner un prévenu.

6

Tandis que Jehan retournait à son étal, Louis, contrarié de son impuissance à apporter de l'aide à son ami, demeura un moment à suivre des yeux les ouvriers qui, sur un échafaudage, retiraient les barreaux des fenêtres du premier étage de la Grande Boucherie pour les remplacer par des grilles. Les anciennes protections, de simples barres de fer, lui parurent pourtant suffisamment proches les unes des autres pour empêcher le passage d'un homme. Même un enfant aurait eu du mal à se glisser entre elles, à moins qu'il ne soit particulièrement fluet, ce qui était, hélas ! le cas du voleur, selon les dires de Jehan. Cependant, le jeune larron avait eu besoin de complices pour atteindre l'auvent qui se situait à plus de huit pieds. De surcroît, quelqu'un lui avait forcément indiqué qu'il trouverait des objets de valeur dans la chapelle de la confrérie. Ces évidences confirmaient que le gamin travaillait pour une bande bien organisée.

Ces observations terminées, Louis reprit son chemin vers le porche du Grand-Châtelet en songeant une nouvelle fois à Robert La Chesnay qui visitait les maisons bourgeoises en grimpant par leurs façades, laissant derrière lui un billet avec son nom « Le Liron » pour signer son passage. Quel dommage qu'il ait quitté la France ! Robert connaissait tous les truands de Paris et aurait pu le renseigner sur les bandes d'enfants hantant le Pont Neuf.

De Robert, les pensées de Fronsac s'égarèrent vers son frère, Jacques La Chesnay. Après deux années de noviciat et autant d'études, durant lesquelles il s'était consacré à la théologie et aux langues orientales, principalement au chinois, son ancien condisciple de Clermont avait été affecté au collège comme régent pour les cours de grec et d'hébreu. Une promotion extrêmement rapide à une époque où la formation des pères pouvait durer dix-sept ans. De surcroît, depuis trois ans, Jacques était également bibliothécaire adjoint à la maison professe de la rue Saint-Antoine et, voici quelques jours, il lui avait écrit pour lui annoncer que son rêve était devenu réalité : le provincial de France l'envoyait à Lisbonne, d'où il embarquerait pour Goa et ensuite pour la Chine, afin de rejoindre le Père de Rhodes, un jésuite qui se trouvait à la cour de l'empereur.

La nouvelle avait glacé Louis d'effroi. Son ami, jeune homme frêle, doux et timide, allait courir mille dangers dans un voyage effroyablement dangereux. Il avait consulté une carte du monde, chez un libraire, et s'était procuré un récit du voyage de Vasco de Gama. Les périls en mer étaient prodigieux, à cause des tempêtes, des pirates et plus généralement des bateaux hostiles. Quant aux déplacements sur terre, ils s'avéraient tout aussi hasardeux, à cause de brigands et d'ennemis de toutes sortes. Comment Jacques pourrait-il survivre à de telles épreuves ? Louis craignait de ne jamais le revoir. Aussi lui avait-il envoyé un billet pour lui annoncer que Gaston et lui viendraient dimanche à la relevée lui souhaiter le meilleur voyage possible.

Il pénétra dans la profonde voûte traversant le siège de la prévôté, ignorant les étals de marchandises peu attirantes qui s'étendaient dans le passage. À mi-chemin et à droite, il s'engagea vers la cour aux voitures et chevaux, pour emprunter le grand escalier conduisant dans le vestibule du Châtelet.

Là, il parcourut la salle du regard, saluant tel ou tel huissier, conseiller ou procureur qu'il connaissait, puis poursuivit par un dédale de passages jusqu'à la pièce où il savait qu'il trouverait les greffiers avec lesquels il travaillait. Deux d'entre eux étaient effectivement présents, assis à une table de travail, devant une pile de papiers. Il bavarda un moment avec eux, puis leur remit les actes et les copies qu'ils attendaient et prit les documents qu'ils avaient à lui rendre, en écoutant leurs explications.

Ayant tout rangé dans la sacoche qui ne le quittait pas, il rejoignit la galerie longeant le donjon et gagna l'escalier de la tour d'angle. À la porte du premier niveau, il gratta et M. de Tilly répondit d'un « Entrez ! » tonitruant.

Le voyant, Gaston, qui était assis devant sa table encombrée de piles de papiers et de sacs de pièces judiciaires, se dressa d'un bond.

— Louis ! La Providence t'amène ! Je songeais à me rendre à l'étude pour te demander ton opinion et tes conseils sur l'enquête dont je suis chargé et pour laquelle je me trouve dans l'obscurité la plus complète.

— Je viens de rencontrer Jehan Le Pontonnier qui m'a rapporté que tu étais effectivement très occupé.

— Ah ! Je suppose qu'il t'a également parlé de son affaire ?

— Bien sûr ! Quel terrible coup du sort pour lui !

— J'ai demandé au sergent Pitard, un de mes hommes les plus habiles, de retrouver ce petit voleur, mais cela revient à chercher une aiguille dans une botte de foin. Corne bouc ! Si je le pouvais, je mettrais plus d'agents pour fureter dans le quartier, mais tous ceux dont je dispose sont sur le meurtre dont je dois retrouver le coupable.

— Je suppose que la victime est une personne importante.

— C'est le cas. Mais il s'agit surtout d'un crime inacceptable et Laffemas veut des résultats rapides. Donc monsieur de Boyé a renchéri et exige que je ne m'occupe que de cela.

— Je comprends qu'un assassinat passe avant un larcin fait par un gamin, fit Louis, d'un ton de regret.

— Si j'étais libre de faire ce que je veux, je ne m'occuperais que de Jehan, mais je n'ai pas le choix, je suis ligoté.

— Eh bien, profitons de ma présence. Narre-moi les détails de ton meurtre. Si je peux t'apporter quelques lumières, cela te permettra de t'occuper un peu plus vite de notre ami boucher.

Gaston inclina le chef en signe d'adhésion.

— Il s'agit d'une riche héritière d'Amiens. Venue à Paris pour un procès l'opposant au fils de sa belle-mère, elle a été assassinée un soir, dans sa chambre d'auberge. L'aubergiste a découvert le crime le matin, grâce aux aboiements du chien de la victime.

Le jeune commissaire poursuivit en détaillant l'affaire. Ses explications furent si complètes que Louis ne jugea pas nécessaire de l'interrompre.

— ... Pour monsieur de Boyé, l'affaire était limpide : le coupable était le fils en question qui venait d'apprendre son procès perdu. J'ai donc investigué pour le retrouver, mais j'ai appris de l'avocat de la victime qu'il n'était pas à Paris, la procédure d'appel étant suivie par un procureur. J'ai interrogé cet homme de loi qui m'a confirmé le fait. Boyé m'a donc déclaré que le suspect avait dû faire appel à un homme de main. Chose impossible, puisque ce n'est que la veille de sa mort qu'Émeline Blangy a appris qu'elle allait gagner son procès. Le procureur du soupçonné m'a confirmé avoir écrit à son client mardi. Comment ce dernier aurait-il pu engager un assassin depuis Amiens, alors qu'il n'avait pas encore reçu la lettre lui annonçant qu'il allait perdre son procès ?

— Donc, le meurtrier est un vulgaire voleur, conclut Louis.

— À coup sûr. Pour l'heure, mes gens font le tour de bijoutiers et des orfèvres de Paris avec la description des bijoux rapinés. C'est mon seul espoir. Quant aux suspects que j'avais en vue, j'ai fait fouiller leurs logis, en vain.

Il soupira.

— J'ai là le rapport du chirurgien et l'inventaire de ce que possédait madame Blangy dans sa chambre, liste faite par un huissier au Châtelet. Veux-tu les voir ?

— Montre-moi cet inventaire, acquiesça Louis, sans s'attendre à ce qu'une liste puisse être vraiment utile pour trouver un assassin, mais il n'avait aucune autre idée.

Il parcourut le document qui décrivait et énumérait robes, chemises, manteaux et jupes ayant appartenu à la morte.

Gaston l'observa, avec l'espoir de découvrir un signe sur le visage de son ami.

Après deux lectures successives, Louis leva les yeux.

— Tout y est ?

— Évidemment ! Tu n'ignores pas que les huissiers ont la fâcheuse réputation de se servir lors des inventaires. Aussi avais-je laissé mon exempt pour surveiller celui qui dénombrait le contenu de la chambre.

Louis s'appuya sur le dossier sa chaise et commenta l'inventaire :

— Cette femme disposait de trois robes : deux noires, en drap de Berry et en drap d'Espagne, et une en satin bleu garnie de dentelles, de douze chemisettes dont quatre en soie et autant en estamet de couleur lavande, d'un manteau noir en drap d'Angleterre et d'un second en étamine de Hollande, de six jupes, en soie, en satin, en taffetas, en serge et en velours...

Il laissa la suite de sa fastidieuse énumération en suspens.

— Je te l'ai dit, elle était fortunée, approuva le commissaire.

— Mais elle ne possédait pas de bas ! s'exclama Louis. Combien de paires aurait-elle dû apporter pour un tel voyage ? Au moins deux douzaines. De surcroît, elle ne détenait pas plus de gants. As-tu vu une femme de qualité sans gants ?

Gaston planta ses yeux dans ceux de son ami avec une moue d'approbation.

— J'aurais dû m'en rendre compte ! Le voleur n'a pas seulement pris les bijoux et le contenu de la bourse, il a emporté les vêtements peu volumineux et de valeur, conclut-il.

— Voilà ! Quel prix peut atteindre une paire de bas de soie pour dame ?

— J'en ai offert une à ma logeuse, voici quelque temps. Je les ai payés quatre écus.

Gaston avait pris chambre rue de la Poterie, chez la veuve d'un maître boulanger dont il était tombé amoureux. Certes, elle avait dix ans de plus que lui, mais il se pâmait facilement devant les dames, surtout si elles étaient séduisantes, ce qui était le cas de celle-ci.

— Mazette ! Douze livres ! s'écria Louis en riant et en écarquillant les yeux. Voilà une logeuse comblée ! Mais revenons à ta victime. Si elle possédait vingt paires de bas, ton assassin a fait un joli profit. Sans compter qu'il a pu larronner bien d'autres choses dont tu ignores l'existence.

S'écoula un moment de silence, durant lequel Gaston serra machinalement les poings dans une posture agressive, comme s'il s'apprêtait à s'en prendre à quelqu'un.

— Sang de Dieu ! gronda-t-il enfin. Ces vols changent du tout au tout l'image que je me faisais de ce crime, déclara-t-il en secouant la tête. Je pensais que le criminel était quelqu'un qui avait repéré les bijoux portés par la dame et qui, d'une façon ou d'une autre, était parvenu à se faire ouvrir sa porte. Mais, après ce que tu viens de remarquer, il semble qu'il y ait eu préméditation et que l'assassin ait pris le temps de soigneusement fouiller la chambre.

— Malgré la présence d'un chien, d'ailleurs, ce qui est étonnant. Comment se fait-il que l'animal n'ait pas protégé sa maîtresse ?

— Pauvre bête ! J'ai oublié de t'en parler. C'est un jeune braque qui n'aurait guère pu la défendre. Surtout, il a reçu une violente rossée qui aurait dû le laisser pour mort. J'ai constaté d'énormes meurtrissures et un hématome sanglant sur son cou. Je suppose que le criminel a cru l'avoir tué après l'avoir ainsi roué de coups de bâton. L'animal n'a repris ses sens qu'au matin et ce sont ses jappements qui ont attiré l'attention des serviteurs de l'auberge.

— Était-il encore là quand tu es arrivé avec tes gens ?

— Non. L'hôtelier l'avait fait soigner par un domestique qui veillait sur lui dans la cuisine de l'hôtellerie. Seulement, je ne sais comment, l'animal a perçu que des visiteurs se rendaient dans la chambre de sa maîtresse. Il a donc faussé compagnie à son gardien et il est arrivé en grognant. Il s'est montré fort menaçant, je dois dire.

— Il a dû croire au retour de l'assassin, jugea Louis.

Il se tut quelques secondes pour mettre au clair l'idée qui lui était venue :

— Quel dommage qu'il ne puisse parler, puisqu'il connaît le criminel.

— En effet, approuva Gaston. C'est déjà ce que m'a dit le chirurgien. Mais je n'ai jamais compté sur les chiens pour témoigner devant la cour.

Il se mit à rire.

— J'attends plus des investigations que j'ai demandé à Picault et au sergent Pitard de conduire. Le voleur va certainement tenter d'écouler son butin auprès d'un orfèvre. Aussi ai-je fait faire une liste des bijoux que portait cette pauvre femme, avec leur description. Avec un peu de chance, mes hommes retrouveront notre criminel.

— Une piste bien aléatoire, observa Louis. Il y a plus d'une centaine d'orfèvres à Paris et, même si tu retrouves les objets volés, rien ne dit que l'acheteur connaîtra son vendeur.

— Je le sais. Et mes enquêteurs ne sont que deux. Mais l'expérience m'a appris que ces recherches, même si elles sont longues, donnent généralement des résultats.

Comme le regard de Louis s'égarait sur la table et s'arrêtait sur un morceau d'acier, le jeune commissaire ajouta :

— Il a été trouvé dans le torse de la victime. L'assassin l'a frappée avec une telle violence que la lame de son arme s'est brisée en restant fichée dans un os.

Louis prit le fer pour l'examiner.

— La lame d'un couteau capucin. Amusant, car je possède le même dans mon écritoire. Bien utile pour couper correctement les feuillets quand on écrit un acte. Mais guère commode pour poignarder quelqu'un.

Il précisa, après un bref silence :

— Ce fer peut toutefois t'aider à retrouver l'assassin. Un truand quelconque aurait utilisé un couteau de chasse ou de boucherie. Un gentilhomme ou un sbire, une dague. Un couteau à clou comme celui-ci sert plutôt à découper du papier.

— Je n'y avais pas songé. Ce pourrait donc être un moine, ou un libraire...

— Ou n'importe qui ayant à séparer des feuillets. Un notaire comme moi, par exemple.

Il se leva. Il aurait souhaité proposer d'autres investigations à Gaston, mais aucune ne lui arrivait à l'esprit.

— Mon criminel n'a plus de couteau. Cela pourrait être un autre moyen de le retrouver, fit un Gaston songeur.

— Dimanche, n'oublie pas le livre pour Jacques.

— N'aie crainte.

7

Dimanche 1er mai 1639

Après l'office célébré à l'église de la Mercy où se rendaient habituellement les Fronsac et leurs serviteurs, M. de Tilly vint dîner à l'étude, comme il le faisait si souvent depuis qu'il connaissait Louis et sa famille. Autour de la table, il retrouva M. Boutier, vieil ami du notaire et parrain de son fils, comme toujours revêtu d'un élégant pourpoint à parements en soie rouge.

Substitut du procureur du roi au Palais, juriste d'exception et gros travailleur, M. Boutier était de plus en plus souvent consulté par le chancelier Séguier. De ce fait, il se montrait toujours bien informé sur ce qui se disait au Conseil. Entre deux bouchées de ragoût de lièvre, il révéla que le nonce apostolique à Paris, un nommé Giulio Mazarini, venait d'être naturalisé français par lettres patentes, une décision du cardinal de Richelieu qui avait beaucoup surpris au Palais, car Mazarini était jusqu'à présent un féal d'Urbain VIII, lequel désapprouvait la politique du Grand satrape. M. Boutier commenta également, avec un brin de réprobation, l'augmentation des gages des secrétaires du roi, des trésoriers du Sceau et des Contrôleurs des finances ; sommes qui, l'espérait-il sans trop y croire, devaient permettre de réduire la corruption. Enfin, à la fin du dîner, il donna un avis fort réticent sur le rétablissement des offices de procureurs de l'enclos du Palais, désormais limités au nombre de quatre cents, tandis que M. Fronsac faisait état de la grogne qui gagnait les marchands de vin après la création de dix-sept offices de jurez-vendeurs et contrôleurs, un acte du conseil pris au mois de mars.

— Les fraudes sur le transport du vin entre les faubourgs et Paris deviennent alarmantes et ces contrôleurs ne seront pas de trop, confirma Gaston qui parlait en connaissance de cause, ayant été chargé de vérifier l'activité des officiers jurés qui collectaient les taxes quand il était commissaire au quai de Grève.

— Mais le mécontentement gronde chaque jour un peu plus, intervint M. Fronsac père. J'en parlais hier avec maître de Mas qui était venu avec le fils d'un marchand de vin, M. Vincent Voiture. Tous deux s'inquiètent fort des hausses de taxes. Si les impôts augmentent encore, ils craignent le pire.

— Le pire pourrait nous conduire jusqu'où ? s'alarma sa femme.

— Je l'ignore et Dieu seul le sait, ma mie. Mais que les contestataires trouvent un chef de file, un meneur, comme l'ont été Etienne Marcel, Jean sans Peur et quelques autres, et une révolte populaire ne me paraît point exclue.

— Dieu nous en garde ! s'inquiéta Boutier. Mais, même si cela arrivait, nous avons un bon roi qui saura tenir son royaume.

Louis n'intervint pas, car il partageait l'opinion de son père et savait qu'un bon roi ne suffisait pas à empêcher une sédition. Il avait en tête la conspiration de Fiesque, sur laquelle il avait travaillé au collège de Clermont avec Paul de Gondi. Par ailleurs, le rappel de la visite de maître de Mas lui remettait en mémoire une discussion avec M. Voiture au sujet des comédies d'Apollodore de Carystos que ce dernier recherchait. À l'occasion, il se promit d'aller chez maître Vitray[36] pour lui demander de les lui dénicher.

Après le dîner, Gaston et lui s'éclipsèrent, expliquant qu'ils avaient un vieil ami à rencontrer.

Le carrosse conduit par Nicolas gagna la Rue-Vieille-du-Temple, traversa la place Baudoyer et fila dans la rue de Jouy. Sur le flanc gauche de la voie, et de part et d'autre de l'ancienne muraille de Charles V, se dressait la maison professe des jésuites, qui communiquait avec le chevet de leur église.

[36] Antoine Vitray, libraire et imprimeur ordinaire du roi, imprimait beaucoup d'ouvrages en langues orientales. Il devait publier quatre ans plus tard : *De la fréquente communion*, d'Antoine Arnauld, et devenir le libraire des jansénistes.

À la fin du siècle précédent, le cardinal Charles de Bourbon avait acquis là un hôtel dont il avait fait don à la Compagnie. Les pères y avaient construit Saint-Paul Saint-Louis, église où la haute société venait entendre les sermons enflammés des prédicateurs, et leur maison professe, où logeaient les dignitaires jésuites et quantité de prêtres, tant parisiens que de passage. La Compagnie de Jésus n'était-elle pas une armée au service de Dieu, dirigée par un général ?

C'est dans la bibliothèque de cette maison, qui comptait trente mille volumes et d'extraordinaires objets d'art d'une valeur inestimable, que travaillait Jacques La Chesnay, l'ancien compagnon de Fronsac et Tilly au collège de Clermont, le jeune frère du chef de la bande des Rougets et des Grisons.

Durant le trajet, tous deux ne parlèrent que de leur ami. Au pensionnat, Jacques faisait partie des boursiers, ces élèves pauvres qui lavaient la vaisselle, servaient à table, balayaient la cour et le réfectoire et ne recevaient que des portions réduites de nourriture et rarement de dessert. Les destinant à la prêtrise, les jésuites leur donnaient ainsi l'habitude des privations pour leur inculquer la conscience de la précarité de la vie. Ils n'étaient pas pauvres, leur assuraient-ils, car la véritable pauvreté était l'ignorance religieuse. En réalité, leur sort était plus enviable que celui des autres pensionnaires, affirmaient les pères. Malgré ces assertions, La Chesnay était toujours affamé et Louis et Gaston, lui gardaient souvent des parts de leur dessert.

Cependant ce rude régime avait réussi à Jacques, devenu un élève remarquable. Son noviciat avait été raccourci, tant il s'était montré talentueux en théologie et dans les langues orientales. Pédagogue émérite, il avait été un des plus jeunes maîtres de Clermont et sa science était tellement prodigieuse que, en dépit de son jeune âge, le provincial de France lui avait confié la section de la bibliothèque consacrée à l'Orient.

Mais le but caché du cadet des La Chesnay, que personne ne connaissait, était de racheter les crimes de son aîné, le capitaine des Rougets et des Grisons. Afin d'y parvenir, Jacques ne cessait de se porter volontaire pour évangéliser l'Inde, la Chine et les îles de l'Orient lointain. Devant tant de persévérance et de foi, Rome avait donc donné son accord pour son départ.

Depuis 1582, les jésuites envoyaient des missions dans l'empire chinois, non pour convertir les infidèles, mais pour découvrir la langue et la civilisation de ce peuple et se faire ainsi admettre à la cour impériale comme lettrés et savants, étape indispensable, selon eux, pour que les Chinois acceptent un jour la religion chrétienne.

Le carrosse pénétra dans la vaste cour où quelques groupes de prêtres discutaient, assis sur des bancs de pierre, tandis que d'autres pères, seuls, lisaient leur bréviaire. Louis et Gaston les saluèrent, avant de se diriger vers l'escalier majestueux qui conduisait à la bibliothèque, l'endroit où ils avaient le plus de chance de trouver Jacques, à moins qu'il ne soit dans sa cellule en train de faire ses bagages.

À l'étage, ils pénétrèrent dans une enfilade de salles majestueuses aux murs couverts de rayonnages, avec des échelles en acajou permettant d'accéder aux plus hauts niveaux. Le silence régnait et aucun des lecteurs, assis aux longues tables gainées de cuir, ne leva les yeux à l'entrée des visiteurs.

À l'écart, sur une chaire, se tenait un jeune prêtre qui surveillait les lieux. Louis s'approcha et lui demanda à voix basse si le père La Chesnay était là.

— Dans la salle du fond, mon fils, indiqua le bibliothécaire.

Nos deux amis le remercièrent et poursuivirent leur chemin, traversant plusieurs salles, dont l'une emplie de vitrines qui exposaient des objets rares, tels des cornes de licorne, scies de poisson, animaux incroyables naturalisés, ivoires sculptés, bracelets et bijoux des Andes et instruments de musique. La dernière pièce était dédiée aux livres et objets orientaux, avec un mur entier consacré aux armes, sculptures, vêtements et parures venant d'Arabie, de Perse ou d'Inde.

Jacques La Chesnay, en robe noire et calotte carrée, bavardait avec un autre prêtre plus âgé que lui, au visage sec, mais avec de grands yeux rieurs. Apercevant ses amis, le jeune jésuite interrompit sa discussion et leur tendit chaleureusement les bras.

— Louis, Gaston ! Je vous attendais avec impatience. Quel bonheur de vous revoir enfin !

Il s'adressa à son compagnon :

— Père François, laissez-moi vous présenter mes meilleurs amis, ceux à qui je dois tout, Louis Fronsac et Gaston de Tilly. Nous étions ensemble à Clermont.

— Que toutes les bénédictions de Dieu vous préservent, messieurs, dit le prêtre en les saluant. Le père Jacques m'a souvent parlé de vous.

Gaston et Louis s'inclinèrent, chapeau à la main.

— Mais je vais vous laisser, car je devine que vous avez beaucoup à vous dire avant ce grand départ.

Les gratifiant d'un sourire de circonstance, il les salua à nouveau et s'éloigna.

— C'est le père François qui reprend ma charge à la maison professe, expliqua Jacques.

Il soupira, sourire béat.

— Si vous savez comme je suis heureux de ce qui m'arrive. J'espère que mon grand frère, quel que soit l'endroit où il se trouve, est également fier de moi.

Ce frère, c'était François, celui qui avait été roué pour ses crimes.

— Et Robert, l'as-tu vu récemment ? s'enquit Louis.

— Oui, il y a six semaines. Il était fort peiné de mon départ et m'a proposé de m'accompagner, mais ce n'est pas possible, car il est temps que je me montre utile, sans l'aide de personne.

Utile pour qui ? songea aigrement Gaston, qui ne s'était jamais montré dévot.

— Comment va se dérouler ton périple ? interrogea Louis.

— Je pars demain pour Lisbonne, avec un père arrivé de Rome, qui sera mon maître pour ce voyage. C'est un gentilhomme, capable de faire face à toute situation. Nous nous déplacerons dans le petit carrosse qu'il a utilisé pour venir d'Italie. Dans trois ou quatre semaines, nous serons à Lisbonne. Plusieurs bateaux marchands partent de ce port pour Goa, nous prendrons celui qui nous fera de la place. À partir de là, nous serons entre les mains de Dieu.

Il se signa.

— De Goa, nous trouverons une nef, ou une jonque, car c'est le nom des navires dans ce pays, pour la Chine. Ensuite, nous tenterons de rejoindre le Père de Rhodes à la cour de l'Empereur.

— Auparavant, le navire portugais aura dû faire le tour de l'Afrique et affronter le cap des Tempêtes. Je ne crois pas que je le supporterais, fit Louis.

— Le Seigneur m'aidera ! affirma Jacques avec un sourire angélique. Et les fantaisies de la mer ne seront pas les plus difficiles. Je redoute plus la promiscuité, la saleté, la vermine et les maladies. Je sais que les navires peuvent avoir jusqu'à quatre cents passagers, alors que les ponts sont minuscules. Ce sera une épreuve, mais je la supporterai par la prière.

— Dans combien de temps arriveras-tu en Chine ? s'enquit Gaston, qui n'ajouta pas : « Si tu y parviens ».

— Le Père de Rhodes, que je dois rejoindre, a embarqué au printemps 1619 sur la *Sainte-Thérèse*. Il a mis six mois pour atteindre Goa, où il a dû attendre plus de deux ans avant d'embarquer pour Cipango. Il a finalement débarqué à Macao, en Chine, cinq ans après son départ.

Louis échangea un regard inquiet avec Gaston. Jacques était-il conscient des effroyables dangers qu'il allait courir ? Tempêtes, ouragans, maladies, écueils, pirates, sans compter les Hollandais, ces grands ennemis de toute piété qui refusaient la présence de prêtres romains sur les territoires où ils avaient ouvert des comptoirs.

Tilly, lui, supputait que Jacques n'ignorait rien des périls, mais qu'en vérité, il recherchait le martyre. Cela le désespéra et il s'efforça de dissimuler son chagrin en lui tendant le livre qu'il avait apporté.

— Voilà de quoi lire durant ton voyage. Tu auras du temps, je crois, sur les bateaux...

Surpris, le jésuite prit le petit in-quarto à reliure en basane et l'ouvrit avec beaucoup de respect. L'ouvrage s'intitulait : *Histoire de la navigation de Jean Hugues de Linscot et de son voyage ès Indes Orientales, contenant diverses descriptions des pays*. Il avait été publié en 1610, chez Henry Laurent.

— Comment as-tu trouvé ce livre ? Même ici, nous ne l'avons pas !

— Louis en avait entendu parler et l'a fait chercher par tous les libraires de Paris. Maître Vitray, qu'il connaît bien et qui a une boutique au Palais, m'a prévenu voici quelques jours l'avoir reçu de Naples, à sa boutique près du Collège des Lombards.

Ému aux larmes, Jacques les accola et les embrassa.

— Robert t'a-t-il dit s'il reviendrait prochainement à Paris ? demanda Louis après ces effusions.

— Je ne le lui ai pas demandé et il ne m'en a pas parlé. Même s'il vit honnêtement, désormais, vous savez qu'il reste toujours très secret sur ses affaires. Mais je pourrai lui écrire ce soir en lui demandant qu'il vous réponde.

— Non, cela prendrait trop de temps. C'est pour quelque chose qui concerne Jehan.

— Le Pontonnier ? A-t-il des ennuis ?

— On a volé la médaille de la corporation des bouchers dont il avait la garde et, à cause de cela, il va perdre toute chance de devenir juré de son métier.

— Quelle tristesse ! Mais en quoi mon frère aurait-il pu l'aider ? Il habite en Hollande depuis des années !

— Le voleur est un jeune polisson qui fait certainement partie d'une bande se retrouvant sur le Pont-Neuf. Ces larrons doivent travailler pour quelque truand du quartier. Robert aurait pu se souvenir d'une fripouille capable de conduire ainsi des enfants sur la voie du crime ou se renseigner sur un tel scélérat.

— Possible, en effet. Mon frère n'aurait aucun scrupule à châtier quelqu'un qui utilise des gamins innocents. Mais, ajouta-t-il en se tournant vers Gaston, M. de Tilly dispose de tous les moyens du Châtelet pour trouver ce genre de gredin...

Il laissa sa phrase en suspension.

— Hélas, je n'ai pas tant de ressources, Jacques ! Je ne suis pas commissaire de quartier à poste fixe et j'emploie peu de gens sous mes ordres. Je possède des archers, certes, mais ils représentent la force publique et sont incapables de conduire des investigations. Seuls mon exempt et un de mes sergents le pourraient, mais ceux-là travaillent sur une autre affaire gravissime, à laquelle ils consacrent tout leur temps.

Le silence s'installa un moment, jusqu'à ce que Jacques reprenne :

— J'aimerais tant vous aider avant mon départ, M. de Tilly. Et permettre à Jean de retrouver la médaille des bouchers.

À nouveau le silence, puis cette proposition :

— Cette affaire gravissime, en quoi consiste-t-elle ? Si je vous apportais quelques idées permettant de la résoudre, vous pourriez consacrer votre temps et celui de vos gens à Jehan...

Gaston sourit devant la naïveté du jeune prêtre.

— J'accepterais volontiers tes suggestions, Jacques. D'ailleurs, Louis m'a fait la même proposition. Mais comment pourrais-tu m'aider ? Que connais-tu des affaires criminelles ?

— Oubliez-vous qui était mon aîné ? Et Robert ? J'ai entendu bien des histoires horribles de leur part. De plus, nous avons ici quelques ouvrages qui relatent nombre de forfaits. Avez-vous lu *l'Histoire générale des larrons*, monsieur de Tilly ?

— Ma foi, non. De quoi s'agit-il ?

— Un livre en trois volumes écrit il y a une quinzaine d'années, si je me souviens bien. On y décrit nombre d'histoires sur les cruautés et méchancetés des voleurs, sur les ruses des coupeurs de bourses et sur les finesses, tromperies et stratagèmes des filous.

— Sur ma vie, je te savais savant, mais j'ignorais que tu le fus également dans ce domaine !

Il se tourna vers Louis, qui se montra amusé.

— Tu n'as rien à perdre, Gaston, fit ce dernier. Pourquoi ne pas lui parler de l'assassinat de Mme Blangy ? Ce ne serait pas la première fois que Jacques nous ferait des remarques pertinentes auxquelles nous n'avons pas songé.

— Entendu, mais cela va prendre un moment.

— J'ai tout mon temps, mes amis. Mes bagages sont prêts depuis hier. Asseyons-nous. Personne ne viendra nous déranger ici, dit Jacques La Chesnay en désignant la table et les bancs.

Comme ils s'installaient, il poursuivit, avec son doux sourire :

— Tout cela me fait revenir quinze ans en arrière, quand nous complotions à Clermont avec la compagnie des Six.

8

M. de Tilly entama donc le récit du crime commis à l'hôtellerie Sainte-Catherine, horrible meurtre dont il avoua être, pour l'heure, incapable de découvrir l'assassin. Jacques La Chesnay écouta avec attention... et demeura silencieux à la fin de la narration.

Silencieux, mais pensif.

— As-tu déjà entendu pareille histoire ? lui demanda Louis, intrigué par ce mutisme.

— Pas exactement la même, mais oui, je connais une affaire similaire.

— En rapport avec tes frères ? s'enquit Gaston.

— Indirectement. En vérité, j'ai lu un récit dans ce genre, après avoir entendu François l'évoquer.

— A-t-on pris le criminel ?

— On l'a pris et roué. L'histoire ressemble à la vôtre, car il y a également un chien.

— Un chien ?

— Oui, un témoin du crime, et c'est l'animal qui a découvert l'assassin.

Louis intervint :

— J'ai déjà dit à Gaston que le chien connaissait forcément l'assassin... Mais, hélas, il ne parle pas !

— Raconte-moi l'affaire à laquelle tu fais allusion, demanda le commissaire, intrigué.

— Il s'agissait d'un nommé Forestier. Un voleur de grand chemin, un infâme criminel, et, si je me suis intéressé à lui, c'est parce que mon aîné, François, faisait partie de sa bande, avant de rassembler à son tour les Rougets et les Grisons avec d'anciens compagnons de ce Forestier.

» Ce brigand et ses amis s'attaquaient aux bourgeois, la nuit, dans Paris. Il tuait et violentait sans vergogne, au point que l'on mit tous les sergents et les commissaires à ses trousses.

— Maintenant que tu me le dis, je me remémore ce scélérat. Des archers m'en ont parlé, une fois. L'homme a été roué voici plus de vingt ans.

— Pas loin de trente, même, monsieur. Je n'étais pas né. Quand Forestier a compris qu'il allait finir par être pris, il a quitté Paris pour écumer le pays et les bois autour de Meaux. Avec ses complices, il s'attaquait aux voyageurs, toujours avec plus d'audace et de sauvagerie. Bien sûr, très vite, les prévôts des maréchaux furent après lui, mais il leur échappait sans cesse.

» Un dimanche, un aubergiste de Meaux mariait sa fille. Il y avait beaucoup d'invités, dont nombre venaient des villages environnants. Parmi eux se trouvait une fermière estimée de tous, très amie avec la mariée. Quand la fête fut terminée, elle rentra chez elle, à pied, emportant des friandises pour ses enfants qu'elle avait laissés à la garde de sa mère. L'aubergiste proposa qu'un de ses valets l'escorte, mais elle répliqua qu'elle avait l'habitude de rentrer chez elle, le soir, et que personne ne l'avait jamais inquiétée. D'ailleurs, elle avait son chien fidèle qui était capable d'éloigner n'importe quel importun, assura-t-elle. Elle enveloppa sa provision dans son grand mouchoir et prit congé de la société.

» À mi-chemin, Forestier et ses truands l'interpellèrent. D'abord, ce ne furent que des expressions hardies et obscènes auxquelles elle ne répondit point, pressant seulement le pas. Mais Forestier s'enhardit et finalement l'assaillit et l'entraîna hors du chemin. Elle fut bâillonnée, garrottée, et les scélérats lui firent subir toutes sortes d'outrages avant de la tuer. Ces assassins déposèrent ensuite le cadavre mutilé dans un fossé et jetèrent de la terre dessus pour cacher leur forfait. Bien sûr, pendant l'horrible lutte qui s'était engagée entre la malheureuse fermière et les bandits, le chien n'avait cessé de s'en prendre aux bandits, mordant à plusieurs reprises Forestier qui, pour se défendre, l'avait battu à coups de branche et laissé pour mort, lui aussi.

» Le chef de la bande et un complice décidèrent d'aller fêter leur agression à la ville de Meaux, tandis que les autres, malgré tout éprouvés par leur crime, préférèrent quitter le pays. Or, par le plus grand des hasards, en vérité certainement guidés par la Divine Providence, Forestier et son ami s'arrêtèrent dans l'auberge d'où la fermière était partie. Ils demandèrent une chambre et s'y installèrent pour souper. Comme ils avaient poussé l'impudence jusqu'à conserver les gâteaux que la pauvre femme portait à ses enfants, ils les étendirent sur une table, sur le grand mouchoir qui servait d'enveloppe aux provisions, et commencèrent à les déguster tranquillement.

» Peu après le garçon d'auberge leur porta une commande de vin qu'ils avaient faite. L'homme demeura un instant sidéré à la vue du linge et des gâteaux qu'il avait lui-même remis à la fermière et qui se retrouvaient entre des mains d'étrangers ! Il décida de faire part de son inquiétude à son maître.

» C'est à ce moment que le chien de la fermière arriva, haletant et gémissant de ses blessures qui ne l'avaient pas tué. Plusieurs clients, qui le reconnurent et aperçurent ses plaies, l'appelèrent pour le consoler et tenter de le soigner, mais l'animal fila vers la chambre de Forestier et, tout en grognant, parvint à ouvrir la porte. Là, il se mit à pousser des hurlements. Affolé, le brigand tenta de le repousser et, voyant cela, l'aubergiste, prévenu par son valet, rassembla des clients qui pénétrèrent à leur tour dans la chambre des assassins. On leur demanda d'où ils tenaient les gâteaux de la fermière et son mouchoir. Les deux hommes tentèrent de fuir, mais en furent empêchés et l'aubergiste fit chercher des archers.

» Le chien n'en avait pas terminé. Il attrapa avec ses dents la cotte du valet, en qui il avait deviné un ami, et le tira vers la porte de l'auberge. Devinant que l'animal voulait le conduire à sa maîtresse, l'homme se laissa faire et finalement le suivit. Malgré ses blessures, le chien gagna la forêt et arriva à un fossé, devant lequel il s'arrêta pour se mettre à gémir. Le domestique remarqua immédiatement la terre fraîchement foulée et coupa une branche d'arbre qu'il tailla en forme de fourche. Aussitôt, il se mit à l'œuvre et découvrit bientôt les pieds du cadavre. Sa conviction formée, il retourna à la ville et avertit le prévôt.

» Entre-temps, les archers étaient arrivés dans la chambre occupée par Forestier et son complice. Après une courte enquête, les deux bandits furent saisis, en dépit de leurs dénégations, entravés, et conduits à la geôle de la ville.

» La découverte du corps de la pauvre fermière par le domestique porta un coup fatal aux assassins qui, pris de court, avouèrent viol et crime. Pourtant, ensuite mis à la torture, ils jurèrent sur l'Évangile n'avoir commis aucun autre crime.

» Transférés à Paris, ils durent subir la question des petits tréteaux[37]. Forestier résista à huit coquemars d'eau. Aussi le procureur décida-t-il de lui faire subir l'épreuve, autrement plus rude, des brodequins[38]. Cependant, l'assassin garda le silence après avoir reçu sans gémir les coups de maillet. Il fut pourtant condamné à être rompu tout vif pour le crime de Meaux. C'est seulement sur la roue, certainement pris de remords avant de se présenter devant Notre Seigneur, qu'il révéla enfin tous ses crimes.

— Voilà une effroyable histoire, fit Louis qui s'interrogeait sur la raison pour laquelle Jacques connaissait si bien cette affaire.

Ce dernier devina ses pensées et le regarda alors en hochant la tête.

— François faisait partie de cette bande, je vous l'ai dit. Je devais avoir quatre ou cinq ans quand je le surpris en train de raconter ce crime à Robert. Il pleurait, tant il le regrettait, bien

[37] Pour cet interrogatoire, l'accusé était allongé sur des planches soutenues par des tréteaux. L'exécuteur de la haute justice lui introduisait une corne dans la bouche, lui serrait le nez et lui versait lentement un coquemar rempli d'eau dans la bouche. L'opération était réitérée s'il n'y avait pas d'aveux. Jusqu'à huit coquemars pouvaient être administrés.

[38] Placé sur siège, le prévenu avait les jambes serrées dans des planchettes de bois de deux pieds de hauteur et d'un pied de largeur, chacune percée de quatre trous dans lesquels passaient de longues cordes. Le bourreau serrait fortement ces cordes, puis, avec un lourd maillet, il enfonçait des coins de bois entre les deux planches à l'endroit des genoux, faisant éclater les chairs et parfois les os.

qu'il fût alors déjà un criminel endurci. J'avoue ne pas avoir tout compris dans son récit, mais il me hanta durant des années, jusqu'à ce que je découvre un livre, ici, qui relatait la complète histoire.

— Tout cela est bien intéressant ! fit Gaston. Mais le chien de Mme Blangy ne m'a pas conduit à l'assassin !

— Peut-être n'en a-t-il pas encore eu l'occasion, répliqua le jésuite. J'ai d'ailleurs une autre histoire de chien à vous faire entendre, si vous le souhaitez.

— Pourquoi pas !

— Cela s'est passé sous le règne de Charles V. Un gentilhomme, Aubry de Montdidier, qui traversait seul la forêt de Bondi, fut assassiné et enterré au pied d'un arbre. Son chien, qui l'accompagnait, resta plusieurs jours sur sa fosse et ne la quitta que pressé par la faim. Il vint à Paris chez un ami de son maître où il poussa de tristes hurlements. Intrigué, cet homme le fit manger puis s'aperçut que l'animal voulait l'entraîner quelque part. Pris de quelque soupçon sinistre, il le suivit jusqu'à la tombe où le chien gratta le sol et fit paraître le corps de son maître.

» Quelque temps après, ayant été adopté par ce brave homme, l'animal sauta à la gorge d'un nommé Macaire, chevalier de son état, et ce n'est qu'avec beaucoup de peine que l'ami parvint à lui faire lâcher prise. Il rapprocha l'incident au fait que le prénommé Macaire haïssait le maître du chien. Étant souvent à la cour, il en parla au roi.

» Lors d'une audience solennelle, Sa Majesté fit amener le chien, qui se montra doux et tranquille, puis le monarque fit entrer le chevalier Macaire au milieu d'une troupe de courtisans. Immédiatement, l'animal le reconnut et se jeta sur lui. On dut les séparer.

» Troublé, le roi interrogea le chevalier sur la disparation du maître du chien, mais le criminel affirma son ignorance. Indécis, Charles V décida alors que Dieu jugerait l'affaire par l'issue d'un duel entre le chevalier et le chien. On choisit la rive de l'île Notre-Dame comme champ clos et Macaire fut armé d'un gros bâton pour se défendre. À peine l'animal fut-il lâché qu'il attaqua l'assassin de son maître et, évitant les coups de bâton, parvint à le faire tomber et à le saisir à la gorge. Vaincu, Macaire avoua son crime.

La Chesnay s'abîma dans le silence.

— Que penses-tu de ces récits, Louis ? s'enquit un Gaston songeur.

— Qu'il faudrait utiliser ce que sait Tobie, mais je ne vois pas comment.

Son ami acquiesça d'un signe en précisant :

— Lorsque Tobie est arrivé dans la chambre de sa maîtresse assassinée, il a grogné après nous. Pourtant, il ne pouvait connaître personne. Ce chien n'est donc pas aussi sagace que ceux dont Jacques vient de nous parler. Quelle confiance pourrais-je lui accorder s'il s'en prenait à quelqu'un ?

Louis s'adressa à Jacques :

— Un chien peut-il être abusé par un vêtement, un chapeau ou même la couleur d'un pourpoint ?

Le jésuite fit la moue en secouant la tête.

— Ces animaux y voient parfaitement bien et ce n'est pas une couleur ou un chapeau qui peut les tromper. À la rigueur, si l'une des personnes présentes portait un vêtement identique à celui dont était revêtu l'assassin cette pauvre femme, cela aurait pu l'induire en erreur. Mais seulement durant un instant.

— L'animal a été emporté dès qu'il a grogné, fit Gaston. Peut-être devrais-je demander à l'aubergiste qui l'a gardé de le conduire au Châtelet pour le mettre à nouveau en présence de ceux qui se trouvaient dans la chambre, afin d'observer sa réaction. S'il grognait à nouveau devant l'un d'eux à cause de ses vêtements, j'aurais au moins une idée de l'assassin.

— Tous portaient la tenue de leur profession ? intervint Jacques.

— Oui. Le chirurgien était en robe noire, le sergent avait sa casaque bleue et l'huissier était également en uniforme. Quant à mon exempt, il arborait le buffletin dans lequel je l'ai toujours vu.

— Les uniformes bleus des sergents et des huissiers sont parfaitement identifiables, même pour un chien. Tout comme la robe noire des chirurgiens.

— Mais comment un sergent, un huissier ou un homme de l'art aurait-il fait connaissance de Mme Blangy au point qu'elle lui ouvre sa porte en confiance, la nuit tombée ? fit Gaston.

— Pour le médecin ou le chirurgien, je ne sais, mais, s'il s'agissait d'un ministre de justice, je vois une explication, répondit Louis. Mme Blangy pourrait l'avoir rencontré au Palais où elle se rendait chaque jour.

— Tripes de Dieu, mais c'est évident et j'aurais dû y penser ! Cela expliquerait qu'elle ait facilement ouvert sa porte. Par le judas, elle a reconnu le visiteur en uniforme. Quelqu'un avec qui elle avait parlé au Palais et lui inspirait confiance. Un individu qui lui avait promis de lui livrer quelque information ou document.

Jaques approuva du chef, tandis que Louis renchérissait :

— De plus, sergents et huissiers disposent d'une verge. Le chien a pu être battu avec, même si ces instruments ne sont pas faits pour donner des coups.

— Tu es dans le vrai ! J'ai supposé que le meurtrier possédait un bâton, bien que ce ne soit pas chose si courante de circuler avec un bâton, sinon pour les infirmes et les jaquets. Une verge explique clairement les meurtrissures de l'animal.

— Peut-on frapper quelqu'un avec une verge sans qu'elle se brise ? s'enquit Jacques.

— Cela dépend des verges. Certaines, en ivoire, ne sont utilisées par les sergents que pour affirmer leur pouvoir, mais d'autres, en noyer ou en acajou, possèdent une tige de fer à l'intérieur. Ce sont de véritables armes.

— Je songe aussi à la lame de couteau que tu m'as montrée, ajouta Fronsac. La plupart des huissiers possèdent des couteaux à clou pour couper les feuillets de leurs procès-verbaux.

— Ce pourrait donc être un huissier du Palais, approuva Gaston en hochant la tête. Seulement, il doit y en avoir une centaine.

— Certes, mais Émeline Blangy n'avait affaire qu'à la Grand-Chambre et, si elle a fait connaissance d'un huissier, le plus évident est qu'il s'agisse de l'un des audienciers qui gardent la porte, appellent les parties et leurs procureurs et empêchent que les clercs des avocats ne troublent les audiences. Cela représente au maximum une grosse douzaine d'officiers.

Gaston médita un instant avant d'ajouter :

— Je connais bien le premier huissier du Parlement qui a qualité d'écuyer et je suis certain qu'il acceptera de m'aider[39], tant il aspire à la noblesse. Il peut se renseigner discrètement pour savoir si un audiencier a perdu son couteau ou a sa verge endommagée. Après l'avoir utilisée avec cette violence pour frapper le chien, elle a dû conserver des marques. J'irai demain au Palais.

Louis tempéra quand même le zèle de son ami.

— Cependant, tu ne dois pas exclure que Mme Blangy ait pu faire connaissance d'un huissier d'une autre chambre, de la Chambre des comptes ou même d'un ministre de justice du Châtelet venu au Palais pour une quelconque raison.

— Certes. Mais commençons par ce qui paraît le plus vraisemblable, comme tu l'as dit : les huissiers audienciers. Quant à ceux du Châtelet, il en vient peu au Palais puisqu'ils n'ont pas d'attribution juridictionnelle et ne peuvent faire d'inventaires ou d'exécutions d'arrêts, sous peine de nullité et d'amende.

Il s'adressa au jeune jésuite :

— Jacques, tu viens peut-être de m'apporter un moyen de confondre ce criminel ! Quelle tristesse que tu t'en ailles, car je ne pourrai pas te faire connaître la fin de cette enquête.

— Ce n'est pas important pour moi, mais j'aimerais tant que tu viennes en aide à Jehan.

— Je ne l'oublierai pas, crois-moi.

Un jésuite âgé apparut, venant de la salle d'à côté, et ils s'interrompirent.

— Le Révérend Père Binet[40] souhaite vous parler, dit-il après avoir salué les visiteurs.

— Excusez-moi, mes amis, fit Jacques en se levant.

Tilly et Fronsac se levèrent à leur tour.

---

[39] Ce maître huissier portait une robe rouge et un bonnet de drap d'or retroussé d'hermine avec une grosse perle.

[40] Étienne Binet était alors le provincial de France.

— Nous en avons terminé. Il nous reste à te souhaiter le meilleur des voyages possible.

— Ce sera le cas, car le Seigneur sera près de moi.

Ils s'accolèrent, avec une grande tristesse pour Louis et Gaston, car ils se doutaient qu'ils ne reverraient jamais leur ami.

Ils regagnèrent le carrosse en silence, chacun songeant au passé.

C'est dans la voiture que Louis fit part à son ami d'une nouvelle suggestion :

— Je crois que tu as déjà rencontré maître Levasseur qui travaille souvent avec notre étude ?

— Oui.

— Il est entré dans le notariat après avoir été huissier audiencier, comme beaucoup d'autres dans son cas. Je pourrais le questionner sur ses anciens collègues, qu'il rencontre toujours. Ton assassin n'est pas un homme commun pour avoir eu l'impudence de poignarder une femme dans sa propre chambre, avec son couteau personnel. Il s'agit d'un individu violent et particulièrement déterminé. De surcroît, il est certainement en rapport avec des truands pour écouler le produit de son vol. Il ne doit pas y avoir tant d'huissiers, au Palais, qui correspondent à ce portrait.

— Entendu. Renseignons-nous chacun de notre côté et nous comparerons nos résultats.

9

Lundi 2 mai 1639

Après avoir lu les procès-verbaux du chevalier du Guet et du sergent ayant assuré la garde de nuit à la barrière devant le Châtelet, Gaston s'apprêtait à quitter son cabinet pour se rendre au Palais où, comme il l'avait dit à Louis, il demanderait des renseignements au premier huissier du Parlement.

On gratta à la porte. Il s'agissait de son greffier, accompagné de Jehan le Pontonnier qui tenait respectueusement son feutre à la main.

— Je lui ai dit que vous partiez, monsieur le commissaire, mais monsieur a insisté, déclara Lenormand avec un air embarrassé.

— M. de Tilly, je suis désolé de vous déranger, s'excusa le maître boucher...

— Tu ne me déranges pas, Jehan, et même, tu arrives à point. Je n'ai pas revu le sergent Pitard depuis vendredi. A-t-il découvert ton voleur ?

— Non, monsieur. Jeudi et vendredi, nous sommes allés sur le Pont-Neuf au crépuscule et nous y sommes restés un couple d'heures, mais il n'y avait aucun enfant. Cependant, hier soir, j'ai vu le gamin !

— Raconte !

— Vous savez que mon père a une ferme près de Rambouillet. On y élève des cochons et des moutons pour nos boucheries et, chaque samedi, je m'y rends avec ma femme et mes filles... Comme c'est un voyage de près de cinq heures, le dimanche soir, lorsque l'on est de retour à Paris, il n'est pas loin de minuit.

» Hier soir, donc, ma voiture venait de franchir le Pont Neuf. Les lanternes étaient toujours allumées et, alors que je regardais par la fenêtre, je l'ai vu avec deux comparses de son âge, juste devant la Samaritaine.

La Samaritaine était un bâtiment à pans de bois, érigé par Jacques Androuet du Cerceau sur la deuxième arche du Pont-Neuf[41]. La construction, dont le toit à double pente descendait presque jusqu'au sol, abritait des pompes alimentant en eau un réservoir qui la distribuait ensuite au Louvre et aux Tuileries.

Sur la façade, entre et au-dessus des deux portes d'entrée, s'élevaient deux statues en bronze doré représentant la Samaritaine des Écritures versant de l'eau à Jésus-Christ devant le puits de Jacob. La sculpture servait de fontaine et on voyait l'eau s'écouler d'un vase pour emplir ensuite une vasque qui se vidait dans un réservoir à l'intérieur du bâtiment. Juste au-dessus, encore, une horloge affichait non seulement les heures, mais aussi le chemin que faisaient le soleil et la lune sur l'horizon, ainsi que les mois et les douze signes du zodiaque. Un gros carillon de clochettes, suspendu dans le campanile à claire-voie, sonnait les heures avec des airs variés.

— Es-tu certain que c'était lui ? s'enquit le commissaire.

— Certain, M. de Tilly. Et je m'en veux, car j'ai réagi avec stupidité. À peine l'avais-je vu que j'ai demandé au cocher de s'arrêter au début du quai de la Mégisserie et je me suis précipité dehors. Bien sûr, les enfants m'ont vu, d'autant que je leur ai stupidement crié de ne pas bouger. Ils ont filé par le quai de l'École, puis par la rue de l'Arbre-Sec. J'ai tenté de les poursuivre, mais ils ont vite disparu et je suis revenu Gros-Jean comme devant.

— Tu aurais dû aller à la barrière des sergents du Châtelet et revenir avec deux ou trois archers. À plusieurs, vous les auriez pris sans peine.

Les barrières des sergents étaient des guichets où l'on pouvait aller prévenir des gens d'armes en cas de danger. Les plus

[41] Il y eut deux bâtiments de ce nom au même endroit. Le second au XVIIIe siècle.

anciennes avaient été établies au Grand-Châtelet et au Petit Châtelet ; et il y en avait également deux dans la rue Saint-Honoré.

— Je sais. Je suis un sot, fit Jehan avec un air contrit.

— Mais ce que tu as découvert est important. Ton voleur fait bien partie de cette bande d'enfants qui se rassemblent le soir sur le Pont-Neuf.

Il s'adressa à son greffier, M. Lenormand, qui n'avait pas bougé.

— Vous allez écrire un mot au chevalier du Guet. Vous lui demanderez de placer quelques hommes pour surveiller la Samaritaine jusqu'à minuit. Qu'il saisisse tous les enfants qui s'y trouvent.

Il se tourna vers son ami.

— Avec un peu de chance, il attrapera ton voleur, Jehan.

— On s'est posté là en vain avec le sergent Pitard, monsieur. Soit les gamins ne se rassemblent que le dimanche, soit ils nous avaient repérés, auquel cas ils ne se laisseront pas surprendre par le guet.

Gaston hocha la tête.

— Il est bien possible qu'ils aient des sentinelles et connaissent M. Pitard. Mais on finira par les avoir !

— Malgré tout le respect que j'ai pour les archers et les sergents du Châtelet, je ne crois pas qu'ils parviendront à saisir mon voleur. En vérité, je venais vous annoncer que j'avais élaboré un plan, M. de Tilly.

— Quel genre de plan ?

— Je vais attirer ce gamin dans un piège.

— Fais attention, il t'a déjà mordu ! Rien ne dit qu'il se laissera faire. Ces enfants des rues sont des animaux sauvages et ton larron peut manier le couteau aussi bien que les dents.

— Je m'en doute. Aussi, quand je serai prêt, je viendrai vous en parler, car j'aurai alors peut-être besoin de vous.

— Tu ne veux pas m'en dire plus ?

— Non, parce que, pour le moment, mon plan est encore assez vague et je dois obtenir l'aide de quelques proches.

— Comme tu veux. Quoi qu'il en soit, tu peux compter sur moi.

— Je sais et je vous en suis reconnaissant, monsieur de Tilly.

Le maître boucher ne s'était pas assis. Il salua son ancien condisciple et ce dernier le raccompagna jusque dans la cour, puisqu'il s'en allait également.

Après avoir quitté le Grand-Châtelet, Jehan Le Pontonnier se rendit à nouveau chez son cousin Étienne Haussecul dont la maison se situait dans la rue de l'Écorcherie. Aux aurores, il y était déjà allé et avait discuté avec Étienne, sa femme et leur cadet, Guillaume. Tous trois avaient donné leur accord, mais Jehan voulait être certain que Guillaume n'avait pas changé d'avis et il souhaitait lui annoncer que son ami, le commissaire Tilly, allait leur apporter toute l'aide nécessaire, ce qui rassura la mère.

Gaston avait décidé de marcher jusqu'au Palais. La distance n'était pas bien grande depuis le Châtelet, puisqu'il n'avait qu'à franchir le pont de bois qui remplaçait le Pont au Change, détruit par un incendie[42] quelques années plus tôt. Ensuite il emprunterait la rue Saint-Barthélemy sur quelques toises, pour arriver devant la porte principale du Palais, en face de la rue de la Vieille-Draperie. Ce cheminement était à peu près propre, si on exceptait le crottin des chevaux et des mules, car le pont de bois ne portait pas de maisons. Ses habits ne seraient donc pas salis s'il prenait la précaution de marcher sur les planches devant Saint-Leufroy, là où coulaient des boues sanglantes, depuis l'écorcherie.

Il pénétra dans la cour de Mai, comme toujours très encombrée de carrosses, mules, chevaux et chaises, et grimpa quatre à quatre les Grands degrés, cet escalier monumental conduisant aux galeries.

À cette heure-ci, il savait que les audiences se poursuivaient, mais il voulait être certain que le premier huissier du Parlement

[42] En 1621, par la propagation de l'incendie du pont Marchand. Le pont au Change était alors en reconstruction.

était présent. Sinon, il se rendrait chez lui, dans la rue de Lanterne où l'officier avait sa demeure.

Il traversa la galerie des Merciers, jetant quelques doux regards aux jolies marchandes, et pénétra dans la Grand salle, qu'il traversa en saluant ici ou là les avocats qu'il connaissait.

Il s'arrêta devant la Grande Chambre dont la porte close était gardée par deux huissiers audienciers. Ceux-ci le connaissaient, au moins de vue, et il les interrogea :

— Maître Jean du Bois est-il dans la salle ?

Du Bois, premier huissier, devait se tenir à l'entrée du parquet lors des audiences de la chambre.

— Oui, monsieur. Voulez-vous entrer ?

— Non, inutile, je ne tiens pas à déranger la Cour. Savez-vous combien de temps doit encore durer l'audience ?

— Pas longtemps, monsieur. Elle a commencé à six heures, ce matin, et messieurs les magistrats doivent en avoir assez, répondit l'homme avec un sourire complice.

— Sans doute ! Je vais donc rester par là à patienter. Si vous voyez maître du Bois sortir, prévenez-le que je l'attends.

Pour tuer le temps, il se dirigea vers les boutiques de livres installées contre les gros piliers et, tout en gardant un œil en direction des portes de la Grand salle, il examina quelques-uns des ouvrages proposés.

Son libraire préféré était Pierre Rocolet. L'échoppe de ce dernier était tenue par sa nièce et l'étal présentait plusieurs beaux volumes posés sur un tapis cramoisi. Il feuilleta une *Fables d'Esope* magnifiquement illustrée, puis une *Histoire de l'Empire de Charlemagne* dont il s'apprêtait à demander le prix, quand l'un des huissiers vint lui dire que l'audience se terminait.

— Je reviendrai ! promit Gaston à la marchande.

Il fila vers la porte ouverte. Les avocats sortaient, puis ce furent les conseillers et le premier président en robe écarlate, entouré des huissiers de service et suivi du premier huissier en robe rouge.

Tandis que ce dernier franchissait le seuil, un des audienciers lui chuchota quelques mots et le maître se tourna vers Gaston qu'il reconnut, après avoir plissé les yeux, et salua d'un sobre signe de tête.

Le commissaire s'approcha :

— Monsieur du Bois, pourrais-je m'entretenir avec vous un moment ? Je ne serai pas long.

Le maître des huissiers le gratifia d'un sourire distant. Imbu de son importance, il s'efforçait d'ignorer les hommes de loi qui n'appartenaient pas à l'aristocratie, mais il connaissait Gaston de Tilly, dont la race remontait aux croisades, alors que lui-même, devenu écuyer en achetant sa charge, ne possédait pas tous les attributs de la noblesse. Aussi se sentit-il flatté de la sollicitation.

C'était un homme de petite taille, au crâne dégarni sous son bonnet retroussé d'hermine et agrémenté de la perle, insigne de sa charge. La quarantaine, légèrement myope, il montrait la peau blanchâtre de ceux qui ne vivent qu'à l'intérieur. Seuls ses sourcils noirs coloraient sa triste face.

— Avec plaisir, monsieur le commissaire. Voulez-vous que nous marchions un moment ou préférez-vous que nous nous rendions chez moi ?

— Faisons quelques pas dans la galerie de prisonniers, proposa Tilly.

Ce passage commençait au bout de la Grand salle et permettait de gagner plusieurs cours intérieures du Palais. Il n'y avait jamais grand monde.

Ils s'y dirigèrent en silence et, une fois dans le large corridor, Gaston commença :

— Je m'occupe d'un crime effroyable dont vous avez entendu parler, monsieur...

Il résuma rapidement l'affaire sans que le maître des huissiers ne l'interrompe, ne marquant son intérêt que par des hochements de tête. Évidemment, il connaissait les raisons pour lesquelles madame Blangy était à Paris, puisqu'il avait assisté à une audience la concernant.

— ... Après plusieurs investigations, il se pourrait... Je dis bien « il se pourrait » que le crime ait pu être commis par un huissier du Palais.

— Que dites-vous ? s'offusqua M. du Bois.

— Ce n'est qu'une éventualité et c'est la raison pour laquelle j'évoque ceci avec vous, en toute confidentialité.

— Il vaut mieux, en effet. Si vous vous trompez, les conséquences seraient fort graves pour vous.

— Je le sais, mais seule la découverte d'un criminel me guide. Aussi ai-je besoin de vos conseils, car on m'a loué votre sagesse.

Un tel compliment combla l'auxiliaire de loi.

— Si je puis vous aider, pourquoi pas ?

— Vous connaissez tous les huissiers du palais.

— En effet.

— Si l'un d'eux se trouvait être un criminel, à qui penseriez-vous ?

— Je ne l'imagine même pas, monsieur !

— Je comprends votre position, monsieur, mais admettons que cette éventualité soit réelle et que cet homme récidive...

Le silence s'installa.

Le maître des huissiers pesait le pour et le contre. Il lui paraissait invraisemblable qu'un des auxiliaires de justice sous son autorité soit un assassin, mais ce commissaire avait raison. Que le criminel recommence, alors que lui-même avait été prévenu, à coup sûr, il perdrait sa charge. Il tenta pourtant d'écarter le danger.

— Avez-vous imaginé que ce puisse être un huissier du Châtelet ?

— Ils ne peuvent intervenir au Palais.

— Pas toujours. En premier lieu, certains, par arrêté de commission, peuvent servir comme huissier de la Cour. Tout comme les huissiers des Requêtes de l'Hôtel. Ensuite, les huissiers du Châtelet viennent souvent ici pour transmettre des pièces.

— Je le sais, hélas ! Mais ces investigations sont si vastes que je dois me contenter, pour l'instant, de les limiter aux gens du Palais. Si vous pensez sincèrement que je m'égare, je m'intéresserai dès demain aux autres huissiers.

À nouveau, ce fut le silence. Du Bois réfléchissait aux conséquences de ce qu'il allait dire.

Comme ils arrivaient dans une cour, il s'arrêta.

— Je ne vois qu'un homme, ici, qui pourrait être mis en cause, mais considérez que je ne vous ai jamais parlé.

— Évidemment.

— Il se nomme Anteaume Le Blont et loge rue Saint-Jacques, après le Petit-Pont. La maison à l'enseigne des Trois-Écus. Il a eu quelques ennuis comme huissier à cause de son caractère irascible et de son comportement parfois violent. J'ai dû le mettre à l'amende et même le menacer de prison.

— Je vais m'intéresser à lui, promit Gaston, satisfait.

— Un autre point qui le concerne : il était sergent à verge au Châtelet et a d'abord servi au Palais par commission, puis il a acheté une charge d'huissier audiencier.

10

Lundi 2 mai 1639, à la nuit tombée

Onze heures avaient sonné depuis un moment au carillon de la Samaritaine.

Colin, dix ans, Nicolas, douze ans, et le petit Jeannin, qui venait d'avoir neuf ans, s'étaient installés sur la terrasse du bâtiment, une courette surélevée de quelques marches au-dessus du niveau du Pont-Neuf. Dans la journée, on apercevait à peine la balustrade, qui séparait cette plateforme du trottoir, à cause des baraques érigées juste devant et des marchands ambulants qui y attachaient leur étal. À cet endroit, toutes sortes de bonimenteurs proposaient remèdes miraculeux et drogues souveraines. Certains, même, se faisaient fort d'arracher les dents gâtées sans douleur.

La nuit, c'était un coin fort prisé des tire-laine, puisqu'ils pouvaient s'y dissimuler afin de surprendre les passants noctambules. Mais le guet venait de le visiter et les truands avaient vidé les lieux en l'entendant arriver. Aussitôt après son passage, les enfants, qui épiaient la terrasse depuis le quai de la Mégisserie pour venir l'occuper, s'étaient précipités. C'était là qu'ils rencontraient la dame, quand elle venait.

Les trois gamins étaient donc invisibles, depuis le pont, et Nicolas, le plus âgé de la bande, surveillait les quais.

Enfants abandonnés ou orphelins, ils étaient d'une effroyable maigreur et dans un état de crasse pitoyable. Cheveux longs et pouilleux, ils portaient des chemises et des hauts-de-chausses tachés sous des manteaux mités, sauf Nicolas, qui possédait un petit pourpoint en velours gris, lambeau de sa précédente vie bourgeoise. Ils portaient aussi des chaussures à boucles en bon état, alors que bien des gamins des rues marchaient pieds nus ou en sabots.

— Elle est en retard, fit Jeannin d'un ton plaintif, et j'ai sommeil. J'ai faim aussi, ajouta-t-il.

— Elle va venir, assura Colin en regardant la salière en argent et le crucifix doré posés près de lui, deux objets volés la veille chez un vicaire.

Quand elle arriverait, il savait qu'elle serait satisfaite de leur butin de larronage et qu'en échange elle leur remettrait quelques liards, peut-être même un écu, et sans doute un pain de seigle de dix onces.

Colin ne savait que penser de cette dame qui ressemblait à sa mère. Elle s'était montrée miséricordieuse avec eux en leur trouvant un logis, la soupente vide qu'ils occupaient dans une masure de la rue des Rats. Mais elle en avait fait des voleurs et ne leur donnait qu'une minuscule part de la valeur de leurs rapines. Parfois elle se montrait bonne et douce, leur donnant du pain et même des confitures, mais, d'autres fois, quand ils avaient échoué, elle était prise d'une violente colère qui les terrorisait. Il ne doutait pas qu'elle serait capable de les frapper sauvagement si elle en avait l'occasion, comme le faisait si souvent son beau-père.

Durant l'attente, Nicolas rêvait tristement de son ancienne vie, quand il était près de son père et de sa gouvernante et qu'il mangeait à sa faim. Quant à Jeannin, il pensait à ses parents et ses sœurs disparus, essuyant des larmes qu'il ne parvenait pas à empêcher de sortir.

Soudain, l'air résonna d'une bruyante cavalcade provenant des quais, du côté de la prison du For-l'Évêque, et ce vacarme les tira de leurs songes.

Intrigués, et surtout apeurés, car ils connaissaient trop la méchanceté humaine, les trois enfants s'avancèrent vers les marches pour regarder, tout en restant accroupis derrière la balustrade afin qu'on ne les repère pas.

Quelqu'un détalait en haletant, paraissant à bout de souffle. Un gamin de leur âge, apparemment, qui disparut de leur vue vers le quai des Écoles d'où s'écartait un labyrinthe de ruelles et de passages. Trois sergents du Châtelet apparurent presque aussitôt, courant derrière le fuyard. Les policiers lui criaient, bien inutilement, de s'arrêter.

Le tumulte se poursuivit quelques instants, puis les archers disparurent eux aussi vers le port des Écoles.

— Un pauvre voleur qui va se faire prendre, murmura Nicolas.

Quelques mois plus tôt, il avait reçu le fouet après avoir été saisi et ressentait toujours la douleur, les blessures s'étant mal refermées.

— Moi, je suis sûr qu'il va s'échapper, fit Jeannin d'une voix qu'il voulut assurée.

Il se mit à prier, demandant à sa mère, qui était là-haut dans le ciel, de sauver le fuyard.

Un des sergents réapparut et se mit à fureter dans tous les recoins, le long du quai. Puis ses compères le rejoignirent.

— Le gueux se cache pas loin, c'est sûr ! gronda l'un d'eux.

— Si on allait voir devant la Samaritaine ?

— Ils vont nous trouver, gémit Jeannin d'une voix terrorisée tant il redoutait le fouet. Il faut vite jeter la salière dans la rivière.

Il la prit, ainsi que le crucifix.

— Attends ! ordonna Nicolas.

Les archers regardaient la bâtisse des pompes.

— Comment il aurait pu filer par là ? On l'a vu courir vers le Louvre.

— Laissons tomber ! Impossible de le retrouver en pleine nuit ! On l'aura une autre fois.

Ils s'éloignèrent.

— Si la dame de la Samaritaine les a entendus, elle ne s'approchera pas, murmura Nicolas.

— Attendons encore un peu, suggéra Colin qui reprit les objets volés des mains de Jeannin.

Le silence revint. Enfin, pas vraiment, puisque le ronflement des pompes ponctué de grincements et du martèlement des pistons ne cessait jamais.

— On va encore rien manger, ce soir, se lamenta Jeannin.

— On essayera de voler des fruits, demain, le consola Nicolas.

— Attention ! murmura Colin qui assurait le guet. J'aperçois quelqu'un.

Ils se rapprochèrent des balustrades. Une ombre de petite taille approchait. Ils devinèrent un enfant.

— C'est lui que les sergents pourchassaient, murmura Colin.

Le garçonnet, en loques et pieds nus, avançait prudemment en se retournant sans cesse. Il tenait quelque chose à la main et pleurait. Apparemment, il s'apprêtait à franchir le pont.

— Qu'est-ce qu'on fait ? demanda Colin. Il a pas l'air de savoir où aller.

— On peut pas le laisser dormir dehors, sinon il va se faire prendre, décida Nicolas.

Il se dressa et l'appela :

— Hé, toi !

Le garçon prit peur et détala.

— Reviens ! On est comme toi ! lui cria Nicolas.

L'autre s'arrêta et se retourna. Il vit trois enfants sortir de la terrasse. Hésitant, il fit quelques timides pas dans leur direction.

— Moi, c'est Nicolas, lui, c'est Colin, et lui, Jeannin, annonça le plus grand en désignant ses compagnons.

— Étienne..., murmura le nouveau venu.

— Tu es seul ?

— Oui, ma mère est morte de la peste, voici trois jours. On vivait à Montrouge dans une chambre. Le propriétaire m'a chassé. Je suis arrivé à Paris hier.

Il ne put retenir un sanglot.

— C'est un pain de Gonesse ? demanda Jeannin les yeux brillants, en désignant ce que portait le prénommé Étienne.

— Oui, je l'ai volé ce matin à un tamelier sur une place qui s'appelle Maubert. C'est pour ça qu'on me poursuit. On m'a pourchassé toute la matinée. Mais, après que j'ai passé la rivière, on a perdu ma trace.

Il tendit la miche à Jeannin.

— J'en ai mangé un bout, puis j'ai cherché où passer la nuit. J'avais trouvé une vieille barque sur la grève, mais c'était la cahute d'un crocheteur et, quand il est revenu, il m'a battu et a voulu me voler mon pain. Je l'ai mordu et il m'a lâché ; et je me suis encore enfui. J'ai quand même été plus rapide que lui. J'ai suivi la rive jusqu'à une grande place avec une potence.

— La place de Grève, expliqua Nicolas.

— Peut-être. Je savais pas où aller, poursuivit l'enfant, la voix tremblante. J'ai marché droit devant moi. Devant un pilori, j'ai demandé l'aumône. Une femme m'a donné un liard. Ne sachant où aller, je l'ai suivie sans qu'elle s'en aperçoive. Elle est entrée dans une cour où un homme s'occupait d'un cheval dans une écurie.

Il s'arrêta un moment et fit à voix basse :

— J'ai songé à entrer, une fois la nuit tombée, et à dormir dans l'écurie ou dans un carrosse que j'ai aperçu.

— Comment tu aurais fait ?

— J'ai vu des fissures entre les pierres du mur de la cour. J'aurais pu les utiliser pour grimper et passer par-dessus.

— Tu sais qui habite cette maison ? s'enquit Nicolas.

— Oui, un notaire.

— Pourquoi tu l'as pas fait ? demanda Colin.

— Je suis resté trop longtemps à regarder l'endroit et, quand l'homme est venu fermer le portail, il m'a vu et m'a ordonné de déguerpir. Je suis reparti en retournant vers la rivière. La nuit est tombée et je me suis installé sous le porche d'une église. J'ai rongé mon pain en pensant à ma maison et à mon lit. J'avais froid...

À nouveau, il s'efforça de retenir un sanglot.

— Puis sont arrivés des gens qui m'ont chassé. J'ai marché au hasard, en évitant les ombres que j'apercevais. Je suis arrivé sur une place où il y avait un château avec un porche éclairé par des lanternes. J'entendais la rivière et je me suis approché. C'est là que des archers m'ont interpellé.

— Tu étais à la barrière des sergents du Châtelet, affirma Nicolas.

— J'ai détalé jusqu'ici, mais ils m'ont poursuivi. Heureusement, j'ai trouvé un trou près d'un abreuvoir. Les sergents sont arrivés et ne m'ont pas vu.

Les sanglots le prirent.

— Je sais plus où aller...

— On va t'emmener chez nous, c'est pas bien beau, mais on y est tranquille.

— Merci... Vous voulez mon pain ? J'ai que ça à vous proposer.

— J'en veux bien un bout, dit timidement Jeannin.

— Moi aussi, fit Colin.

Ils arrachèrent chacun un morceau à la miche. Nicolas prit aussi sa part et déclara aux autres :

— La dame ne viendra plus, on rentre.

Colin prit les objets volés qu'il cacha dans son haut-de-chausses et ils suivirent le pont vers l'autre rive, en restant au plus près du parapet, afin qu'on les voie le moins possible.

Ils arrivèrent sans encombre au quai des Grands Augustins qu'ils longèrent, puis au pont Saint-Michel. Là, ils prirent la rue de la Huchette.

Nicolas marchait en tête, tout en surveillant attentivement les alentours. En dépit de l'heure avancée, l'obscurité n'était pas complète, car il y avait toujours quelques lanternes allumées au portail des hôtels du quai, et ensuite, devant les auberges de la rue de la Huchette.

Au petit Châtelet, ils firent un large détour en apercevant le guet et Nicolas fila dans la rue de la Bûcherie. Désormais, il faisait noir comme dans un four, mais le garçon avait l'habitude de l'obscurité et connaissait le chemin. Il murmura juste à Étienne de ne pas parler.

Ils pénétrèrent dans un quartier miséreux et mal famé et s'enfoncèrent dans une ruelle ravinée de trous punais. Le guide avançait lentement, prudemment, et le petit Jeannin tenait la main de son nouveau compagnon qui tremblait de tous ses membres, regrettant d'avoir accepté d'entrer dans cette bande. Il se réconfortait un peu en sentant la lame de couteau qu'il portait dans ses chausses. Un fer dont il savait se servir.

Soudain, un hurlement retentit. Appel à l'aide ou cri d'agonie ? Apeurés, les enfants s'arrêtèrent, le temps que le silence retombe. Ce coupe-gorge était un repaire de gueux et de truands, mais, à cette heure, les larrons étaient en chasse du bourgeois dans les rues passantes et ceux qui étaient restés chez eux cuvaient leur vin ou se bagarraient avec leurs compères. Enfin, Nicolas l'espéra...

Ils repartirent. De temps en temps, d'inquiétantes ombres rampaient ou se faufilaient devant eux. Des rats, sans doute, ou des chiens faméliques.

Nicolas crocheta dans une autre ruelle, avançant désormais à tâtons. Étienne était perdu dans ce lacis de voies si étroites que Jeannin et lui touchaient chacun de leur côté les murs de briques ou de plâtre. Parfois, un brin de luminosité venue d'on ne sait où lui permettait de deviner des étages débordant les uns au-dessus des autres, transformant le passage en corridor.

— On arrive dans la rue des Rats, souffla Nicolas.

Là, une lanterne allumée devant une maison permit au garçon de repérer l'entrée d'un porche ruiné. Étienne distingua une enseigne représentant un cygne couronné. Une auberge abandonnée ? Un hôtel ruiné ?

À l'intérieur du porche, Nicolas tira un briquet et une chandelle de ses chausses. Frappant la pierre, il alluma la mèche.

— Pas de bruit, souffla-t-il à Étienne. Toutes sortes de loqueteux passent la nuit dans les bouges de cette vieille hôtellerie. Ils sont pas méchants, mais mieux vaut les éviter.

Ils gagnèrent un escalier de pierre en spirale, logé dans une tourelle, et le gravirent. Par place, des marches manquaient et ils devaient franchir des trous béants. Sans lumière, ils auraient chu immanquablement.

Ils gagnèrent ainsi le troisième étage, pour déboucher dans une pièce d'une hauteur ne dépassant pas six pieds et qui avait dû être un dortoir. De la paille sale jonchait le plancher, les fenêtres manquaient, aucun meuble ; et un trou béait dans le plafond.

Nicolas se plaça dessous et fit la courte échelle à Jeannin qui, agile comme un singe, se hissa par cet orifice dans la soupente. De là, il lança une corde à nœuds attachée à une poutre du toit et chacun grimpa à son tour, Colin en dernier, après avoir éteint la chandelle.

En haut, Nicolas la ralluma, toujours avec le briquet, et Étienne découvrit un vaste grenier. Il suivit ses compagnons dans un recoin dont on avait fermé deux côtés avec des planches pourries. L'endroit formait une sorte de cahute à l'intérieur des combles. De la paille, entourée de vieilles étoffes, formait des paillasses. Plusieurs couvertures mitées étaient suspendues à un chevron de la charpente, ainsi que d'autres pièces de vêtements : chemises, gilets, hauts-de-chausses et culottes. De vieux souliers étaient rangés sur un côté. À l'écart, tout le mobilier du galetas : une cruche ébréchée, des pots, des écuelles, une bassine et une assiette en terre cuite qui contenait ce qui semblait être de la graisse ou du suif.

11

— Voilà notre logis ! déclara Jeannin fièrement à Étienne. Ça, c'est mon matelas, mais on va le partager.

Il désigna la paillasse la plus proche.

Avec la chandelle, Nicolas alluma une mèche dans l'assiette à suif, puis souffla la première qu'il fallait économiser.

Il faisait froid, humide et l'endroit puait la pourriture. Quand il avait passé le trou dans le plafond, l'invité avait remarqué la toiture percée et les voliges et le plancher corrompus et envahis de moisissures à cause des infiltrations de pluie. Il frissonna en songeant à sa maison. Certes, il dormirait à l'abri, cette nuit, mais il avait hâte de rentrer chez lui.

— Mangeons ! proposa-t-il en offrant son pain. J'ai de la chance de vous avoir rencontrés.

Nicolas s'était enroulé dans une couverture mitée. Les autres firent de même et Colin partagea la sienne avec son nouvel ami.

Assis sur les paillasses, le pain fut vite avalé. Ensuite, chacun but à son tour avec le cruchon, puis Nicolas interrogea Étienne :

— Que vas-tu faire ?

— Je sais pas... Je peux pas rester avec vous ?

— Bien sûr que tu peux. Il y a de la place, tu vois. Mais avant de te décider, tu dois savoir qu'on est des voleurs. Tu risques gros en nous rejoignant.

— J'ai volé le pain qu'on a mangé, affirma Étienne fièrement.

— C'est différent. Nous, on vole dans les maisons, quand on arrive à y pénétrer. On prend les menus objets qui ont de la valeur... Montre-lui, Colin.

Ce dernier sortit la salière et le crucifix et les déposa devant lui.

— Je les ai larronnés hier, dit-il. Si on nous prend avec, on sera condamné à la flagellation. On aurait cinq ans de plus, ce seraient les galères et les oreilles tranchées.

Machinalement, Étienne porta la main à son oreille droite, comme pour vérifier sa présence.

— Mais qu'est-ce que vous en faites ? interrogea-t-il. Ça se mange pas !

— Une dame nous les prend. En échange, elle nous donne un peu de nourriture et quelques pièces pour acheter ce dont on a besoin. C'est elle qu'on attendait devant la Samaritaine, car on n'a plus d'argent. D'ailleurs, c'est comme ça qu'on l'appelle : la dame de la Samaritaine.

— Ça alors ! Comment vous connaissez cette dame ?

— C'est une longue histoire, dit Nicolas. Si tu veux, je te la raconte.

— Oh oui !

— J'ai pas toujours été voleur. Colin et Jeannin non plus, mais ils te diront tout à l'heure comment ils sont arrivés ici. Moi, mon père était avocat au parlement de Rouen. L'année dernière encore, je vivais dans une belle maison. J'avais même un précepteur qui m'apprenait le latin, une gouvernante qui remplaçait ma mère trépassée à ma naissance et une chambre bien chauffée. Mon père était riche et important. Seulement, le cardinal de Richelieu, qui a toujours besoin d'argent, a décidé d'un emprunt forcé pour tous les bourgeois de Rouen. Comme d'autres, mon père a protesté. Et pour agir conformément à la loi, il a voté une déclaration enregistrée au Parlement.

» Richelieu n'a pas supporté cette opposition. Il a fait venir des intendants de Paris qui, pour mettre fin à toute contestation, ont arrêté plusieurs bourgeois en les accusant de sédition. Mon père se trouvait parmi eux. Leur procès a été rapide. Deux ont été pendus et les autres envoyés aux galères, dont mon père. Tous nos biens ont été confisqués et, à peine la condamnation avait-elle été décrétée, sans possibilité d'appel, j'ai été chassé de chez moi, comme tous nos serviteurs.

» Des amis de mon père ont tenté de me protéger, mais un juge a décidé de me bannir de la ville et prévenu ceux qui me venaient en aide qu'ils pourraient à leur tour être poursuivis.

» Ne sachant où aller, ma gouvernante nous a trouvé une chambre pour nous loger, mais les gens de Richelieu l'ont arrêtée et enfermée dans un couvent. J'ai dû quitter Rouen sans rien, sauf quelques pièces que m'avaient données les amis de mon père. Heureusement, on était en août. J'ai gagné Paris à pied. J'avais donc un petit pécule, mais, à peine arrivé dans la capitale, des gueux m'ont volé. Je voulais mourir, ne sachant que faire, et je suis allé mendier devant Saint-Germain-l'Auxerrois. C'est alors qu'une fidèle m'a prise en pitié. Chaque fois que je la voyais, elle m'offrait un quignon de pain et quelques liards.

» Puis un jour, c'était en octobre, je m'en souviens, il pleuvait et je ne savais où dormir, elle est venue dans un carrosse de location et m'a fait monter.

» — Je ne veux pas que tu restes à la rue, Nicolas. Je n'ai pas les moyens de te loger, mais je vais te conduire à un endroit où tu pourras passer la nuit, m'a-t-elle dit.

— Elle m'avait demandé mon nom et je lui avais raconté mes malheurs. C'était ici, ou plus exactement dans la salle du dessous. Comment connaissait-elle cette maison abandonnée ? Elle ne me l'a jamais révélé. Elle m'a donné des piécettes pour acheter du pain et m'a dit que c'était à mon tour de lui rendre service. Je lui ai promis de faire tout ce qu'elle me demanderait. Elle m'a alors remis une clef en m'expliquant que c'était celle de la maison de sa tante qui venait de trépasser. La succession allait être ouverte et ses cousins avaient convaincu sa parente de la déshériter. Or, il y avait dans la demeure une aiguière en argent qui lui appartenait. Elle m'a demandé de m'y rendre une nuit et de la prendre, car elle y tenait fort. Elle avait été si bonne pour moi que je l'ai fait. Je lui ai remis l'aiguière le lendemain, à la Samaritaine, et elle m'a donné un écu.

» Un mois plus tard, j'avais tout dépensé et j'étais désespéré quand elle m'a abordé dans la rue des Rats. J'ai eu l'impression qu'elle m'attendait. Elle m'a demandé un autre service, en échange de deux écus. Je devais me rendre dans une maison occupée par des gens qui lui avaient fait du tort. Je passerais par le jardin et la fenêtre de l'étage serait ouverte. Il y aurait plusieurs objets en argent sur les étagères d'un bahut. Je lui ai dit que je ne voulais pas voler et que, si on me prenait, je serais fouetté, mais elle m'a affirmé que je ne craignais rien, car la maison était vide. Elle m'a aussi promis un manteau. Alors, deux jours plus tard, après avoir hésité, je suis allé voir. La maison semblait bien déserte. Aussi, la nuit suivante, je m'y suis rendu. Mais des voleurs étaient déjà passés par la fenêtre ouverte et le bahut était vide. J'avais trop attendu. Par chance, en partant, je trouvai un bougeoir en argent que les larrons avaient perdu. Je le lui donnai, toujours à la Samaritaine, mais, comme elle était fâchée contre moi, elle ne m'a donné que des piécettes et pas de manteau. Ce jour-là, elle m'a demandé d'être à cet endroit tous les soirs si je voulais continuer à travailler pour elle. J'ai compris que j'étais devenu un voleur.

» Une semaine s'est écoulée. J'allais au rendez-vous convenu, mais elle n'y était jamais. Et puis, un soir, elle apparut. Cette fois, elle m'envoya chez une veuve de la rue Montmartre, qui venait de trépasser. Il y avait un soupirail devant sa maison et je n'aurais qu'à m'y glisser, me dit-elle. Je le fis et, cette fois, je ramenai des couverts et des timbales en argent. C'était si lourd que j'ai eu du mal à transporter mon butin. La dame a été contente et m'a donné dix écus. Seulement, elle n'était pas seule. Il y avait Colin avec elle.

Ce dernier hocha la tête et prit la parole :

— Je venais d'être abandonné à Paris et elle s'était adressée à moi, alors que je pleurais devant l'église Saint-Honoré.

— D'où venais-tu ? demanda Étienne.

— De loin, d'une ville appelée Dijon. Ma mère a épousé un médecin bien plus âgé qu'elle et, dès ma naissance, il m'a traité de bâtard. Il me détestait et, lorsque ma mère prenait ma défense, il la battait. Voici un an, elle est tombée malade. Soi-disant, il la soignait, mais, maintenant, je n'en suis plus si sûr. En novembre de l'année dernière, il m'a dit qu'il devait se rendre à Paris pour voir un malade à l'Hôtel-Dieu. Je devrais l'accompagner, car il avait besoin d'un domestique. Je trouvais cela étrange, puisqu'il n'avait jamais quitté Dijon, mais je n'avais pas droit à la parole. J'ai dit au revoir à ma mère, toujours couchée, et on est parti en coche. À Paris, il a laissé ses bagages à la *Croix-de-Lorraine*, l'hôtellerie qui servait d'arrivée pour les coches de Dijon, puis il m'a dit de l'accompagner dans l'Île de la Cité où se trouve l'Hôtel-Dieu. Sur place, il m'a déclaré que je n'avais pas le droit d'entrer. Aussi, j'ai attendu devant la porte. Les heures se sont écoulées et la nuit est venue. Finalement, je suis entré, mais personne n'a pu me dire où était mon beau-père. J'ai essayé de retrouver l'hôtellerie, mais je n'y suis pas parvenu. Il pleuvait. J'étais sûr de mourir, quand un mendiant m'a montré un refuge, dans une écurie. Le lendemain, il m'a conseillé d'aller au Châtelet et de raconter mon histoire. Je l'ai fait, mais les sergents se sont moqués de moi et m'ont dit que la *Croix-de-Lorraine* était tout près, dans la rue Saint-Denis. J'ai finalement trouvé, mais mon beau-père n'y était pas. Il m'avait bien abandonné. J'ai erré dans le quartier et je suis arrivé devant l'église Saint-Honoré. J'avais faim à en mourir.

» Une chaise est passée devant le porche, s'est arrêtée et la dame en est sortie. Elle m'a interrogée et m'a dit de la suivre. Elle est remontée et les porteurs sont repartis. Je marchais derrière. Quand je suis arrivé au *Cygne-Couronné*, j'étais épuisé. Elle m'a donné un liard[43] pour acheter du pain et elle est montée jusqu'à la salle avec moi. Nicolas s'y trouvait. Elle a annoncé que, désormais, je resterais avec lui et que, dès le même soir, à la Samaritaine, elle aurait du travail à nous confier.

» Je voulais revenir à Dijon, pour ma mère, mais comment m'y rendre sans argent ? Et il fallait bien que je survive à Paris. Comme Nicolas, je suis donc devenu un voleur, fit-il, les larmes aux yeux.

[43] Pièce en bronze de trois deniers, le quart d'un sou.

» Le soir, la dame nous a expliqué qu'un riche marchand de grain des Halles se rendait tous les dimanches après-midi, au sermon de Saint-Eustache. Elle nous a donné son adresse et nous a affirmé que resterait chez lui uniquement une vieille servante. Ensuite, elle nous a dit comment agir...

12

Ce fut Nicolas qui poursuivit :

— Le dimanche, nous avons guetté le départ du bourgeois et de sa mesnie. Au bout d'un moment, je suis allé frapper à la porte. J'avais mis le manteau que m'avait donné la dame, avec un chapeau acheté à deux sols. J'ai dit à la servante que son maître la demandait à l'église et, en même temps, je l'ai attirée dehors pour lui donner des explications fantaisistes. Pendant ce temps, Colin s'est faufilé derrière elle pour pénétrer dans la maison où il s'est caché. Ensuite, la servante est rentrée prendre une chape avant de partir à l'église. À l'intérieur, Colin a raflé un peu d'argenterie aperçue sur des meubles et il m'a retrouvé dehors.

— Seulement des cuillères, deux timbales et un flambeau en argent. J'étais terrorisé et je n'ai pas cherché à prendre plus de choses.

— Il devait quand même y en avoir pour une cinquantaine de livres et la dame de la Samaritaine nous a royalement donné un écu en échange. Trois livres !

Il renifla et déclara d'un ton dépité :

— Nous volons et elle s'enrichit.

— On n'a pas le choix, Nicolas, le corrigea Colin.

— En janvier, il faisait un froid extrême et, quand elle nous a abordés, elle nous a donné deux couvertures de plus.

Il montra celle qu'il avait sur le dos.

— Elle nous a dit ensuite qu'un commissaire avait apposé les scellés sur les biens d'une femme trépassée, à la demande de sa belle-fille. Elle nous a donné un double de la clef de cette maison, une clavelle qu'elle s'était procurée Dieu sait comment. On y est allé dans la nuit et on a pris une boîte, un vinaigrier et un bassin, tous en argent. On a aussi trouvé une boursette avec dix écus qu'on a gardés pour nous. Avec, on a acheté des vêtements chauds et on a fait plusieurs bons repas.

Il sourit béatement.

— Quelques jours plus tard, la dame de la Samaritaine nous a envoyés chez un riche mercier de la rue des Barres, marguillier de Saint-Gervais, qui était en fuite, car poursuivi pour banqueroute. Les scellés avaient été mis à sa demeure. Une fois encore, elle avait la clef.

— Comment se procurait-elle toutes ces clefs ? demanda Étienne.

— Elle doit connaître un commissaire ou un huissier qui lui fait des empreintes, répondit Nicolas. Je sais que ça se fait, à Rouen. Mon père parlait souvent des officiers de justice corrompus qui volaient les maisons où ils avaient placé les scels. Quoi qu'il en soit, chez ce marchand, il n'y avait pas grand-chose comme argenterie. J'ai trouvé des mouchettes, un vinaigrier et un taste-vin.

» Ensuite, la dame n'a plus fait appel à nous, mais on a pu vivre un moment avec ce qui restait des dix écus. Quand on n'a plus rien eu, on a mendié devant les églises et on a vidé une fois un tronc à Saint-Jean-en-Grève. On avait surtout très froid et des gueux s'étaient installés partout dans l'hôtellerie abandonnée. C'est à cause d'eux qu'on a fait le trou et construit notre cahute, ici. C'est à ce moment-là qu'on a rencontré Jeannin.

Nicolas se tourna vers le plus jeune des enfants, qui prit la parole :

— Mon père était marchand de vin à Montmartre. Ma mère, mes sœurs et lui sont tombés malades en même temps, au début de cette année. Trois jours plus tard, ils trépassaient. On m'a dit que c'était l'influence des étoiles[44]. Une tante que je n'avais jamais vue, car mon père s'était fâché avec elle, est venue chez le notaire pour dire qu'elle s'occuperait de moi. Elle s'est installée dans notre maison et j'ai compris tout de suite qu'elle ne m'aimerait

[44] La grippe appelée alors : *Influenza di Stelle*.

jamais et qu'elle voulait seulement s'approprier nos biens. Méchante femme, elle a chassé nos domestiques et s'est mise à me battre chaque jour. Elle espérait ma mort pour hériter. Aussi, au début du mois de mars, je me suis enfui après qu'elle m'avait roué de coups. J'avais emporté un peu de pain et quelques pièces prises dans sa bourse et je voulais me rendre chez mon parrain, un ami de mon père, pour qu'il me sauve, mais je n'ai pas trouvé sa maison. Le premier soir, comme je dormais sous un porche, on m'a volé tout ce que je possédais. Je ne savais que faire. Rentrer chez moi, c'était être battu, peut-être à mort. Je suis allé prier à Notre-Dame et j'ai attendu sous le porche que la Vierge Marie me réponde. C'est alors que Nicolas et Colin sont venus me parler.

— On mendiait, ce jour-là, et on a remarqué Jeannin qui pleurait. On a vu qu'il était aussi malheureux que nous, alors on lui a proposé de nous rejoindre.

— Et je suis devenu un voleur, moi aussi, avoua l'enfant avec une honte évidente.

— Quelques jours plus tard, la dame de la Samaritaine nous a retrouvés au bout du Pont-Neuf, poursuivit Nicolas. On lui a présenté Jeannin et elle en a été satisfaite, car elle avait besoin d'un petit enfant pour entrer dans l'hôpital du Saint-Esprit[45]. Il y avait une échelle dans la cour, nous a-t-elle dit, et une petite lucarne à deux toises du sol. Elle lui a expliqué où aller à l'intérieur, jusqu'à l'endroit où l'économe gardait des valeurs dans un bahut. Elle en avait la clef, qu'elle nous a remise. Le soir, on y est allé et Jeannin est passé par la lucarne, mais il a pas trouvé la salle de l'économe et il est revenu bredouille.

— J'avais trop peur, gémit l'enfant. J'ai pas cherché longtemps.

— La dame était furieuse et a giflé le pauvre Jeannin. Cette fois, elle nous a alors envoyés chez un conseiller au Châtelet, rue Sainte-Avoye. Il était pingre et vivait seul avec uniquement un valet, nous a-t-elle assuré. Cette nuit-là, il était invité chez le

---

[45] Situé en partie à l'emplacement de l'Hôtel de Ville, il accueillait cent vingt orphelins parisiens.

lieutenant du prévôt et son domestique était sourd. On ne risquait rien en pénétrant chez lui. Une fois de plus, elle possédait la clef de la porte d'entrée.

» Nous y sommes donc allés. On s'est rendu ensemble dans la chambre du conseiller, mais le domestique n'était pas si sourd. Comme on sortait les bras chargés d'argenterie, il nous a surpris. On a tout lâché et on a filé dans l'escalier, mais il nous a jeté un escabeau. C'est moi qui l'ai reçu et j'ai perdu conscience en chutant dans les marches. Quand je suis revenu à moi, le valet m'attachait. Heureusement, Colin et Jeannin avaient pu fuir. Je me souviens que je claquais des dents. Qu'allait-il m'arriver ? Il m'a bouclé dans une sorte de placard, dans le noir. J'y suis resté longtemps. Puis le conseiller a ouvert la porte. Il y avait des archers et un exempt avec lui. On m'a emmené au Grand-Châtelet et enfermé dans une salle, seul, heureusement. Un autre conseiller est venu m'interroger. J'ai menti sur mon nom. Il m'a demandé comment j'étais entré et j'ai dit que la porte était ouverte, que j'avais faim et que c'était la première fois.

» Le lendemain, j'ai été conduit devant les magistrats. Ils m'ont dit que j'étais un menteur et un voleur et que, si je ne nommais pas mes complices, on me couperait les oreilles. J'ai pleuré et avoué que c'étaient des enfants abandonnés comme moi, que j'ignorais tout d'eux. Que j'avais douze ans et que j'étais orphelin. J'ai dû leur faire pitié, car, finalement, j'ai été condamné seulement à la flagellation dans la cour du For-l'Évêque. Attaché à un poteau, j'ai reçu six coups d'une baguette en cuir qui m'ont déchiré la peau. J'ai hurlé et cru mourir. Et comme je suppliais qu'on arrête, l'exécuteur n'a pas frappé trop fort pour les trois derniers. On m'a remis dans une cellule où un chirurgien est venu me soigner et, le lendemain, on m'a jeté dehors. J'ai retrouvé Colin et Jeannin qui se terraient. Ils m'ont soigné, mais j'ai encore mal.

— Et tu as encore volé, malgré tout ? demanda Étienne, admiratif du courage de son nouvel ami.

— Comment faire autrement ? Simplement, on a été plus prudent. J'ai refusé plusieurs fois de faire ce que voulait la dame de la Samaritaine, car je trouvais que c'était trop dangereux. Elle était mécontente, mais n'a pas osé me frapper. Elle m'a juste menacé de ne plus s'occuper de nous, seulement on lui est trop utile pour qu'elle nous abandonne.

Après s'être tu un moment, il ajouta :

— Je connais la valeur d'un gobelet en argent, j'étais avec mon père une fois où il m'en a acheté un. Alors, j'ai calculé qu'on a volé pour environ quatre cents livres, au poids de l'argent. Elle nous a peut-être donné trente livres en comptant les manteaux et les couvertures. Certes, elle nous a sauvés et on lui en est reconnaissant, mais elle ne prend aucun risque. Si on me saisit à nouveau, c'est moi qui perdrai mes oreilles. Pas elle.

Un triste silence s'installa jusqu'à ce que Colin parle :

— On a ensuite volé un commissaire priseur au Châtelet qui avait été arrêté pour concussion. La dame nous a indiqué une échelle pour entrer chez lui par le jardin et on a emporté une coupe dorée. On a aussi volé la sacristie, dans l'enclos de l'abbaye de Saint-Germain. On s'était fait enfermer dans l'église et on a pris un calice et un bénitier en argent dans une armoire mal fermée. Ensuite, on a pillé d'autres troncs, à Saint-Jacques, à Saint-Gervais et encore à Saint-Jean-en-Grève. Il y a quelques jours, Jeannin s'est introduit dans la salle de la Grande Boucherie, mais il a failli être pris et n'a pu emporter qu'une médaille en or.

— Où est-elle ? s'enquit Étienne.

— La dame de la Samaritaine l'a prise. Elle nous a donné six liards en échange.

— Ah ! fit le garçon avec surprise.

Colin poursuivit :

— Hier, j'ai découvert une fenêtre ouverte dans la cour des prêtres de Saint-Gervais. Il n'y avait personne, j'ai grimpé facilement sur le mur et vu que la pièce était vide. Je suis entré. C'était la chambre du vicaire. Je l'ai appris en parcourant les papiers sur sa table.

— Tu sais lire ? interrogea Étienne.

— Bien sûr ! En fouillant, j'ai aperçu le crucifix au-dessus du lit. J'ai hésité à le détacher, car je sais que c'est un sacrilège de voler une croix. Mais ce n'était qu'un morceau d'argent et le vicaire n'en avait pas besoin. Luc n'a-t-il pas dit : « *Gardez-vous avec soin de toute avarice, car la vie d'un homme ne dépend pas de ses biens* » ?

— C'est vrai, confirma Nicolas. Il a dit aussi : « *Vendez ce que vous possédez et donnez-le en aumône* ».

— Donc j'ai pris la croix, ainsi que cette salière. Et, comme la porte était fermée à clef, je suis reparti par le même chemin. Seulement, quelqu'un m'a vu. On m'a crié de m'arrêter, mais j'ai couru si vite que personne ne m'a rattrapé.

— Où étiez-vous ? demanda Étienne en s'adressant aux deux autres.

— Au marché de la porte Baudoyer, où on a larronné un pot de confiture sur un étal. La dame de la Samaritaine nous avait dit connaître des maisons faciles à voler, rue des Barres, et Colin est allé vérifier. C'est comme ça qu'il est entré dans la cour des prêtres de l'église Saint-Gervais.

— Tu vois, on est devenu de vrais voleurs, fit Nicolas d'une voix étranglée. On était de bons enfants et elle a fait de nous des pendards.

Il se mit à pleurer.

— Si la dame ne vient plus au pont, je rapporterai la salière et le crucifix, décida Colin.

— Mais que deviendra-t-on ? gémit Jeannin. On ne sait que voler et c'est elle qui nous disait où chaparder sans risque. Si on entre dans des maisons au hasard, on sera vite pris.

Ils se réfugièrent dans le silence.

— Alors, à mon tour de vous proposer quelque chose, dit Étienne. Je vous dois bien ça.

13

Mardi 3 mai 1639

Le temps avait changé en ce début du mois de mai et l'hiver reprenait l'offensive. La bise soufflait en rafales et le froid était vif quand Louis quitta la rue des Quatre-Fils dans le petit carrosse conduit par Guillaume Bouvier. Serré dans son manteau, il songea qu'il aurait dû demander au frère de Guillaume ou à son fils Nicolas de mettre dans la voiture une chaufferette pleine de braises.

Sachant que les encombrements matinaux de la rue Saint-Avoye pouvaient durer des heures, le cocher prit la Rue-Vieille-du-Temple et gagna ainsi sans grandes difficultés la rue Saint-Antoine.

Claude Levasseur y avait sa maison et son étude notariale devant le couvent du Petit-Saint-Antoine. Guillaume fit entrer le carrosse dans la cour de la maison hospitalière ; chose facile puisque la voiture n'était tirée que par un seul cheval et Louis gagna à pied la maison notariale.

La plupart des charges de justice du Châtelet – sergent, huissier, procureur, conseiller et commissaire –, étaient des offices casuels, c'est-à-dire soumis à la paulette, taxe d'un soixantième du prix de la charge que leur titulaire devait acquitter chaque année afin qu'eux-mêmes, ou leur héritier, puissent en disposer librement. En revanche, bien que les charges de notaire au Châtelet soient également vénales, ce n'était pas l'office qui avait un prix, mais la pratique, c'est-à-dire la clientèle.

Claude Levasseur avait été huissier au Châtelet avant d'acheter son étude, activité qui convenait mieux à son physique. En effet, fluet et court sur pattes, le praticien s'avérait incapable d'utiliser la force, moyen dont pourtant les huissiers devaient souvent user. Il était entré dans ce métier uniquement parce que son père possédait déjà une charge d'huissier qu'il lui avait cédée. Aussi, durant des années, le pauvre homme avait subi force avanies. Par chance, quelques mois plus tôt, un héritage inespéré lui avait permis d'acheter cette étude notariale, après avoir subi les examens imposés par la profession des tabellions ; contrôle dont il s'était tiré haut la main, car il s'était toujours montré brillant juriste.

M. Fronsac père avait déjà traité plusieurs dossiers avec lui et c'est à l'étude de la rue des Quatre-Fils que maître Levasseur avait lié connaissance avec Louis. Ils avaient ainsi découvert qu'ils partageaient le même goût des livres et des libraires. Aussi se revoyaient-ils de temps en temps pour discuter de leur passion ou échanger des ouvrages.

Fronsac étant bien connu de l'intendant de la maison. Ce dernier prévint son maître sans tarder et le notaire reçut aussitôt son visiteur dans la salle où il accueillait ses clients, pièce surchauffée par un poêle hollandais et où pendaient, le long d'un mur, quelques douzaines de sacs contenant les actes des affaires traitées par l'étude.

— Maître Fronsac ! s'écria joyeusement le tabellion, qui portait une épaisse robe de drap noire et le bonnet carré de sa profession. Quel plaisir de vous voir ! J'ai justement un livre à vous montrer !

Bien que M. Levasseur se situât socialement bien au-dessus de Louis – qui était un notaire sans étude ni pratique propre –, et qu'il soit son aîné de quelques années, il se leva pour saluer son jeune confrère avec une déférence non simulée. C'est que l'ancien huissier vouait une respectueuse admiration pour l'office des Fronsac, une des plus anciennes et des plus prospères de Paris.

— Maître, je le consulterai avec beaucoup d'intérêt. Mais, auparavant, j'ai besoin de votre jugement, fit Louis en ôtant son chapeau de feutre, qu'il déposa sur un coffre en bois accueillant déjà d'autres couvre-chefs parmi des registres empilés.

Après cela, il détacha le cordon de son manteau, car il étouffait.

— Je suis à votre entière disposition, maître Fronsac. Prenez donc ce siège.

Il s'agissait d'un fauteuil tapissé en cuir de Cordoue, placé sur un tapis, entre la table du tabellion et le poêle.

Louis s'exécuta et vérifia machinalement que les nœuds en petite oie des rubans en soie noire serrant les poignets de sa chemise n'étaient pas défaits. Ces rubans, qu'on appelait des galans, étaient son unique coquetterie.

— Puis-je vous offrir un verre de vin de Barsac dont j'ai reçu une caisse cette semaine ? poursuivit le notaire en désignant une carafe sur un bahut occupé également par des livres.

— Avec ce temps glacial, je serais sot de refuser !

Maître Levasseur servit lui-même son visiteur dans un verre en cristal, avant de lui demander, tout en restant debout.

— Que puis-je donc faire pour vous ?

— Il s'agit d'un dossier criminel, répondit Louis après avoir bu quelques gorgées. Vous connaissez mon ami Gaston de Tilly, commissaire examinateur du quartier de la Grève...

— Je l'ai rencontré quelques fois au Châtelet.

Louis entama alors le récit de la fin d'Émeline Blangy et rapporta les premiers résultats des investigations de Gaston, de l'exempt et du chirurgien.

— Une histoire terrible, conclut tristement le notaire, mais, hélas, pas si rare en ce temps de misère où les truands grouillent dans Paris.

— Seulement, quelques indices concordants – fort ténus, il est vrai – laissent à penser qu'il pourrait ne pas s'agir d'un acte de maraud, mais d'un crime commis... par un ministre de justice.

— Que dites-vous ? s'offusqua Levasseur en se raidissant et reculant d'un pas, tant l'accusation le choquait.

— Encore une fois, il ne s'agit que de présomptions, nuança Fronsac en levant une main conciliante. La piste va peut-être s'avérer absurde, mais elle ne doit pas être écartée.

— Si votre ami le pense..., admit le notaire.

— Il se pourrait donc – hypothèse, je vous le redis – que l'assassin soit un huissier du Palais.

— Invraisemblable ! se récria l'autre.

— Certes, mais il arrive que la réalité soit invraisemblable. *Credo quia absurdum*[46], non ? Évidemment, mon ami Gaston ne peut interroger tous les huissiers, lesquels d'ailleurs ne lui répondraient pas.

— C'est une évidence.

— Aussi préférerait-il s'intéresser uniquement à ceux qui ont déjà eu maille à partir avec la justice, ou qui se sont simplement montrés violents. Voilà pourquoi j'ai songé à vous. Vous en connaissez peut-être quelques-uns et, si vous me livrez des noms, bien entendu, seul M. de Tilly en sera informé et jamais il ne vous mettra en cause.

— Hum... Ce que vous sollicitez est très délicat, maître Fronsac. Je refuse d'être à l'origine d'une calomnie, voire d'une erreur judiciaire... En vérité, je ne dispose d'aucun élément me permettant d'accuser un de mes anciens confrères...

— Imaginons, insista Louis. Je dis bien « imaginons » que vous soyez à la place de M. de Tilly. Y a-t-il un huissier vers qui vous porteriez votre regard ?

Levasseur se gratta à nouveau la gorge, à l'évidence fort embarrassé, pour finalement déclarer :

— Sincèrement, je n'en vois qu'un, mais de là à l'accuser d'un crime aussi effroyable, je ne peux...

— De qui s'agit-il ? insista Louis.

— Hum... Un huissier du Palais qui a vraiment mauvaise réputation pour son tempérament agressif. Contrarié dans l'exécution d'une décision de justice, il s'en est pris plusieurs fois à ceux chez qui il posait des scellés.

— C'est chose courante, hélas !

— Oui, mais l'usage de la force doit être modéré et, dans de telles situations, nous faisons appel à des archers. Alors que lui,

[46] *Je le crois parce que c'est absurde*, citation apocryphe de Tertullien au sujet de la mort du fils de Dieu.

facilement irritable, veut toujours imposer les décisions de justice lui-même, par la force. Et il se déchaîne encore plus s'il ne reçoit pas ses émoluments. Il a ainsi porté des coups et blessé plusieurs personnes, des brutalités pour lesquelles il a été condamné. Je crois même qu'il a failli perdre sa charge. Pour ma part, j'ai eu plusieurs altercations avec cet individu.

— Savez-vous s'il s'est servi de sa verge comme arme et, plus généralement, s'il a déjà utilisé une arme, une épée, une dague, que sais-je ?

Le notaire se racla la gorge.

— En effet, il a brisé sa verge sur un débiteur récalcitrant. Et une autre fois, il a lacéré un acte de procédure prétendument en opposition avec l'assignation qu'il apportait. Il a d'ailleurs été mis à l'amende pour ce fait grave.

— Intéressant. Et où peut-on trouver cet atrabilaire ?

— Il se nomme Anteaume Le Blont et occupe la maison à l'enseigne des *Trois-Écus*, rue Saint-Jacques, juste après le Petit-Pont. Mais, je vous en prie... Que mon nom n'apparaisse nulle part...

— N'ayez aucune crainte, promit Louis en se levant pour prendre congé.

Le notaire avait oublié de lui montrer son livre.

Fronsac retrouva son cocher qui l'attendait et lui demanda de le conduire au Grand-Châtelet. Il avait hâte de révéler à Gaston ce qu'il venait d'apprendre.

À la prévôté, le carrosse fut abandonné dans la cour et Louis demanda à Guillaume de l'accompagner.

M. de Tilly se trouvait dans son cabinet où, après l'audience judiciaire présidée par le lieutenant civil, il venait de réprimander le sergent Pitard venu, comme chaque jour, lui faire son rapport sur les activités qu'il avait menées la veille. Le sergent ayant terminé son compte rendu, Gaston lui avait demandé pourquoi il ne lui parlait pas de la fausse assignation portée à un boulanger de la rue de la Verrerie, à la demande d'un boulanger concurrent. Une information que le jeune commissaire venait incidemment d'apprendre.

Comprenant que sa malversation était mise à jour, Pitard avait baissé la tête et était resté mutique, incapable de se disculper. Comme leurs émoluments étaient faibles, les sergents travaillaient souvent « à leur compte », effectuant des actes judiciaires de leur propre chef à la demande d'un justiciable qui les payait pour s'en prendre à un adversaire. De telles usurpations de fonction étaient lourdement sanctionnées quand elles étaient découvertes. Mais Gaston ne tenait pas à punir son sergent, par ailleurs bon agent. Aussi s'était-il borné à lui rappeler la loi et à l'informer qu'à sa prochaine incartade, il le signalerait au maître de la communauté des commissaires, lequel le renverrait devant la Chambre Criminelle.

Pitard avait juré qu'il ne recommencerait plus et Tilly avait passé l'éponge. Cependant, il demeurait contrarié après avoir découvert que cet homme en qui il avait confiance n'était pas aussi intègre qu'il le croyait.

Quand Louis entra dans le cabinet, il prit conscience de la mauvaise humeur de son ami qui semblait broyer du noir à sa table, n'ayant même pas pris le temps de retirer le bonnet carré et la robe de velours rouge portés durant les audiences.

— Une mauvaise nouvelle ? interrogea-t-il.

— Non, seulement les tensions habituelles entre sergents et commissaires. Et toi, m'amènerais-tu une idée pour faire avancer mon affaire ? De mon côté, le maître des huissiers m'a parlé de quelqu'un qui pourrait être mon criminel.

— Je viens de rencontrer maître Levasseur, l'huissier du Palais, devenu notaire, dont je t'ai parlé. Avec quelques réticences, il m'a livré le nom d'un de ses anciens collègues, individu coléreux et violent. Tu devrais t'intéresser à lui.

— Comment s'appelle cet atrabilaire ?

— Anteaume Le Blont.

— Le même ! s'écria Gaston. Si tu es libre, allons l'interroger maintenant.

— Il est sans doute en service au Palais. Mieux vaudrait le rencontrer chez lui à son retour. J'ai l'adresse de sa maison.

Gaston réfléchit un instant. Comme toujours, son premier mouvement, quand une piste s'ouvrait, était de s'y précipiter. Mais Louis avait raison ; selon la façon dont l'interrogatoire se déroulerait, mieux valait se trouver dans un lieu privé plutôt qu'au Palais. Il s'interrogea aussi sur la nécessité d'emmener un sergent ou un procureur, seuls habilités à pratiquer une arrestation. Finalement, il en écarta l'idée. Il aurait toujours l'opportunité de revenir. L'oiseau n'allait pas s'envoler.

— Tu es dans le vrai. J'ai également son adresse : la maison aux *Trois-Écus*.

— C'est cela. Si nous allions dîner, en attendant ? Je meurs de faim et Guillaume également.

— Oui, monsieur, intervint le serviteur avec satisfaction.

— Maintenant que tu me le dis, je me rends compte que je suis également affamé, reconnut Gaston en se levant. Allons au *Bœuf-Couronné*, ils ont un ragoût de mouton exceptionnel, en ce moment.

— Entendu. Et là-bas, on parlera de notre prochaine entreprise.

Le jeune commissaire retira sa robe qu'il suspendit à une patène en demandant :

— Du nouveau ?

— Le frère de Guillaume nous le dira ce soir.

14

Ce fut finalement vers quatre heures que les deux amis se présentèrent à la maison à l'enseigne des *Trois-Écus*. La bâtisse à pans de bois se situait entre l'échoppe d'un doreur de livres et une cour abritant un bûchier, dans laquelle on pénétrait par un porche aux briques disjointes.

Le carrosse de Louis s'engagea dans la cour, s'arrêta et les deux amis en sortirent.

Un vendeur d'amadou et de briquets occupait le rez-de-chaussée de la demeure de l'huissier du Palais. Debout, le boutiquier emplissait de petites boîtes en étain avec des tampons imprégnés de poudre noire.

— Bonjour, mon maître, fit Gaston avec quelque brusquerie.

Quand il étant dans la fièvre de la traque, Tilly ne perdait pas de temps en civilités.

L'autre leva les yeux et considéra l'inconnu qui lui adressait ainsi la parole. Avec son corps trapu, son large cou surmonté d'une tête carrée à la chevelure rougeâtre dépassant d'un chapeau retroussé à pénnaches écarlate, sa barbe en queue d'aronde un peu trop longue et ses moustaches en aigrette mal taillées, M. de Tilly ne passait jamais inaperçu.

— Serviteur, déclara simplement le boutiquier, jugeant ne pas avoir affaire à un client, mais à un fâcheux.

Il se retourna vers son travail.

— M. Le Blont est-il chez lui ? interrogea l'importun d'un ton impatient.

Intrigué, le regard du vendeur d'amadou revint vers le quidam et remarqua que, sous son manteau de drap noir entrouvert, l'individu portait un pourpoint noir doublé de rouge, qu'il affichait un collet en broderie et qu'il exhibait des chausses flottantes en drap de Hollande et des bottes à revers. Surtout, le boutiquier découvrit le large baudrier brodé et frangé qui soutenait une impressionnante rapière espagnole.

Diable, ce n'est pas un fâcheux, conclut-il en regrettant sa froideur. Il s'agit d'un gentilhomme, peut-être même d'un magistrat, avec cet habit noir et son intérêt pour M. Le Blont qui officiait au Palais.

Malgré tout, comme il se considérait un peu comme le portier du ministre de justice, il demanda :

— Que lui voulez-vous, monsieur ?

— Commissaire Gaston de Tilly, laissa tomber le gaillard.

— Excusez-moi, monsieur le commissaire, fit le boutiquier. Je savais pas. Je l'ai vu rentrer du Palais, tout à l'heure, mais peut-être est-il ressorti sans que je l'aperçoive. Cependant, sa femme est là. Vous pouvez tirer la chaîne de la cloche à la porte ou, si vous préférez, je l'appelle par l'escalier.

Comme dans bien des maisons, l'ouvroir du marchand se prolongeait par une seconde pièce, chambre ou cuisine, et une porte faisait communiquer la boutique avec l'escalier et l'entrée.

— Entendu, appelez-le.

Le boutiquier fit quelques pas jusqu'à l'huis qu'il tira pour crier :

— Monsieur Le Blont, vous avez des visiteurs !

Quelques bruits, puis ces paroles retentirent :

— Faites-les monter !

Il s'agissait d'une voix féminine peu amène.

Louis et Gaston pénétrèrent donc. En haut des marches, ils découvrirent une femme en corps de jupe cramoisi avec fichu blanc rabattu et modeste de taffetas noire sur une friponne safran. Son visage ingrat, aux traits marqués sous la céruse, affichait une expression interrogative guère aimable. Sa chevelure brune, malheureusement parcourue de poux, était joliment frisée et mise en valeur par des pendants d'oreille et un collier serré au cou, tous trois en perles.

— Qui êtes-vous ? s'enquit-elle d'un ton hargneux.

Un homme apparut dans son dos. Corpulent, pas rasé depuis plusieurs jours, moustache épaisse, cheveux paille et gris taillés courts, nez cassé et visage sillonné de rides, il était revêtu d'un pourpoint noir et de culottes en serge d'Espagne.

Il plissa le front en assénant :

— Je vous connais, monsieur. N'êtes-vous pas le commissaire Tilly ?

— Avec le respect que je vous dois : Gaston de Tilly, le corrigea ce dernier. Mon compagnon est maître Fronsac, notaire au Châtelet. Pouvons-nous nous entretenir quelques instants avec vous ? Nous ne serons pas longs.

Un instant de silence associé à un échange de regards avec la mégère, puis ces mots d'une politesse de pure forme :

— Serviteur ! Entrez donc !

Il s'effaça, laissa passer la femme, son épouse à coup sûr, et les visiteurs pénétrèrent dans une longue chambre, en vérité une pièce partagée en deux. La première partie formait une antichambre ou un cabinet dégorgeant de meubles solides et peu raffinés : fauteuils, chaises, pliants, tabourets, huche et une table de travail. Plus loin, l'autre salle, tapissée à la flamande, était surtout occupée d'un lit à hauts piliers tournés, paré de brocatelle avec un fauteuil et des escabelles dans les ruelles. Deux portes devaient communiquer avec des cabinets pour les domestiques. Un portrait du roi Henri IV et deux miroirs décoraient les murs. Un grand bahut, couvert d'un tapis et sur lequel étaient posées quelques pièces d'argenterie, complétait l'ameublement. Quelques braises dans la cheminée chauffaient agréablement les lieux. Il s'agissait d'un intérieur confortable dont les occupants n'étaient pas nécessiteux.

L'huissier proposa les sièges dans l'antichambre et la mégère gagna la chambre. Mais les deux amis ne s'assirent pas.

— Monsieur Le Blont, je vous remercie de nous recevoir. J'aurai trois questions à vous poser et je vous serai reconnaissant d'y répondre sans fard, déclara abruptement Gaston qui n'éprouvait pas le besoin d'user de circonvolution, tant le bonhomme lui déplaisait.

— À quel titre, monsieur ? Vous êtes commissaire examinateur de la Grève, si je ne me trompe, et, en venant ici, étranger à votre juridiction.

— C'est juste. Vous avez donc parfaitement le droit de ne pas me répondre. Cependant, un silence n'arrêtera pas mon enquête.

— Nous verrons. Donc il s'agit d'une enquête ?

— En effet.

— À quel sujet ?

— Un meurtre.

L'huissier s'efforça de conserver une forme d'indifférence, mais Louis, qui l'observait, devina son inquiétude.

— Quelles sont vos questions, monsieur ? interrogea l'homme d'un ton neutre.

— Puis-je voir votre verge d'huissier ?

Stupéfait, l'autre ouvrit la bouche et demeura un instant sans voix.

— Ma verge ? répéta-t-il. Vous moquez-vous ?

— Point.

— Si cela vous amuse.

Il passa dans sa chambre et alla prendre une baguette posée sur la huche. Il revint avec et la tendit au commissaire.

L'instrument en acajou et ivoire était gainé de plusieurs bagues de cuivre ciselé. Usée, marquée par les ans, certes, mais sans traces particulières.

Gaston échangea un regard déçu avec Louis.

— Je suppose que vous possédez un couteau, comme tous les huissiers.

— En effet.

— Puis-je le voir également ?

— Malheureusement, je l'ai perdu voici quelques jours. Je crains qu'un larron ne me l'ait subtilisé au Palais. Je le gardais dans cette poche intérieure de mon pourpoint. (il la montra.) Mais en quoi mon couteau vous intéresse-t-il ?

Tilly ne put dissimuler un sourire.

— Quel genre de couteau était-ce ?

— Pliant, avec un manche en ivoire représentant un guerrier grec. J'y tenais beaucoup, car il me venait de mon père.

Louis grimaça. Cet homme n'était pas celui qu'ils recherchaient. Il en était certain.

— Quelle est votre troisième question ? s'enquit le suspect.

— Avez-vous rencontré au Palais une dame nommée Émeline Blangy ? Son affaire a été plaidée la semaine dernière dans la Grand-Chambre.

L'huissier se montra alors embarrassé et une ombre fugitive brouilla ses traits. Puis il se ressaisit et se fendit d'une moue méprisante.

— La dame qui a été assassinée ? interrogea-t-il de but en blanc.

— C'est cela !

— Je l'ai rencontrée, oui. Avez-vous identifié son assassin ?

— Pas encore.

Un lourd silence, puis ces paroles :

— Me suspecteriez-vous ?

— Pourquoi imaginez-vous cela ?

— Ces questions saugrenues... Je devine quelqu'un qui me veut du mal derrière cette visite domiciliaire.

Le ton de sa voix venait brusquement de changer. Louis devina que la colère s'emparait de l'huissier. Son corps se raidit et sa bouche frémit.

— Dans ce cas, vous faites fausse route ! gronda-t-il brusquement.

Et comme il tenait sa verge à la main, il la tendit de façon menaçante vers Gaston de Tilly.

— Vous pouvez vider les lieux, commissaire ! Je ne vous retiens pas !

Gaston blêmit sous l'insulte et allait rétorquer, mais Louis le prit par le bras pour l'entraîner.

— Je vous souhaite le bonjour, monsieur, dit-il à l'irascible.

15

Mardi 3 mai 1639

— Ma foi, voilà une visite qui ne m'a guère avancé, grommela Gaston, une fois installé dans le carrosse qui les ramenait au Châtelet.

— C'est vrai. Il n'en reste pas moins que cet huissier m'est apparu bien prospère.

— Il fait sa pelote, certainement. Et le maître de sa confrérie devrait s'intéresser à lui. Mais quant à l'accuser d'avoir assassiné Mme Blangy, impossible !

— Le collier de son épouse ne correspondait pas à la description que j'ai lue dans ton mémoire. C'est bien dommage.

— Bien dommage.

Déçus et contrariés, ils demeurèrent silencieux jusqu'au pont de bois.

— Maintenant, j'ai hâte de savoir si ton entreprise va aboutir, dit Gaston.

— L'entreprise de Jehan, corrigea Louis. Je n'en suis qu'un exécutant. Si c'est pour ce soir, j'enverrai Nicolas te chercher.

— J'attendrai en me rongeant les poings ! Résoudre cette affaire m'arrangerait !

Gaston étant descendu au Châtelet, Guillaume ramena le carrosse jusqu'à la rue des Quatre-Fils où se trouvait l'étude des Fronsac, en face de l'hôtel de Guise.

Il s'agissait d'une ancienne ferme fortifiée de deux étages construite quelques siècles plus tôt à l'extérieur de l'enceinte de l'époque. De son passé féodal, la bâtisse avait gardé le rempart qui fermait la cour – même si ce mur avait été rabattu à une toise pour laisser pénétrer la lumière –, deux tourelles d'angle insérant des escaliers, et de rares ouvertures, toutes étroites et protégées par d'épais et solides barreaux de fer ou des volets intérieurs en chêne. Cette architecture défensive laissait perpétuellement le grand logis dans l'obscurité, mais il demeurait bien protégé des attaques de truands, ces bandes qui s'en prenaient parfois, la nuit, aux maisons bourgeoises, torturant et violentant sans pitié leurs habitants. Le danger d'une telle agression avait encore diminué grâce à la présence des frères Bouvier, Guillaume, pour l'heure cocher, et Jacques, tous deux anciens piquiers au régiment de Picardie, engagés une quinzaine d'années auparavant pour protéger l'étude.

Le carrosse franchit le porche, pénétra dans la grande cour et s'arrêta devant le corps d'habitation.

Au niveau de la cour se trouvaient la cuisine, des offices et une petite salle. À droite, on pénétrait dans la remise du carrosse, les écuries et la grange. Le premier étage regroupait des salles de réception en enfilade et l'étude notariale proprement dite où travaillaient les employés d'écriture, sous la férule du premier clerc Jean Bailleul. Cette salle jouxtait le bureau personnel de monsieur Fronsac. Au second étage, trois pièces étaient réservées pour le notaire et son épouse. Le reste, sous les combles, abritait les domestiques.

Tandis que Guillaume dételait la voiture, Louis se dirigea vers Jacques Bouvier qui s'était levé du banc de pierre sur lequel il attendait.

— Monsieur, annonça ce dernier avec émotion, j'ai vu les gamins !

— Raconte, mon bon Jacques !

— Ils étaient quatre. Ils sont passés devant le porche et, en les voyant, je suis rentré pour les observer depuis le fenestron du vestibule. Constatant qu'il n'y avait plus personne dans la cour, ces audacieux sont entrés et ont tout exploré. Ils se sont arrêtés un instant devant le fenestron dont vous m'avez fait enlever le barreau. À coup sûr, l'un d'eux passera par là.

— L'ouverture n'est pas bien grande.

— L'un des petiots que j'ai vus n'est pas bien gras, monsieur ! plaisanta Jacques.

Son frère le rejoignit. Tous deux se ressemblaient tellement que seule leur pilosité permettait de les différencier. Jacques Bouvier portait de longues moustaches et Guillaume arborait une épaisse barbe.

— Il faut nous préparer pour une visite, cette nuit, dit Louis en passant la main sur son menton. À ton avis, Jacques, sont-ils capables de sauter le mur ?

— Certainement, en se faisant la courte échelle. Ensuite ils aideront le plus frêle, et peut-être un second, à passer par la lucarne.

— Guillaume, tu te dissimuleras dans l'écurie. Ton frère et Nicolas se cacheront dans le cellier, précisa Louis. Moi, je m'occuperai de celui ou de ceux qui seront entrés dans l'antichambre. À vous d'empêcher les autres de disparaître, mais, attention, ce sont des enfants ! Pas de coups ou de violence !

— Attention aussi à vous, monsieur, grommela Guillaume. Le plus jeune a vaincu maître Le Pontonnier, qui n'est pas un gringalet.

— M. de Tilly et Jehan seront avec moi. La pièce sera bien fermée et ils ne pourront repartir par le fenestron.

La nuit était profonde et calme. Dans l'écurie, installé dans le carrosse, Guillaume avait entendu passer le clocheteur des trépassés demandant de prier pour l'âme d'un de leurs voisins qui venait de mourir. Sa cloche avait retenti un moment, puis s'était éloignée.

Guillaume trouvait le temps long. Cette veille lui rappelait sa jeunesse, quand il montait la garde dans son régiment, mais il était alors souvent avec son frère et ils pouvaient discuter. Ici, il n'avait pas le droit de le rejoindre dans le cellier et, maintenant, le sommeil l'engourdissait. Sacrés gamins qui ne venaient pas ! Les yeux mi-clos, il attendait maintenant que M. Fronsac vienne lui dire que c'en était fini pour la nuit.

Soudain, il perçut un craquement, puis des bruissements et un faible murmure. Ses sens s'éveillèrent et il tendit l'oreille.

Cela venait du mur d'enceinte. Comme il avait laissé la portière du carrosse ouverte, il se coula dans l'écurie. Le cheval le sentit et bougea, mais ne hennit pas.

Guillaume s'approcha du portail de l'écurie et se plaqua contre le mur. Les bruissements s'étaient transformés en frottements. Dans l'ombre, on ne pouvait le voir, mais lui distinguait parfaitement la crête du mur. Un mouvement : une ombre venait d'apparaître en haut. Il eut l'impression qu'une corde se déroulait. Puis il vit distinctement un enfant glisser le long du filin. Un second apparut sur le couronnement. Les intrus avaient dû nouer la corde à l'anneau dans la rue qui était utilisé par les cavaliers pour y attacher leur monture. Un troisième gamin se montra à son tour et descendit, puis le quatrième. Guillaume observa combien ils étaient petits. En même temps, il était admiratif. Même si le mur n'était pas bien haut, il leur avait fallu une sacrée audace et une belle vigueur pour le franchir.

Les enfants se dirigèrent vers la maison et il ne les vit plus. Il aurait dû sortir pour continuer à les observer, mais, à quoi bon ? Désormais, ils ne pourraient s'échapper.

Quelques chuintements résonnèrent. Guillaume se risqua à passer la tête hors de l'écurie. Percevant des formes sous le fenestron, il lui parut qu'il n'y en avait plus que deux. Soudain, une lueur jaillit par l'ouverture. C'était le signal. Il se précipita sur l'un des enfants.

Arrivé au crépuscule, Gaston était allé saluer Mme Fronsac et les autres femmes qui se tenaient dans la cuisine pour tout ranger après le souper. Puis, avec Louis, il s'était rendu dans le cabinet de travail de M. Fronsac, lequel s'était montré inquiet quant à l'entreprise envisagée, s'interrogeant sur ses conséquences. Gaston l'avait rassuré. Étant commissaire, il conduisait une opération de maintien de l'ordre et il n'y aurait aucune violence.

Ensuite, avec les frères Bouvier, ils s'étaient réunis dans l'antichambre pour préparer le guet-apens. C'est alors qu'était arrivé Jehan Le Pontonnier, accompagné de son cousin, ce dernier fort inquiet. À nouveau, Louis expliqua comment se passeraient les choses, puis chacun se rendit à son poste.

Gaston, Louis et les deux bouchers étaient assis par terre, face au fenestron, dans le noir le plus complet.

À l'approche de minuit, alors que Louis s'était assoupi, de légers bruits retentirent : des frôlements, des glissements et, finalement, un chuchotement. Soudain, un choc sourd et un gémissement retenu. Le silence, puis ces paroles à voix basse :

— Tu t'es fait mal ?

— Non, vas-y, je t'attrape.

Nouveaux bruissements.

— On y voit rien..., chuinta une voix.

— Attends, j'allume la chandelle.

Louis et Gaston se tenaient sur le qui-vive, chacun avec briquet et bougie. Jehan tenait également un flambeau prêt à être allumé.

L'enfant frappa la pierre du fer de son briquet, ce qui enflamma l'amadou. À cet instant, ils découvrirent les hommes qui les attendaient. Mais c'était trop tard pour eux. Gaston avait allumé sa bougie et Jehan l'utilisa pour mettre le feu au flambeau.

— Père, j'ai réussi ! cria Étienne en se précipitant vers le cousin de Jehan.

Jeannin resta un instant interdit, avant de comprendre que son salut était dans la fuite. D'un regard affolé, il repéra deux portes, mais les adultes se tenaient devant. Il se retourna et tenta alors de grimper au fenestron, mais Jehan le saisit en lui criant :

— Tente de me mordre encore, morveux, et tu recevras la raclée de ta vie !

En complète détresse, l'enfant se laissa faire. Le maître boucher l'attrapa ainsi par le col et le conduisit à Gaston.

— C'est bien mon voleur, M. de Tilly ! s'exclama-t-il, profondément satisfait.

Jeannin fondit en larmes, provoquant un début de pitié chez Louis.

— Écoute-moi bien, mon garçon, on ne te veut pas de mal. M. de Tilly est commissaire de police, mais tu ne seras pas conduit au Châtelet si tu réponds sincèrement à nos questions, lui dit-il.

Les sanglots étouffaient le mouflet qui ne put répondre et, désormais, c'étaient le vacarme et les cris dans la cour qui occupèrent l'attention des hommes. Les frères Bouvier et Nicolas devaient avoir saisi les autres garnements. Avant d'aller les aider, Gaston, qui avait apporté des menottes en fer, tenta de les passer aux frêles poignets de son prisonnier, mais le bambin aurait trop facilement pu sortir ses mains, aussi renonça-t-il. Heureusement, Louis avait prévu des cordelettes.

— Garde tes mains jointes, ordonna-t-il à l'enfant.

Celui-ci, toujours en pleurs, regard posé sur le sol, se montrait incapable de réagir. Finalement, Étienne tenta de le consoler et de le rassurer :

— Jeannin, ces hommes ne te veulent pas de mal. Ils veulent saisir la dame de la Samaritaine, c'est tout ! Tu seras libéré ensuite.

L'enfant lui jeta un regard désespéré.

— Tu... tu es avec eux... ? balbutia-t-il d'un ton de reproche.

— Oui. Maître Le Pontonnier, que tu as mordu, est mon oncle. Lui, c'est mon père et les autres sont leurs amis. Il ne t'arrivera aucun mal avec eux.

Voyant que le jeune voleur se calmait, Louis lui attacha les poignets, mais sans serrer. Il ne voulait pas le laisser libre sans être certain qu'il ne puisse s'enfuir, au risque de se blesser.

Pendant ce temps, Gaston était allé ouvrir la porte extérieure. Le cousin de Jehan l'accompagnait avec le flambeau. Guillaume et Jacques tenaient fermement chacun un enfant. Le fils Bouvier n'avait rien eu à faire, sinon à se placer devant la corde qui pendait le long du mur afin que les voleurs ne puissent l'utiliser pour s'enfuir.

— Je suis commissaire au Châtelet, commença-t-il.

Une cascade de sanglots convulsifs saisit l'un des garnements, qui s'affaissa dans les bras de Guillaume. M. de Tilly approcha et le reconnut :

— Tu es le Pierre condamné au fouet, ce printemps !

Incapable de parler tant l'émotion, la panique et la détresse le submergeaient, Nicolas, qui s'était faussement prénommé Pierre lorsqu'il avait été pris, tourna de l'œil, étouffé par ses propres pleurs. Terrorisé, le second gamin fondit à son tour en larmes.

— Guillaume, Jacques, faites-les entrer et conduisez-les à la cuisine. Ils ont certainement faim.

Tous passèrent dans l'antichambre où Étienne racontait fièrement à son père et son oncle comment il avait rejoint la bande et parfaitement joué le rôle qu'on lui avait demandé de tenir.

Louis félicita le jeune garçon pour son courage, car, après tout, il ignorait dans quelle bande il allait tomber. Puis il confia son prisonnier à Jehan pour aller ouvrir la porte communiquant avec la salle mitoyenne, elle-même ayant une issue vers la cuisine. Les enfants y furent conduits sans difficultés, mais non sans larmes.

16

Meublée principalement d'une longue table où tous les occupants de la maison prenaient leurs repas en commun, la cuisine était une vaste pièce complétée par un cellier et un fruitier. Deux bancs et des escabeaux permettaient d'y tenir à plus de deux douzaines de convives.

Quand les hommes et les enfants y pénétrèrent, la pièce était encore agréablement chauffée par les braises de la cheminée et du potager, ce qui combla tout le monde.

Une fois la porte de communication soigneusement fermée à clef, Louis retira le lien des poignets de Jeannin, lequel fut contraint de s'asseoir entre ses compagnons, tandis que les adultes et le jeune Étienne s'installaient autour et devant eux. Seul Gaston demeura debout.

— Celui-ci me connaît, commença-t-il en désignant Nicolas, puisque j'ai été un de ses juges. Pour les autres, sachez que je me nomme Tilly et suis commissaire examinateur au Châtelet. Avant toute chose, je tiens à vous dire que vous ne serez pas punis, si vous vous montrez francs et loyaux. Je vais vous poser des questions et, si vos réponses me conviennent, vous repartirez libres, après avoir mangé. Simplement, gare à vous si vous tentez à nouveau de voler, car, alors, je ne pourrai plus rien pour vous !

— Et la médaille ? s'enquit Jehan.

— Je ne l'oublie point et elle fera l'objet de mes premières questions. Mais, d'abord, donnez-moi vos noms.

Seul le petit Jeannin parvint à ânonner d'une voix implorante, après s'être essuyé le visage avec sa manche :

— Jeannin Perrin, monsieur.

Les regards se tournèrent brusquement vers l'ouverture de l'escalier enserré dans une des tourelles d'angle. Mme Fronsac venait d'apparaître, un bougeoir à la main.

Ce passage en viret communiquait directement avec sa chambre située à l'étage supérieur.

— Je vous ai entendus parler, dit-elle, comme pour s'excuser de sa venue. Ce sont donc eux, vos petits voleurs ? Ils n'ont pas l'air méchant. Quel âge as-tu ? demanda-t-elle à Jeannin.

— Neuf ans, madame.

— Et vous deux ?

— Douze... ans, madame, chuinta pathétiquement Nicolas, toujours submergé par un flot d'émotions irrépressible.

— Dix ans, madame, balbutia Colin, moins terrorisé que son camarade, puisque lui n'avait jamais subi l'épreuve du fouet.

Mme Fronsac se dirigea vers un placard maçonné dans l'épaisseur du mur et protégé des rats par un volet grillagé. Elle l'ouvrit pour en sortir un pâté de viande et une demi-tourte au poisson, reliefs de précédents repas. Ayant déposé ces aliments sur la table, elle s'adressa au fils Bouvier :

— Nicolas, puisque tu te prénommes comme l'un de ces garnements, tu vas t'occuper d'eux. Coupe-leur à chacun une bonne portion de ces plats et tranche ensuite du pain. Moi, je vais faire réchauffer de la soupe sur le potager. Pendant ce temps, ces enfants vont nous dire d'où ils viennent. Commençons par toi, Jeannin.

De plus en plus rassuré, l'enfant s'expliqua. D'une voix cependant hachée par le désarroi qui l'étouffait, il raconta la brusque disparition de sa famille, puis parla du notaire qui avait accepté l'installation d'une tante chez lui, une méchante femme fâchée avec son père, une mégère qui le détestait et le martyrisait, qui avait chassé ses domestiques et dont il était persuadé qu'elle voulait sa mort. Il s'était donc enfui, à la recherche, hélas vaine, d'amis de son père. Perdu dans Paris, détroussé par des larrons, il s'était réfugié à Notre-Dame où il avait rencontré Nicolas et Colin qui lui avaient offert l'hospitalité.

— Mon fils, ne peux-tu rien faire ? Ton père connaît certainement ce notaire, il doit être possible de retrouver l'ami des parents de ce pauvre enfant et de faire chasser cette marâtre ! s'exclama madame Fronsac d'un ton révolté, en recouvrant les tranches de pain posées dans des écuelles avec la soupe tirée du poêlon réchauffé par les braises.

— Je m'occuperai de toi, si ce que tu dis est vrai, Jeannin, accepta Louis. Gaston, connais-tu le commissaire de Montmartre ?

— Oui. Et je vais également m'intéresser à cette tante.

— Je n'ai pas menti, monsieur, fit l'enfant dans un murmure étranglé.

— Dans ce cas, tu pourras bientôt rentrer chez toi, si tu ne fais plus d'incartades.

M. de Tilly se tourna vers les deux autres qui avaient cessé de manger, se demandant confusément si ces gens qui les avaient piégés n'allaient pas finalement les tirer de leur malheur.

— Où vivez-vous pour avoir pu loger Jeannin ?

— Dans une auberge abandonnée, rue des Rats, *Le Cygne-Couronné*, monsieur, répondit Nicolas dont les pleurs avaient cessé.

— Tiens, tiens ! fit le commissaire.

— La connais-tu ? s'enquit Louis.

— Parfaitement. L'année dernière, M. de Laffemas a rassemblé tous les commissaires, les exempts et les sergents pour investir ce bâtiment devenu un repaire de truands. Nous étions près de trois cents et, pourtant, cela n'a pas été facile, car ils ne se sont pas laissé faire. Mais force est restée à la loi, la plupart ont fini à Montfaucon et les autres aux galères. Depuis, je pensais la bâtisse vide. Comment êtes-vous arrivés là ?

— C'est la dame de la Samaritaine qui m'y a conduit, monsieur le commissaire, répondit Nicolas qui, gavé de tourte et rassuré, avait séché ses larmes.

— La dame de la Samaritaine ? Qui est cette singulière personne ?

Il leva une main pour l'interrompre :

— Non, attends ! Avant d'aller plus loin, dis-moi d'où tu sors.

— Mon père était avocat au parlement de Rouen, commença l'enfant qui, à son tour, raconta ses malheurs.

Personne ne l'interrompit et aucun ne fit de remarque sur la gouvernance de Richelieu, tant le Grand satrape, comme on le surnommait, était craint, même parmi les plus puissants du royaume. Pourtant, chacun désapprouvait la violence du ministre et sa façon brutale d'imposer de nouvelles redevances, alors que la misère et la disette régnaient dans le royaume.

— ... Arrivé à Paris, j'ai moi aussi été dépouillé par des gueux qui m'ont pris tout ce que je possédais. Je mendiais devant Saint-Germain-l'Auxerrois, quand une dame m'a pris en pitié. Plusieurs fois, elle m'a offert un quignon de pain et, un jour où il faisait froid et pleuvait, elle m'a dit que je ne pouvais plus dormir dans la rue. Elle m'a fait monter dans son carrosse et conduit au *Cygne-Couronné*. Là, elle m'a donné quelques liards et, comme je la remerciais de sa bonté, elle m'a demandé de lui rendre un service.

Il narra alors les conditions de son premier vol : la dame de la Samaritaine qui se prétendait spoliée par des cousins et voulait reprendre une aiguière lui appartenant chez sa tante trépassée.

— J'ai cru à ses dires, monsieur le commissaire, puisqu'elle m'avait donné la clef de la maison. J'ai pris l'aiguière, qui était en argent, et la lui ai remise le lendemain, devant la Samaritaine. C'est bien plus tard que j'ai deviné le mensonge, quand elle m'a demandé d'autres rapinages.

— Où se trouvait la maison de cette prétendue tante ? demanda Gaston.

— Dans la rue des Lombards, monsieur le commissaire.

— Quand cela s'est-il passé ?

— En octobre.

Déconcerté par ces révélations, M. de Tilly demeura un instant sans voix, puis il se pencha vers Louis et lui glissa qu'il voulait lui dire quelques mots en aparté. Ce dernier se leva et le rejoignit vers la porte du cellier.

— Ce vol a été commis dans une maison où j'avais moi-même posé les scellés ! C'était le premier de cette suite de larcins dont je t'ai parlé et pour lesquels, chaque fois, les larrons possédaient les clefs des logis, pourtant sous scels.

— Incroyable ! Ces enfants vont à coup sûr te permettre de mettre à jour une affaire hors du commun.

— Sans doute ! Reste à découvrir qui diable peut être cette femme.

Pendant qu'ils discutaient, madame Fronsac proposa aux hommes de se servir du pâté et demanda à Nicolas de remplir quelques gobelets de vin.

— Et toi, d'où viens-tu ? demanda-t-elle ensuite à Colin.

— De Dijon, madame.

— Comment es-tu arrivé à Paris, si petit ?

Louis et Gaston se rapprochèrent pour écouter.

À son tour, le gamin narra ses malheurs, sa venue à Paris, voici quelques mois, accompagné par son beau-père médecin qui l'y avait abandonné. Puis il parla de la gentille dame qui l'avait pris en pitié et conduit dans le refuge de Nicolas. Sans elle et ses amis, il serait mort de faim, conclut-il à nouveau, les larmes aux yeux.

Le triste récit émut Louis, sa mère et même les frères Bouvier, pourtant endurcis après vingt ans de guerre. Le récit de l'enfant les troubla d'autant plus qu'ils avaient connu un sort similaire après la mort de leurs parents, tués par des troupes espagnoles qui avaient pillé leur ferme. Ils avaient alors une dizaine d'années et avaient ensuite vécu d'expédients, avant de rejoindre une troupe de reîtres lorrains au service du duc Charles.

Quant à Gaston, il ne se montra touché qu'à un moindre degré, car il avait entendu maintes histoires du même genre et souvent encore plus dramatiques. En revanche, la présence d'une dame dans l'histoire de Colin l'interpella.

— Cette dame, c'était celle que Nicolas appelle la dame de la Samaritaine ?

— Oui, monsieur le commissaire.

17

Dès lors, les questions de Tilly fusèrent en rafale :

— Quel genre de carrosse utilisait-elle ? Combien de chevaux y étaient attelés ? Le cocher était-il en livrée ? Y avait-il des armes sur les portières ?

— Ce n'était pas un somptueux équipage, monsieur le commissaire, mais un petit carrosse très sale, avec un seul cheval, dit Nicolas. J'ai pensé qu'il était loué, car cela se fait, à Rouen.

— Ici aussi. Que savez-vous d'autre sur elle ?

— Rien de plus, monsieur le commissaire. Parfois, elle venait nous voir au *Cygne-Couronné*, mais, le plus souvent, on l'attendait le soir, devant la Samaritaine.

— Décrivez-la-moi !

— Elle ressemble à ma mère, dit Jeannin dans un sourire innocent.

— Elle est brune, monsieur, rectifia Nicolas. Elle n'est ni grosse ni jeune. L'âge d'avoir des enfants comme Jeannin.

— Entre trente et quarante ans, donc, conclut Louis. Son visage, ses mains, son attitude ?

— Il faisait presque toujours sombre quand elle nous rencontrait. Je n'ai rien remarqué de son visage, mais elle avait souvent une expression sévère, avec des lèvres fines. Elle était à la fois bonne et brutale. Elle a frappé Jeannin qui n'avait pas rapporté ce qu'elle lui avait demandé. Ses mains ? Elle portait toujours des gants. Et toi, Colin, qu'as-tu remarqué ?

— Rien de plus, sinon un collier de perles d'argent. Elle portait des vêtements de qualité, mais pas des habits somptueux.

Bref, une femme passe-partout, conclut Gaston, dépité.

— Venait-elle toujours en carrosse ?

— Non, monsieur, parfois elle arrivait à pied, seule.

— De quel côté ?

Les enfants se regardèrent.

— Plusieurs fois, depuis l'Outre Grand Pont[47], monsieur.

Habitait-elle ce quartier ? s'interrogea Gaston.

— Vous a-t-elle ordonné d'autres vols ?

— Oh oui, monsieur ! déglutit Nicolas. Allez-vous nous mettre en prison pour cela ?

— Je vous ai promis que non, mais, pour identifier et saisir au corps cette femme, j'ai besoin que vous me racontiez tous vos vols.

— Et la médaille des bouchers, qu'en ont-ils fait ? lança Jehan, qui ne pensait qu'à ça.

— C'est moi qui l'ai prise, monsieur, vous le savez, murmura Jeannin. Voilà ce qui s'est passé : la dame de la Samaritaine nous a affirmé qu'il y avait beaucoup d'orfèvrerie dans votre halle. Persuadée que je serais capable de passer entre les barreaux de l'étage, pendant que Nicolas et Colin feraient le guet, elle m'a demandé de m'emparer de tout ce que je pourrais porter. Mais vous m'avez surpris et j'ai seulement pris la médaille que nous lui avons donnée la nuit suivante. Comme elle était mécontente, elle ne nous a donné que six liards en échange. À peine de quoi nous acheter du pain de seigle pour quelques jours.

— Six liards pour notre médaille en or ! s'offusqua Jehan. Qu'est-elle devenue ?

— Je ne sais, monsieur, mais, dès que je travaillerai, j'économiserai sou à sou pour vous rembourser. Je vous le jure, fit un Jeannin larmoyant.

Gaston se tourna vers Nicolas.

— Revenons aux autres vols... Je veux en connaître tous les détails.

L'enfant s'exécuta avec une certaine réticence, tant la honte l'étouffait. Il commença par le larcin des timbales d'argent chez la trépassée de Montmartre, expliquant être entré par un soupirail que

---

[47] La rive droite.

lui avait indiqué la dame de la Samaritaine. Il poursuivit par la façon dont Colin s'était faufilé chez le marchand de grains des Halles, dont la même dame savait qu'il serait à l'église avec sa mesnie. Puis ce fut le larronage d'une autre maison sous scellés, dont leur protectrice possédait la clef, ensuite le chapardage du mercier de la rue des Barres, un marchand en faillite à la demeure close, mais pour laquelle elle leur remit la clavelle.

Avec effarement, Gaston voyait défiler toutes les affaires sur lesquelles il avait été mis en échec ces derniers mois. Et derrière ces brigandages, il y avait toujours une seule et même personne : la dame de la Samaritaine.

— Donc, à plusieurs reprises, elle vous a remis des clefs...

— Oui, monsieur le commissaire.

— Elle connaît quelqu'un au Châtelet qui fait des empreintes chaque fois, intervint Louis.

— C'est l'évidence ! Et c'est certainement le même qui lui a indiqué que le *Cygne-Couronné* pouvait être un refuge pour ces gamins.

— Monsieur le commissaire, nous n'avons pas volé que pour elle, intervint Colin. Parfois, nous ne la voyons plus durant des semaines et on avait faim. On a aussi pillé des troncs d'église. Et, il y a quelques jours, voyant une fenêtre ouverte, j'ai pris une salière et un crucifix dans la chambre du vicaire de Saint-Gervais, mais on les a toujours et on les rendra.

Gaston n'y attacha pas d'importance. Seule la femme l'intéressait.

— Quels autres vols vous a-t-elle fait faire ? interrogea-t-il.

— Elle a demandé à Jeannin d'entrer par une lucarne de l'hôpital du Saint-Esprit. Après avoir grimpé par une échelle, il devait se rendre dans la pièce où l'économe gardait son argent, mais, une fois dedans, il a eu peur et n'a rien emporté. C'est après ça qu'elle l'a frappé.

Gaston haussa les sourcils, ignorant cette tentative.

— Quoi d'autre encore ? demanda-t-il.

— La maison de la rue Sainte-Avoye où j'ai été pris, monsieur. La dame nous avait donné la clef en nous assurant que le conseiller qui l'habitait serait absent, ce soir-là, et qu'il n'y aurait qu'un domestique sourd. Malgré tout, j'ai été pris et, après avoir reçu le fouet, je ne voulais plus voler, monsieur. J'avais eu trop mal. Je l'ai dit à la dame et elle s'est fâchée. Elle a menacé de nous abandonner et affirmé que, sans son aide, on se ferait prendre, parce qu'on serait bien obligé de voler pour survivre. Alors qu'elle ne nous proposait que des larronages sans risque si on était prudents et silencieux.

» En dépit de ces affirmations, nous avons refusé, nous avons cherché à travailler, mais personne ne voulait de nous. Finalement, affamés, on est retournés devant la Samaritaine. Un soir, elle nous a vus et nous a annoncé qu'un commissaire priseur au Châtelet, arrêté pour concussion, avait laissé sa demeure vide. Elle nous a indiqué où trouver une échelle dans son jardin et on s'y est rendu. Cette nuit-là, nous avons volé une coupe dorée. Quelques jours plus tard, sur ses conseils, nous nous sommes fait enfermer dans l'église de l'abbaye de Saint-Germain. Nous avons pris un calice et un bénitier en argent dans une armoire de la sacristie qui n'était pas fermée.

— Cela fait beaucoup de vols, intervint sévèrement le cousin de Jehan, qui aurait préféré que le commissaire se montre plus dur avec ces jeunes larrons.

— Oui, monsieur, reconnut Nicolas. Nous avons rapiné au moins pour quatre cents livres d'objets en argent et sans garder grand-chose pour nous. Je regrette ce que j'ai fait et, comme Colin, je jure que je rembourserai, même si je dois y passer ma vie.

Pas convaincus, Jehan Le Pontonnier et son cousin firent la moue.

— Quatre cents livres en moins d'un an ! Une lucrative entreprise pour cette dame et son complice, car elle a forcément un complice au Châtelet, conclut cyniquement Louis.

— Mes garçons, vos rapines sont graves, mais cette femme a été votre mauvais ange. Certes, vous devrez rembourser, tout rembourser. Cependant, grâce à vous, je vais peut-être mettre la main sur des gens bien plus dangereux que vous. Reconnais, Jehan, que, si je saisis cette dame de la Samaritaine, je mettrai fin à ces vols et ce sera grâce à eux, car sinon, elle trouvera toujours des enfants perdus pour travailler à son profit.

Le Pontonnier balança la tête, avant de lâcher son accord.

— Que pensez-vous d'eux, mère ? s'enquit Louis.

— Que ce sont des malheureux et que je dois les aider.

— Et toi, Gaston ?

— Je côtoie chaque jour des pauvres gens qui ont connu pareilles adversités, qui sont devenus voleurs pour survivre, parfois même meurtriers, et beaucoup finissent aux galères ou suspendus à une potence. Mais ces garçons ne sont pas encore corrompus à ce point et on peut les sortir de leur misère. Cependant, je veux entendre leur confession demain, au Châtelet, et leurs déclarations seront consignées par mon secrétaire. Ensuite, ils resteront à ma disposition pour piéger cette dame. Si j'y parviens, je me fais fort d'obtenir une rémission pour leurs délits.

— Nous ferons ce que vous nous demanderez, monsieur le commissaire, promit Nicolas, plein d'espoir.

— Mère, peuvent-ils passer la nuit dans la pièce d'à côté, sur une paillasse ?

— J'allais te le proposer, mon fils.

Les trois enfants échangèrent un regard incrédule.

— Vous dormirez donc ici, pour l'instant, décida Louis, et demain matin, je vous conduirai au Grand-Châtelet.

— Gaston, ce beau-père qui a abandonné Colin à Paris ne doit-il pas avoir maille à partir avec la justice ? s'enquit alors Mme Fronsac.

Ce dernier opina en ajoutant :

— Je ferai un courrier au lieutenant criminel de Dijon.

Il se tourna vers Nicolas :

— Quant à ton père, il me paraît impossible de le sortir des galères. Pourtant, si je découvre le ministre de justice dépravé qui est au cœur de cette affaire, il n'est pas impossible que M. de Laffemas m'entende.

Sur ces décisions, ils se séparèrent. M. de Tilly rentra chez lui, accompagné de Jehan, de son cousin et du fils de ce dernier ; et les enfants furent installés pour la nuit.

18

Mercredi 4 mai 1639

Quand Gaston de Tilly arriva au Châtelet, il faisait encore nuit, mais il désirait rencontrer son exempt avant que celui-ci ne parte enquêter en ville. À peine entré dans la salle des huissiers, le commissaire demanda donc aux gens d'armes qui s'y trouvaient de prévenir M. Picault qu'il voulait lui parler. Malheureusement, l'un des archers lui répondit que l'ancien brigadier au régiment de Villeroy était déjà passé et reparti avec le sergent Pitard.

Un brin contrarié, Tilly se reprocha de ne pas s'être levé plus tôt. Rentré chez lui après une heure du matin, il était tombé dans un sommeil d'autant plus profond qu'une partie de ses soucis s'étaient envolés après les révélations des enfants et, si sa logeuse ne l'avait pas réveillé, il serait encore au fond du lit à rêvasser. Cependant, l'absence de son fidèle second n'était pas vraiment fâcheuse puisqu'il se présenterait comme chaque jour en fin d'après-midi afin de lui faire le compte rendu de ses investigations. Peut-être même que celles-ci seraient favorables et que le mystère de l'assassinat de Mme Blangy serait en voie d'élucidation.

Les tâches des exempts étaient multiples. Enquêteurs autorisés à pratiquer des arrestations, ils passaient une grande partie de leur temps à se renseigner sur les marchés et dans les cabarets, rédigeant ensuite des notes pour leur commissaire. Mais, depuis le crime de l'auberge Sainte-Catherine, M. Picault était déchargé de ces besognes routinières. Gaston lui avait demandé de consacrer tout son temps à la recherche du receleur des bijoux volés sur la pauvre femme.

Le lendemain du crime, l'exempt s'était rendu chez le clerc de l'orfèvrerie, un bijoutier bourgeois de Paris qui avait transféré sa boutique rue Saint-Jacques-de-la-Boucherie depuis l'incendie du Pont au Change.

Ce clerc, assisté de deux sous-clercs, était chargé, à côté des gardes de sa profession, de tenir le registre de l'orfèvrerie et de la joaillerie perdue ou volée. Pour chaque pièce disparue, il devait noter la forme, le poids, les gravures et les noms, qualités et demeures des personnes à qui elles appartenaient. Des informations qu'il tenait des commissaires du Châtelet. Sitôt qu'il avait connaissance d'un objet volé, il devait distribuer avec diligence sa description à tous les orfèvres du corps. Inversement, ceux-ci n'ayant pas le droit d'acheter des objets en or ou en argent à des personnes méconnues, sauf à exiger d'elles leur nom et leur domicile, les marchands prévenaient le clerc si on leur proposait de la vaisselle, des joyaux ou des pierreries d'origine douteuse. Ce dernier avertissait alors le commissaire de son quartier.

M. Picault avait donc remis au clerc la liste des articles volés à la morte, ainsi que leur description, et ce dernier avait promis de transmettre l'information à tous les orfèvres de Paris.

Mais l'exempt avait trop d'expérience pour se faire des illusions. Si la plupart des joailliers étaient d'honnêtes marchands qui respectaient les règlements de leur profession, d'autres n'hésitaient pas à acheter des pièces douteuses, parfois parce qu'ils pouvaient facilement les fondre, lorsqu'il s'agissait d'or, ou parce qu'ils se savaient capables de les vendre rapidement et discrètement à un client. D'ailleurs, quelques mois auparavant, un conseiller au Parlement avait été arrêté pour avoir acheté ainsi des objets volés auprès d'un joaillier peu scrupuleux[48].

Pour ces raisons, M. Picault avait également demandé au clerc une liste à jour des marchands orfèvres de la capitale.

Dès l'après-midi de ce même jour, accompagné du sergent, il avait entamé la visite des boutiques notées dans cet inventaire. Néanmoins, il s'était cantonné au quartier de la Grève, puisque, pour enquêter dans le reste de la capitale, il aurait eu besoin d'une autorisation du lieutenant civil.

---

[48] Authentique.

Si, autour de l'Hôtel de Ville, les orfèvres étaient nombreux, la plupart s'affirmaient honorables commerçants. Pour ceux qui avaient pignon sur rue et dont la probité était établie, Picault décrivait seulement les pièces volées. Comme il s'en doutait, aucun d'eux n'avait vu les bijoux larronnés. Pour d'autres, dont quelques-uns avaient déjà eu maille à partir avec la justice, il exigeait de pouvoir examiner les objets mis en vente ou entreposés au fond des coffres. Hélas, après plusieurs jours d'investigation, il avait fait chou blanc. Aussi, en accord avec M. de Tilly, il avait entrepris de rendre visite à des marchands à la véreuse réputation, généralement installés dans des quartiers mal famés éloignés de la Grève, quitte à être réprimandé pour ne pas avoir respecté les procédures et les règles de juridiction. Ce n'était pas la première fois qu'il agissait ainsi et il était persuadé que, s'il réussissait, M. de Laffemas l'absoudrait.

Gaston se trouvait dans son cabinet avec son secrétaire quand Louis Fronsac arriva, accompagné des trois enfants.

M. Lenormand fit porter un banc sur lequel les galopins s'assirent. La peur les dominait, surtout Nicolas, compte tenu de ce qu'il avait subi. Gaston céda sa place à la table à son secrétaire qui avait préparé feuillets, encre et plumes d'oie. Louis s'était installé sur une vieille chaise branlante.

L'interrogatoire dura plusieurs heures. Chaque enfant refit le récit de sa vie à Paris et des vols commis. Tilly ne laissa rien dans l'ombre, multipliant les questions, tandis que Lenormand notait tout. Seul Fronsac resta silencieux, mais il renoua à plusieurs reprises ses rubans de poignets, signe d'une intense réflexion.

La longue séance se termina vers onze heures. M. Lenormand relut à chaque enfant sa déposition, puis la fit parapher. Comme tous les trois savaient à peu près écrire, ils signèrent de leur nom.

— J'ai parlé avec mon père et M. Bailleul, ce matin, avant de partir, dit Louis. Ce dernier a ensuite rencontré Nicolas et lui a fait copier quelques lignes. Satisfait, il est d'accord pour le prendre comme commis à l'étude.

— De mon côté, j'ai pensé à Mme Guyard, ma logeuse.

Il s'adressa à Colin :

— Elle tient seule un commerce de chandelles et tu pourrais l'aider dans sa boutique et dans l'entretien de sa maison. Elle m'a dit plusieurs fois qu'elle cherchait un apprenti. Ce travail te conviendrait-il ?

— Oui, monsieur le commissaire. Cette vie de voleur me fait horreur. Je serai un bon serviteur, je vous le jure.

— Nous irons donc la voir. Et comme je te l'ai promis, j'écrirai au lieutenant criminel du bailliage de Dijon au sujet de ton beau-père et de ta mère, mais la procédure sera longue, car ton beau-père a certainement des appuis.

— Je vous remercie du fond du cœur, monsieur le commissaire.

— Reste Jeannin...

— Je ferai rechercher le notaire par M. Bailleul, intervint Louis.

Tilly hocha la tête, tout en demeurant un moment songeur. Puis il demanda à l'enfant :

— Te souviens-tu du nom de l'ami de ton père ?

— Non, monsieur, mais il se prénomme Jacques et il est aussi marchand de vin. C'est un de mes parrains. On s'est rendu plusieurs fois chez lui, dans une rue toute proche de la place de Grève. On était allé voir les pendus, avant, et je me souviens d'un cimetière que l'on apercevait de sa fenêtre.

— Hum... je ne vois qu'un négociant en vin à cet endroit-là : Jacques Imbault, que je connais bien. Sa femme s'appelle Magdeleine. Le nom te dit quelque chose ?

— C'est cela, monsieur ! cria l'enfant. Ma mère l'a appelée Magdeleine.

— Pourront-ils s'occuper de toi ?

— Oui, monsieur, ils m'aiment beaucoup.

— Entendu. Nous irons chez eux avant ce soir et, s'ils le souhaitent, ils te garderont.

— En retournant à l'étude avec Nicolas, je peux y faire une halte et m'occuper de Jeannin. J'en profiterai pour demander à M. Imbault s'il connaît le notaire de son ami.

— Voilà qui est parfait et cela m'arrange puisque j'attends M. Picault. De mon côté, ce soir ou demain, je me rendrai chez le commissaire du quartier de Saint-Eustache, M. Lemarrier. C'est lui qui a en charge Montmartre.

Les problèmes immédiats étant réglés, Louis proposa qu'ils aillent se restaurer, car l'heure du dîner était passée depuis longtemps et la faim les tiraillait.

Habituellement, quand il était pressé, Gaston se rendait à une bauve[49] de la rue de la Triperie, à quelques pas du Châtelet, ou à la *Tête-Noire*, une rôtisserie près du pont de bois. Des gargotes où l'on mangeait debout, fréquentées surtout par les gens de la prévôté.

La *Tête-Noire* fut choisie, car la plus proche. La rôtisserie tenait son nom d'une ancienne maison aux pignons sculptés, accolée à l'église Saint-Leufroy. Gaston offrit à tout le monde un morceau d'oie entre deux tranches de pain, le tout arrosé d'une chopine de vin prise à un marchand mitoyen.

Le repas terminé, Louis partit avec Nicolas et Jeannin, et Gaston revint dans son cabinet en compagnie de Colin et Lenormand.

[49] Petit étal abrité par un auvent et loué à un regrattier.

19

Mercredi 4 mai 1639

Pendant ce temps, l'exempt Picault et le sergent Pitard arrivaient dans la rue Neuve-Saint-Denis, un chemin raviné qui partait du haut de la rue Saint-Denis et suivait le talus de l'enceinte bastionnée. L'égout à ciel ouvert[50], qui se vidait dans les fossés, n'était pas loin et l'odeur pestilentielle.

L'endroit était surtout riche en cabarets, mais, au milieu de ces tavernes fréquentées par une faune peu recommandable, se dressait la boutique d'un orfèvre à l'enseigne du *Griffon* dont on pouvait se demander d'où provenait la clientèle. Il s'agissait de la troisième échoppe du quartier que les hommes du Châtelet visitaient et, pour les deux premières, ils n'avaient rien découvert en rapport avec les bijoux de Mme Blangy.

Les policiers s'arrêtèrent un instant devant l'étal, une planche en bois à la peinture verte écaillée. La bâtisse elle-même était une pauvre demeure aux murs de guingois et à l'étage affaissé, resserrée entre un cellier à vin et un bourrelier.

Dans l'ouvroir où couraient quelques cafards, un vieil homme nettoyait une coupe en étain. D'après la liste du clerc de la profession, il se nommait Jehan Le Chevalier. Quand il se tourna vers eux, ils découvrirent un visage aplati, entouré de cheveux sales et clairsemés, avec de petits yeux méfiants enfoncés dans leurs orbites.

— Êtes-vous l'orfèvre Jehan Le Chevalier ? interrogea l'exempt.

---

[50] Rappelons qu'il n'y avait pas de conduite de tout-à-l'égout. Ce canal récupérait seulement ce qui était transporté par les ruisseaux des rues.

Regard intrigué vers les deux visiteurs, certainement voilé d'un brin d'appréhension, car la venue d'un individu revêtu du hoqueton des sergents du Châtelet n'était jamais bon signe. Quant à son compère qui portait épée, s'agissait-il d'un exempt ou d'un commissaire ?

— C'est moi. Et vous ?

— Pierre Picault, exempt de robe courte à la prévôté.

L'orfèvre baissa les yeux. Mauvais, ça, se dit-il.

— Vous avez reçu un avis du clerc de votre confrérie au sujet d'objets volés, commença l'exempt.

— J'en reçois tout le temps.

— Montrez-moi la vaisselle, les bijoux, pierreries et orfèvrerie que vous conservez chez vous.

Le marchand se montra indécis, songeant que cet exempt dépassait peut-être ses prérogatives.

— Et si je refuse ?

Les traits de l'exempt se durcirent.

— Le sergent Pitard demeurera ici à vous surveiller. Je me rendrai au Châtelet et reviendrai avec une escouade d'archers et un substitut du procureur. Pour votre gouverne, les objets que je cherche ont non seulement été dérobés, mais ont été pris sur une dame sauvagement tuée à coups de couteau. Il ne fait aucun doute que les complices du criminel seront roués, après avoir subi la question préliminaire pour nommer leurs complices. Vous ne l'ignorez pas, monsieur de Laffemas n'est pas réputé pour sa miséricorde. Donc, si on trouve ces bijoux chez vous, vous finirez en spectacle sur la place de Grève.

Le Chevalier se frotta les mains nerveusement.

— J'achète parfois des pièces à des gens honnêtes et j'ose pas toujours leur demander qui ils sont, maugréa l'autre.

— Peu me chaut vos trafics, ils concernent le commissaire de votre quartier. Moi, j'enquête pour saisir un criminel. Si vous avez acheté ce que je cherche, je l'emporterai, mais vos autres possessions ne m'intéressent pas. En revanche, si je reviens avec des archers, on passera tout au peigne fin et je suis sûr que vous dormirez au cachot ce soir. Réfléchissez. Au pire, si vous avez les bijoux dérobés à la victime, je passerai sur le délit de recel, à condition que vous me révéliez qui vous les a cédés.

— Mais vous me le prendrez ! se lamenta l'orfèvre dans un rictus de désespoir.

— Certes, mais contre un reçu. Cependant, ce sera moins douloureux pour vous que de passer sur la roue et, au demeurant, vous saviez parfaitement qu'en achetant de la marchandise volée, elle pouvait vous être confisquée sans indemnité.

Le Chevalier regarda autour de lui dans la ruelle, recherchant vainement une aide, mais l'uniforme du sergent éloignait les bonnes volontés du voisinage.

— Tout est là, tenta-t-il en montrant une vitrine.

— Ouvrez votre porte, je vais vérifier !

L'orfèvre s'exécuta en grommelant.

L'exempt entra et Pitard fit mine de le suivre, mais le premier lui barra la porte, lui demandant d'attendre dehors afin d'empêcher quiconque d'entrer. En réalité, la véritable raison était que Picault connaissait trop bien les sergents et n'ignorait pas que beaucoup d'entre eux n'hésitaient pas à abuser de leurs pouvoirs pour saisir illégalement les biens des gens perquisitionnés en les menaçant de la prison. Moins Pitard en saurait sur ce que possédait cet orfèvre, mieux ce serait. Non qu'il soit particulièrement malhonnête, mais il pouvait parler à des collègues.

Dans la boutique, l'exempt examina la vitrine grillagée soigneusement fermée par une serrure. Elle contenait un bassin rond avec deux ancelles, une aiguière ciselée, une salière, un vinaigrier ouvragé, une coupe, une écuelle à oreilles, des gobelets et deux flambeaux. Tous ces ustensiles couverts de poussière paraissaient être en argent, ou simplement argentés, et ne présentaient aucun intérêt pour l'exempt.

— Ouvrez-moi votre coffre ! ordonna-t-il.

Tous les orfèvres en possédaient un pour mettre à l'abri leurs valeurs.

Le Chevalier savait ne plus avoir le choix. Il se dirigea vers l'arrière de l'échoppe. Il y avait là une petite cuisine et une échelle conduisant à la chambre d'étage.

Il considéra une nouvelle fois son visiteur, dans un mélange d'inquiétude et d'hésitation, puis poussa une huche, s'accroupit et enleva plusieurs carreaux de faïence descellés. Au-dessous s'étalait une plaque de fer avec une serrure. Il sortit le cordon passé autour de son cou auquel était attachée une clef et la fit tourner dans la fermeture. Puis il se redressa sans rien faire de plus.

L'exempt s'accroupit à son tour. Le coffre mesurait un pied de long sur un peu moins de large. Il contenait une bourse de toile bien pansue, des chaînes en or et en argent, des bracelets, des broches et des agrafes, des colliers, dont un en perles. Dès qu'il l'aperçut, Picault le saisit pour l'examiner. Il semblait parfaitement correspondre à celui appartenant à la morte et décrit par les servantes de l'auberge.

Satisfait, il fouilla plus complètement la cache et sortit un bracelet et une broche tout à fait similaires aux croquis que les filles de salle avaient faits. C'est alors qu'il aperçut la médaille. En or, d'une largeur de presque trois pouces, elle représentait un saint Jacques barbu, la main gauche sur un mouton avec, derrière lui, un animal écorché et suspendu sur des perches.

À coup sûr, il s'agissait de la plaque volée à la confrérie des bouchers.

Décidément, il venait de faire coup double, songea l'exempt, fort satisfait.

Il se releva et montra les trois premiers bijoux à l'orfèvre.

— Qui vous les a vendus ?

— Une femme, répliqua l'autre avec un air renfrogné.

L'exempt haussa un sourcil. L'assassin serait une femme ? Le commissaire n'avait jamais imaginé pareille éventualité.

— Que vous connaissiez ? s'enquit-il.

— Oui et non. Je ne sais pas qui elle est, mais elle m'a déjà apporté de la vaisselle d'argent. Une coupe, des gobelets et des flambeaux, en particulier.

— Une voleuse, donc.

— Je sais pas.

— Quel âge a-t-elle ? Décrivez-la-moi.

— Plus de trente ans, pas loin de quarante, maigre, brune, un air sévère. Elle parle très peu, sauf pour barguigner.

— Rien d'autre ?

— Non.

— Comment vient-elle ?

— En chaise.

— Où se trouve l'orfèvrerie qu'elle vous a cédée ?

— J'ai presque tout vendu, mais il en reste dans ma vitrine.

— Qui étaient vos clients ?

Le marchand leva une main d'indifférence pour marquer son ignorance.

— Des gens de passage, suggéra-t-il.

Le commissaire saura mieux que moi le questionner, se dit Picault, qui décida de ne pas poursuivre l'interrogatoire.

— Je prends ces bijoux, décida-t-il. Ainsi que cette médaille. Et interdiction de vendre la moindre pièce d'orfèvrerie. Au sujet de la médaille, qui vous l'a portée ?

— La même femme.

Cette fois, l'exempt écarquilla les yeux de surprise.

— Vous en êtes certain ?

— Évidemment ! Je l'ai payée au poids de l'or, car elle est invendable. Je comptais la fondre.

Comment cette pièce volée par un gamin des rues pouvait-elle être arrivée dans les mains de celle qui avait poignardé Émeline Blangy ? À moins que cette criminelle ne soit, elle aussi, qu'une intermédiaire, auquel cas il venait de mettre à jour une bande bien organisée. Décidément, M. de Tilly allait se complaire à éclaircir cet embrouillamini.

Il glissa collier, broche et bracelet dans un sac cousu dans son haut-de-chausses et conserva la médaille bouchère à la main.

— Je vais vous faire un reçu, dit-il.

— À quoi bon ? Je sais que je reverrai jamais mes pièces.

— C'est le règlement et vous devrez parapher un double. Donnez-moi de quoi écrire.

— À côté, fit le receleur, fataliste.

Ils repassèrent dans la boutique. Le marchand abaissa une tablette, dévoilant encrier, plume d'oie, canivet et quelques feuillets de papier rugueux. L'exempt tira une escabelle et décrivit les objets qu'il emportait. En même temps, il expliquait au sergent, appuyé sur l'étal extérieur, qu'il avait découvert les bijoux pris sur madame Blangy.

— Tout y est. C'est une femme qui les a portés à ce receleur.

— Je suis pas un receleur, je suis un honnête marchand ! protesta l'orfèvre. Je pouvais pas savoir que les bijoux étaient volés !

L'exempt ricana.

— Une femme ? murmura le sergent, front plissé... Il la connaît ?

— Hélas, non ! Mais je peux t'assurer d'une chose, nous allons la trouver ! De plus, regarde ça...

Il montra la médaille.

— C'est la même femme qui l'a apportée ! On a affaire à une sacrée bande de canailles, avec des galopins maraudeurs et des assassins. Sans compter cette femme. Mais je fais confiance au commissaire Tilly pour les retrouver tous et, à mon avis, on n'est pas au bout de nos surprises. Crois-moi, mis à part les enfants, tous ces truands finiront sous la roue.

Visage défait, le sergent Pitard paraissait assommé par ces révélations inattendues, à moins qu'il ait du mal à en saisir les ramifications.

— Comment cette dame a-t-elle obtenu les bijoux de madame Blangy ? bredouilla-t-il.

— Va savoir ! répliqua l'exempt en terminant son reçu. Mais elle a déjà écoulé ici de la vaisselle volée.

Il se tourna vers le receleur.

— Paraphez ce papier et montrez-moi l'argenterie qu'elle vous a cédée.

L'homme désigna la coupe, les gobelets et les flambeaux dans la vitrine, puis il vint prendre la plume qu'on lui tendait.

— C'est tout ?

— Je vous l'ai dit, beaucoup a été vendu.

Il signa le feuillet.

— Je vous laisse cette vaisselle, mais interdiction de la céder. Mon commissaire viendra vous interroger et vous aurez certainement à la rendre, s'il identifie le propriétaire. À cette occasion, vous recevrez un double du reçu, authentifié par un notaire du Châtelet.

Il rangea la médaille dans sa bourse et se tourna vers le sergent.

— Rentrons !

L'autre gardait une expression soucieuse, tant il avait du mal à comprendre les découvertes de son compagnon.

Une heure plus tard, Picault pénétrait dans le cabinet de son commissaire. Découvrant le petit Colin assis sur la chaise, il tressaillit et fronça les sourcils.

— Prenez le banc, M. Picault, je vais vous expliquer, fit un Gaston amusé.

— Puis-je vous montrer quelque chose, M. le commissaire ? répliqua l'exempt en s'asseyant.

— Allez-y. Ensuite, je vous présenterai ce garçon.

Picault fouilla dans ses chausses et sortit lentement collier de perles, bracelet et broche.

Tilly demeura brièvement bouche bée avant de demander :

— Qui les avait ?

— L'orfèvre de la rue Neuve-Saint-Denis, le nommé Le Chevalier. Mais ce n'est pas tout, monsieur.

Il guigna vers l'enfant, avant de tirer la médaille de sa bourse pour la déposer devant le commissaire.

— Bravissimo ! s'exclama Gaston. Colin, approche-toi !

Il s'adressa à l'exempt :

— C'est un de ses camarades qui l'a larronnée.

— En le voyant si penaud sur cette chaise, j'ai tout de suite pensé à nos jeunes voleurs, déclara Picault avec une singulière expression. Comment l'avez-vous attrapé ?

Craintif, Colin se leva et regarda la médaille en opinant, tandis que des larmes coulaient sur ses joues.

— C'est bien celle que Jeannin a prise ? lui demanda Gaston.

— Oui, monsieur le commissaire.

— Nous irons la rendre tout à l'heure à M. Le Pontonnier. Maintenant, M. Picault, racontez-moi tout et, ensuite, je vous dirai comment j'ai saisi ce polisson et ses amis, qui sont à l'origine de bon nombre de rapinages inexplicables.

L'exempt commença son récit et, quand il précisa que la même femme avait apporté la médaille bouchère, de l'orfèvrerie et les bijoux de madame Blangy, Gaston écarquilla les yeux.

— La dame de la Samaritaine ! Décidément, voilà une affaire qui apporte un monceau de surprises ! s'exclama-t-il en joignant les mains.

— La dame de la Samaritaine ? Ce serait le nom de guerre de cette voleuse ?

— Le capitaine de la bande de nos petits voleurs était une femme. Elle leur indiquait les maisons faciles à voler et, le plus souvent, leur en remettait la clef en les rencontrant devant la Samaritaine. Les mouflets faisaient la sale besogne, l'un d'eux s'est d'ailleurs fait prendre. Souviens-toi de celui qui a été flagellé, il y a quelques mois. En échange de l'orfèvrerie qu'ils avaient emportée, elle leur remettait à peine de quoi survivre. Elle leur avait aussi trouvé un logis au *Cygne-Couronné*.

Picault hocha plusieurs fois du chef, avant de demander :

— D'où sortait-elle les clefs ?

— D'ici, mon ami, ou du Palais. D'un ministre de justice du Châtelet, ou du Parlement. Et cela ne va pas plaire à M. de Laffemas, ni à M. Nicolas Le Jay[51]. Le même félon a également indiqué que le *Cygne-Couronné* pouvait faire un bon repaire pour des vagabonds.

— Qui ? questionna l'exempt d'une voix blanche.

— Ça, je vais le découvrir, mais je commence à avoir une idée. Maintenant, laisse-moi te raconter d'où viennent nos jeunes larrons...

---

[51] Premier président au Parlement de Paris.

M. de Tilly fit un récit détaillé du piège tendu par Jehan le Pontonnier, puis relata la confession des enfants, demandant à plusieurs reprises des précisions à Colin. M. Picault écouta sans dire un mot, coulant parfois un regard singulier sur le jeune sacripant.

Gaston termina en expliquant ce qu'allaient devenir les enfants et ajouta :

— Avec ce que tu viens de mettre à jour et nos trois témoins capables de reconnaître la dame de la Samaritaine, on ne devrait pas avoir beaucoup de mal à découvrir cette drôlesse.

L'exempt inclina la tête en signe d'adhésion, mais sans rien ajouter ; aussi Gaston se leva-t-il.

— Il est temps d'aller annoncer la bonne nouvelle à M. Le Pontonnier. Colin, je t'emmène, puisque nous irons ensuite chez ma logeuse. M. Picault, venez avec nous.

En parlant, il avait pris le fourreau de son épée pour le glisser dans son baudrier. Il attrapa son chapeau et jeta son manteau sur ses épaules.

— Le sergent Pitard devrait également nous accompagner, puisqu'il était avec toi chez ce receleur. De surcroît, c'est lui qui a fait la chasse à ces enfants, avec M. le Pontonnier.

— N'ayant plus besoin de lui, je lui ai dit qu'il pouvait rentrer chez lui.

— Tans pis, il ne bénéficiera pas des largesses de Jehan.

Il était d'usage qu'une victime de vol récompense celui qui avait retrouvé ses possessions.

Ils se rendirent à pied à la Grande Boucherie. Jehan demeura un instant interdit quand Gaston lui tendit la médaille. Puis sa joie éclata :

— M. de Tilly, vous sauvez mon honneur !

S'il n'avait été de l'autre côté de l'étal, le boucher aurait serré son ami dans bras, peut-être jusqu'à l'étouffer, aussi Gaston, prudent, se tourna-t-il vers l'exempt.

— C'est Pierre Picault qu'il faut remercier. C'est lui qui a tout fait.

— M. Picault ! Vous êtes désormais comme un frère pour moi ! Revenez demain à onze heures, nous irons dîner au *Bœuf-Couronné* et vous vous souviendrez de ce repas !

Il s'adressa à Gaston :

— Et lui, que devient-il, dans l'affaire ? ajouta-t-il en désignant Colin.

— Je vais le faire travailler, comme ses complices.

— Ce sera une bonne chose.

Revenu dans la cour du Châtelet, Gaston s'adressa à son exempt.

— Demain matin, j'aurai besoin de vous pour une arrestation. Pouvez-vous prévenir M. le substitut Pelletier et le sergent Pitard qu'ils nous accompagneront.

— Oui, monsieur, je serai là avant le lever du soleil. Qui arrêtons-nous ?

— La dame de la Samaritaine, bien sûr.

20

Jeudi 5 mai 1639

La veille, à l'étude Fronsac, pendant que le petit Jeannin retrouvait Nicolas avec bonheur, les deux amis avaient longuement discuté de l'arrestation qu'envisageait Gaston. Le jeune commissaire avait énuméré ses arguments : Anteaume Le Blont avait été huissier au Châtelet et il avait dû y garder des accointances. C'était un homme violent, donc capable de tuer. Son épouse avait l'âge, la corpulence et la couleur de cheveux de la dame de la Samaritaine. Elle portait un collier et la maison du couple n'était pas éloignée de l'hôtel du Cygne-Couronné.

— Tes préemptions sont solides, avait admis Louis. Mais pourquoi ne pas seulement se rendre chez elle avec Nicolas ? En la voyant, il te confirmera tout de suite si elle est la dame de la Samaritaine.

— Raisonnons à rebours, veux-tu ? Je fais ce que tu me dis et Nicolas la reconnaît. Parfait. Mais elle aussi le reconnaîtra. Or, je n'ai pas le droit de faire une arrestation. Même si je suis avec toi, rien n'empêchera cette criminelle de disparaître, sauf si on utilise la force, ce qui peut se retourner contre moi. Donc, je dois être accompagné de Picault et d'un ou deux sergents, au cas où notre huissier serait chez lui et ne se laisserait pas faire. Dès lors, mieux vaut que le substitut du procureur m'accompagne également. Ainsi, quand Nicolas l'aura identifiée, nous perquisitionnerons et aurons certainement des surprises, car on doit y trouver bien des objets volés et peut-être les fameuses copies de clefs.

Louis n'était point convaincu, mais il n'ignorait pas que Gaston se montrait entêté quand il était en chasse, préférant écraser les difficultés plutôt que de les contourner. Devinant qu'il ne pourrait lui faire changer d'avis, il avait tout de même proposé :

— Nicolas et ses amis pourraient retourner à la Samaritaine, attendre que cette femme apparaisse et la suivre chez elle.

— Attendre combien de jours ? Ils nous ont dit que, parfois, ils ne la voyaient plus durant des semaines. Si elle vient en carrosse, ils ne pourront pas la suivre et, si elle est à pied, il est évident que son complice ne doit pas être loin, pour la protéger. Les enfants risqueraient gros s'ils étaient pris en train de la filer. De surcroît, dans combien de temps apprendra-t-elle que ses petits voleurs ont été pris, qu'ils l'ont dénoncée et qu'on a déniché son receleur ?

— Fort juste, reconnut Fronsac. Il serait bon, d'ailleurs, de prévenir ton exempt de ne rien révéler dans son entourage.

— Picault est un taciturne, pas de crainte avec lui. Quant au sergent Pitard, je le verrai demain et il tiendra sa langue. Ne t'inquiète pas, le dénouement est proche. Je le sens !

À l'aube, Louis se rendit au Châtelet avec Nicolas. Dans le cabinet de son ami, Fronsac le trouva en compagnie de l'exempt, en train de fournir d'ultimes explications à Jacques Pelletier, le substitut du procureur.

Le procureur du roi au Châtelet, qui représentait l'intérêt du roi, du public et des communautés, était alors M. Le Tellier. En vérité, ce dernier n'était que substitut du Procureur général du roi au parlement de Paris, mais, compte tenu du nombre d'affaires traitées par la prévôté, il avait lui-même besoin de collaborateurs ; des substituts, donc, qui avaient acheté leur office. Jacques Pelletier était donc l'un d'eux. C'est lui qui, quelques mois plus tôt, avait procédé à l'arrestation de Jeanne Fleury dont M. de Tilly avait prouvé qu'elle était la meurtrière de son mari[52]. Depuis, il affichait une grande confiance dans le commissaire et quand, la veille, M. Picault s'était rendu chez lui pour l'informer de l'état de l'enquête sur la mort de madame Blangy, il avait tout de suite

[52] *Le Funeste testament.*

accepté de participer à l'arrestation envisagée, d'autant plus que les déductions présentées par l'exempt paraissaient irréfragables.

Car, avant d'envoyer son exempt chez M. Pelletier, M. de Tilly lui avait énuméré les déductions auxquelles il était parvenu : l'assassin pourrait être un huissier audiencier du Palais ayant commis le crime alors qu'il portait son uniforme. Le souvenir de cet habit expliquait les grognements du chien, Tobie, quand il avait aperçu les casaques bleues fleurdelisées de Pitard et de Lorrain, lesquelles ressemblaient à celle des ministres de justice du Palais. Or, la victime avait certainement rencontré de tels huissiers qui gardaient la Grand Chambre. Par ailleurs, la lame l'ayant meurtrie provenait d'un couteau de capucin et bon nombre de ces huissiers utilisaient de tels canivets. Après une enquête conduite auprès de personnes de confiance, le sieur Anteaume Le Blont semblait être le seul audiencier capable de tuer aussi violemment.

Gaston avait également raconté à M. Picault sa visite chez lui. L'huissier n'avait pu présenter son couteau, soi-disant volé, et avait nié être un assassin. À sa décharge, il avait montré sa verge et ne l'avait donc pas utilisée pour battre Tobie, mais il pouvait s'être servi d'un autre instrument. En dépit de ces dénégations et de l'absence de preuves convaincantes, Le Blont demeurait suspect, bien qu'impossible à mettre en accusation. Néanmoins, depuis cette visite, Picault avait mis au jour des faits nouveaux. Tout indiquait que la dame de la Samaritaine connaissait l'assassin de madame Blangy, voire lui était proche. Madame Le Blont pourrait dès lors être cette femme, d'autant qu'elle habitait le quartier où se cachaient les enfants. Que le jeune Nicolas la reconnaisse et l'enquête serait bouclée.

Pour cette expédition, le commissaire avait réquisitionné un gros carrosse. Deux archers à cheval, en casaque bleue et bandoulières semées d'étoiles d'argent et de fleur de lys d'or, suivraient la voiture.

Ils partirent. Dans le véhicule, M. Pelletier posa à Louis de nombreuses questions au sujet de Nicolas et des autres enfants. Les réponses le satisfirent-elles ? Il haussa seulement les sourcils quand M. de Tilly précisa que les petits voleurs méritaient une rémission, pour l'aide qu'ils venaient d'apporter à la justice, et qu'il présenterait un mémoire à ce sujet au lieutenant civil.

Le substitut ne fit aucune remarque, gardant pour lui son désaccord, d'autant plus que les commissaires avaient préséance sur les substituts. En revanche, il fut plus loquace au sujet d'Anteaume Le Blont qu'il avait connu quelques années auparavant, au Grand-Châtelet.

— Quel genre d'homme était-il ? questionna Gaston.

— Pour ma part, je n'ai jamais eu à m'en plaindre. Certes, il faisait discrètement sa pelote, comme plusieurs de ses confrères, mais il respectait à la lettre les instructions qu'on lui donnait.

Le substitut se racla la gorge.

— Il a beaucoup changé quand il s'est marié. Sa femme, fille d'un regrattier, était ambitieuse et insatiable ; elle voulait être respectée comme une dame de la cour. Le Châtelet était trop commun à son goût.

Il ricana.

— Le pauvre Anteaume s'est incliné devant ses exigences et est parvenu à entrer au Palais, puis il a emprunté pour acheter sa charge. Ses dettes doivent le miner, ce qui explique ses crises de violence.

Gaston écoutait, buvant du petit-lait. Tout concordait ! songeait-il avec satisfaction.

— J'ai même entendu dire qu'elle veut maintenant qu'il se procure une charge de notaire, ou même de conseiller ! Où trouverait-il pareille somme pour la payer ?

Le substitut se laissa aller à un rire moqueur, teinté de dépit, tandis que Tilly échangeait un regard complice avec Louis.

Il murmura :

— *Cui bono*[53].

La voiture pénétra dans la cour du bûchier. Ses occupants sortirent, pendant que les sergents à cheval confiaient leurs

---

[53] Pour quel profit ? (À qui profite le crime ?)

montures à la garde d'un gamin. La petite troupe fila à la maison à l'enseigne des *Trois-Écus*.

Devant l'étal, Gaston salua le vendeur d'amadou d'un « Bonjour » à peine poli.

— Serviteur, Votre Seigneurie, répondit l'autre, tout sourire.

Il découvrit alors la compagnie du magistrat et, à l'aspect de M. Pelletier et la présence d'archers, devina immédiatement une arrestation. Mais pourquoi un enfant se trouvait-il parmi eux ? s'interrogea-t-il.

— M. Le Blont est-il parti au Palais ? s'enquit Gaston.

— Oui, monsieur le commissaire. Puis-je vous aider ? répondit le boutiquier en espérant en apprendre plus.

— Mme Le Blont est-elle chez elle ?

S'intéressaient-ils à l'épouse de l'huissier ?

Nouvel acquiescement fielleux.

— Ouvrez-moi !

Le boutiquier s'exécuta.

— Vous deux, ne bougez pas d'ici et empêchez quiconque de sortir ! ordonna Tilly Gaston aux archers.

Dans l'escalier, il passa le premier, suivi par son exempt, Louis Fronsac et Nicolas, et enfin, le substitut. À la porte des Le Blont, il frappa.

La femme de l'huissier ouvrit immédiatement et apparut sans même s'être renseignée sur les visiteurs. Elle portait le même corps de jupe cramoisi, mais sa friponne était vert olive avec d'élégants rubans de soie. À son cou, toujours le collier de perles.

— Encore vous ! s'exclama-t-elle sans la moindre courtoisie.

Elle découvrit alors le petit groupe qui encombrait son palier.

— Qui sont ces gens ? s'enquit-elle dans un mélange de curiosité et d'hostilité.

M. de Tilly s'inclina à peine, sans ôter son chapeau, et appela :

— Nicolas, approche-toi !

L'enfant s'approcha craintivement.

— Est-ce la dame de la Samaritaine ?

— Qui est ce gamin ? aboya la femme.

Nicolas n'arrivait pas à parler, terrorisé.

— Est-ce elle ? répéta Gaston.

— Non, monsieur le commissaire.

L'épouse de l'huissier haussa les sourcils, troublée devant l'incrédulité et la déception qui se peignait sur le visage de l'intrus. Que diable lui voulait-on ?

— Que cherchez-vous ? Qui est cet enfant ? Qui est cette dame de la Samaritaine ? Pourquoi cette invasion dans ma maison ? rugit-elle.

Elle n'était ni inquiète ni effrayée, observa Tilly, dépité. Il s'était donc trompé. Malgré tout, il insista auprès de Nicolas :

— Es-tu certain ?

Figé devant la femme, l'enfant répondit cette fois avec assurance :

— Certain, monsieur. Le visage de cette dame est différent... Et la dame de la Samaritaine est plus grande. Surtout, elle n'a pas la même voix.

— Plus grande ? Mais de qui parlez-vous ? glapit Mme Le Blont.

— Je vous demande pardon pour vous avoir importunée, madame, annonça Gaston d'une voix blanche, tout en ôtant son chapeau. Nous partons.

— Vous n'allez pas vous en tirer comme ça ! menaça la mégère. Je vais me plaindre ! Mon mari va vous poursuivre pour être venus m'agresser !

Déjà le substitut avait tourné les talons et descendait les marches quatre à quatre, espérant intérieurement ne pas être mêlé à ce cafouillage. Louis et Picault se tenaient dans ses pas. Gaston fit passer Nicolas devant lui et s'efforça de s'en aller dignement, sans se presser.

— Je vous enverrai en prison ! beugla la femme.

Ouf, il atteignit la porte d'entrée sans plus d'ennui, car il craignait qu'elle lui jette quelque objet dessus. Quant aux menaces, il s'en moquait. Il était seulement venu se renseigner et n'avait rien dit de compromettant. Le plus grave restait l'échec. Qui donc était la dame de la Samaritaine ?

Le vendeur d'amadou se trouvait en bas des marches. Il avait tout écouté et rien compris. Gaston le salua avec courtoisie. L'autre n'osa pas poser la moindre question.

La troupe revint au carrosse. M. de Tilly s'était réfugié dans le silence. Chacun l'imita. À quoi bon parler ?

Louis s'efforçait d'envisager d'autres pistes sans rien trouver. L'exempt attendait de nouveaux ordres. Au demeurant, si on n'élucidait pas la mort de madame Blangy, ce ne serait pas un drame, s'était-il déjà consolé. Les crimes impunis étaient plus nombreux que ceux dont on découvrait les coupables. Quant au substitut du procureur, il jugeait avoir agi avec une grande finesse. Il n'était intervenu à aucun moment et cette femme ignorait son nom. Pas d'ennui possible, donc.

Dans la cour du Châtelet, chacun descendit du véhicule, l'esprit morose. Avant de s'éloigner, M. Pelletier salua ses compagnons comme s'il ne s'était rien passé.

— Viens souper à la maison, ce soir. Peut-être que d'autres idées nous seront venues, suggéra Louis à son ami.

— Je ne te promets rien, j'ai du travail en retard, fit Gaston, évasivement. .

Ce qui était vrai.

— Avez-vous besoin de moi, monsieur ? s'enquit Pierre Picault.

— Non, reprenez vos tâches habituelles. Nous reparlerons de tout cela... plus tard.

L'exempt alla discuter avec les sergents à cheval, tandis que Gaston se dirigeait vers le grand escalier. Il gagna son cabinet en ignorant ceux qu'il croisa.

Comme il pénétrait dans la galerie conduisant à la tour, il découvrit maître Chartier, le patron de l'hôtellerie à l'image de Sainte-Catherine. L'homme était assis sur une banquette en bois, sise là pour les solliciteurs, avec le chien Tobie couché à ses pieds.

21

Jeudi 5 mai 1639

— Vous m'attendiez ? s'enquit Gaston intrigué.

— Oui, monsieur le commissaire, répondit le cabaretier en se dressant.

Il ôta son chapeau qu'il remit aussitôt, incliné sur le côté où manquait son oreille.

— Avez-vous découvert l'assassin de madame Blangy ?

— Non.

Une réponse sèche.

Maître Chartier grimaça, ce qui le rendit encore plus laid.

— Je vous dérange peut-être pour rien, monsieur le commissaire, mais je voulais vous parler d'un incident qui vient d'avoir lieu.

— Allez-y ! concéda Gaston d'un ton las.

— J'étais aux Grandes Halles, ce matin, avec une servante et un valet. J'y vais chaque jour, vous comprenez...

Hochement de tête fatigué du commissaire.

— Tobie va mieux et je dois vous révéler que je l'ai adopté. Croyez-vous qu'on peut me le reprendre ?

— J'en doute. Qui en voudrait ?

Le regard de Tilly s'égara sur l'animal. Les meurtrissures étaient encore apparentes, mais il paraissait en bonne santé. À un autre moment, M. de Tilly aurait brisé là la discussion. Que lui importait ce chien ? Mais il venait d'essuyer un échec cuisant et il avait l'esprit quelque peu en déroute.

— Donc Tobie était avec nous, monsieur le commissaire, fit l'autre, rassuré. Tout à coup, il s'est mis à grogner, puis a filé comme un fou. J'ai cru qu'il avait vu un rat. Il adore les rats et, aux Grandes Halles, vous savez combien ils pullulent.

Grogner ? Gaston commença à prêter l'oreille.

— Il a rattrapé une femme et s'est mis à aboyer en lui tournant autour. Effrayée, elle a crié et tenté de s'enfuir, mais il la suivait toujours en jappant. Finalement, un badaud est parvenu à le saisir et la dame a pu s'en aller.

Silence du commissaire, mais son visage révélait son intérêt pour l'incident. Le récit de Jacques La Chesnay lui était revenu.

— Alors, je me suis dit : « Et si cette dame était l'assassin de madame Blangy et que le chien l'ait reconnue ? » Parce que, voyez-vous, presque tous les soirs, nous parlons du crime, avec mes serviteurs, et Perrot... Vous connaissez Perrot, monsieur le commissaire, celui qui est venu vous prévenir ?

Gaston opina, toujours sans mot dire.

— Il a dit, l'autre jour, quelque chose de fort juste : pourquoi toujours accuser les hommes ? Pourquoi le criminel ne serait pas une criminelle ?

Maître Chartier mit ses mains sur ses hanches en bombant le torse, avec l'air satisfait qu'affichent les imbéciles persuadés de leur perspicacité.

— Comment était cette dame ? interrogea alors Gaston.

— Je ne l'ai vue que de loin, monsieur le commissaire, mais je dirais : brune, grande, la quarantaine entamée. Elle était seule et ne portait pas de panier.

— Venez ! décida Gaston. Et prenez le chien !

Déjà Tilly avait filé dans le corridor conduisant aux salles de justice et, de là, vers le grand escalier.

Maître Chartier suivait, interloqué, le chien galopant dans ses pas.

Ils arrivèrent ainsi dans la cour. Bien sûr, Picault n'était plus là. Gaston interrogea plusieurs archers afin de savoir où se trouvait le sergent Pitard, mais personne ne l'avait vu. Jugeant inutile de perdre plus de temps, il avisa un carrosse noir dont le cocher était sur le siège.

— Conduisez-moi aux Halles, vous me laisserez au plus près, dans la rue Saint-Denis.

— Mais j'attends un conseiller, monsieur le commissaire.

— Il trouvera quelqu'un d'autre, c'est urgent ! Maître Chartier, montez avec Tobie.

Il revint vers les gens d'armes et s'adressa à un sergent à cheval :

— Vous, ouvrez-moi la voie ! On doit aller aux Halles au plus vite !

Ils s'installèrent et le cocher, fataliste, mit sa voiture en branle.

— Maintenant, expliquez-moi où vous vous trouviez et vers où cette femme se dirigeait.

— J'étais au marché aux poissons pour acheter des harengs, monsieur, et elle marchait sous les arcades. Elle a filé par les piliers de la rue de la Tonnellerie.

Il ajouta, un peu embarrassé :

— Elle doit être loin, maintenant.

— Peut-être, mais, après votre départ, elle a pu revenir en constatant qu'elle ne serait plus importunée. Selon vous, elle ne portait pas de panier, donc sans doute venait-elle se procurer quelques menus objets, rubans, gants, que sais-je.

— Mais comment la retrouver au milieu de la foule qui fréquente les Halles ?

— Tobie ! répliqua Gaston en désignant l'animal qui s'était couché. Ce chien peut la pister, non ?

L'hôtelier se permit une moue indécise, avant de demander :

— Ce serait cette femme qui aurait tué de façon aussi sauvage madame Blangy ?

— Nous verrons.

La voiture s'était engagée dans la rue Saint-Denis, comme toujours très encombrée. Mais le cocher faisait claquer son fouet en poussant force jurons et le sergent à cheval écartait les badauds qui occupaient le milieu de la chaussée, et arrêtait hommes, bêtes, chariots et charrettes qui se dirigeaient vers la rivière.

Gaston demanda que le carrosse les laisse au début de la rue aux Fers. À partir de là, ils iraient plus vite à pied.

Cette voie longeait le flanc nord du cimetière des Innocents. De ce côté, on trouvait surtout des étals de friperie et de lingères, tandis qu'en face se dressaient quelques belles échoppes de drapiers qui vendaient des étoffes et de la mercerie. À l'angle du cimetière, ils filèrent vers le pilori et le parquet de la Marée en ignorant les échoppes de potiers d'étain.

Les Halles de Paris avaient été créées cinq siècles plus tôt par Louis VI le Gros sur le lieu-dit des Champeaux, en dehors de l'enceinte de la ville. Philippe Auguste les avait insérées dans son enceinte et les avait agrandies d'une halle pour les drapiers et tisserands, tout en protégeant les bâtiments des incursions des larrons grâce à un solide mur. À son tour, Saint-Louis avait fait construire de nouvelles halles pour les drapiers, les merciers et les corroyeurs. En ce temps-là, les marchands de Paris avaient obligation d'aller vendre dans ce marché trois jours par semaine, mais beaucoup ne respectaient pas cette obligation, aussi furent-ils finalement contraints d'y être seulement le vendredi et le samedi. La guerre de Cent Ans porta un coup fatal aux Champeaux et, quelques dizaines d'années plus tard, beaucoup de bâtiments avaient été détruits et transformés en maisons. Henri III avait alors fait reconstruire la place principale, le Carreau, et l'avait fait border de maisons dotées de galeries marchandes, les « piliers des Halles ». L'enceinte de Philippe Auguste avait également été percée pour le passage de nouvelles rues et quantité de commerces de drapiers, d'épiciers, de potiers de terre et d'étain, de cordonniers et d'autres artisans étaient revenus dans ce quartier qui attirait désormais les Parisiens grâce à ses nombreux marchands de légumes, de fruits, de viandes et de volailles, et surtout de poissons de mer et de rivière.

De surcroît, pilori et potence, qui trônaient au milieu du carreau, proposaient un spectacle permanent complété de temps en temps par les supplices et les châtiments infligés par Jehan

Guillaume, l'exécuteur de la haute justice des sentences criminelles de la prévôté de Paris.

À cette heure, les rues grouillaient encore de monde. À cause du vacarme provoqué par les marchands qui hélaient les clients en assurant que leur marchandise était meilleure que celle du voisin, celui des crieurs de rue qui annonçaient du vin en perce et les vociférations des colporteurs, maître Chartier fut obligé de hurler dans l'oreille de Gaston de Tilly pour se faire entendre.

— Elle se tenait là-bas !

Il désigna les maisons à arcades, derrière le pilori, celles dont les façades reposaient sur des piliers. Sous la galerie ainsi constituée se trouvaient des échoppes qui vendaient surtout pourfilures[54], broderies, passements, cordons, cannetilles et colifichets. Uniquement des parures et ornements fabriqués en France, depuis que le roi avait pris des édits qui interdisaient leur importation.

Bien que l'origine de ces marchandises soit contrôlée par le commissaire examinateur du quartier des Halles, Gaston connaissait plusieurs des négociants, ayant à plusieurs reprises accompagné le magistrat pour l'assister dans ses vérifications.

En jouant des épaules, l'hôtelier se fraya un chemin dans la populace. Gaston se tenait derrière lui, tandis que le chien se glissait entre les jambes des badauds.

S'écartant de la halle aux harengs où les clients se pressaient, le commissaire et maître Chartier se glissèrent entre le pilori et les vendeurs de morue pour, enfin, arriver aux arcades. Là, les chalands se faisaient rares, car les acheteurs de mercerie étaient pour la plupart rentrés chez eux à cette heure.

L'hôtelier de la Sainte-Catherine se précipita vers l'étal d'un gantier qu'il héla :

— Maître Aragon !

L'autre, un petit rondouillard de nature joviale, allait répondre par une plaisanterie, quand il reconnut le commissaire,

---

[54] Rubans dorés très fins.

derrière maître Chartier. La visite d'un magistrat n'étant jamais souhaitée chez les boutiquiers, il se contenta d'un sobre signe de la main.

— Maître Aragon, vous vous souvenez certainement de l'incident de tout à l'heure, quand mon chien a aboyé après une dame...

— En effet, je crois bien qu'il a fait fuir ma clientèle.

— Je vous achèterai des gants pour vous dédommager. Je suppose que vous connaissez le commissaire Gaston de Tilly.

— Que toutes les bénédictions de Dieu vous préservent, monsieur le commissaire, déclara l'autre avec un sourire servile.

— Monsieur de Tilly s'intéresse fort à cette dame que je ne connais point. Savez-vous son nom ?

— Son nom ? Pas du tout...

Il réfléchit un instant.

— Je l'ai certes déjà vue, mais c'était la première fois qu'elle s'intéressait à mes gants parfumés.

Il se pencha hors de son étal et interpella la vendeuse de la boutique mitoyenne, une fraîche jeune femme en cotte pourpre à col de toile blanche rabattu et manches bouillonnées. La marchande était en train de faire payer une cliente qui venait d'acheter un lot de dentelles.

— Guillaumette !

— Que veux-tu, Robin ? répliqua une voix claire.

— Te souviens-tu de la dame qui a eu peur du chien, tout à l'heure ?

— Oui...

La boutiquière se pencha à son tour et découvrit Tobie placidement assis.

— Mais c'est l'animal ! Encore là ! accusa-t-elle.

Séduit par cette charmante brunette à garcette dont la modeste de serge couleur feuille-morte ouverte par-devant dévoilait une friponne lavande agrémentée de galans multicolores, Gaston s'avança vers elle.

— Commissaire de Tilly, se présenta-t-il en retirant son feutre empanaché de la main droite, puis en le passant dans sa main gauche, tout en se pliant de la ceinture.

Une révérence de cour.

— Je vous connais, monsieur, déclara la coquette commerçante après avoir examiné ce rouquin trapu à l'air abrupt, d'où émanaient pourtant un charme certain et une indéniable courtoisie.

Pour ne pas manquer à la civilité, elle fit également une profonde révérence de son côté.

— Poursuivez-vous cette dame de vos assiduités, monsieur ? questionna-t-elle avec un sourire enjôleur.

— Pourquoi pas ? plaisanta-t-il, car la jolie marchande venait de lui faire oublier ses déboires. Mais, à vous dire vrai, j'ai surtout besoin de l'interroger. Savez-vous qui elle est ?

— J'avoue ne l'avoir jamais vue, ou au moins ne pas y avoir prêté attention. Il y a tant de monde, dans ces marchés, répondit la belle. En tout cas, elle ne s'est jamais arrêtée chez moi.

Gaston grimaça et parcourut du regard l'étal sur lequel étaient exposés des fraises empesées, des cols de dentelle et des écharpes à franges. La piste allait donc s'arrêter là.

Remarquant la déception du policier, elle ajouta sur le ton de la confidence :

— Je peux quand même vous dire qu'elle a pris ce chemin.

Elle désigna la pointe Saint-Eustache où les arcades se poursuivaient le long de la rue de la Tonnellerie.

— Je la suivais des yeux, expliqua-t-elle. Au début de la rue, elle s'est retournée, sans doute pour vérifier si le chien était toujours après elle, mais, voyant que ce monsieur le tenait (elle désigna maître Chartier), elle s'est arrêtée chez maître Cochart.

— Vous me sauvez la vie, gente dame. Quelle est l'échoppe de ce M. Cochart ?

— La première. Il vend des boutons.

— Avez-vous observé cette dame ? Pouvez-vous me la décrire ?

— Je ne peux rien dire de son visage, car un grand capuchon lui couvrait le chef, mais je suis certaine qu'elle n'était pas jeunette. Par contre, je me souviens de sa vêture : un manteau noir doublé safran, ouvert sur le devant, avec des manches resserrées à mi-bras par des rubans violets. Par-dessous, une modeste gris souris en camelot bordé de galons de soie écarlate. Mais, dites-moi, monsieur le commissaire, pourquoi ce chien s'en est-il pris à elle ?

— Elle lui rappelait sa maîtresse et voulait certainement des caresses, ironisa-t-il.

Comprenant qu'il se gaussait, elle plissa le front pour marquer son mécontentement et se détourna.

— Pardonnez-moi, madame, s'excusa-t-il, comprenant qu'il l'avait froissée.

Il refit une révérence en précisant :

— Pour l'heure, je ne peux rien vous dire, mais, si je la retrouve, je reviendrai vous dévoiler la vérité, mademoiselle. Vous avez eu trop de bonté pour votre serviteur. J'en suis confus, mais, maintenant, je dois m'enfuir.

Elle le gratifia d'un maigre sourire et, ne voulant pas être en reste, s'inclina à son tour en murmurant :

— Adieu, monsieur... ou au revoir.

Il la salua et se tourna vers l'aubergiste qui attendait.

— Venez avec moi, maître Chartier !

N'attendant aucune réponse, il se pressa vers la boutique de boutons de la rue de la Tonnellerie.

Le nommé Cochart n'avait aucun client. Aussi clabaudait-il avec son voisin, vendeur de mouchoirs.

— Messieurs, que le dieu du commerce vous accorde la prospérité. Je suis Gaston de Tilly, commissaire au Châtelet.

— De quel quartier, monsieur ?

— La Grève. J'ai besoin d'un renseignement.

— Si je peux vous répondre, ce sera volontiers.

— Une femme s'est arrêtée pour vous acheter quelque objet, voici environ deux heures. Brune, la quarantaine, elle portait un manteau noir doublé safran avec des rubans violets aux bras et une jupe gris souris en camelot, galonnée de soie écarlate.

Le marchand réfléchit un moment en se frottant la barbiche, avant de hocher la tête.

— Je crois voir de qui il s'agit.

— Connaissez-vous son nom ?

— Nenni, mais elle m'a plusieurs fois acheté des boutons pour remplacer des lacets.

Il désigna les casiers sur son étal dont chaque case contenait un modèle de boutons, pour la plupart peints de décor floral.

— Elle m'achète ceux-ci, dit-il en sortant l'un d'eux, une petite sphère de porcelaine représentant une rose peinte sur le devant et avec une queue en forme d'anneau à l'arrière.

Gaston laissa tomber un regard sur la babiole. Il n'ignorait pas qu'il s'agissait de pièces coûteuses, car fragiles, mais la mode de la cour était désormais de remplacer cordons et lacets par ces petits bijoux. Sa logeuse le lui avait dit, faisant comprendre qu'elle ne refuserait pas qu'il lui en offre deux douzaines pour les manches de son corps de jupe.

— Cette dame vous a-t-elle dit quelque chose ? Était-elle seule ?

— Elle parle fort peu, monsieur le commissaire. Elle est venue à plusieurs reprises, avec une servante d'un certain âge. Elle m'achète toujours des boutons floraux qu'elle choisit sur l'étal.

À ce moment-là, le marchand de mouchoirs intervint :

— Si c'est celle à laquelle je pense, je l'ai vue passer une fois avec un sergent du Châtelet.

— Fort juste ! Je l'avais oublié, mais ce n'était pas un sergent, il s'agissait d'un huissier !

— Pas du tout, Martin ! C'était un sergent à verge, avec la casaque bleue aux fleurs de lys, et je sais distinguer les galons d'argent, protesta le marchand de mouchoirs.

— Tu plaisantes ! J'ai parfaitement reconnu l'habit d'ordonnance bleu avec les trois fleurs de lys sur l'épaule. C'était un huissier à verge, ou même peut-être un huissier du Palais !

— Ne l'écoutez pas, monsieur le commissaire. À dix pas, il ne serait pas capable de reconnaître un chien d'un chat !

Gaston buvait les paroles. Vrai Dieu, bien des faits s'éclaircissaient ! La dame de la Samaritaine n'était pas forcément la criminelle de l'hôtellerie Sainte-Catherine. Simplement, elle était proche d'un sergent ou d'un huissier du Châtelet, le fameux corrompu qui façonnait les fausses clefs et qui, lui, avait assassiné d'Émeline Blangy.

Mais comment Tobie pouvait-il connaître cette femme ? Il n'y avait qu'une explication : Mme Blangy avait été assassinée par le couple et le chien avait vu les assassins.

Quel dommage que Nicolas n'ait pas identifié l'épouse de Le Blont comme la dame de la Samaritaine ! Cette pimbêche aurait parfaitement fait l'affaire ! regretta-t-il. Il songea alors qu'il pourrait faire conduire Tobie près de Mme Le Blont pour observer la réaction de l'animal.

— Décrivez-moi le visage de votre cliente. Vous avez dû le voir de près, quand elle a acheté ses boutons, demanda-t-il.

— Pas vraiment, monsieur le commissaire. Elle portait un ténèbre[55] de soie noire attaché sous le cou et avait une épaisse couche de céruse.

— C'est juste ! approuva son compère. Elle devait venir de la messe à Saint-Eustache.

Elle habite donc les environs, mais pas près des Halles, sinon on l'aurait aperçue plus souvent, en déduisit Gaston.

— Avez-vous un commis ? Un apprenti ? s'enquit-il.

— Mon fils ! répliqua le marchand d'un ton satisfait.

— Bien. Quand vous reverrez cette femme, qu'il la suive pour découvrir où elle loge et, ensuite, envoyez-moi un mot avec son adresse, au Grand-Châtelet. Je me nomme Gaston de Tilly. Si vous le faites, sachez que M. de Laffemas vous félicitera.

— Entendu, monsieur le commissaire. Cette dame a-t-elle commis un crime ?

---

[55] Capuchon noir noué sous le menton que certaines femmes mettaient pour les offices religieux.

— Vous l'apprendrez quand on la pendra, là-bas.
Il désigna la potence qui dépassait, à côté de la tour du pilori.

22

Jeudi 5 mai 1639

— Rentrez chez vous, maître Chartier. Je n'ai plus besoin de vous ni de Tobie. Soyez assuré de ma reconnaissance pour m'avoir prévenu.

L'hôtelier se rengorgea de fierté, tandis que Gaston levait les yeux vers le ciel, à cet instant traversé d'un éclair.

— Un orage s'annonce, dit-il, tandis que le tonnerre retentissait au loin.

— Vous devriez vous abriter dans une auberge, monsieur.

— Je n'ai pas le temps, hélas ! Mais je vais me presser.

Il fila d'un bon pas vers la rue Tire-Chappe et se trouvait dans la rue de Béthisy quand l'averse éclata. Aussitôt, il se mit à courir. Dans la rue des Deux-Boules, beaucoup de passants faisaient comme lui, mais d'autres s'abritaient sous des étals. Il préféra poursuivre sa route, car la protection des tablettes de boutique était bien insuffisante. Et puis, qui savait combien de temps durerait l'orage ?

Mais l'ondée devint de plus en plus violente. Par chance, dans la rue du Chevalier-du-Guet, la placette devant l'hôtel du Chevalier proposait un abri dressé sur des piliers. Tilly s'y réfugia un moment avec d'autres piétons surpris par la pluie, regardant les gens qui détalaient en tous sens pour se protéger des flots.

Soudain, reniflant une bonne odeur de pâté chaud, il prit conscience qu'il était affamé. Il se tourna vers l'endroit d'où venait l'effluve. C'était un marchand ambulant réfugié sous le même auvent que lui. Il alla lui acheter deux tourtes à la viande qu'il dévora gloutonnement.

Dès que l'averse faiblit, il repartit pour la rue Saint-Denis, traversa la porte de Paris et s'engouffra dans le passage du Châtelet, essoufflé, boueux et trempé.

Sous la voûte, sergents et archers s'étaient rassemblés et commentaient le mur d'eau qui se déversait devant eux. Gaston les salua d'un geste et gagna le grand escalier, puis la salle des huissiers. Là, il ôta son feutre détrempé et ouvrit son manteau.

— Vous avez de la chance. Le voici, madame ! entendit-il sur sa gauche.

Il regarda dans la direction de la voix. Il s'agissait d'un archer en compagnie d'une femme couverte d'un grand manteau sombre à capuchon ruisselant d'eau. Certainement était-elle arrivée peu avant lui et avait reçu la pluie. Elle était donc venue à pied.

Intrigué, il s'approcha.

— Cette dame vous cherche, monsieur le commissaire.

Elle se tourna vers lui et il découvrit un visage mouillé. De la pluie ou des larmes ? s'interrogea-t-il.

— Que les bénédictions de la Vierge Marie vous préservent, monsieur le commissaire. Je... je... je suis l'épouse du sergent Pitard, bredouilla-t-elle entre deux sanglots.

C'étaient donc des larmes, conclut Gaston qui examina un peu plus la femme sans pouvoir parfaitement distinguer ses traits, car la salle se trouvait dans l'obscurité, tant à cause de l'orage qu'en raison de la saleté des vitres de ses fenêtres. Quant aux flambeaux accrochés aux murs, ils n'éclairaient que si on se plaçait dessous.

Le visage de Mme Pitard était celui d'une femme d'âge mûr, fort quelconque. Elle était peu fortunée puisqu'elle ne portait aucun bijou ni au cou ni aux doigts. Peut-être avait-elle des pendentifs, mais le capuchon cachait ses oreilles et sa coiffure.

— Qu'est-il arrivé à votre mari, madame ? Il ne s'est pas présenté, aujourd'hui.

— Je... ne sais, monsieur le commissaire. Je venais ici justement afin de me renseigner. Je ne l'ai plus vu, depuis hier matin.

Hier ? Jeudi, donc. Ce jour-là, Pitard accompagnait Picault qui lui avait dit que le sergent était retourné chez lui, après leur visite dans la rue Neuve-Saint-Denis, songea Gaston en plissant le front de perplexité.

— Votre époux se trouvait hier avec un exempt, pour une enquête, mais ce dernier m'a assuré qu'il était rentré chez vous.

— Il n'est pas revenu, monsieur le commissaire. Je l'ai attendu toute la nuit et la journée.

Singulier, reconnut Gaston. Mais qu'un homme comme Pitard découche n'avait rien d'étonnant.

— Je prends part à votre inquiétude, madame. Je vais demander à mon exempt de le chercher et je vous ferai prévenir dès que j'aurai des nouvelles. Mais n'ayez pas de crainte, il reviendra.

Elle renifla et s'essuya le visage avec un pan de son manteau.

— Vous avez trop de bonté pour moi, monsieur le commissaire. Que Dieu fasse qu'il ne lui soit rien arrivé.

Elle s'éloigna et Gaston la regarda partir, plus soucieux qu'il ne l'aurait voulu. La disparition du sergent avait-elle un rapport avec le receleur ou avec la réprimande qu'il lui avait administrée ?

— Daniel, (c'était le nom de l'archer) as-tu vu monsieur Picault ?

— Pas depuis midi, monsieur le commissaire.

Il devait être occupé à quelque contrôle de cabarets, conclut M. de Tilly. C'est alors qu'une idée lui vint : cet orfèvre receleur avait vu la dame de la Samaritaine à plusieurs reprises. Il serait donc capable de la lui décrire de façon précise.

— Daniel, accompagne-moi, j'ai besoin d'un archer. Nous prendrons un carrosse.

— Bien, monsieur le commissaire, fit l'autre sans discuter.

Avec la pluie, ils mirent près d'une heure pour arriver dans la rue Neuve-Saint-Denis, qui n'était qu'un bourbier puant. Le carrosse s'arrêta derrière une autre voiture noire et plusieurs chevaux. Intrigués, Gaston et l'archer descendirent et virent d'autres archers en casaque fleurdelisée, qui se tenaient à l'abri, dans le cellier à vin voisin.

M. de Tilly devina aussitôt qu'il s'agissait d'une intervention du commissaire du quartier Saint-Martin. Un exempt ne serait pas venu avec autant d'archers. Venait-on arrêter le receleur ? Bien possible.

Les volets verts de l'étal de la maison à l'enseigne du *Griffon* étaient fermés, mais la porte point. Il entra, suivi de son archer, et découvrit Hémon Leclair, le commissaire à poste fixe du quartier, en compagnie d'un exempt et de deux individus inconnus, certainement des voisins. Jehan Le Chevalier ne se trouvait pas avec eux.

— M. de Tilly ? s'étonna Leclair en le découvrant.

C'était un homme dans la trentaine, maigre, au visage long et sévère et à la peau grise. Curieusement, cet aspect peu engageant masquait un caractère enjoué et souvent moqueur. Il portait un pourpoint en peau de chevreau tannée teintée en jaune, une courte fraise et un chapeau plat sans plume.

Gaston le rencontrait régulièrement, comme les autres commissaires, puisque, tous les quinze jours, leur compagnie se réunissait pour visiter les mauvais lieux de chaque quartier.

— Monsieur le commissaire, messieurs, fit Gaston en s'inclinant devant le groupe, chapeau à la main, je vous souhaite le meilleur.

— Voilà un vœu que vous auriez dû faire pour M. Le Chevalier, ironisa Leclair.

— A-t-il commis quelque délit ? Venez-vous l'arrêter ?

— Trop tard pour cela.

D'un geste négligent, le commissaire du quartier désigna la pièce mitoyenne.

Devinant une affaire plus grave qu'il ne le pensait, Gaston gagna la cuisine dont la porte était ouverte.

— Corne bouc ! murmura-t-il.

L'orfèvre était allongé sur le sol, lardé de plusieurs coups de couteau. Il avait été tué sur place ; le sang s'était répandu sur le sol en faïence, formant d'épaisses croûtes sombres. Près du corps, plusieurs carreaux avaient été enlevés, dévoilant un coffre en fer vidé de son contenu. Les cafards gambadaient autour du cadavre.

Des voleurs, apparemment, sauf que Gaston n'y croyait pas.

Un bruit dans son dos. Il se retourna. C'était le commissaire qui le rejoignait, seul.

— Maintenant, monsieur de Tilly, dites-moi ce que me vaut l'honneur de votre visite ?

— L'orfèvre Jehan Le Chevalier était également receleur, vous le saviez ?

— Comme tout le monde ! Mais je n'ai jamais pu le prendre sur le fait. Lors de mes visites, il présentait toujours des registres parfaitement en règle. Cependant, en quoi cela vous concerne-t-il ?

— Mon exempt est venu l'interroger, hier...

— Il n'était pas dans sa juridiction, observa sèchement Leclair, qui, comme tous les commissaires, était fort pointilleux quant à ses prérogatives.

— Je le sais et je ne cherche nullement à empiéter sur vos droits. Puis-je vous proposer un échange ? Je vous livrerai l'assassin de Le Chevalier et vous oublierez que j'ai outrepassé mes attributions.

L'autre fit la moue.

— Quand il poursuit un criminel, un policier doit utiliser tous les moyens pour le saisir, ajouta Tilly, plus froidement.

— De quel crime s'agit-il ? Pas celui de Le Chevalier, puisqu'il était encore vivant hier.

— Une dame de qualité venue d'Amiens à l'occasion d'un procès au parlement, sauvagement assassinée dans sa chambre d'hôtellerie. On lui a volé ses bijoux, lesquels bijoux se trouvaient dans le coffre de M. Le Chevalier. C'est ce qu'a découvert mon exempt en lui demandant de l'ouvrir. J'ajoute que ce receleur conservait dans son placard plusieurs pièces d'orfèvrerie volées de façon singulière, cette année. Je demanderai à mon secrétaire de copier le mémoire que j'ai écrit sur l'affaire et de vous le faire porter. Je reste à votre disposition pour vous révéler tout ce que je sais.

Rasséréné, le commissaire de Saint-Martin hocha du chef.

— L’assassin de cette dame serait celui de Le Chevalier ?

— Je le pense. L’orfèvre pouvait identifier facilement la personne qui lui a apporté les bijoux. L’assassin l’a compris et l’a fait taire.

— Supputation ! Tout indique qu’il s’agit d’un vulgaire vol.

Il montra le coffre et ajouta :

— Le placard dans lequel Le Chevalier exposait son orfèvrerie à vendre est tout aussi vide.

— L’occasion a fait le larron. J’ajoute que l’assassin est peut-être un ministre de justice, du Châtelet ou du Palais, et le saisir aura la faveur de M. de Laffemas qui mène une guerre sans merci contre la corruption qui ronge la prévôté. Vous serez bien évidemment associé à un tel résultat.

— Hum... Disposez-vous de faits justifiant une si grave accusation ?

— Surtout des présomptions que vous lirez dans mon mémoire. Pierre Picault a perquisitionné ici, hier après-midi, avec un sergent. Malencontreusement, ils ont dû parler de leurs découvertes au Châtelet et le criminel l’a appris.

Le commissaire prit le temps de la réflexion. Ce Tilly allait peut-être lui apporter un coupable sans qu’il ait rien à faire, qu’avait-il à perdre à lui accorder sa confiance ?

— Quand M. Le Chevalier a-t-il été tué ? poursuivit Gaston.

— Hier soir, sans doute. Ce matin, son voisin bourrelier, qui est actuellement dans l’ouvroir, a été étonné que l’étal ne soit pas ouvert. En fin de matinée, il est allé frapper à la porte, sans succès. Il est alors allé trouver le dizainier, lequel est également à côté et, après réflexion, ils ont fait venir un serrurier qui a forcé la porte. Ils ont découvert le corps et le coffre ouvert, vide. Le dizainier est venu me prévenir et je suis arrivé voici moins d’une heure. Nous attendions le chirurgien pour l’examen, bien que cela soit, à mes yeux, inutile, ainsi que des religieux de Saint-Martin afin qu’ils s’occupent de la dépouille.

— Vous dites que la porte était close... Donc, l’assassin a fermé à clef derrière lui.

— Exactement, ce qui témoigne d'une grande assurance, car la plupart des assassins ne pensent pas à ce genre de chose. Mais ainsi, il repoussait de plusieurs heures et peut-être de plusieurs jours la découverte de sa victime.

— Ce comportement va dans le sens de mes observations. Nous avons affaire à un meurtrier qui ne perd pas son calme après avoir tué. Quant à Le Chevalier, il connaissait bien son assassin, puisqu'il lui a ouvert au début de la nuit.

Le commissaire de Saint-Martin opina sans mot dire.

Gaston parcourut encore une fois la pièce du regard sans rien déceler d'utile.

— Monsieur Leclair, je reste votre serviteur. Vous recevrez mon mémoire dès demain soir et je vous tiendrai informé.

— Moi de même, monsieur de Tilly, fit le commissaire en le gratifiant d'un sourire complice. Nous sommes donc alliés, désormais.

— Vous m'en voyez ravi, monsieur.

Gaston et l'archer regagnèrent le carrosse, toujours sous la pluie. Le commissaire demanda au cocher de le laisser rue des Quatre-Fils, à l'étude Fronsac, d'où il regagnerait son logis à pied. En chemin, il donna quelques vagues explications à Daniel, expliquant que des voleurs s'étaient introduits chez cet orfèvre qu'il voulait interroger. L'archer s'en contenta.

En vérité, Tilly avait l'esprit ailleurs, s'interrogeant sur le criminel. Se pouvait-il que ce soit la dame de la Samaritaine ? En même temps, il songeait au sergent Pitard. Sa disparition serait-elle en rapport avec ce crime ?

À l'étude, il perdit un peu de temps à saluer toute la maisonnée et particulièrement Mme Fronsac, qui était une mère pour lui. Enfin, il put demeurer seul avec son ami dans le bouge que ce dernier occupait au-dessus du cabinet de son père.

Gaston raconta tout ce qu'il avait appris et livra les conclusions auxquelles il était parvenu :

— Tobie a aboyé après elle parce qu'il l'a reconnue. Elle accompagnait son complice, celui en casaque de sergent ou d'huissier, quand ce dernier a tué sa maîtresse.

— Tu dois avoir raison, même s'il me répugne que cette femme, qui, malgré tout, s'est montrée miséricordieuse avec ces enfants, ait pu tuer, ou laisser tuer, de si horrible façon.

— Les gens sont compliqués, fit Gaston avec une forme d'insouciance. J'ai maintenant bon espoir de la retrouver, car le marchand de boutons la reverra, tôt ou tard, et me fera savoir où elle loge.

— Je partage ton point de vue, elle ne pourra échapper à son châtiment. Cependant, la disparition de M. Pitard m'inquiète. Et si c'était lui l'assassin du receleur ? Sachant l'orfèvre fortuné, il a pu être tenté de revenir pour lui faire croire qu'il devait saisir ses biens. Ce ne serait pas la première fois qu'un sergent agirait ainsi pour son compte. Ensuite, il a pu y avoir querelle...

Songeant à la réprimande administrée à Pitard, justement pour ce genre de comportement, Gaston grimaça.

— ... Et dans cette dispute, le receleur a blessé ton sergent qui, depuis, se cache quelque part pour soigner ses plaies.

M. de Tilly n'avait pas songé à ça.

23

Le lendemain vendredi, Gaston trouva M. Lenormand qui l'attendait dans son cabinet du Grand-Châtelet. À l'air défait du secrétaire, il comprit qu'un événement grave venait de se produire.

— On a retrouvé le corps du sergent Pitard, monsieur, annonça tristement M. Lenormand.

— Le corps ? Il est donc trépassé ?

— Oui, monsieur. Un palefrenier qui conduisait des chevaux du Louvre pour les faire boire l'a découvert sur la berge, sous l'arche[56] Popin[57]. Il a envoyé un valet au Châtelet et le sergent qui est allé voir a reconnu Pitard.

— Le corps est-il ici ?

— Oui, monsieur, dans la morgue. On a prévenu maître La Forge.

— Et monsieur Picault ?

— Je ne l'ai pas encore vu, monsieur le commissaire.

— Je descends, annonça Tilly.

Préoccupé, l'esprit dégorgeant de mille questions, il traversa la galerie, puis la salle des huissiers, sans saluer personne, et sortit dans la cour. La pluie avait cessé dans la nuit, mais il était trop tôt pour que le soleil perçât. Tilly parcourut la cour du regard, espérant apercevoir Picault au milieu des sergents qui bavardaient,

---

[56] Cette voûte, appelée aussi arche Marion, du nom d'une étuveuse qui avait là son établissement, se situait dans une ruelle qui prolongeait la rue des Lavandières. L'endroit, qui conduisait à la Seine, servait d'abreuvoir aux animaux et de place de rendez-vous pour les duellistes.

[57] Jean Popin du Porche, riche propriétaire de terrains autour de Saint-Germain-l'Auxerrois.

puis il fila à la basse geôle et pénétra dans le greffe. Le commis aux écritures était seul.

— Bonjour, François, le salua-t-il. Maître La Forge est-il là ?

— À côté, monsieur le commissaire.

À côté, c'était la pièce principale de la morgue. Une salle voûtée dans laquelle on déposait les cadavres découverts dans Paris. Les corps étaient placés sur les quatre tables en bois et, quand il y en avait trop, ce qui arrivait souvent, car meurtres, assassinats et autres excès de violence étaient fréquents dans les rues de la capitale, on les étalait sur le sol.

Un long soupirail laissait tomber quelques rayons de lumière dans ce sinistre souterrain. Cette ouverture permettait aux gens de justice de morguer – c'est-à-dire de regarder les cadavres afin de les identifier –, depuis la cour, sans être contraints d'entrer et de supporter les aigres effluves de la mort.

Gaston descendit les quelques marches conduisant à la salle basse. Trois cadavres à la peau blanchâtre étaient étendus sur les tables. L'endroit puait la charogne, mais ces répugnants effluves ne semblaient aucunement gêner le chirurgien en robe noire qui examinait un des corps. Il se tourna en entendant quelqu'un approcher.

— Ah, M. de Tilly, je vous attendais.

— C'est M. Pitard ? demanda Gaston, un mouchoir pressé sur son nez.

— Lui-même, mais moins désinvolte qu'à son habitude, plaisanta le chirurgien.

— De quoi est-il mort ?

L'homme de l'art balança la tête.

— De plusieurs choses. Regardez...

Gaston s'approcha. Le pauvre sergent paraissait vidé de son sang. En revanche, il y en avait sur sa casaque devenue presque complètement marron. Surtout, il avait la gorge ouverte.

— Il a reçu un coup ici...

Le chirurgien montra l'arrière du crâne.

— Administré par un objet lourd. Un bâton, une barre, quelque chose dans ce genre. Je dirais un morceau de bois, car j'ai trouvé un peu d'écorce. Le coup ne l'a pas tué, mais il serait mort de toutes les façons, car le crâne est brisé. Un peu plus tard, on lui a coupé la gorge. Comme il vivait encore, il a alors beaucoup saigné.

Gaston réfléchissait.

— Combien de temps entre le coup sur la tête et l'égorgement ?

— Impossible à dire. Mais ce n'est pas ça qui est important. D'après moi, il a été tué voici un jour ou deux, puis transporté plus tard. Et comme l'arche Marion est très fréquentée, dans la journée, cela s'est forcément passé au début de la nuit. Ses vêtements sont à peine humides et, hier, il a plu dans l'après-midi.

— Il est encore en casaque. Il n'est donc pas rentré chez lui pour se changer. Ce qui confirme les affirmations de sa femme. Aurait-il pu être tué mercredi soir ?

— Vraisemblable.

Gaston songea à l'orfèvre, assassiné à peu près au même moment. Avec le même couteau ? Par le même assassin ? Et où était resté le corps durant la journée de jeudi ? Forcément caché, puisqu'on ne l'avait pas découvert. Le brouillard s'épaississait.

Gaston remonta dans son cabinet où il eut le plaisir de retrouver Louis Fronsac qui venait d'arriver. En quelques mots, il lui expliqua la triste destinée du sergent Pitard.

— Le pauvre a découvert quelque chose, aussi l'a-t-on fait taire. Ton assassin est en train de clore toutes les bouches, remarqua Louis, fort pessimiste.

Gaston hocha la tête.

— J'ai sous-estimé l'assassin de Mme Blangy. C'est quelqu'un d'une incroyable audace, que rien n'arrête.

— Fais attention, si tu t'approches trop de lui, il pourrait également s'en prendre à toi.

— Qu'il essaye ! Mais, maintenant, je dois aller annoncer la triste nouvelle à Mme Pitard. Viens-tu avec moi ? Je n'ai pas envie d'être seul avec cette pauvre femme.

— Je t'accompagne.

— J'ai d'abord quelques mots à dire à M. Lenormand.

Ils grimpèrent à l'étage supérieur.

Le cabinet du secrétaire de Gaston avait bien sûr la même taille que celui du commissaire, mais avec des sacs et des registres empilés ou suspendus à peu près partout. Les deux hommes eurent donc du mal à se frayer un passage.

— M. Lenormand, dit Tilly, parvenu devant son secrétaire qui s'était levé, vous trouverez mon mémoire concernant l'assassinat de Mme Blangy sur ma table. Faites-en une copie et envoyez-la chez M. Leclair, le commissaire de Saint-Martin.

— Oui, monsieur.

— Je n'ai toujours pas revu M. Picault, et vous ?

— Non, monsieur.

— J'ai vraiment besoin de lui parler. Il est le dernier à avoir vu M. Pitard et j'ai quantité de questions à lui poser. Je veux aussi l'envoyer à l'abreuvoir Marion pour interroger les gens du quartier. Peut-être découvrira-t-il un témoin.

— Savez-vous où il loge, monsieur ? Vous pourriez envoyer un archer...

— Oui, place Maubert, en face de la rue des Grands-Degrés, au coin de la rue du Haut-Pavé.

— C'est cela.

— Mais, s'il ne se trouve pas chez lui, cela ne m'avancera guère.

— Dans ce cas, son épouse vous indiquera où il est, ou au moins, quand il reviendra.

— J'ignorais qu'il était marié, fit Gaston avec un sourire amusé. Sous ses apparences de soudard, Picault est un timide qui n'évoque jamais sa vie privée.

— Je ne le sais que par un ami de la compagnie du chevalier du Guet. Il a épousé une nommée Nicole, fille d'un drapier ruiné d'Amiens.

— D'Amiens ?

Le sourire du commissaire s'effaça et un doute, déjà fugacement éprouvé, l'envahit. Il se souvint des silences de l'exempt qui, à plusieurs reprises, ne s'était guère montré curieux.

— Je vais me rendre chez Mme Pitard, annonça-t-il d'une voix égale. À mon retour, j'aviserai au sujet de Picault.

Louis remarqua le changement chez son ami, mais ne posa aucune question. Il le suivit jusque dans la cour où son carrosse l'attendait. Le véhicule était conduit par le fils de Jacques Bouvier, Nicolas. Gaston lui déclara qu'ils se rendaient rue des Fossés-Montmartre.

Une fois en voiture, il grimaça en secouant la tête :

— Amiens ? Sa femme, dont le père était ruiné, vient d'Amiens. Corne Bouc, cela change beaucoup de choses ! Ne crois-tu pas ?

— Aurais-tu des doutes sur Picault ?

— J'ai des doutes sur tout le monde ici, sauf pour ce pauvre Pitard qui est mort, que Dieu ait son âme.

— C'est tout de même Picault qui a déniché les bijoux volés.

— Que risquait-il à se comporter ainsi ? Au contraire, il pouvait avoir déjà prévu de faire disparaître le receleur. D'ailleurs, c'est peut-être en le reconnaissant que ce dernier lui a ouvert en pleine nuit. Comment aurait-il pu imaginer qu'un exempt allait le tuer ?

— Mais pour quelle raison aurait-il assassiné le sergent Pitard ?

— D'une façon ou d'une autre, ce pauvre archer s'est douté de quelque chose. M. Picault s'en est aperçu et a décidé de le faire taire.

— Possible, reconnut Louis. Et il aurait également assassiné madame Blangy ?

— Imagine que son épouse la connaissait et la savait riche. Picault s'est présenté chez elle comme exempt, Madame Blangy était en confiance, elle lui a ouvert et il l'a tuée. Ce qui explique le grognement du chien, qui l'a reconnu.

— Il a également grogné après la dame de la Samaritaine aux Halles.

— C'est juste.

Gaston s'abîma un moment dans le silence, puis il proposa cette explication :

— Puisque madame Picault connaissait madame Blangy, pourquoi n'aurait-elle pas accompagné son mari à l'auberge ? Madame Blangy l'ayant reconnue, elle lui a ouvert la porte sans crainte.

— Donc madame Picault serait la dame de la Samaritaine ?

— Voilà ! Picault fabriquait les fausses clefs et, comme il habite tout près de la rue des Rats, il connaissait parfaitement l'hôtel abandonné du *Cygne-Couronné* où il a dû se rendre avant que son épouse n'y conduise les enfants.

— Cela fait beaucoup de supputations, objecta Louis en renouant un ruban noir à son poignet gauche.

— Mais mon raisonnement est solide, non ? N'oublie pas que Picault est un ancien soldat. Tuer a été pour lui une seconde nature et il se montre habile, une lame à la main.

— Il possède une épée. Pourquoi aurait-il utilisé un couteau à clous ?

— Pour brouiller les pistes ! D'ailleurs, il va être facile de vérifier tout cela. En revenant de la rue des Fossés, arrêtons-nous chez toi et prenons Nicolas avec nous. Nous nous rendrons place Maubert et, avec lui, j'irai m'informer sur M. Picault auprès de sa femme. Nicolas me dira ensuite si elle est la dame de la Samaritaine.

— Attention, Picault n'est pas sot, mon ami. Sa femme lui dira qu'il y avait un jeune garçon avec toi. De surcroît, il sera peut-être chez lui et pas elle. Il devinera vite que tu le suspectes et, si tu te trompes, tu t'en feras un ennemi, alors qu'il t'est dévoué.

Gaston soupira, reconnaissant la justesse des arguments de son ami. Et il est vrai qu'il avait toujours eu à se louer de son exempt.

— Que proposes-tu, alors ?

— Attendons un peu.

24

La rue des Fossés-Montmartre longeait les fossés de l'enceinte de Charles V. Au nord de Paris, ce quartier de jardins, vergers et petits vignobles était atteint par la folie des travaux. Partout où le regard se portait, ce n'étaient qu'amoncellements de gravats des maisons démolies, entassements de blocs de pierre et échafaudages en bois pour les nouvelles constructions.

Quelques années plus tôt, Louis XIII – en fait, Richelieu –, avait passé contrat avec un nommé Charles Froger. Ce dernier devait terminer l'enceinte, dont les travaux traînaient depuis des dizaines d'années, en échange des terrains du roi qui s'étendaient depuis le Louvre jusqu'à la porte Saint-Denis.

Le promoteur avait d'abord percé la rue Neuve-des-Petits-Champs au-delà des jardins du Palais Cardinal. Ne se dressaient à cet endroit que des fermettes, des moulins, des étables et des granges, ainsi que de vieilles maisons à pans de bois dont les habitants vivaient de maraîchage et de l'élevage de volailles. Désormais, la nouvelle rue était bordée de magnifiques hôtels qui remplaçaient les vieilles masures du Moyen Âge. Receveurs généraux, contrôleurs des Finances, conseillers au parlement et à la Chambre des comptes, officiers de la chancellerie et autres gens de pouvoir, tous voulaient habiter à proximité du Palais Cardinal.

Corneille ne devait-il pas écrire, quelques années plus tard :

Paris voit tous les jours de ces métamorphoses ;
Dans tout le Pré-aux-Clercs, tu verras mêmes choses ;
Et l'univers entier ne peut rien voir d'égal
Aux superbes dehors du Palais Cardinal :
Toute une ville entière, avec pompe bâtie,

Semble d'un vieux fossé par miracle sortie.

Mais, face à une demande insatiable, car même la bourgeoisie voulait désormais s'installer dans ce quartier, la place avait manqué pour de nouvelles constructions. Aussi les promoteurs commençaient-ils à grignoter la campagne, au nord. Évidemment, plus on se rapprochait des limites de la ville, moins les nouvelles demeures étaient luxueuses. Dans les rues situées entre le couvent des Capucines et les Filles Saint-Thomas, on érigeait plutôt des maisons bourgeoises pour des notaires, des gens aisés ou de petits marquis. Pour l'heure, peu d'habitations étaient terminées et les chantiers de construction s'étendaient, çà et là, entre les anciens moulins, les fermes et le lacis d'étroits logis à colombages, affaissés et aux poutres noircies par les fumées et la crasse. C'était le cas de la rue des Fossés.

Le carrosse de Fronsac remontait lentement ce chemin boueux, fréquenté essentiellement par des piétons, des marchands ambulants, des paysans revenant de leurs champs, des ouvriers ou des commis qui rentraient chez eux ou se rendaient à la taverne à l'enseigne des *Trois-Bouteilles,* située au début de la rue. Un chandelier qui bramait à tue-tête : « Chandoille de coton, chandoille ! » s'arrêta pour les regarder passer. Puis ce fut un oubloier[58] qui hélait les passants avec ces paroles : « Dieu ! Qui appelle l'oubloier ? ».

Le cocher et les deux passagers du carrosse n'y prêtaient aucune attention, occupés qu'ils étaient à tenter de repérer la maison à l'enseigne du *Soleil d'Or.*

Ce fut Gaston qui aperçut, le premier, un soleil en bois à la dorure écaillée. La bâtisse à pignon, à deux étages, avec un cabinet en saillie, se trouvait enserrée entre deux autres masures noires de saleté, à l'évidence abandonnées d'après leurs volets clos. Le commissaire demanda à Nicolas de s'arrêter et de les attendre.

---

[58] Marchand d'oublies.

Les deux amis descendirent. Les panneaux de l'étal, de part et d'autre d'un poteau, étaient fermés. Sur le côté droit, une étroite porte était close également. Rongées par le temps, les quelques sculptures des pans de bois de cette vieille maison étaient méconnaissables.

Tilly frappa à l'huis, car il n'y avait pas de cordon. Nulle réponse. Il insista plusieurs fois et seul le silence répondit.

— Il n'y a personne, décréta Louis.

La situation déplaisait à Gaston. Pouvait-il être arrivé quelque chose à madame Pitard, pourtant rencontrée la veille ? Même si elle s'était absentée, où étaient les domestiques ? Car le couple avait certainement un ou deux serviteurs.

Si la maison d'à côté était abandonnée, au-delà d'un vaste chantier empli de gravats se dressaient d'autres demeures et des échoppes, dont celle d'un fourbisseur d'épée avec les panneaux de son étal ouverts. Nos deux amis s'y rendirent en s'efforçant d'éviter la boue.

— Bonjour, maître, dit Gaston à un artisan chauve et voûté, très maigre, avec une mâchoire en saillie sous un nez protubérant.

Le boutiquier l'examina et remarqua sa rapière, dont il apprécia la solide garde d'un mouvement de tête.

— Dieu vous salue, monsieur. Avez-vous un problème d'épée ?

— Non, mais, quand j'en aurai un, je viendrai vous voir. Je cherche Mme Pitard qui loge à la maison du *Soleil d'Or*, un peu plus loin. Tout est fermé, chez elle, et personne ne répond.

— Il y a pourtant deux domestiques, Annette et Thomas, fit l'artisan en haussant un sourcil. Mais peut-être sont-ils partis avec leur maîtresse.

— Vous l'avez vue s'en aller ?

— Non, mais un carrosse de location était arrêté devant chez elle quand j'ai fermé mon étal, hier soir.

— Si madame Pitard est partie, savez-vous où elle a pu aller ?

— Pas du tout. J'ai de médiocres relations avec son mari, sergent au Châtelet de son état, aussi, je parle peu à ces gens-là. Mais allez plutôt vous renseigner à l'écurie de Gabaret.

Il désigna le bout de la rue.

— Il loue des carrosses, des chevaux et des charrettes. C'est peut-être une de ses voitures qui attendait.

Ils remercièrent l'aimable marchand et revinrent à leur véhicule, souliers et bottes couverts de boue. Pour éviter de se salir encore plus, ils demandèrent à Nicolas de les conduire à l'écurie, grand bâtiment avec une porte cochère ouvrant sur une cour.

— Ce départ me surprend et m'inquiète, observa Gaston, en s'asseyant. Mme Pitard n'y a fait aucune allusion, hier.

Louis demeura mutique. Aussi son ami le regarda-t-il, intrigué.

— Qu'as-tu ?

— Tout est sous nos yeux, Gaston, murmura Fronsac.

Un silence qui ne se prolongea guère.

— Dieu me damne ! Quel sot je suis ! s'exclama Tilly.

La vérité venait également de lui apparaître.

Le carrosse s'arrêta devant le porche de l'écurie et ils descendirent. Quelques palefreniers vaquaient auprès de voitures en piteux état et de charrettes. Un bonhomme à gros bide, avec d'énormes moustaches, les surveillait.

Ce fut à lui que Gaston s'adressa, répétant ses questions.

— Oui, madame Pitard est partie ce matin avec ses domestiques. Elle m'a loué un carrosse hier soir, pour trois jours. Son valet devait conduire. Il faisait nuit et j'ai mis moi-même de l'huile dans les lanternes.

— Où est-elle allée ?

— Chez sa sœur, m'a-t-elle dit, vers Monceaux.

— Vous loue-t-elle souvent un carrosse ?

Maître Gabaret se frotta le menton.

— Au moins une fois par semaine.

— Avec un cocher ?

— Rarement. Un domestique me prévient et je fais conduire le véhicule devant chez elle.

— Avez-vous vu son cocher ?

— Quelquefois.

— Un de ses domestiques ?

— Non, je ne le connais pas et il est du genre taciturne. Dans mon métier, on ne pose pas de questions.

— Vous demande-t-elle aussi des chaises ?

— Oui, quand j'ai des porteurs libres.

— Y en a-t-il, en ce moment ?

— Non, monsieur, ils sont tous en course pour la journée.

Louis et Gaston échangèrent un regard satisfait, même si Tilly aurait souhaité interroger des porteurs.

— Voulez-vous que je lui fasse une commission quand elle reviendra, monsieur ?

— Inutile, dit Tilly en assortissant ses paroles d'un signe de la main. Et merci pour votre obligeance. Connaissez-vous un serrurier, par ici ?

— Le plus proche se trouve rue Sainte-Anne.

Ils remontèrent en carrosse et Nicolas les conduisit dans la rue en question, où ils durent se faire indiquer la boutique de l'artisan.

Elle se situait dans une petite cour où Nicolas fit adroitement entrer la voiture.

— Je vous souhaite le meilleur, mon maître. Je suis commissaire au Châtelet, se présenta Gaston à l'artisan, individu maigre et noueux, pas rasé, qui travaillait dehors sur une petite forge.

En annonçant son état, il précisa son nom et présenta le sceau servant à apposer les scellés qu'il portait attaché à une chaînette. Le cachet représentait trois fleurs de lys devant les tours du Châtelet, avec l'inscription : *Sigillum prepositure Parisiensis*"[59],

[59] Sceau du prévôt de Paris.

tandis qu'au-dessous on pouvait lire la mention : Tilly commissaire.

— Que puis-je pour vous, monsieur le commissaire ?

— Venir avec moi ouvrir une maison, rue des Fossés.

— J'ai besoin d'un acte du Châtelet, pour cela.

Tilly prit son air le plus sévère :

— Ignorez-vous les lettres patentes publiées par notre bon roi Henri, en juillet 1607, qui mentionnent que les commissaires doivent se transporter jour et nuit es maisons qui servent de retraite aux gens mal vivants, voleurs et homicides et faire faire ouvertures d'icelles ?

— S'agit-il d'une maison abritant des criminels, monsieur le commissaire ?

— Oui, mon maître. Prenez vos outils et venez !

— Et comment serai-je payé, monsieur, si je n'ai pas un acte à présenter au trésorier du Châtelet ?

— Je vous réglerai sur place, de ma poche.

— Dans ce cas...

L'artisan donna des instructions à son apprenti pour qu'il termine le travail en cours et emplit une sacoche d'instruments. Il gagna ensuite le carrosse dans lequel ils se serrèrent et où Louis se présenta comme notaire au Châtelet.

La voiture s'arrêta devant la maison à l'enseigne du *Soleil d'Or*. L'artisan se rendit à la porte, examina la serrure et se permit un large sourire.

— Une fermeture des plus simples, affirma-t-il à Gaston.

Il introduisit une sorte de clef à l'intérieur et fit jouer rapidement le pêne. À peine l'huis fut-il poussé que Gaston, qui entra le premier, sentit les âcres effluves de la mort.

Tous trois échangèrent des regards anxieux et pénétrèrent entièrement.

À gauche s'étendait la boutique ; devant eux, l'escalier desservait les étages. Le commissaire passa dans l'échoppe faiblement éclairée par un long et étroit fenestron au-dessus de l'étal.

Il s'approcha de la première fenêtre, l'ouvrit et ôta la clavette qui maintenant la barre de fer empêchant qu'on force le volet extérieur, puis il libéra celui du bas, laissant entrer la lumière.

Sur chacun des murs de la boutique se trouvait un dressoir torsadé à huit étagères, garni de pots en faïence, coffrets, chandeliers, cruches en étain, lanternes, lampes à huile, brosses et peignes, paniers en osier, rables[60] et guedoides[61]. Toutes sortes d'objets nécessaires dans un foyer, mais sans grande valeur. Une grande boîte ciselée dégorgeait de colliers de fausses perles et de colifichets argentés.

Gaston balaya vaguement ces marchandises du regard, puis attrapa un chandelier afin de vérifier s'il s'agissait d'argent, mais ce n'était pas le cas.

— Il ne semble pas y avoir eu de vol, observa-t-il en pénétrant dans la cuisine.

Il ouvrit un placard qui contenait trois assiettes, des gobelets, un cruchon et des plats.

Là encore, pas de désordre, sinon un bougeoir abandonné sur le sol ; sa chandelle avait roulé à quelques pas. Il se baissa pour la ramasser et remarqua une tache brune en partie effacée. Du sang ?

Des débris d'écorce autour du bûchier attirèrent alors son attention. Il regarda le meuble à claire-voie et s'aperçut que, si le bois de chauffage était convenablement empilé sur les deux premiers pieds, les rondins de dessus avaient été entassés n'importe comment. N'excluant pas qu'on ait dissimulé dessous quelque objet, il déplaça les premières bûches et en découvrit une maculée de sang séché.

— Louis, viens voir !

Fronsac, qui avait déposé sur la table de la cuisine l'écritoire de sa sacoche afin de rédiger le procès-verbal, abandonna ses préparatifs et s'approcha de Gaston qui brandissait un morceau de bois.

---

[60] Large pelle servant à tirer les braises.

[61] Bouteille double dans laquelle on peut mettre, sans les mêler, deux liqueurs différentes.

— Voilà avec quoi on a assommé le sergent Pitard, affirma le commissaire.

Louis prit le rondin et le tourna entre ses mains en hochant la tête. Le sang séché ne prêtait pas à confusion.

— Donc ce pourrait être Mme Pitard, la criminelle..., dit-il.

— Oui. Et je crois que nous avons identifié la dame de la Samaritaine.

Le jeune commissaire resta silencieux un instant, méditant sur les conséquences de cette découverte.

— Pourtant, cette bûche n'explique pas les effluves de mort qui règnent ici, intervint Louis.

— Nous ne sommes pas au bout de nos sinistres découvertes. J'ai vu du sang qu'on a sommairement tenté de faire disparaître, là-bas.

Il montra l'endroit où il avait trouvé le bougeoir.

— Mais je crois que, pour l'instant, on a tout vu, ici. Laisse tes affaires et allons visiter les chambres.

Ils revinrent dans la boutique, demandèrent au serrurier, qui regardait les objets exposés, de les attendre encore un peu, pendant qu'ils gagnaient les étages.

25

En montant les degrés, l'aigre odeur de charogne devint prégnante et quasiment insupportable. Gaston savait qu'il allait découvrir un cadavre. Serait-ce celui de Mme Pitard ? Avait-elle été tuée après avoir loué le carrosse ? À moins qu'il ne s'agisse des domestiques...

Une seule porte, entrebâillée. Ensuite, l'escalier se poursuivait vers un second étage.

Ils pénétrèrent dans une chambre garnie d'un lit à colonnes aux courtines ouvertes, avec un matelas en plume et des coussins. Ici non plus, pas de désordre.

Un mur accueillait une tapisserie défraîchie et mitée, un autre, un miroir au verre écaillé. Mis à part un fauteuil dans la ruelle, les autres sièges n'étaient que des bancs et des escabeaux en bois massif.

Gaston s'intéressa à une haute huche dont il souleva le chapeau. Le meuble contenait de la lingerie bien rangée, pour homme et femme.

Près de la cheminée se dressait une table devant un miroir. Louis considéra les flacons en verre et les pots en terre cuite et en porcelaine qui s'alignaient dessus. Il souleva le couvercle d'un récipient et effleura l'onguent qu'il contenait : une crème de beauté. Également sur un plateau, un de ces pains de céruse hollandaise, mélange de froment, de corne de cerf et de marbre, vendus chez les épiciers et enveloppés de papier bleu. Sa mère achetait les mêmes. Louis l'avait souvent vue réduire en poudre cette pâte pour la mêler à de l'eau parfumée afin d'obtenir une pommade qui blanchirait son teint et ferait disparaître taches, rougeurs ou rides.

Il porta un des flacons à son nez et en huma le contenu : un assemblage de rose et de jasmin.

— As-tu découvert quelque chose ? demanda Gaston qui revenait d'un cagibi mitoyen.

— Rien. Et toi ? Qu'y a-t-il, là-bas ?

— Une simple couchette. Allons au deuxième étage et, là, prépare-toi au pire.

L'odeur infecte était toujours présente.

Ils grimpèrent les marches lentement, songeant à ce qu'ils allaient découvrir. À chaque degré, les miasmes devenaient plus puissants. Gaston pénétra le premier dans une petite chambre à la porte ouverte. Le lit était défait et abritait un corps lardé et détranché, sommairement recouvert d'un drap sanglant. L'odeur était épouvantable.

Mais Tilly avait l'habitude. Tandis que Louis demeurait contre le chambranle, chancelant d'horreur, son ami s'approcha du cadavre. Une femme dans la quarantaine, en chemise de nuit. Elle n'avait pas été tuée dans son sommeil, jugea-t-il, car elle était habillée. Il examina le sol et aperçut des marques de sang, partant de la porte, des traces qu'il n'avait pas remarquées auparavant.

— Louis, vois ces gouttelettes sur le carrelage. Vérifie s'il y en a également dans l'escalier.

Ce genre d'examen étant plus dans ses capacités, Fronsac quitta la pièce sans regret, laissant volontiers à son ami la pénible tâche de poursuivre ses investigations sur le cadavre.

Gaston souleva le drap. Le décès remontait à plusieurs heures et les entrailles de la victime s'étaient vidées, souillant le lit, constata-t-il en se serrant le nez. Il remarqua aussi qu'on avait enroulé un foulard sanglant autour du cou de la morte. Retirant le linge, il mit au jour, comme il s'en doutait, une profonde entaille à la gorge. La domestique avait été poignardée, puis achevée par un coup dans la jugulaire. Pour éviter que le sang ne coule partout, l'assassin avait serré ce foulard sur la plaie.

Louis revint, livide.

— J'ai trouvé du sang sur plusieurs marches. Plus bas, j'ai l'impression qu'il y en avait aussi, mais qu'il a été nettoyé.

— C'est dans la cuisine qu'on l'a tuée, avant de la transporter ici, conclut Gaston. Je passe maintenant dans l'autre pièce, ajouta-t-il en désignant une porte qui, selon la disposition des lieux, permettait la communication avec une deuxième chambre.

— Je t'accompagne ! décida Louis en surmontant son dégoût.

— Tu n'es pas obligé.

— Pour écrire correctement le procès-verbal, il faut bien que j'aie tout vu.

Gaston franchit la porte, pendant que Louis s'arrêtait devant le lit et le cadavre de la domestique. Il n'avait jamais imaginé que l'affaire de la dame de la Samaritaine deviendrait aussi sanglante, aussi sordide, aussi épouvantable.

Dans la pièce mitoyenne, Gaston découvrit également un domestique assassiné dans son lit. Il s'agissait d'un homme âgé.

— On a donc retrouvé les prénommés Annette et Thomas, murmura-t-il.

Louis entra à son tour et retint sa nausée.

— Le valet est là, lui annonça son ami.

L'homme se trouvait dans les draps ; et la courtepointe qui le couvrait était tachée et déchirée. Son visage, surmonté de cheveux gris, n'exprimait rien. Le commissaire reconstitua aisément la scène du crime :

— Alors qu'Annette a été tuée dans la cuisine, Thomas est mort assassiné dans son sommeil. À mon avis, la servante a entendu du bruit, alors qu'il faisait déjà nuit. Thomas dormait, mais elle n'était pas encore couchée. Peut-être priait-elle ; les gens âgés prient souvent tard, car ils craignent leur fin prochaine. Elle est donc descendue, avec son bougeoir à la main, et ce qu'elle a vu, à coup sûr le cadavre de son maître, a provoqué sa mort. On l'a poignardée et elle a lâché le bougeoir.

Un silence, puis ces paroles :

— Tu en sais autant que moi, Louis. Donne-moi ton opinion sur cette affaire. Je veux être certain que nous avons tous deux interprété les faits de la même manière.

Fronsac opina.

— Tout indique que madame Pitard est la dame de la Samaritaine. C'est dans un des carrosses de location de M. Gabaret qu'elle a fait monter les enfants et c'est avec ces voitures louées, ou des chaises, qu'elle passait, le soir, à la Samaritaine pour les rencontrer, leur communiquer les endroits à voler et récupérer le butin. Son mari, sergent au Châtelet, se renseignait sur les maisons vides d'occupants à la suite de procédures judiciaires et faisait un double de leur clef. Madame Pitard n'avait plus qu'à en informer les galopins en leur remettant la clavelle. Le vol perpétré, elle revendait le butin au receleur Le Chevalier. Pourtant, cette belle mécanique s'est enrayée avec la visite de Picault à ce dernier...

Gaston, qui approuvait par de petits hochements de tête, leva alors une main :

— Laisse-moi poursuivre, dit-il en faisant quelques pas. Mon exempt a trouvé chez le receleur les objets volés par les enfants, mais également les bijoux pris sur le corps de Mme Blangy. Pitard savait bien sûr que sa chère épouse apportait de l'orfèvrerie volée au boutiquier. Mais, quand il a vu les bijoux, il a deviné que sa femme faisait également des affaires avec un autre. Il a dû avoir du mal à ravaler sa rage, parce qu'immanquablement il s'est douté que cet autre était l'huissier Lorrain, un doute transformé en quasi-certitude s'il s'est souvenu de l'attitude du chien dans la chambre du crime. Mais, peut-être plus grave encore pour lui, sa femme était complice d'un meurtre épouvantable qui conduirait le criminel et ses acolytes sur la roue. Or, comment pourrait-il convaincre les juges de son innocence ? Certes, comme voleur, son épouse et lui risquaient la potence, mais, désormais, il était exposé à la question extraordinaire et à des châtiments effroyables. Il avait donc des explications à lui demander ! Rentré chez lui, il l'a accusée, peut-être même l'a-t-il battue et, sitôt qu'il a eu le dos tourné, elle l'a frappé avec ce qu'elle avait sous la main dans la cuisine : une bûche.

Louis approuva.

— Annette a-t-elle alors entendu la rixe ? Sans doute pas, car elle serait venue accompagnée de Thomas. Ces deux-là ont été tués plus tard, conclut le commissaire.

— À mon avis, Mme Pitard a frappé son mari pour se protéger et, ensuite, elle est restée désemparée en le voyant agoniser. Aussi est-elle allée demander de l'aide à son amant et complice. Elle avait dû fermer à clef le passage par la boutique, afin que les domestiques n'y viennent pas, ou alors, elle leur a interdit de descendre de leur chambre. Tu l'apprendras si tu la retrouves. Elle est finalement revenue avec son compère et ce dernier a achevé le sergent qui gardait un souffle de vie. Sans doute est-ce à ce moment qu'Annette est arrivée, ayant entendu l'amant pénétrer dans la maison. L'homme n'avait pas le choix et l'a poignardée pour s'assurer de son silence. Craignant que Thomas ait aussi entendu, il est monté le tuer dans son lit.

» Maintenant, notre couple de criminels ne savait que faire de ces trois cadavres et devait être fort embarrassé. Le Châtelet allait rapidement envoyer quelqu'un pour connaître l'absence de M. Pitard et, dans quelques jours, les odeurs révéleraient aux gens du quartier l'existence des cadavres.

» Pour éviter une visite des gens du Châtelet, madame Pitard a décidé de venir annoncer la disparition de son mari. Ainsi, les risques immédiats que l'on enquête chez elle seraient écartés. Cependant restait le receleur capable de la reconnaître. Lui aussi devait disparaître. Nos deux compères ont dû partir ensemble dans la nuit chez Le Chevalier. Mme Pitard a réussi à se faire ouvrir, peut-être en prétextant apporter quelque objet de valeur. Ensuite, l'orfèvre a été lardé de coups de couteau et, pour faire bonne mesure, nos amis l'ont volé.

» le soir du lendemain, le couple diabolique a loué un carrosse. Mme Pitard a annoncé au sieur Gabaret qu'elle partait pour quelques jours avec ses domestiques et, la nuit tombée, nos assassins ont déposé le corps du sergent à l'arche Marion. Pourquoi n'y ont-ils pas porté aussi les corps des domestiques ? Certainement voulaient-ils faire croire que c'étaient des larrons qui avaient agressé le sergent ; la présence du valet et de la servante aurait entraîné une tout autre enquête. Peut-être envisageaient-ils de revenir le surlendemain et de les jeter dans la Seine. Il faudra le leur demander. Quoi qu'il en soit, Mme Pitard a ensuite quitté sa maison. Reste à savoir où elle se trouve à présent. Sans doute près de son amant, sans doute envisagent-ils de quitter Paris. C'est ce qu'on va vérifier.

— En nous rendant chez monsieur Lorrain ? demanda Louis.

— Si je me fie au ragot du chirurgien, il ne peut s'agir que de lui. D'ailleurs, tu as magistralement démontré que l'assassin de madame Blangy pouvait être un huissier.

Il secoua la tête en grimaçant.

— J'avais tout sous les yeux et j'ai été aveugle. J'aurais pu éviter ces crimes, si j'avais eu un peu plus de jugeote.

— Elle n'était pas soupçonnable, avec ce que tu savais.

Ils revinrent dans la cuisine.

— Qu'y a-t-il, en haut ? interrogea le serrurier.

— Rien de bon, des domestiques assassinés.

L'artisan se signa, visage brusquement affaissé.

— Louis, peux-tu faire un procès-verbal de ce que tu as vu ? demanda Gaston.

Fronsac hocha du chef, tira une escabelle et s'installa à la table. Il tira plumes, feuillets et encrier de son écritoire, pendant que le jeune commissaire s'adressait au serrurier :

— Vous le parapherez comme témoin. Maintenant, dites-moi quel est votre prix pour l'ouverture de la porte ?

— C'était un travail aisé. Un demi-sol suffira.

M. de Tilly tira sa bourse de son pourpoint et remit à l'artisan un double liard de cuivre. Il attrapa ensuite un banc et s'installa en face de son ami.

— Donne-moi du papier et une plume, j'ai également une lettre à faire.

Durant un moment, on n'entendit que le crissement des rémiges sur les feuilles. Tous deux utilisaient le même encrier et Louis se demanda s'il aurait suffisamment d'encre. Heureusement, la lettre de Gaston fut courte. Il la saupoudra de poudre de séchage et attendit que son ami termine.

— Monsieur le commissaire, savez-vous qui a assassiné ces pauvres gens ? s'enquit alors le serrurier d'une voix angoissée.

— Je crois. Et je vais le saisir. En partant, nous vous raccompagnons rue Sainte-Anne. Pourrez-vous refermer la porte à clef ?

— Sans difficulté, monsieur le commissaire.

Gaston lui montra la lettre qu'il venait de terminer.

— Je préviens mon secrétaire du crime. Il aura cette missive dans une heure et enverra des archers et un chirurgien juré qui feront d'abord une halte chez vous. Vous les accompagnerez afin d'ouvrir à nouveau, pour la même somme.

Il le gratifia d'un sourire de convenance.

— Vous ne les attendez pas, monsieur ? s'enquit l'artisan.

— Non. Il faut battre le fer pendant qu'il est chaud.

Louis avait terminé et fit glisser le procès-verbal à Gaston qui le parcourut.

— As-tu ce qu'il faut pour faire chauffer de la cire ? demanda-t-il en sortant son sceau.

À l'aide de son briquet, Fronsac alluma une bougie qu'il tendit à son ami, avec un bâton de cire jaune. Gaston le fit chauffer et laissa couler une grosse goutte en bas du procès-verbal, avant d'y appliquer son scel. Puis il parapha et demanda à Louis et au serrurier d'en faire autant. Après quoi, il plia soigneusement le document et se leva.

Louis l'imita, ayant rangé le contenu de son écritoire.

Le volet refermé et la porte verrouillée, tous trois gagnèrent le carrosse dans lequel Nicolas attendait. La voiture prit la direction de la rue Sainte-Anne et, comme convenu, M. de Tilly laissa l'artisan dans sa cour avant de demander au fils de Jacques Bouvier de les conduire rue des Déchargeurs.

— Comment vois-tu la suite ? demanda Louis.

— Viens-tu toujours avec moi ?

— Quelle question ! Si je te laisse seul, je te connais, tu vas avoir des ennuis !

Gaston pouffa.

— Ce n'est pas moi qui vais avoir des ennuis, je te l'assure ! Le coffre, sous le siège, est-il toujours bien garni ?

Il le désigna.

— Toujours, mais que veux-tu en faire ?

— J'ai un plan, fit le commissaire avec le sourire du chasseur sur le point de prendre sa proie.

26

Nicolas les laissa au débouché de la rue du Plat-d'Étain. Gaston descendit le premier et lui remit la lettre et le procès-verbal en lui expliquant ce qu'il devait en faire.

Louis sortit à son tour du carrosse quelques instants plus tard et, comme la voiture s'éloignait, son ami lui suggéra qu'ils se rendent dans la taverne du *Plat-d'Étain*, à l'angle de la rue du même nom, afin de préparer leur manœuvre.

— J'ignore où demeure Martin Lorrain, ajouta-t-il, mais on devrait l'apprendre dans la gargote.

Ils s'y dirigèrent. L'estaminet n'avait qu'une salle basse et le bouchon de feuilles desséchées sur la porte indiquait qu'on n'avait plus mis un tonneau en perce depuis longtemps, à moins que le cabaretier se fournisse surtout en vin de contrebande. Pour l'heure, l'endroit était quasiment vide et les deux amis s'installèrent dans un coin sombre. Le gargotier, qui les avait vus arriver, s'approcha d'une démarche incertaine, ayant reconnu Tilly, déjà venu avec les autres commissaires à l'occasion d'une visite au cours de laquelle on avait vérifié sa cave et découvert un tonnelet non marqué par le contrôleur juré, ce qui lui avait valu une forte amende.

— Que désirent mes seigneurs ? s'enquit-il suavement.

— Du vin, et pas coupé d'eau, demanda Gaston. Avec une réponse.

Il sortit une pièce de cinq sols en argent qu'il posa sur la table.

Comme l'aubergiste ne bougeait pas, M. de Tilly poursuivit :

— Où habite Martin Lorrain, huissier au Châtelet ?

— Dans la rue.

— Cela, je le sais, l'ami... Mais son logis ?

— À côté de la Maison des Drapiers. À l'enseigne du *Renard*.

Gaston fit glisser la pièce vers l'hôtelier qui la subtilisa et tourna les talons.

— Que comptes-tu faire, maintenant ? interrogea Louis quand l'homme se fut éloigné.

— Nous allons chez notre huissier.

— Appliquer ton fameux plan ?

— Oui.

— Tu ne peux l'arrêter sans sergent ou procureur. Pourquoi ne pas retourner au Châtelet et revenir avec eux et des archers ?

— Qu'ai-je comme certitude pour le faire saisir au corps ? Qu'il était l'amant de Mme Pitard ? Une rumeur, qui, même vérifiée, ne serait pas un crime de sang. Si je tenais Mme Pitard, Nicolas et ses amis la reconnaîtraient et, alors, peut-être avouerait-elle et accuserait-elle Lorrain, mais rien n'est certain. Après tout, cette femme peut avoir un autre complice, un autre amant, un frère, que sais-je ? En vérité, qui peut accuser Lorrain ? Personne ! Éventuellement le loueur de carrosses, s'il l'a déjà vu, mais serait-ce suffisant ?

— Fort juste, bien que tu oublies Tobie.

Gaston le gratifia d'un sourire ironique, tandis que le cabaretier déposait cruchon et gobelet avant de s'éloigner.

— Je ne me vois pas demander à Laffemas un duel entre ce pauvre braque et notre huissier, observa Gaston en emplissant les verres. D'ailleurs, Tobie serait vaincu.

Il vida son pot d'un seul coup et poursuivit :

— Donc, si je me présente avec des archers, je serai désavoué. Lorrain est huissier et connaît parfaitement les procédures. Dans ces conditions, je vais donc seulement l'interroger, comme le ferait un commissaire qui s'inquiète de la disparition de l'épouse d'un de ses sergents assassiné. Nous verrons comment il réagira si je le pousse à bout. Ensuite, ce sera à toi d'agir. De surcroît, avec un peu de chance, nous découvrirons un indice de la présence de la dame de la Samaritaine chez lui.

— J'ouvrirai les yeux ! promit Louis dans un mélange d'excitation et d'inquiétude.

Lui aussi avala le contenu de son gobelet, tout en songeant qu'ils se rendaient chez un homme qui avait sans doute déjà assassiné de sang-froid cinq personnes.

Hors de la taverne, ils se dirigèrent vers la maison des drapiers, édifice à colonnes qui s'avançait sur la chaussée. En retrait et sur le flanc de cette construction s'ouvrait une impasse dont la première demeure arborait un renard en bois peint, aussi roux que la chevelure de M. de Tilly.

La porte présentait un heurtoir de bronze représentant également un renard. Gaston le secoua à plusieurs reprises, jusqu'à ce qu'un domestique vînt ouvrir. Découvrant qu'il s'agissait de gens de qualité, il les fit entrer dans une antichambre en boiserie contenant un banc-coffre et une vieille armoire. En face, par une porte entrebâillée, on apercevait le potager d'une cuisine. Des marches, le long d'un mur, permettaient d'accéder aux étages.

Louis fut immédiatement troublé par la suave émanation qui imprégnait les lieux, tandis que son ami se présentait, le nommait et expliquait avoir besoin de parler à M. Lorrain.

Le serviteur, dans la trentaine, cheveux raides et regard indifférent, ne posa aucune question et leur demanda de les suivre.

Derrière leur guide, Fronsac prit un bras de son ami et posa l'index de son autre main contre une narine.

— Jasmin et orange, murmura-t-il.

Ils gravirent les marches en silence. Louis remarqua combien la maison paraissait vaste, si l'huissier en occupait les trois étages.

Trois portes sur un étroit palier. Le valet en ouvrit une et les fit pénétrer dans un cabinet sans fenêtre, meublé de six hautes chaises aux pieds tournés liés par des traverses et garnies de cuir estampé cloué sur le châssis. Les sièges étaient alignés contre un mur. Sur les autres côtés se dressaient une huche et un buffet dont le corps supérieur reposait sur des colonnes torses avec des anges ciselés dans chaque coin. Les panneaux représentaient des mufles léonins. Quelques pièces d'argent et d'étain s'exposaient sur un long dressoir.

— Veuillez attendre un instant, messieurs. Je vais prévenir mon maître.

Il sortit par une autre porte. Fugacement, Louis aperçut un lit à colonnes. Le valet s'était rendu dans une chambre.

— Le même mélange parfumé utilisé pour la céruse de Mme Pitard, dit alors Louis à voix basse.

— Mais c'est un parfum commun, remarqua Gaston. Ma logeuse l'utilise également.

Louis n'insista pas et s'appuya contre le bahut, afin que personne ne surgisse dans son dos, puisque la pièce possédait trois ouvertures, une sur chaque mur. Gaston, lui, examina les meubles, essayant même de les ouvrir, mais tous les panneaux étaient fermés. Soudain, il glissa et se serait affalé s'il ne s'était rattrapé au dossier d'une chaise.

Malgré leur situation, cette quasi-chute provoqua un début de fou rire chez Louis.

— J'ai glissé en marchant sur une bille ! se justifia son ami.

Tilly se baissa et ramassa effectivement une petite sphère. Il se figea aussitôt.

— Qu'as-tu ? demanda Fronsac, surpris par l'attitude de son ami.

— J'ai glissé sur ça. Regarde...

Il tendit l'objet à son compagnon.

— Un bouton ! Un bouton en porcelaine dont la queue est cassée. Une dame a dû le perdre.

— Le boutonnier des Halles a vendu les mêmes à la dame de la Samaritaine, murmura le commissaire d'une voix blanche.

À cet instant, une troisième porte s'ouvrit et Martin Lorrain, huissier au Châtelet, entra tête nue, revêtu d'une veste de brocart et d'une culotte en drap de Hollande ornée de dentelles.

— Monsieur le commissaire, quel honneur pour moi de vous recevoir ! déclara-t-il d'un ton très froid en s'inclinant à peine.

— Je regrette de vous importuner, M. Lorrain, mais j'ai besoin de votre aide. Je crois que vous avez déjà aperçu mon ami, M. Fronsac, notaire au Châtelet.

— En effet.

— Voici ce qui m'amène. J'ai appris, ce matin, la fin tragique du sergent Pitard.

Haussements de sourcils de l'huissier.

— Je me suis rendu chez lui, tout à l'heure, afin de prévenir son épouse. Or, un voisin m'a révélé qu'elle était partie chez sa sœur. Je suis confus de faire allusion à une rumeur, mais il se dit que vous la connaissiez un peu. Savez-vous où loge cette sœur, afin que je puisse m'y rendre et lui annoncer cette effroyable nouvelle ?

— J'ignorais pour M. Pitard, laissa tomber l'huissier. Que lui est-il arrivé ?

— Des malandrins. Il a été assommé et abandonné près de l'abreuvoir Marion.

— Terrible. C'était un homme que j'appréciais fort...

Ou plus exactement, tu appréciais fort sa femme, corrigea mentalement Louis, observant avec satisfaction que l'huissier ne portait aucune arme.

Le silence s'installa, jusqu'à ces paroles :

— ... Quant à son épouse, j'avoue ignorer où habite sa sœur.

Il demeura immobile et désormais muet, comme s'il attendait le départ de ses visiteurs.

Mais Gaston ne bougea pas plus et déclara au bout d'un moment particulièrement pénible :

— J'ai retrouvé les bijoux que portait feu madame Blangy.

Imperceptible plissement de front de l'huissier.

— Plus exactement, c'est monsieur Picault qui les a dénichés. Ce jour-là, il était accompagné de M. Pitard.

— Y aurait-il un rapport entre sa fin et ces bijoux ? questionna l'huissier.

— Je n'ai aucun doute là-dessus !

Nouveau silence.

Désormais certain de la culpabilité de Lorrain, Gaston était embarrassé par le sang-froid à toute épreuve dont faisait preuve son suspect. Il prépara donc une attaque sur un autre flanc, comme les Jésuites de Clermont le lui avaient enseigné.

— Le receleur qui gardait les bijoux a, hélas, été assassiné peu après.

— Que dites-vous ?

— Triste fin, comme celle de M. Pitard. Vous le devinez certainement, je crains maintenant pour son épouse.

Gaston avait gardé le bouton à la queue brisée et le faisait tourner dans ses doigts, sans que cela attire l'attention de son interlocuteur.

Il baissa alors les yeux vers la pièce d'habillement et s'excusa :

— Quel malotru je fais. J'ai trouvé ce bouton par terre, à l'instant, et l'ai sottement gardé à la main.

Il le déposa sur la desserte, sous le regard contrarié de l'huissier.

— Avez-vous perquisitionné la maison de M. Pitard ? interrogea ce dernier.

— Étant seulement avec M. Fronsac, je n'en avais pas le droit.

— Évidemment... En me plongeant dans mes souvenirs, je crois avoir gardé une lettre de Mme Pitard dans laquelle elle me parlait de sa sœur. Voulez-vous que j'aille la chercher ?

— Ce serait fort obligeant, monsieur.

Lorrain sortit et Gaston se tourna vers Louis.

— À toi de jouer.

Fronsac glissa la main dans son dos et se tint prêt.

L'attente ne fut pas longue et Lorrain réapparut. Il tenait deux pistolets à rouet à la main.

— Que signifie ? gronda Gaston.

— Que vous n'auriez pas dû venir ici, monsieur le commissaire.

— Êtes-vous mêlé à la mort de M. Pitard ?

— C'est moi qui lui ai tranché la gorge, après que sa femme l'a frappé d'un coup de bûche.

— Mais pourquoi donc ?

— Il avait compris trop de choses.

— Que vous aviez tué Mme Blangy, par exemple ?

L'huissier hocha la tête.

— Pourquoi ce crime ? demanda Fronsac.

— J'ai besoin d'argent pour acheter une charge de notaire, voire de commissaire.

— Depuis quand connaissiez-vous Mme Blangy ?

— Je l'ai rencontrée seulement le jour de sa mort. Je portais un acte au Palais et elle m'a abordé, recherchant un procureur dont elle n'avait que le nom. J'ai vu son collier de perles. Il représentait au moins vingt mille livres, soit ce qui me manquait pour payer un office de commissaire. D'ailleurs, il va y avoir une charge de libre..., précisa-t-il avec un mauvais sourire.

— Envisagez-vous de nous tuer? s'enquit froidement Gaston.

— Ai-je une autre solution ? Personne ne sait que vous êtes ici et je vous conduirai ce soir à l'arche Marion. Votre fin donnera du travail à M. Picault.

Louis vit qu'il relevait légèrement les canons et s'apprêtait à tirer. Alors son bras droit quitta son dos et fit surgir le pistolet à rouet que les Fronsac gardaient toujours sous le siège du carrosse et qu'il avait emporté avant de laisser partir Nicolas.

Ayant remonté le mécanisme, abaissé le chien et ouvert le contre-bassinet durant leur attente, l'arme était prête. Il appuya sur la gâchette, déclenchant le mouvement du rouet. La pyrite du chien alluma la poudre dans le bassinet et le coup partit dans un bruit de tonnerre.

Lorrain fit également feu de ses deux armes, mais une seconde trop tard. La balle de Louis l'atteignit au torse, alors que les ressorts de ses rouets n'avaient pas terminé leur course. Sous la violence du morceau de plomb qui lui pénétra dans la poitrine, il bascula en arrière et ses propres balles se perdirent dans le plafond.

— C'était juste ! souffla Gaston en se passant la main sur son front dégoulinant de sueur.

Il se pencha sur l'huissier dont la bouche se remplissait de sang, tandis que Louis se précipitait dans la chambre, pièce tapissée à la flamande et occupée principalement d'un lit à hauts piliers supportant un toit d'où pendaient des rideaux de brocatelle rayée. Vide ! Non, il aperçut une cotte gris souris qui disparaissait au fond de la ruelle du lit.

La dame de la Samaritaine ?

Il se précipita, mais se heurta à une étroite porte close. Après avoir en vain essayé de la forcer à coups d'épaule, il revint sur ses pas.

— Gaston, une femme s'est enfuie !

Son ami le rejoignit et ils se ruèrent vers l'entrée principale de la chambre.

La porte était également fermée à clef et, en dépit de violents coups de botte, l'huis ne bougea pas.

Le cœur battant et fous de rage à l'idée que la possible meurtrière s'enfuît, ils revinrent dans la salle où l'huissier agonisait et tentèrent de passer par où ils étaient entrés. Hélas, on avait également verrouillé l'huis ! Mais, comme ils n'avaient jamais entendu de cliquetis de serrure, ce devait être avec un verrou extérieur, donc plus fragile, jugea Tilly. Nouveaux coups de botte et, cette fois, le panneau s'arracha.

Ils se précipitèrent dans l'escalier. En bas, un vacarme retentissait avec des cris et des hurlements. Que se passait-il ?

Ils débouchèrent dans l'antichambre où deux hommes vigoureux, l'un affichant une épaisse moustache sous un nez cassé et l'autre, en buffletin, cheveux tressés en cadenettes et barbe en feuille d'artichaut, tentaient de maintenir une femme en robe grise galonnée de soie écarlate qui se débattait, les griffait, les injuriait et les maudissait pour échapper à leur prise.

Anteaume Le Blont et Pierre Picault !

27

— Madame Pitard, n'aggravez pas votre situation ! vociféra Gaston de Tilly.

Ces paroles firent cesser toute résistance chez la dame de la Samaritaine qui fondit brusquement en larmes, comme si son énergie tout entière venait de disparaître.

— Que me veut-on ? gémit-elle. Je suis une honnête femme, seulement de passage dans cette maison ! Pourquoi me martyrisez-vous ainsi ?

— Monsieur Picault, vous m'expliquerez tout à l'heure comment vous êtes parvenus ici, mais, avant tout, veuillez annoncer à madame qu'elle est saisie de corps, sur ordre du prévôt de Paris, pour avoir assassiné son mari, ses deux serviteurs et pour de nombreux vols par ruse et manœuvres frauduleuses.

— C'est faux ! Faux ! Archifaux ! Vous mentez ! J'ai jamais tué ni volé ! Je le jure ! sanglota-t-elle.

Constatant qu'elle ne se débattait plus, Anteaume Le Blont la lâcha, sortit dans la rue et appela les archers que l'exempt avait laissés dehors afin de garder la porte. Ils entrèrent avec un sergent et ce dernier passa des menottes à la prisonnière : une tige de fer avec deux anneaux fermés par une clavelle.

Ensuite, Picault sortit sa verge et en toucha la poitrine de la prisonnière en lui déclarant :

— Au nom du roi, je vous arrête, madame.

— Par pitié, écoutez-moi ! Je suis innocente de ce dont vous m'accusez !

— Prenez deux archers et conduisez-la au Châtelet, ordonna Gaston de Tilly au sergent.

— Je la fais mettre dans la Grièche[62], monsieur le commissaire ?

— Non ! Que le maître geôlier l'installe dans une des chambres en haut du donjon où elle sera seule, avec interdiction de toute visite. Je viendrai l'interroger plus tard, avec un conseiller et un substitut, et m'occuperai également des frais de son séjour. Avez-vous une voiture ?

— Oui, monsieur, répondit Picault. Mais ne préférez-vous pas que je les accompagne ?

— Non, nous avons beaucoup à faire, ici. Qu'elle soit conduite dans le carrosse, nous reviendrons à pied au Châtelet.

Il se tourna vers l'huissier du Palais.

— M. Le Blont, vous allez me raconter par quel miracle vous êtes arrivés ici avec M. Picault. Mais, auparavant, j'ai une question de droit à vous poser : pouvez-vous faire un compte rendu de perquisition à la demande d'un commissaire du Châtelet ?

— Si vous m'en donnez l'ordre écrit, oui, monsieur.

Le sergent et les archers emmenèrent la prisonnière, qui ne résistait plus, mais sanglotait sans parvenir à se contrôler. Louis la regarda partir, le cœur serré. Par cupidité, cette femme avait entraîné des enfants dans le crime et était sans doute devenue une meurtrière, mais il demeurait malgré tout bouleversé en devinant le terrible sort qui l'attendait.

De son côté, Gaston ignora désormais la dame de la Samaritaine. Il ordonna aux archers qui restaient de garder la porte et d'empêcher quiconque de sortir, car le domestique qui les avait reçus devait se cacher quelque part, sans compter les autres serviteurs pouvant se trouver dans les lieux et qu'il voulait interroger. Il demanda aussi que quelqu'un aille se renseigner à la maison des drapiers pour savoir qui était le dizainier de la rue.

Il aurait dû également prévenir le commissaire du quartier de Saint-Germain-l'Auxerrois, puisqu'il se trouvait dans sa

[62] Une salle réservée aux femmes.

juridiction, mais il demanderait au dizainier de s'en charger, ce qui lui laisserait le temps de perquisitionner.

— Messieurs Picault et Le Blont, accompagnez-nous ! poursuivit-il. Monsieur Lorrain agonise, là-haut, et il est nécessaire d'entendre sa confession avant qu'il ne passe de l'autre côté.

Dans l'escalier, il expliqua aux deux hommes :

— J'avais de fortes présomptions contre M. Lorrain, mais rien de suffisant pour le faire saisir. Je suis donc venu l'interroger, avec M. Fronsac comme témoin... et garde du corps. Je voulais lui révéler peu à peu ce que j'avais découvert et le pousser à bout. Cette manœuvre a réussi au-delà de mes espérances, puisqu'il nous a finalement provoqués et s'apprêtait à nous occire...

— Il vous a menacés ? s'offusqua l'exempt.

— M. Fronsac a été plus rapide que lui. Je lui avais demandé de prendre le pistolet qu'il garde dans son carrosse. J'aurais pu l'utiliser moi-même, mais Louis est autrement meilleur tireur que moi. Et Lorrain ne se méfiait pas d'un notaire.

Les quatre hommes passèrent le palier et pénétrèrent dans la première pièce. L'huissier avait tenté de se relever sans y être parvenu. Il demeurait assis, appuyé contre le coffre. Des bulles de salive rouge vif éructaient de sa bouche. Gaston savait qu'elles signifiaient une déchirure du poumon, blessure toujours mortelle. Ses yeux vitreux confirmaient la fin proche. Une tache rouge couvrait maintenant tout son pourpoint.

Gaston s'accroupit près du mourant.

— J'attends votre confession, M. Lorrain, lui dit-il. Avant de comparaître devant Notre Créateur, libérez-vous de vos crimes.

L'autre ferma un instant ses paupières.

— Un prêtre..., bafouilla-t-il, lâchant de nouvelles bulles rougeâtres.

— Il va venir. En attendant, répondez-moi. Aviez-vous décidé de tuer Mme Blangy quand vous vous êtes rendu chez elle ?

— Je... Je ne sais plus... Tout est brouillé... Je voulais ses bijoux... Pas sa mort... Elle m'a ouvert après m'avoir reconnu par le judas... Je lui avais dit que j'apportais un acte du président de la Grand Chambre. Un mensonge, bien sûr... et, quand elle m'a demandé l'acte..., je n'ai su comment agir... J'ai poussé la porte et sorti mon couteau... J'ai frappé, n'importe où devant moi... Elle est tombée et le chien m'a bondi dessus... Mais la lame s'était brisée, aussi je me suis défendu avec ma verge...

— Ignoble ! cracha Le Blont qui se tenait derrière Gaston.

— J'étais possédé par le Démon... Que Dieu me pardonne... J'ai pris les bijoux de cette pauvre femme et fouillé partout... J'ai volé des bas et des habits pour Mathilde, ma mie... Soyez indulgent avec elle...

Il haleta, tentant de reprendre son souffle, ce qui provoqua un flux rouge vif qui jaillit d'entre ses lèvres. L'huissier se noyait dans son sang.

— Le lendemain, vous m'avez demandé de vous accompagner, M. le commissaire... Je ne voulais pas... Je ne voulais pas revoir... ce que j'avais fait... Puis le chien m'a reconnu... J'ai eu peur... Heureusement, on l'a éloigné.

» J'avais remis les bijoux à Mathilde... Je savais qu'avec son mari, elle écoulait de l'orfèvrerie volée à un receleur. On avait convenu de partager... Plus tard, elle m'a remis quatre mille écus... sont dans la chambre. Je souhaitais que tout se termine, mais l'image de mon crime ne me quittait jamais... et, l'autre soir, Mathilde est arrivée, affolée, son mari l'avait accusée d'avoir tué Mme Blangy... Elle l'avait frappé alors qu'il voulait la dénoncer... Elle me suppliait de l'aider... Je suis allé chez elle. Heureusement, il avait trépassé...

— Vous l'avez tué ! accusa Gaston.

— Non... Elle l'avait poignardé après l'avoir assommé.

— Admettons. Et Annette, pourquoi l'avoir tuée ?

— La domestique avait entendu du bruit..., haleta le mourant. Elle est arrivée pendant que je me trouvais près du corps de M. Pitard... Mathilde lui a déclaré que des voleurs étaient entrés et s'en étaient pris à son mari... Seulement, Annette s'est approchée du corps et m'a accusé en découvrant le couteau sanglant sur la table. Affolé, j'ai saisi la lame et je l'ai frappée... Que Dieu me pardonne... Avec Mathilde, nous l'avons achevée et avons transporté son corps dans son lit... Mais que dire à Thomas à son réveil ? Qu'allions-nous faire du cadavre ? Mathilde ne savait que décider et il n'y avait, hélas, qu'une solution... C'est moi qui ai poignardé Thomas... Comme il dormait, il n'a pas souffert...

Le Blont et Picault écoutaient ce récit effroyable dans un mélange de stupeur et d'horreur, tandis que Gaston gardait un visage impavide.

— Et le receleur ? s'enquit-il alors que M. Lorrain devenait blanc comme la craie de Meudon.

— Il connaît mon mari, m'a dit Mathilde, reprit-il... Sitôt qu'il apprendra sa mort, il me dénoncera. Je n'avais pas le choix. La fatalité, toujours... Mathilde prise, torturée, elle me dénoncerait aussi. Nous sommes donc partis dans la nuit... Avec une lanterne... On a frappé à la porte... Le Chevalier ne voulait pas ouvrir, mais elle lui a fait miroiter plusieurs objets en or qu'elle apportait... Il nous a fait entrer et je l'ai frappé..., lui aussi.

— Avez-vous pu dormir, ensuite, après tant de crimes ? gronda l'exempt Picault...

Lorrain ne répondit pas.

— Le lendemain, vous avez loué un carrosse, reprit Gaston. Pour vous débarrasser des corps...

— Oui, fit l'huissier dans un souffle dont chacun crut qu'il serait le dernier... La nuit venue, nous avons transporté le corps de M. Pitard à l'arche Marion. Mathilde voulait qu'on emmène aussi les domestiques, mais je m'y suis opposé... Les gens du prévôt seraient venus chez elle dès qu'on les aurait trouvés tous les trois... On devait les transporter cette nuit dans le carrosse et attendre demain matin l'ouverture de la porte Saint-Honoré, puis nous aurions quitté Paris et jeté les corps dans la Seine, plus loin...

— Comment Mme Pitard aurait-elle justifié l'absence d'Annette et Thomas ?

Lorrain ne répondit pas.

Gaston répéta sa question, sans plus de réponse.

— Il est mort, monsieur, affirma l'exempt en touchant la veine jugulaire de l'huissier.

Le commissaire se releva.

— Mathilde Pitard nous le dira, fit-il d'un air farouche, dût-elle subir la question extraordinaire.

Il se tourna vers Louis.

— Peux-tu écrire, de mémoire, cette horrible confession ?

— Je me mets à la table de la chambre et le fais immédiatement.

— Messieurs Picault, Le Blont, vous parapherez ce témoignage avec moi. Maintenant, perquisitionnons. Nous devrions retrouver ce que ce couple maudit a volé à l'orfèvre Le Chevalier, mais également le produit des rapines de Mme Pitard, qu'elle a forcément apporté ici. Que tout soit rassemblé dans cette pièce.

Un archer apparut.

— Nous avons saisi deux domestiques qui tentaient de partir, monsieur le commissaire.

— Enfermez-les quelque part. Le dizainier est-il prévenu que je suis là ?

— Oui, monsieur, il devrait arriver sous peu.

— Dès que vous le verrez, faites-le monter et envoyez quelqu'un au Grand-Châtelet pour demander à mon secrétaire, M. Lenormand, de faire venir M. le substitut Pelletier.

L'archer repartit et Gaston décida de débuter la fouille par la chambre. La perquisition commença et, tandis que Louis écrivait la confession de Lorrain, l'exempt expliquait à son commissaire les raisons de sa présence et de celle de M. Le Blont.

— Je suis arrivé au Châtelet très tard, monsieur, car ma femme est malade depuis deux jours et je devais m'occuper d'elle.

— Rien de grave, j'espère ? s'enquit Louis en levant les yeux.

— Un méchant catarrhe, d'après le médecin venu ce matin. En me rendant au Châtelet, j'ai déposé un cierge à Saint-Séverin et prié, comme il me l'a conseillé, car, selon lui, il n'y a rien d'autre à faire pour cette maladie.

Gaston, qui vidait une huche, leva les yeux au ciel pour afficher son scepticisme quant à l'efficacité de ce remède.

— Bref, quand je suis arrivé à la prévôté, on m'a dit que vous vouliez me voir. Je gagnais votre cabinet quand un archer m'a abordé. Il était avec M. Le Blont qui, lui aussi, voulait vous rencontrer. Mais le plus simple est qu'il vous raconte pourquoi il était là...

Gaston n'écoutait plus que d'une oreille, car il venait de dénicher un grand sac de toile au fond de la huche et avait de la peine à le sortir. La lourde besace paraissait emplie d'objets métalliques.

Voyant ses difficultés, Le Blont abandonna l'armoire qu'il inspectait et vint l'aider. À deux, ils portèrent le sac sur le lit, tandis que Picault les rejoignait. Gaston trancha le cordon avec le couteau que ce dernier lui tendit et ils vidèrent le contenu du sac.

Comme ils s'y attendaient, c'était de l'orfèvrerie en argent. Au moins deux douzaines de pièces : des coupes, des aiguières, des gobelets, des assiettes, des salières, des flambeaux et des chandeliers. Certainement le produit du vol chez Le Chevalier.

— Monsieur Le Blont, dès que M. Fronsac aura terminé, il vous laissera la table. Je vous charge de faire l'inventaire de tout ça, avec une estimation de la valeur de chaque pièce. Pendant ce temps, dites-moi enfin pourquoi vous me cherchiez et comment vous êtes arrivé ici !

— C'est très simple, monsieur le commissaire.

L'huissier audiencier se racla la gorge, comme le font ceux qui craignent de laisser sortir des paroles déplaisantes.

— Je dois vous dire que j'étais fort fâché de votre visite. Je sais que j'ai la réputation d'être coléreux, irascible, c'est vrai... Mais je ne suis pas un assassin et vous m'aviez donné l'impression de m'accuser. J'en étais furibond, car je suis un honnête homme. Pour me disculper, je me suis intéressé à la fin de Mme Blangy. J'ai appris qu'elle avait été poignardée et que la lame du couteau de l'assassin avait été retrouvée dans le corps. J'ai deviné que ce fait était le motif de l'une de vos questions. Mais pourquoi vous intéressiez-vous à moi ? Je n'avais pas d'explication. J'avais par contre souvenir de cette gentille dame, avec qui j'avais parlé quelquefois. Vous avait-on rapporté nos rencontres ? C'était chose possible, mais elle avait parlé à bien d'autres huissiers ! Bref, je tournais en rond et l'obsession de comprendre me provoquait de perpétuels tourments, m'empêchant de dormir, de prendre le moindre repos. Ce matin, épuisé par ces tracas, j'en parlai à ma femme, qui est plus fine que moi. Après réflexion et au souvenir des questions que vous avez posées, elle a jugé que vous aviez conclu à la culpabilité d'un huissier qui aurait perdu sa verge et cassé son couteau chez la victime. J'étais un suspect, rien d'autre, et, en montrant ma verge, je m'étais sans doute innocenté. Selon elle, je n'avais rien à craindre et cela m'a rassuré.

» Elle m'a alors demandé si j'avais vu Mme Blangy avec un autre huissier. Sa question a été une révélation. Je me suis souvenu de M. Lorrain que j'avais aperçu discutant longuement avec cette pauvre femme.

» Pardonnez ma franchise, M. le commissaire, mais j'ai alors jugé que je tenais ma revanche contre vous. Je me suis rendu au Châtelet dans le dessein de vous prouver que vous vous étiez trompé à mon sujet, que vous devriez poser vos questions à Lorrain et me faire des excuses.

Déconfit, Gaston guigna Louis d'un regard contrarié.

— Je connaissais de vue M. Picault. Je lui ai demandé s'il savait où vous étiez, car j'avais des révélations à faire sur la mort de Mme Blangy. Il m'a répondu être chargé de l'enquête et ignorer où vous vous trouviez. Aussi, je lui ai parlé de M. Lorrain.

— Je sais que j'aurais dû vous attendre, monsieur le commissaire, intervint Picault avec un brin d'embarras, mais j'ai jugé devoir au plus vite interroger Lorrain, au moins lui demander qu'il me montre son couteau et sa verge. Et, au cas où il en serait incapable, j'ai demandé aux archers de venir avec moi et fait prévenir M. Lenormand.

— J'ai tenu à l'accompagner, monsieur, intervint Le Blont. M. Picault pouvait avoir besoin d'un témoin assermenté.

— Vous avez parfaitement agi. M. Le Blont, je vous fais ici mes très humbles excuses. Je me suis trompé à votre égard et je vous promets que j'irai supplier votre épouse de me pardonner. En vérité, vous ne pouviez mieux tomber, tous les deux ! Mais avez-vous finalement vu M. Lenormand, Pierre ?

— Non, monsieur. Étant pressé, j'ai seulement envoyé un garde qui passait par là pour le prévenir.

— Je lui ai fait parvenir tout à l'heure un courrier et c'est tant mieux que vous n'ayez pas vu mon secrétaire, car il vous aurait fait partir chez M. Pitard. Mais vous n'avez rien perdu. Dès que nous en aurons terminé ici et que monsieur le substitut sera arrivé, je mettrai les scellés et nous filerons là-bas.

— Vous y avez découvert deux cadavres, monsieur... ?

— Oui, les domestiques, comme vous l'avez entendu. Il vous faudra vous boucher les narines, car ils sont morts depuis deux jours.

La perquisition se poursuivit. Picault découvrit un sac d'écus sous le matelas de la couchette et Louis un coffret empli de bijoux, dans un cabinet. Le Blont terminait l'écriture de son inventaire quand arriva M. Pelletier en compagnie du commissaire de Saint-Germain-l'Auxerrois.

Gaston recommença ses explications, puis, dès que Nicolas revint, il laissa le commissaire terminer les investigations et partit pour la rue des Fossés avec le substitut, son exempt, Louis et quelques archers.

Quant à M. Le Blont, après avoir vérifié et paraphé l'inventaire, M. de Tilly l'avait chargé d'apporter l'orfèvrerie, les bijoux et les écus au Grand-Châtelet, où ces valeurs resteraient sous sa garde dans son cabinet. Le commissaire du quartier avait protesté de cette décision, jugeant que c'était à lui que cette fortune devait être confiée, mais Gaston avait refusé, craignant trop une prévarication. Il avait justifié son refus par des ordres fantaisistes reçus de M. de Laffemas au sujet de cette enquête. Son collègue s'était donc incliné, jugeant sans doute qu'il dénicherait d'autres richesses dans la demeure.

Rue des fossés, le procureur donna des ordres et fit prévenir le commissaire du quartier, le dizainier et les prêtres du couvent des Augustins.

Le crépuscule approchait quand tout le monde revint au Châtelet.

28

Ils s'arrêtèrent en chemin pour souper, car Gaston et Louis étaient affamés, n'ayant rien avalé depuis le matin de cette journée riche en émotions.

Au Châtelet, M. de Tilly retrouva Le Blont dans son cabinet en compagnie de M. Lenormand à qui il faisait le récit des événements survenus chez Lorrain. Le commissaire dicta à son secrétaire un billet relatant les grandes lignes de l'affaire et lui demanda de le porter lui-même à M. de Laffemas. Après quoi, les valeurs ayant été mises à l'abri dans le coffre du Châtelet, tous se rendirent auprès de la dame de la Samaritaine pour un premier interrogatoire.

Les prisons se situaient dans le donjon carré du Châtelet et au-dessous de l'antique forteresse. Les basses-fosses s'étendaient alors profondément dans le sous-sol. Humides, parfois même inondées, occupées par des crapauds, des reptiles et toutes sortes de vermines, elles pouvaient rendre un homme fou en quelques jours, surtout quand il était enchaîné dans une cellule où il ne pouvait demeurer ni debout ni couché. En revanche, dans le donjon, il n'y avait que les rats à supporter. Les rats et les autres prisonniers, si on était enchartré dans une salle commune.

Mais M. de Tilly avait demandé que Mme Pitard occupe une chambre. Le tarif de séjour – car les prisonniers payaient pour leur gîte et leur couvert – n'était bien sûr pas le même que dans une salle avec la canaille, mais le sac d'écus saisi chez M. Lorrain pourvoirait aux dépenses à venir. Au demeurant, la dame de la Samaritaine ne resterait guère longtemps emprisonnée. Son jugement serait rapide.

Par un dédale d'escaliers, ils descendirent au bureau des écrous. Dans la pièce mitoyenne, éclairée uniquement par des torches ou de rares lanternes de suif, les valets geôliers jouaient aux dés. Picault alla prévenir le commis s'occupant du registre des prisonniers, lequel remit la clef de la chambre de Mme Pitard à un des valets. Le commis du greffe précisa à Tilly que le prix de la chambre serait d'une livre et autant pour les repas. Comme Gaston connaissait les tarifs, il remit huit écus d'or prélevés sur le pactole de Lorrain.

Il rappela surtout que la prisonnière ne pouvait recevoir aucune visite ni ne devait sortir de sa chambre. Gaston connaissait trop le *laisser-aller laissez-passer* des geôles. Il était toléré que les prisonniers logeant dans des chambres reçoivent parents et amis qui leur portaient repas ou vêtements, voire qu'ils sortent dans les couloirs ou même dans la cour, ce qui favorisait parfois des évasions.

Ensuite, escorté par le gardien, le petit groupe passa dans une courette devant le donjon carré. Ils empruntèrent l'étroit escalier bâti dans la muraille et gagnèrent le dernier étage. Le porte-clefs ouvrit une porte de chêne cloutée et Gaston pénétra.

La salle, petite et rectangulaire, était fraîche, mais pas glaciale, bien qu'il n'y ait pas de feu dans la cheminée. Un châlit en pin, large de deux pieds, avec paillasse, mais sans courtine, une escabelle, une petite table et un coffre brut ; voilà tout l'ameublement.

Assise sur le lit, la dame de la Samaritaine se leva quand les visiteurs entrèrent. Louis put enfin l'examiner et la comparer aux descriptions des enfants. Elle offrait un visage fatigué et marqué, des cheveux noirs, certes, mais parsemés de fils gris et une coiffure en désordre après sa rixe avec Picault et Le Blont. Ses lèvres étaient si fines que sa bouche ne formait qu'une ligne. Elle lui parut combative, nullement prête à s'amender, ce qui l'inquiéta.

Gaston se découvrit courtoisement en s'approchant, M. Pelletier à sa droite, M. Picault à sa gauche. Fronsac resta en arrière, comme le simple observateur qu'il était.

— Pourquoi cette violence ? commença-t-elle avec aigreur. Pourquoi suis-je ici ? Mon mari est mort. N'ai-je pas assez souffert à vos yeux ? De plus, je suis bourgeoise de Paris et le privilège des bourgeois est de ne pas être enfermé au Châtelet.

— C'est juste, madame, mais ce droit ne s'applique pas aux crimes de sang. J'ai plusieurs questions à vous poser. Répondez-y simplement. Nous reviendrons demain pour un interrogatoire officiel et sous serment. Néanmoins, si vous mentez maintenant, cela aura des conséquences. Je dois vous préciser que M. Lorrain est mort, mais qu'avant de trépasser, il a fait une confession devant témoins.

» Monsieur Pelletier est le substitut du procureur de la prévôté (il le désigna). M. Picault est exempt de robe courte. M. Fronsac est notaire au Châtelet. Tous sont assermentés pour vous entendre.

Elle demeura silencieuse.

— Avez-vous tué votre mari en le frappant avec une bûche dans votre cuisine ?

— Non, répliqua-t-elle sans hésitation, d'un ton de défi.

— L'avez-vous égorgé ?

— Non !

— Qui a tué vos domestiques ?

Elle plissa le front et déclara avec une expression étonnée :

— Annette et Thomas ?

— Oui.

— Je les ai laissés bien gaillards, ce matin.

— Pourtant, ils étaient morts depuis deux jours, déclara le substitut avec un maigre sourire.

— Impossible ! protesta-t-elle, légèrement empourprée.

Échange de regards entendus entre les gens du Châtelet.

— Connaissez-vous l'orfèvre Le Chevalier, rue Neuve-Saint-Denis ? reprit Gaston.

— Non.

— Donc vous ignorez qui l'a tué...

Elle opina du chef.

— Avez-vous demandé à des enfants des rues de voler des maisons vides dont votre mari vous remettait la clef ?

Elle prit un air offusqué.

— Jamais ! Mon mari était un honnête homme et un loyal ministre de la prévôté.

— Connaissez-vous Nicolas Rivière, Colin Levesque et Jeannin Perrin ?

La question la laissa un instant pantoise, mais la prisonnière se maîtrisa.

— Non. De qui s'agit-il ?

Le commissaire ignora la demande.

— Quelles étaient vos relations avec M. Lorrain ?

— J'étais son amie, rien de plus.

À ce point de l'interrogatoire, Gaston secoua la tête avec un air accablé.

— Je ne compte même pas vos mensonges, madame. Nous en reparlerons demain et je vous conseille de réfléchir à votre attitude, mais, si vous persistez, M. Le lieutenant civil vous fera administrer la question préliminaire aux petits tréteaux.

— Je n'ai rien à me reprocher et n'espérez pas que j'avoue des crimes imaginaires pour votre bon plaisir, monsieur, répliqua-t-elle, glaciale.

Gaston la salua, replaça son chapeau sur sa tignasse et se tourna vers ses compagnons pour connaître leur position. Tous demeurèrent silencieux. Aussi le commissaire tourna-t-il les talons.

Il sortit, les autres dans ses pas. Le gardien referma la porte.

— Faites-lui porter à dîner et de quoi boire, lui dit Gaston.

Sans mot dire, ils revinrent au cabinet du commissaire et, là, le substitut prit la parole :

— J'ai l'habitude des criminels, M. de Tilly, fit-il avec un air soucieux. Cette dame me paraît dure comme de la pierre. Croyez-moi, elle ne reconnaîtra rien, même sous la torture, et, sans aveux, pas de condamnation.

Embarrassé, Gaston gardait la mâchoire serrée. Il n'avait jamais fait donner la question à une femme et ne souhaitait pas le faire. D'ailleurs, une telle décision appartiendrait à M. Le Tellier, voire au prévôt, qui pourrait fort ne rien décider. Ordonner la question impliquait de disposer de preuves ou de témoignages solides. La confession de M. Lorrain serait-elle jugée suffisante ?

— Qu'avez-vous pour la faire avouer ? insista Pelletier.

— Louis, reviens demain avec le jeune Nicolas. J'irai chercher Jeannin chez le marchand vin et j'amènerai Colin. Eux vont l'identifier et elle ne pourra pas nier.

— Espérons-le... Mais le témoignage de ces enfants, en tout cas des plus jeunes, sera insuffisant à son procès, surtout si l'un d'eux a été condamné. Quel dommage que M. Lorrain soit mort...

Contrairement à ce que l'on peut penser, le système inquisitoire de ce temps favorisait les accusés. La culpabilité devait être établie par des preuves objectives, certaines *plus claires que le jour*, disait-on, établies par l'enquête et non selon l'intime conviction des juges. L'aveu était la meilleure des preuves. Quant aux témoins, ils devaient être « de visu », c'est-à-dire avoir vu le crime ou le délit, et au moins deux. Si ces conditions n'étaient pas remplies, le juge n'avait d'autre choix que d'acquitter le prévenu ou le mettre hors cour.

Le lendemain, ils se retrouvèrent tous, fort serrés, dans le cabinet de Gaston. Outre les trois enfants, qui se faisaient discrets à l'écart des adultes, deux autres personnes étaient présentes : un conseiller du Châtelet, choisi la veille par M. de Laffemas pour diriger la procédure, et un greffier. Gaston leur résuma les faits et ils partirent pour le donjon.

Dans sa chambre, Madame Pitard se tenait debout au pied du lit, s'étant levée en entendant du bruit dans l'escalier. Louis remarqua qu'elle s'était coiffée et avait arrangé ses vêtements. Mais son regard n'avait pas changé. Fière et dédaigneuse, elle paraissait prête à défier la cour.

Tous entrèrent. Elle ne manifesta aucun signe d'intérêt en découvrant les enfants, mais ceux-ci écarquillèrent les yeux et Nicolas chuchota quelques mots à Colin.

Le groupe se plaça en demi-cercle devant elle, tandis que le greffier s'installait devant la table sur laquelle il déposa le contenu de l'écritoire qu'il transportait, ainsi qu'un livre relié en maroquin incrusté d'une croix d'or sur l'aplat de couverture. Les Saints Évangiles.

Ces préparatifs terminés, le conseiller prit la parole :

— Madame Pitard, vous avez été arrêtée à la requête de monsieur le substitut du procureur du roi. Je suis chargé par monsieur le lieutenant civil de l'instruction de votre affaire. Vous êtes accusée d'avoir assassiné votre époux en le frappant avec une bûche, puis en lui tranchant la gorge avec un couteau. Un témoin, M. Lorrain, l'a déclaré devant un commissaire de police, un exempt et un notaire. Selon lui, vous êtes également complice du meurtre de vos domestiques et de M. Le Chevalier, orfèvre sis rue Neuve-Saint-Denis. Enfin, vous avez incité des enfants abandonnés à dérober de l'orfèvrerie et d'autres objets de valeur dans des maisons vides dont votre mari vous remettait les clefs.

— C'est faux ! Archifaux !

— Avant de parler, nommez-vous et prêtez serment sur les Saints Évangiles de dire toute la vérité.

Elle se déplaça et posa sa main sur la croix du livre.

— Moi, Mathilde Pitard, épouse d'Olivier Pitard, sergent à verge à la prévôté de Paris, jure de dire toute la vérité.

— Reconnaissez-vous avoir commis les crimes que je viens d'énumérer, madame ?

— Non, monsieur. Je suis innocente et le Seigneur qui nous jugera tous le sait.

Le conseiller hocha la tête et fit avancer les enfants.

— À votre tour de donner vos noms et de prêter serment.

Intimidés et d'une voix fluette, ils s'acquittèrent à tour de rôle de leur obligation. Cette fois, ce fut le substitut qui les interrogea :

— Reconnaissez-vous cette dame ?

— Oui, monsieur, dit clairement Nicolas.

— Oui, monsieur, fit plus bas Colin.

— Oui, chuchota Jeannin.

— J'ignore qui sont ces gamins, déclara fermement l'accusée.

— Nicolas Rivière. Vous vous nommiez Pierre quand vous avez été condamné au fouet. Vous avez donc déjà menti à la cour. Heureusement pour vous, ce n'était pas sous serment, sinon je vous aurais fait saisir pour parjure. Aujourd'hui, vous avez juré. Faites donc attention à ce que vous allez déclarer. Racontez-nous sans rien celer comment vous avez connu Mme Pitard.

Ému et plein de terreur, l'enfant commença par le récit de la condamnation de son père, qui le fit sangloter, justifiant le mensonge sur son prénom devant la cour par la honte qu'il craignait d'infliger à sa famille. Il poursuivit par son arrivée à Paris, après son bannissement, et raconta la façon dont Mme Pitard, dont il ignorait le nom, l'avait secouru et sauvé des violences de la rue en le conduisant dans une maison abandonnée où il avait trouvé refuge. Il en vint au service qu'elle lui avait demandé : reprendre une aiguière qui lui appartenait et à ce qui avait suivi. Il avait alors compris qu'elle avait fait de lui un voleur, mais il lui restait reconnaissant de l'avoir sauvé. Il détailla ensuite tous les larronages qu'il avait faits.

— Que dites-vous à ce récit, madame Pitard ? interrogea le conseiller.

— Il s'agit d'un tissu de mensonges, à moins que ce garçon me confonde avec une autre personne. Je ne le connais pas et n'ai jamais entendu parler du *Cygne-Couronné*.

Le conseiller laissa alors la parole à Colin, qui narra à son tour son malheur et la façon dont celle qu'ils appelaient la dame de la Samaritaine l'avait également sauvé. Enfin, ce fut le tour du petit Jeannin qui ponctua son récit de sanglots.

À chacun de ces témoignages, Mme Pitard secoua la tête et, à la fin, elle confirma ne pas connaître les enfants.

Gaston l'interrogea alors sur les carrosses qu'elle louait et elle parut mal à l'aise quand il lui annonça qu'il conduirait les enfants au loueur de véhicules pour savoir s'ils en reconnaissaient un.

Mais, pour l'heure, la vérité n'avait pas avancé et le conseiller leva la séance, après avoir fait signer par chacun le procès-verbal écrit par le greffier.

29

Le lendemain matin, MM. de Tilly et Fronsac, le conseiller, le substitut et un greffier se présentèrent à nouveau chez Mme Pitard pour un nouvel interrogatoire. À nouveau, elle prêta serment sur les Évangiles, à côté du greffier installé à la table.

Le conseiller commença son interrogatoire sur ses relations avec M. Lorrain dont elle assura qu'il était un ami de son mari et qu'elle n'était allée chez lui que pour lui faire ses adieux, car elle partait rejoindre sa sœur, voulant s'éloigner de Paris après le tragique décès de son époux. Une confession et des explications faites sur un ton gémissant.

M. de Tilly se rendit alors à la porte qu'il ouvrit et fit entrer l'exempt Picault et M. Le Blont, chacun porteur d'une grosse sacoche.

— Madame Pitard, commença aimablement le commissaire, d'autres magistrats vont vous interroger dans les jours à venir et il convient que vous soyez correctement vêtue. J'ai trouvé ces sacs chez M. Lorrain, avec des vêtements de dame. Je suppose que ce sont les vôtres. Aussi, je vous les ai apportés.

Les deux bagages furent déposés sur le lit.

— Ce sont en effet mes affaires, monsieur, et je vous remercie, confirma-t-elle sans dissimuler sa surprise, car, jusqu'à présent, personne n'avait été aimable avec elle.

Les avait-elle convaincus de son innocence ? se dit-elle.

— Ouvrez-les et vérifiez, je vous prie.

Mal à l'aise, car commençant à flairer quelque intrigue ou entourloupe, elle s'exécuta pourtant et défit les boucles des sacoches, avant de sortir une robe de velours couleur lie-de-vin.

— Ces habits sont les miens, monsieur le commissaire, confirma-t-elle. Je demeure votre obligée pour me les avoir apportés.

— Pouvez-vous tous les vérifier, car, lors de la perquisition chez M. Lorrain, nous avons vidé plusieurs coffres et il est possible que des vêtements des domestiques aient été mêlés aux vôtres.

Elle demeura indécise en considérant les magistrats qui discutaient entre eux à voix basse et ne paraissaient pas s'intéresser à elle. Rassurée, elle sortit un à un : chemises, brassières, bonnets, corps de cotte, bas, haut-de-chausses, calessons, jupes, jupons et buscs, gants et mouchoirs qu'elle étala sur le lit.

— Aucune erreur, madame ? s'enquit M. de Tilly quand elle eut étalé les tenues.

— Non, monsieur. Tout est à moi.

Gaston retourna à la porte qu'il ouvrit. Entra alors maître Chartier, l'hôtelier de l'auberge *Sainte-Catherine*, qui tenait Tobie en laisse.

Le chien flaira le sol avant de s'approcher du lit, tandis qu'elle reculait craintivement. Soudain, l'animal gémit à plusieurs reprises et se mit à grogner en direction de la prévenue, comme décidé à l'attaquer. Mais l'aubergiste le retenait fermement.

— Que signifie ? glapit-elle. Pourquoi cet animal me menace-t-il ? Tentez-vous de m'effrayer ?

— Connaissez-vous ce chien, madame ?

— Comment le connaîtrais-je ?

— Il vous a déjà poursuivie, voici deux jours, aux Grandes Halles.

Un silence inquiet plana un instant, puis ces paroles :

— Peut-être.

— Certainement ! Ce chien appartenait à Mme Blangy, que M. Lorrain a assassinée avec son couteau d'huissier. Après l'avoir horriblement mutilée, il l'a volée et a emporté plusieurs de ses vêtements.

Tilly désigna les bas.

— Ceux-ci ! Dont vous venez d'assurer qu'ils étaient vôtres. Et ceux que vous portez ! Tobie en a reconnu l'odeur et lui aussi vous accuse, comme il vous poursuivait déjà aux Halles à cause de l'odeur de vos habits volés !

Il haussa le ton à ces derniers mots.

— Et inutile de nier ! M. Lorrain nous a déjà confessé tout cela. Vous venez donc de vous parjurer devant des magistrats...

Elle devint livide, reculant jusqu'au mur comme s'il allait s'ouvrir pour lui permettre de disparaître, tandis que le chien continuait de montrer les dents.

— Madame, déclara le substitut, il est encore temps pour vous de vous confesser. La Cour en tiendra compte. Vous obstiner ne pourra que vous conduire à une fin douloureuse et infamante et à l'enfer pour l'éternité.

Un lourd silence s'installa, modulé par les sourds grondements de Tobie. La dame de la Samaritaine demeura figée, mais un infime tremblement de ses lèvres et de ses paupières témoignait du combat qui se livrait en elle.

Soudain, ce masque se fissura et elle éclata en sanglots, puis tomba à genoux, mains jointes.

— Miséricorde envers une pauvre pécheresse, balbutia-t-elle... Que le Seigneur me pardonne... Oui, j'ai frappé mon mari, mais il me menaçait... Je n'ai fait que me défendre... Pour le reste, c'est Lorrain qui a commis tous ces crimes...

Gaston dissimula son soulagement et échangea un regard de remerciement avec Louis. Les sacoches de vêtements et la venue de Tobie, c'était l'idée de son ami. Une sorte d'ordalie, comme celle qui avait opposé le chevalier Macaire au chien de sa victime.

— Et les vols ? Les enfants ? s'enquit sèchement le conseiller.

— C'est mon époux qui m'obligeait... Il subtilisait des clefs au Châtelet... Et me demandait de convaincre des enfants perdus d'aller visiter les maisons vides et de me ramener les objets de valeur qu'ils dénichaient. Il me battait quand les petits revenaient les mains vides, il me traînait par les cheveux en me donnant des coups de pied... C'est lui qui avait choisi le *Cygne-Couronné* pour qu'ils y logent... Moi, j'essayais seulement de rendre la vie moins rude à ces bambins. Je leur donnais des friandises et je les protégeais.

— Parlez-nous de la mort de madame Blangy, lui ordonna le substitut, insensible à ses justifications.

— Je l'ignorais jusqu'à hier... M. Lorrain ne m'en a jamais rien dit... Voici quelques jours, il m'a offert ces maudits bas et ces jupons qu'il m'a dit avoir achetés. Il m'a également remis des bijoux, m'assurant les avoir découverts lors d'une saisie. Je lui avais confié que mon mari volait et que j'écoulais ses rapines auprès d'un receleur, que cette vie me faisait horreur et que je voulais m'enfuir et le quitter. Il m'avait promis qu'avec l'argent des bijoux, nous partirions ensemble à Rouen.

Tandis qu'elle demeurait agenouillée, pleurant toutes les larmes de son corps, Gaston de Tilly murmura quelques mots à l'oreille du conseiller instructeur. Celui-ci hocha plusieurs fois la tête et répéta à voix basse ses paroles au substitut qui les approuva.

— Maître Accart, avez-vous tout écrit ? s'enquit ce dernier au greffier.

— J'ai presque terminé, monsieur le substitut.

— Madame Pitard, vous allez parapher le procès-verbal de votre confession. Nous vous enverrons ensuite un prêtre pour vous confesser et vous pourrez aller écouter la messe à la chapelle. Faites repentance et priez. Je reviendrai demain pour un interrogatoire plus complet.

Il s'adressa à l'aubergiste :

— Maître Chartier, je vous remercie de votre aide. Emmenez maintenant votre animal.

L'hôtelier s'inclina et se retira en tirant Tobie qui grondait toujours. Fronsac les suivit. Ce qui arriverait désormais ne le concernait plus. Et ne l'intéressait nullement.

Gaston de Tilly le rejoignit sur le palier.

— Je dois rester ici, Louis, mais je passerai à l'étude dimanche te raconter ce qui sera décidé.

— Ma foi, il n'y aura point de surprise, grinça le jeune notaire. Quand son procès aura-t-il lieu ?

— Certainement à la fin de la semaine prochaine. Les crimes de cette femme sont nombreux, de l'adultère au vol, en passant par la corruption d'enfants et le meurtre. Il devra se tenir encore nombre d'interrogatoires pour connaître le détail de ses forfaits et apprendre s'il n'y a pas eu des complices.

Louis serra la mâchoire et accola tristement son ami.

Certes, cette femme était coupable, mais c'est lui qui serait la cause de sa mort.

Le lundi 16 mai, à cinq heures du soir, Mathilde Pitard fut conduite en chemise sur un char jusqu'à l'église de Saint-Germain-l'Auxerrois pour y faire amende honorable. Là, à genoux, nu-pieds et nu-tête, ayant la corde au col et tenant en ses mains une torche de cire ardente du poids de deux livres, elle déclara à haute et intelligible voix avoir méchamment meurtri son époux, corrompu des enfants et s'en repentir. Elle demanda pardon au roi et au seigneur Dieu.

Après quoi, les aides de l'exécuteur la firent monter sur un âne, visage tourné vers la queue, coiffée d'un chapeau de paille avec un large écriteau devant et un autre dans son dos portant ces mots : « *Adultère indigne, parjure, voleuse par malice, meurtrière et corruptrice* ».

Amenée ainsi jusque devant sa maison, elle y fut fustigée de verges jusqu'à ce que sa chemise soit sanglante. Comme elle ne pouvait plus se tenir debout, un autre char la conduisit aux Grandes Halles où Jehan Guillaume, l'exécuteur de la haute justice, l'attendait sur l'échafaud dressé à côté du pilori, devant un billot de bois, avec un gibet dressé derrière lui. En face, sur un échafaudage couvert d'un dais, se tenaient les magistrats qui avaient condamné la criminelle, ainsi que M. de Laffemas et M. d'Aubray. Gaston de Tilly se trouvait parmi eux.

La place du marché aux poissons et les galeries aux piliers environnantes dégorgeaient d'une foule impatiente et avide qui manifesta bruyamment sa satisfaction quand la charrette parut enfin. Mères avec enfants, artisans, boutiquiers, clercs, gens de métier, bourgeois, religieux, officiers et beau monde se fondaient dans cette badaudaille qui attendait le spectacle pour savoir de quelle manière la patiente accomplirait le grand acte de mourir en public au milieu des tourments.

Les archers, pourtant nombreux, avaient peine à écarter des barrières le peuple de Paris qui se serrait et se bousculait pour ne rien rater. Les plus audacieux avaient grimpé sur le pilori ; et les fenêtres des logements alentour étaient toutes louées à prix d'or.

Dans cette multitude, le gantier maître Aragon se tenait avec la jolie Guillaumette, la marchande de cols en dentelle qui, pour l'occasion, avait revêtu un corps de cotte bien échancré, et le nommé Cochart, vendeur de boutons. Ce dernier conservait à la main un placet acheté à un colporteur qui détaillait les crimes de la condamnée et commentait le jugement en racontant à ses voisins :

— Le commissaire qui se tient avec les juges m'avait dit qu'elle serait pendue ici ! Je ne l'avais pas cru. Qui aurait pensé que cette gentille dame était une telle criminelle ?

Derrière eux, sur une pancarte en bois, le procureur Général du roi au Châtelet avait fait placarder, comme dans tous les carrefours de Paris, une affiche du jugement.

— Moi, je m'en étais toujours douté, déclara fielleusement Guillaumette qui ne quittait pas Gaston des yeux, le trouvant fort à son goût malgré sa chevelure rousse et sa moustache en bataille. Regardez ! On la fait descendre de la charrette ! Elle a bien reçu le fouet ! ajouta-t-elle avec satisfaction en remarquant le sang sur la chemise de la coupable.

Mathilde Pitard, à peine consciente après sa flagellation, était soutenue par les aides du bourreau qui lui firent monter les marches de l'échafaud et la firent s'agenouiller devant le billot. Un huissier obtint le silence et lut devant le public assemblé le récit des crimes, la confession et l'arrêt de sa condamnation. Après quoi, un prêtre vint écouter sa confession, l'absoudre et lui demanda de demander pardon de ses pêchés à Dieu et au public. Un aveu qu'elle marmonna.

Ensuite, les aides lui déposèrent le bras droit sur le billot et, d'un large coup d'épée de justice, le bourreau lui trancha le poing droit.

Elle hurla et perdit connaissance. Immédiatement, Jean Guillaume lui passa au col la corde du gibet et en tira l'autre extrémité, faisant périr la condamnée par étranglement.

Le corps de la dame de la Samaritaine dansa un moment la gigue avant de devenir inerte. La foule, recueillie, entonna le *Veni Creator*.

Une fois qu'elle fut morte, un aide de Guillaume la détacha et l'exécuteur la découpa en quatre quartiers, comme il l'aurait fait d'un canard, pendant que la populace, entraînée par les confréries religieuses, chantait *Ave Maria Stella*. Un brasier avait été allumé au bout de la place. Les morceaux y furent transportés et se consumèrent. Une odeur de chair grillée envahit l'air et la foule commença à se séparer avec moult commentaires sur le comportement courageux et la mort chrétienne de la criminelle, attitude qui avait certainement apaisé la colère de Dieu.

Comme d'autres magistrats, Gaston n'attendit pas la dispersion des cendres et rentra chez lui, où sa chère logeuse l'attendait. Il avait d'importantes nouvelles à communiquer à Colin.

Une missive du lieutenant criminel du bailliage de Dijon lui était parvenue juste avant qu'il ne parte aux Halles. L'officier y expliquait avoir interrogé le beau-père de Colin, lequel, terrorisé, car il ne s'attendait pas à des poursuites, avait tout avoué. Il avait été écroué et la mère de l'enfant libérée de sa violence. Elle attendait son fils avec impatience, aussi Gaston voulait-il mettre l'enfant dans le coche dès le lundi pour qu'il la rejoignît. Un des valets de la voiture recevrait un écu pour le conduire chez lui.

Aucun des enfants de la Samaritaine n'avait assisté à l'exécution, pas plus que Louis, à qui ce spectacle répugnait. Surtout, il avait non seulement beaucoup de travail en retard à l'étude, mais également une visite à rendre au notaire de la famille de Jeannin. Ce dernier, prévenu par le commissaire du quartier de Saint-Eustache, devait faire partir la tante qui s'était indûment installée chez l'enfant et récupérer les biens de la famille. Louis remettrait à son confrère des actes préparés donnant la tutelle de Jeannin au marchand de vin, Jacques Imbault. Ces documents devraient encore être approuvés par la chambre civile du Châtelet, mais Gaston y veillerait.

Plus délicate était la situation de Nicolas. Lors du procès de madame Pitard, M. de Tilly avait présenté les enfants sous leur jour le plus favorable. Après tout, c'était grâce à eux que le meurtre de Mme Blangy avait été élucidé, et, plus important encore, que le comportement crapuleux des époux Pitard avait été mis au jour. À la fin de l'audience, Gaston avait eu une entrevue avec M. de Laffemas qui avait accepté, du bout des lèvres, que les gamins ne soient pas poursuivis, pour autant qu'ils rentrent dans le droit chemin.

M. de Tilly avait expliqué que tous trois étaient désormais au travail ou accueillis dans une famille, mais il voulait en faire plus pour Nicolas et avait donc abordé la condamnation de son père.

Certes, l'avocat rouannais avait causé du désordre en s'opposant aux agents des impôts, mais il avait payé cher cette attitude puisqu'il avait vu tous ses biens confisqués par l'État, perdu son fils, et qu'il ramait désormais sur les galères de roi.

C'était un châtiment bien sévère et le jeune commissaire fit appel à l'humanité du lieutenant civil. Or, si Laffemas était un homme dur et sans compassion aucune, il était également juste. De plus, il commençait à apprécier Gaston de Tilly pour son efficience et sa parfaite connaissance du droit. Après tout, faire un geste ne lui coûterait rien et le lieutenant civil était particulièrement satisfait de la conclusion de l'affaire Blangy et de la découverte du sergent corrompu. En présentant ces succès au cardinal de Richelieu, qui lui avait ordonné de nettoyer la ville des larrons et de mettre de l'ordre dans la police, il pourrait peut-être obtenir quelque chose.

Bien sûr, il ne promit rien. Mais, une semaine plus tard, il fit venir Tilly dans son hôtel de la rue Saint-Julien-le-Pauvre.

Il le reçut dans sa chambre. Rondelet et souriant, le bourreau de Richelieu annonça au jeune commissaire avoir des nouvelles pour son protégé.

— Monseigneur de Richelieu est souvent jugé dur et impitoyable, alors qu'il sait être clément quand c'est nécessaire.

Cependant, les crimes de M. Rivière sont gravissimes et il ne peut y avoir de rémission ni de pardon.

Gaston s'affaissa.

— Pourtant, monseigneur a reconnu que, paradoxalement, son fils avait en partie racheté les erreurs de son père, même si lui aussi a commis des crimes. Il a donc pris la décision suivante : M. Rivière sera libéré du bagne, mais banni pour vingt ans de la ville de Rouen et de la Normandie. De surcroît, il devra s'installer à Marseille, où il pourra reprendre son activité d'avocat, après avoir prêté serment de fidélité à la couronne. Son fils pourra le rejoindre.

Laffemas ajouta :

— L'orfèvrerie volée que vous avez récupérée a été remise à ses légitimes propriétaires. Reste, vous le savez, un sac contenant exactement quatre cent soixante livres tournois qui n'appartiennent à personne. J'ai décidé que vous en recevrez cinquante et M. Picault vingt pour récompenser votre travail. Le solde ira à la couronne, qui en a bien besoin.

Un mois plus tard, un courrier de Marseille adressé à la chancellerie passait entre les mains de M. Bouvier. M. Rivière avait été élargi et avait pris pension dans l'auberge de *la Piero de Rago*. Dès qu'ils le surent, Gaston et Louis mirent Nicolas dans un coche pour Lyon. Là-bas, un autre coche conduirait l'enfant à Marseille. M. de Tilly lui remit une vingtaine d'écus et l'adresse de son père. Il savait Nicolas suffisamment dégourdi pour se débrouiller.

L'affaire des enfants de la Samaritaine était donc terminée et Louis Fronsac put reprendre sa vie bien réglée. Enfin, pas tout à fait, car quelques jours plus tard, comme il apportait les comédies d'Apollodore de Carystos, enfin dénichées, à Vincent Voiture, celui-ci lui déclara :

— Monsieur Fronsac, je ne sais comment vous remercier pour ce livre...

— Votre amitié sera la plus noble des récompenses, monsieur, dit Louis en s'inclinant.

Voiture demeura silencieux un instant, feuilletant l'ouvrage que le jeune notaire venait de lui remettre, et soudain demanda :

— Connaissez-vous le salon de Mme de Rambouillet, monsieur ?

— Qui ne connaît le palais de la magicienne... ? Mais, bien sûr, je n'y suis jamais allé. Ce monde n'est pas celui d'un roturier comme moi.

— Et que suis-je donc ? Certes, je suis officier de Monsieur, mais je suis autant roturier que vous et Arthénice ferme les yeux sur la naissance de ceux qu'elle reçoit. Gentilhomme, clerc, ministre ou sorti du peuple, peu lui importe si vous avez de l'esprit. Et vous en avez, M. Fronsac.

— Peut-être, murmura Louis, dégorgeant de confusion.

— C'est donc décidé. Je passerai samedi chez vous et nous nous rendrons ensemble à l'hôtel de Rambouillet. C'est moi qui vous y introduirai.

Bibliographie

Batiffol Louis, *La vie de Paris sous Louis XIII. L'existence pittoresque des Parisiens au XVIIe siècle*, Calman-Levy, 1932

Brochard Louis, *Saint-Gervais, histoire de la paroisse d'après de nombreux documents inédits*, Firmin-Didot, 1950

Champagnac Jean-Baptiste-Joseph, *Chronique du crime et de l'innocence, recueil des événements les plus tragiques, empoisonnements, assassinats, massacres, parricides*, Ménard, 1833

Decaux Sophie et Didier, *De Henri IV à Louis XIV, la France et les Français au temps des Précieuses*, J.C. Lattès, 1982

Descimon Robert, Nagle Jean, *Les quartiers de Paris du Moyen Âge au XVIIIe siècle*, In : Annales. Économies, Sociétés, Civilisations. 34e année, N. 5, 1979

Descimon Robert, *Le corps de ville et les élections échevinales à Paris aux XVIe et XVIIe siècles*, Histoire, économie et société, 1994

Descimon Robert, *Les auxiliaires de justice du Châtelet de Paris : aperçus sur l'économie du monde des offices ministériels (XVIe-XVIIIe siècle)*, in Dolan, Entre justice et justiciables : les auxiliaires de la justice du Moyen âge au XXe siècle, Laval, Les Presses de l'Université de Laval, 2005

Desmaze Charles, *Le Châtelet de Paris : son organisation, ses privilèges*, Didier et Cie, 1870

Dousset Christine, *Femmes et héritage en France au XVIIe siècle*, Dix-septième siècle, 2009/3

Farge Arlette, *Vivre dans la rue à Paris au XVIIIe siècle,* Gallimard, 1979

Favier Jean, Paris Au XVe Siècle, 1975

Gaulle M. J. de, *Histoire de Paris et de ses Environs*, Ch. Nodier, 1839

Guillot Adolphe, *Paris qui souffre : la basse geôle du Grand-Châtelet*, ed. Rouquette, 1887

Hoffbauer M.F, *Paris à travers les âges*, Inter Livres, 1993

Lacroix Paul, *XVIIe Siècle Institutions Usages et costumes en France, 1590-1700*, Librairie Firmin-Didot et Cie, 1891

Le Moel Derens, *La place de Grève*, Ville de Paris

Lyonnois F. D. C., *Histoire générale des larrons, divisée en trois livres*, Paris, 1624

Lombard-Jourdan Anne, *Les Halles de Paris et leur quartier (1137-1969)*, Paris, éd. École nationale des chartes, 2009

Magne Émile, *La vie quotidienne au temps de Louis XIII*, Hachette, 1942

Magne Émile, *Voiture et l'hôtel de Rambouillet*, Editions Émile Paul, 1930

Marraud Mathieu, *Communauté conjugale et communauté politique. Les usages de la coutume de Paris dans la bourgeoisie corporative, XVIIe-XVIIIe siècles*, Revue d'histoire moderne et contemporaine 2/2011

Massie Aurélie, *Tensions et conflits de compétences entre commissaires et sergents du Châtelet de Paris au XVIIe siècle*, Revue Circé, Juin 2017

Milliot Vincent, *Justine Berliere, L'admirable police, Tenir Paris au siècle des Lumières*, Champ Vallon

Mongrédien Georges., *Le bourreau du Cardinal de Richelieu, Isaac de Laffemas*, Bossard ed, 1929

Pillorget René, *Paris sous les premiers Bourbons*, Hachette, 1988

Toureille Valérie, *Vol et brigandage au Moyen Âge*, Puf, 2006

Vous pouvez suivre Louis Fronsac dans le Paris du XVIIe siècle en consultant le plan de Paris numérisé par la Bibliothèque nationale sur gallica.bnf.fr :

Fer Nicolas de, Huitième plan de Paris divisé en ses vingt quartiers.

http://visualiseur.bnf.fr/ark:/12148/btv1b77107008

Ou avec Google map :

http://rumsey.geogarage.com/maps/g4764018.html.

Romans et nouvelles où apparaissent les Fronsac
(dans l'ordre chronologique)

Les Ferrets de la Reine
Les Collèges fantômes
Le Funeste testament (dans : *Les premières enquêtes de Louis Fronsac*)
Les enfants de la Samaritaine (dans : *Les premières enquêtes de Louis Fronsac*)
Le Mystère de la Chambre bleue
La Conjuration des importants
La Conjecture de Fermat
La Lettre volée (dans : *L'homme aux rubans noirs*)
L'Héritier de Nicolas Flamel (dans : *L'homme aux rubans noirs*)
L'Exécuteur de la haute justice
L'Enfançon de Saint-Landry (dans : *L'homme aux rubans noirs*)
Le Maléfice qui tourmentait M. d'Émery (dans : *L'homme aux rubans noirs*)
L'énigme du clos Mazarin
La Confrérie de l'Index (dans : *L'homme aux rubans noirs*)
Le Secret de l'enclos du Temple
La Malédiction de la Galigaï
Le Disparu des Chartreux
L'Enlèvement de Louis XIV
Le Forgeron et le galérien
Le Bourgeois disparu
Le Grand arcane des rois de France
Le Grand incendie
Le Dernier secret de Richelieu
Menaces sur le roi
Le Captif au masque de fer
La vie de Louis Fronsac

Remerciements

Je remercie mon épouse pour le temps qu'elle a passé à la relecture de cet ouvrage.
Sans Sylvie Charraire, mon excellente correctrice, ce texte présenterait bien des défauts.

Vous pouvez joindre l'auteur :
aillon@laposte.net
www.grand-chatelet.net

Printed in Great Britain
by Amazon

52840586R00218